Aurora LJUNGSTEDT

MORD OCH ANDEVÄSEN

*Hastfordska vapnet
och andra nattstycken*

ALEPH
Bokförlag

Texterna till alla kortromaner och noveller i denna samling kommer från Aurora Ljungstedts *Samlade berättelser* (9 delar. Stockholm: Bonnier 1872-82). *Lekkamraterna* ingår i berättelsesviten *Dagdrifverier och drömmerier* (del I, 1872). *Hastfordska vapnet* och *Jättegrytan* ingår i berättelsesviten *Onkel Benjamins album* (del III, 1873). *En gubbes minnen* och *Harolds skugga* ingår i berättelsesviten *En jägares historier* (del I, 1872). *Den dödas bikt* ingår i berättelsesviten *Psykologiska gåtor* (del IV, 1873). *Nyårsfesten* är det fristående inledningskapitlet till romanen *Den tomma rymden* (del IX, 1882). Birger Schöldströms *Aurora Ljungstedt: ett porträtt* publicerades i *Idun* nr 38, 18 sept. 1891 under rubriken *Claude Gérard*. Alla noter, med undantag av den första i Schöldströms text, har skrivits av Rickard Berghorn.

Målningarna på omslaget är illustrationer till Shakespeare. Bilden på framsidan är en scen från *Macbeth* målad av Henry Fuseli (1741-1825). Bilden på baksidan föreställer Ariel i *The Tempest*, målad av Henry Singleton (1766-1839). Naturscenen på titelsidan är målad av Wijnand Johannes Josephus Nuyen (1813-39), "Flodlandskap med ruiner" (1838).

Omslaget är formgivet av Nicolas Krizan.

© 2019 Aleph Bokförlag och respektive upphovsman. Inlagan formgiven av Rickard Berghorn. Begränsad inbunden upplaga. Tryckt och distribuerad av Ingram Content Group LLC i La Vergne, TN, USA 2019.

ISBN 978-91-87619-23-6

– *Innehåll* –

Den skygga mästarinnan

Aurora Ljungstedt (1821-1908) var under pseudonymen Claude Gérard det svenska 1800-talets främsta mysterieförfattare, och hennes stora popularitet bland både läsare och kritiker understöddes av att ingen visste vem som dolde sig bakom det fingerade namnet. Kontakterna med tidningar och förlag sköttes under sekretess av hennes make, byråchefen i fångvårdsstyrelsen Victor Ljungstedt. Det var mycket vanligt att författare, manliga som kvinnliga, använde pseudonymer vid denna tid eller utgav verken anonymt, men det var sällan några välbevarade hemligheter vilka upphovsmännen och -kvinnorna egentligen var. Claude Gérard, däremot, var en omsusad gåta tills identiteten av misstag avslöjades i ett uppslagsverk i början av 1880-talet. Vad som egentligen skedde och vilket detta uppslagsverk var, har inte blivit klarlagt; här finns bara svävande uppgifter i andra och tredje hand. Aurora Ljungstedt förblev skygg och undvek personlig kontakt med litterära kretsar, men ställde upp för intervjuer vid ett fåtal tillfällen. Med anledning av hennes 80-årsdag lät hon sig fotograferas till en hyllningsartikel i *Idun* nr 35, augusti 1901.

Hennes volyminösa följetonger om skräck och brott, i regel med vindlande intriger som nystar av sig i fristående noveller och kortromaner, har givit henne rykte om att vara "Sveriges Edgar Allan Poe". Med lika stor rätt är hon en svensk Wilkie Collins eller Joseph Sheridan Le Fanu; hon skrev i samma följetongsgenre av mysterieberättelser glidande mellan det övernaturliga och gotiska, mellan skildringar av hemska brott och tidig deckarlitteratur. *Hastfordska vapnet* (1873) i denna samling har blivit berömd som det första kända exemplet på deckare i svensk litteratur, där domaren Benjamin Ross agerar detektiv och lyckas lösa gåtan med ett ruskigt mord på en kyrkogård – den oväntade upplösningen är värdig en Sherlock Holmes-berättelse. Hon skapade till och med en av *världens* första ockulta detektiver ("ghostbusters") i form av läkaren Alf Stjerne i *Psykologiska gåtor* (först publ. som följetong 1868), att jämföras med Le Fanus ockulta detektiv dr Martin Hesselius i *In a Glass Darkly* (1872).

I den nämnda hyllningsartikeln i *Idun* erkänns att hennes stjärna börjat gå i stå och att hennes romaner kan uppfattas som föråldrade i en modern tid av författare "bundna af en samhällsviktig verksamhet", åsyftande Strindberg och hans politiskt engagerade generation. Jämförelsen är förvisso orättvis; också Ljungstedt visar ständiga prov på samhällsengagemang och dito kritik, som nu exempelvis *Lekkamraterna* i denna samling exemplifierar; i andra verk diskuterar hon ingående kvinnors emancipation. Artikelförfattaren tillägger dock: "Men någon gång ska litteraturvännen, då han granskar bibliotekens skyldrade rader af bokryggar i cloth, saffian eller pergament, se den franska signaturens bokstäfver lysa mot sig från en hylla i skymundan, och ihågkommande, att hans föräldrar stundom i entusiastiska ordalag nämnde namnet Claude Gérard, tar han då ned en af de sällan vidrörda volymerna och läser de gulnande sidorna för att se, hur en face av den svenska romandiktningen tedde sig under det nittonde århundradets senare hälft."

Det skulle dröja ännu längre än så innan Aurora Ljungstedt, stämplad som pur underhållningsförfattare, återupptäcktes. Politiseringen av kulturen vid sekelskiftet 1900 var bara en fläkt av det som komma skulle i arbetarrörelsens och folkhemmets Sverige, och som växte till orkanstyrka under vänsterradikalismens 60- och 70-tal. Kriminallitteratur som Sjöwall/Wahlöö kunde till nöds accepteras inom akademierna på grund av deras samhällskritiska vinkling, och det var också som kriminalförfattare som Aurora Ljungstedt återupptäcktes av litteraturvetaren Lars Wendelius i den boklånga avhandlingen *Pengar, brott och andeväsen* (1985). Yvonne Leffler ägnade sedan ett kapitel åt Aurora Ljungstedt som gotisk författare i avhandlingen *I skräckens lustgård* (1991). Först efter millennieskiftet publicerades Ljungstedt på nytt i bokform med *Två sällsamma berättelser* (2002) och *Hastfordska vapnet* (2006), båda utgivna av Aleph Bokförlag. Böckerna uppmärksammades i Dagens Nyheter, den första med en helsida. Hastur Förlag följde upp utgivningen med *En jägares historier* (2013), också den uppmärksammad i DN.

Istället för nyutgivning av *Två sällsamma berättelser* (som innehöll *En gubbes minnen* och *Harolds skugga*) och *Hastfordska vapnet*, väljer jag att samla allt i denna större volym, och dessutom lägga till ytterligare fyra mycket läsvärda nattstycken av Ljungstedts penna.

– Rickard Berghorn

REFERENSER OCH VIDARE LÄSNING

- Wendelius, Lars: *Pengar, brott och andeväsen. En studie i Aurora Ljungstedts författarskap.* Litteraturvetenskapliga institutionen i Uppsala 1985.
- Leffler, Yvonne: *I skräckens lustgård: skräckromantik i svenska 1800-talsromaner.* Litteraturvetenskapliga institutionen vid Göteborgs universitet 1991.
- Leffler, Yvonne: *Är Hastfordska vapnet av Aurora Ljungstedt vår första detektivberättelse?* Uppsats i *Det glömda 1800-talet: några populära genrer inom svensk prosa och dramatik.* Högskolan i Karlstad 1993.
- Berghorn, Rickard: *Skräckromantik och mord i den svenska trollskogen.* Efterord till Aurora Ljungstedt: *En jägares historier* (Ljungby: Hastur förlag 2013). ISBN 978-91-86835-12-5

Lekkamraterna

Nästan vid slutet av en bland Stockholms förnämsta gator är en återvändsgränd, som slutar med ett högt plank. Husen, som vid början av gränden nära den stora gatan är tämligen stora och vackra, blir allt mindre och ruskigare ju längre uppåt man kommer. På ena sidan är endast några få boningshus, resten utgörs av några långa och låga byggnader med järngaller för de smutsiga och med spindelväv överdragna rutorna. Vad därinom förvaras, kan man emellertid genom den starka lukten utanför ana; de är förmodligen tobaks- eller snusmagasin.

Bland boningshusen på denna sidan utmärker sig ett för sin besynnerliga byggnad och sitt ödsliga och förfallna utseende. Den ansenligaste delen därav utgörs av taket, som i flera avsatser och med en mängd små oregelbundna gluggar, slutar med att överst vara helt smalt och fullsatt av skorstenar. De stora vindskuporna ökar den oformliga tyngden ovanför den enda egentliga våning huset innehåller, vars stora fönster med små glasrutor blott är två alnar ifrån marken och låter den förbigående med lätthet se in i rummen.

Det ligger något hemskt och svårmodigt i denna gamla byggning, som inte minskas genom det mjältsjuka suset i de halvvissnade grenarna av en hängbjörk, vilken genom någon vindens nyck, som ditfört dess frö, här uppspirat och tycks – förvånad över sin egen tillvaro på detta ställe, mitt inne i stadens buller och töckniga atmosfär – försöker blicka över alla dessa tak i hopp att åtminstone få en fläkt av skogens friskhet, som den aldrig känt. En rostig vindflöjel på en murken stång, fästad vid gaveln, blandar sitt gnisslande ljud med suset i björkens döende grenar och är ständigt av olika mening med dem om vindens riktning.

Om man går utanför detta hus, vid vilken tid av dagen som helst, så skall man ständigt vid ett av fönstren se en gammal fru, vars stränga och bleka ansikte, omgivet av den gammalmodiga vita mössans breda remsor, liknar en målning infattad i fönsterkarmens ram.

Detta ansikte syns så orörligt, att man väl kunde anse det för en bild, om man inte såg hennes knotiga vita fingrar i ständig rörelse. Hon har en mängd gamla silkeslappar i en korg framför sig och är sysselsatt att repa upp trådarna däri.

Hennes fysionomi, dräkt och ställning passar fullkomligt till hennes omgivning, ty allt i detta rum tycks vara lika gammalt som hon själv. Men som en skön och levande kontrast till denna ödslighet, ålderdom och tystnad, sitter vid hennes fötter en liten vacker svartlockig flicka. Hon tycks vara omkring sex år, hennes lilla finger följer utvisande raderna i en ABC-bok, som vilar i hennes knä och hennes stora mörkblå ögon vänds ofta ifrån boken för att med livlig otålighet riktas ömsom åt fönstret, ömsom på mormoderns ansikte.

Det är söndag. Korgen med silkeslapparna är bortflyttad och i dess ställe ligger Luthers postilla uppslagen på bordet, med skinnfodralet till gummans glasögon såsom märke mellan bladen. Hon själv har, upprätt och utan att ändra ställning, försjunkit i sin vanliga middagssömn.

Det ringer just nu till aftonsången. Septembersolens strålar faller snett över taket mitt emot och kasta en mjältsjuk dager över den trånga gränden. Klockornas enformiga ljud utanför och knäppningen av det gamla vägguret därinne är det enda som stör tystnaden.

Den lilla flickan, som några minuter suttit försänkt i beundran över träsnittet med den populära tuppen på titelbladet av sin bok, reser nu upp huvudet, hennes lilla blomstrande ansikte antar ett uttryck av oro, nästan fruktan, som inte minskas då hon betraktar den gamla, vars ansikte, alltid blekt och förtorkat, nu sjunkit ned emot bröstet, och genom sömnen nästan fått utseende av ett liks. Denna tystnad, denna enslighet behagar inte det arma barnet, hon lägger sina små händer tillsammans med en ängslig åtbörd och ser sig rädd omkring. Men i detsamma. hörs utanför fönstret det glada sorlet av flera barnröster, och liksom löst ur sin paniska fruktan, smyger hon sig på tå, med klarnat ansikte fram till fönstret och tittar ut.

Fyra eller fem små söndagsklädda, det vill säga trasgranna, barn har stannat utanför; en av dem, en liten gosse om sju år med rena och fina drag, men blek, mager och spenslig, har sina ögon oavlåtligen fästade på fönstret och hans nickande besvaras tyst och livligt av den lilla skönheten innanför. Slutligen drar han fram ur fickan på sin blus en liten scharlakansröd trähäst på en gräsgrön mark med trissor under och visar henne. Överraskad och förbländad av denna syn, gör den lilla flickan en oöverlagd rörelse, pallen på vilken hon klivit upp faller över ända, hon själv är nära att göra detsamma och försvinner med ens för sin lilla tillbedjares blickar.

"Min Gud vad du larmar, Amalia lilla!" sade den gamla frun, som blivit uppväckt av bullret och nu långsamt och högtidligt återtog postillan och satte de nedsjunkna glasögonen till rätta.

"Ack, mormor!" utropade lilla Amalia, förtjust att se gumman vaken; "får jag inte gå ut på gården litet? Jag har inte varit ute i dag... det är så vackert väder."

"Åhjo, solen är inte nedgången än... det kan inte vara så kallt... du må vara ute en halvtimme... ring på Lovisa, så får hon klä på dig", svarade den gamla eftertänksamt, liksom hon hade fattat ett viktigt beslut.

Amalia skyndade sig att dra på en klocksträng över soffan, och en gammal snyggt klädd piga, med ett trumpet och surmulet utseende, inträdde.

"Lovisa! Jag får gå ut på gården, har mormor sagt", sade Amalia ivrigt och sprang emot henne.

"Min Gud, vad ska Amalia ute på den otäcka gården att göra, bara smutsa ned sig och speta upp på stegen, som står emot taket, för att falla ned och bryta benen av sig... då är det väl bättre att sitta här inne i ro och stillhet."

"Nej! Söta Lovisa, här är så ledsamt", invände barnet med tårar i ögonen och hängde sig fast vid henne.

"Nå Herre Gud, inte förnekar jag er att gå, när hennes nåd gett lov", sade Lovisa vänligare och förde lilla Amalia ut med sig.

"Klä på henne väl, Lovisa! Och se efter att hon inte faller och stöter sig eller smutsar sina kläder", ropade den gamla frun efter dem.

"Söta Lovisa, tror du inte att jag törs gå ut på gatan och sätta mig hos Alfred på brädhögen, det är så roligt", frågade Amalia och fästade sina mörkblå ögon så bedjande på sin följeslagerskas ansikte, när de kommit utom dörren.

"Ja, alltid kommer ni och ber mig att få leka på den otäcka brädhögen, bredvid rännstenen; jag kan då inte begripa vad ni finner för nöje där; jag är säker att hennes nåd aldrig skulle tillåta er att gå utom porten, om hon kunde föreställa sig att ni hade sådana upptåg."

"Goda, snälla Lovisa! Bara denna gången. Alfred är där ute och har en så vacker häst att visa mig", fortfor Amalia bevekande.

"Ja, det är just olyckan att jag aldrig kan neka er något... men om hennes nåd visste det", knotade Lovisa, som tydligen, oaktat sin skenbara ovänlighet, var ganska svag för lilla Amalia. ''Se så, gå nu ned och sätt er hos Alfred där ute, men spring inte med de andra barnen ned åt grinden, hör ni det", fortfor hon, tillknytande banden på Amalias lilla hatt.

"Jag kan då se till henne emellanåt genom köksfönstret. Den där Alfred är en liten snäll och anständig gosse... stackars barn! Hon har bra ledsamt att jämt sitta instängd här också", mumlade Lovisa halvhögt för sig själv, i det hon stängde dörren.

Amalia sprang emellertid genom den smutsiga portgången ut i gränden, där barnen, församlade uppe i hörnet bredvid planket, höll på att under högljutt prat och kiv leka med små stenar och porslinsbitar.

Lilla Alfred, som både genom sitt utseende och sitt stilla väsen utmärkte sig framför de andra, skilde sig genast ifrån leken och sprang emot Amalia. Han har så mycket att visa henne, utom den eldröda hästen; han har också en porslinsbit med guldkant och en utklippt pappersdocka. Båda två vandrar hand i hand upp till planket, som slutar gränden, där en hög av gamla bräder ligger uppstaplad, för att här i ro kunna tillsammans beundra dessa saker. Alfred berättar henne att han fått hästen av sin mor, som varje söndag besöker madam Lundin, hos vilken han är inackorderad och som bor inne på gården hos Amalias mormor, och att han av en annan gosse bytt sig till pappersdockan för en mycket slät och vacker buteljbotten, som kunde nyttjas till trissa.

Den murkna brädhögen är emellertid inte blott i lilla Amalias tycke en angenäm viloplats, ty tre stycken madammer i varierande söndagskostymer har också slagit sig ned på detta sommarnöje, överskuggat av planket och parfymerat av en bred rännsten, som, framsipprande sitt stinkande innehåll genom en stenmur, flyter förbi och fortsätter sitt lopp hela gränden utför.

De båda barnens halvhöga dialog avbröts emellertid efter några ögonblick genom ett utrop, som väckte deras uppmärksamhet. En av dessa söndagsfruar, som klädd i svart tyllmössa sitter överst på bräderna, har länge med ljudlig röst, och lugnt ignorerande sina många misstag läst *Folkets Röst* för de övriga.

Det är ett mord, begånget på en krog, berättat på ett rått och vedervärdigt sätt, som väcker åhörarinnornas livliga intresse och kommer de blida barnen att nyfikna och rysande lyssna med uppmärksamhet.

"Ja, jag har då aldrig estimerat sjömän", utropade den ena kvinnan, när läsningen var slut, "de är så vildsinta och farliga... När jag konditionerade på krogen Amerika hos min moster, så var där väl hundratals slagsmål, och alltid var det sjömän som var värst."

"Ack, det är för rysligt", tillade den andra, som stickade på en grå ullstrumpa och hade en katt i knäet, "att så där riktigt skära halsen av en människa... Husch! ... Bevara mig!"

"Nå, än att först slå ut ögat på honom, då..."

"Det var just här uppe på Oxtorgsgatan och vi som visste av ingenting."

"Jo, gudbevars, min flicka, som kom dit strax på morgonen för att köpa dricka, fick höra alltsammans av fru Pettersson själv; men hon visste ingenting om ögat, och sade att han stuckit honom i bröstet med en kniv; inte syntes det då något blod på golvet heller."

"Det kan man väl veta att hon inte kunde ta reda på", avbröt den läsande förtretad; "dom ska väl veta det allra bäst här i bladet."

"Ja, det förstås", medgav den andra.

"Och att inte få rätt på honom... du min Gud, sådant öde! ... Men si, det kom sig därav att ingen polis fanns tillstädes just då. De har ännu inte fått fatt på honom... Ja, ja, det gör mig just gott i alla fall att den där Lagerstam fick sin lön. Jag spådde honom det, när han i våras slog mjölkkrukan över mig, för det jag nekade honom längre kredit... en sådan där fyllbult och grälmakare... Gud, vad man får slita ont när man har en liten försäljning."

De tre kvinnornas konversation intresserade inte längre de båda barnen. Den överdrivna berättelsen de nyss hört, uttalad med käringens skrällande och obehagliga röst, hade uppskakat deras inbillning; de satt helt tysta kvar, ännu sedan kvinnorna avlägsnat sig och solen försvunnit bakom hustaken.

Det hade blivit skymning i gränden, och klockorna, som förkunnade aftonsångens slut, genljöd genom luften så hemskt och högtidligt; rasslet av hängbjörkens grenar, som sopade emot väggen av huset, lät så hemlighetsfullt i deras öron; de tycktes liksom önska att gå sin väg, men satt ändå kvar och tryckte sig blott närmare intill varandra.

Man säger i allmänhet, att barndomen är en lycklig ålder; men jag vet inte om jag kan instämma däruti; vi vandrar då uti en så trång krets, liksom den, vilken går i mörkret med ett ljus i handen, han ser blott de allra närmaste föremålen. Barnets sorger anses vara så flyktiga, och det är sant, men dess glädje är också så färglös och matt. Och om lidandet kanske känns mindre bittert för ögonblicket, så lägger det ofta grunden till ett svårmod och en sjuklighet i lynnet, som fortfar ännu sedan orsaken upphört.

Så tycktes åtminstone vara förhållandet med Amalias lille lekkamrat. Hans bleka ansikte och stora melankoliska ögon, hans ytterliga magerhet och långa silkeslena hår gav honom en prägel av drömmeri, svårmod och lidande, som oemotståndligt rörde den som betraktade detta barn. Man såg att han var en av dessa arma varelser, födda i hemlighet utan samhällets tillåtelse, utan att någonsin ha känt en mors kärleksrika blickar vila på sitt ansikte – denna sol, varförutan de små varelserna tynar liksom plantan i mörkret – och uppfödd hos en av dessa eländiga kvinnor, som lever av en industri, vilken huvudstadens laster skapat; jag menar en "barnkär madam", vars yrke är att mottaga ambarn och som vanligen lyckas att genom svält och vanvård döda dem inom några månader, då hon tillsammans med barnets mor, som anskaffar svepning och kaffe, gråter över dess "tidiga bortgång" och mottager genast ett annat för att behandla det på samma sätt.

Det är känt att knappast åttondedelen av dessa barn blir vid liv. Lille Alfred hade emellertid varit ett bland dessa ovanligt starka barn, där livet oaktat alla lidanden likväl inte släckts, men hans sjukliga utseende bevisade, att han ännu inte repat sig, ehuru han sedan ett par år varit hos en något mera mänsklig och förståndig vårdarinna.

Båda dessa barn utan någon likhet till det yttre – ty Amalias blomstrande kinder, starka, knubbiga kropp och svarta lockiga hår stod i fullkomlig motsats till hennes lekbroders tynande gestalt – ägde likväl gemensamt detta svärmiska uttryck i ögonen. Deras själar tycktes ursprungligen likna varandra och samma känslor kunde en dag bli rådande i bådas sinnen.

Hon, den ända till överdrift vårdade lilla fröken, vars ungdom skulle blomstra i salongernas prakt, och han, den bleke, förskjutne, namnlöse gatpojken, vars liv skulle framsläpas under fattigdomens, det stränga arbetets eller brottets tyngd och krogens nöjen, för att sluta i en barack eller ett fattighus, båda var likväl i denna stund syskon, hos båda skulle, under lika yttre förhållanden, det svärmiska begrundandet och poetiska i deras sinnelag utvecklas och bli rådande.

"Jag tycker det är så ängsligt i kväll", sade Amalia äntligen och lade sin arm omkring Alfreds hals och sitt huvud emot hans axel, utan att i minsta mån stöta sig på hans snuskiga skjortkrage och illa lappade blus.

"Jag tycker så med", svarade han sakta. "Jag tycker ändå det är synd om den elaka sjömannen, för polisen skall hugga huvudet av honom, när de få rätt på honom, sa' fru Pettersson."

Lilla Amalia svarade ingenting, hon fattade blott ännu hårdare om Alfreds magra hand, som hon höll i sin, och båda satt tysta några ögonblick; det syntes tydligt att tankarna på vad de nyss hört kvalde deras små förskrämda hjärtan.

"Men vill du nu, ska vi gå in och leka på gården, där är trevligare," yttrade äntligen Amalia, som omedvetet ville komma ifrån dessa föreställningar, och båda två vandrade hand i hand genom den mörka och orena portgången.

Denna gård, smutsig och illa stenlagd, med några grästorvor där och var, var inte så trång som man vanligen finner dem i denna del av staden. Det lilla hus, där Alfreds fostermor tillsammans med en annan madam bodde, begränsade den mitt för porten och där bredvid fanns ett annat hus, vars stora, långt nedgående, fönster med små blyinfattade rutor gav det utseende av att fordom ha varit ett drivhus; nu begagnades det emellertid till vagnbod och flera stycken gamla vagnar och täckslädar, överhöljda med linnemattor, stod såsom gigantiska spöken där inne i halvdunklet. Emellan båda dessa hus fanns ett plank av några alnars längd, med en liten port eller dörr, som förde ut till en annan gård. En illa vårdad trädgård, med några dvärglika gamla fruktträd, anlagd på en hög stenmur eller ett slags terrass, vartill en brant förfallen stentrappa ledde, infattade gården på denna sidan.

I stenfoten till vagnboden, invid den lilla porten, var några stenar utfallna och lämnade ett tomt rum; här hade de båda barnen med brädlappar byggt ett hus, och samlat en mängd små porslinsbitar uppradade däromkring; och hit, till denna föga angenäma lekplats, ställde de nu sina steg. Amalia satte sig på den stora fyrkantiga sten, som utgjorde trappsteget till dörren på planket, och Alfred började inreda ett stall åt den granna hästen.

Men härtill fordrades i hans tanke en betydlig utvidgning, man måste lossa ännu en sten ur stenfoten, och detta var intet lätt arbete. Amalia måste hjälpa till; båda arbetade av alla krafter och slutligen, med tillhjälp av en gammal rostig kniv utan skaft – vilken Alfred hittat och förvarade bland den dyrbara samlingen av gamla knappar, glasbitar och dylikt – lyckades de äntligen lossa den stora stenen. Nu var öppningen tillräckligt stor, Alfred trädde in hela sin arm, och ändå kände han intet hinder, det behövdes blott att man grävde undan jorden och murbruket för att få riktigt snyggt och städat.

Amalia fick emellertid i uppdrag att av de sparsamma grässtråna på gården samla foder åt hästen; men knappt hade hon avlägsnat sig förrän ett rop av hennes lille lekkamrat kallade henne tillbaka.

”Se vad jag hittade, när jag rakade fram jorden!” utropade gossen och framdrog ett litet bylte, som barnen hjälptes åt att uppveckla.

Det var en smutsig och grov näsduk, lindad omkring en kniv med benskaft, instucken i en slida av skinn.

”Fy, så smutsig!” sade Amalia, ryckande på sin lilla röda läpp, och lät näsduken falla till marken.

”Det är blod på den, tror jag?” inföll Alfred, betraktande de mörkröda fläckar, varmed den var betäckt.

”Ja, vi ska' inte bry oss om det där, för Lovisa har sagt att jag aldrig ska' ta i lappar, trasor och sådant, som legat på sophögen och är smutsigt.”

”Ja, men kniven är så bra att tälja med, den behåller jag; men tala inte om det, ty moster tror jämt att jag skall skära mig, men jag aktar mig nog”, sade Alfred och lade kniven bland de andra hittade sakerna, som han samlat i ett annat hål av stenmuren.

”Tyst? ... Vad var det?” fortfor han, avbrytande sig och lade örat lyssnande ned till muren. ”Det lät som om någon suckat därinne... Hör du, Amalia?”

Lilla Amalia lade sig ned bredvid honom på marken och båda höll andan för att lyssna.

”Det låter som om någon jämrade sig därinne under jorden, hör du det? ... Hör nu igen!” sade Alfred med sakta röst.

”Ja, jag hör; men inte kan någon ligga i jorden, inte?”

”Vet du, Amalia, att jag kommer ihåg någonting”, sade Alfred med darrande röst, i det han reste sig upp och drog Amalia med sig, ”som moster för länge sedan berättade, att de döda, som gjort något ont, kan inte ligga stilla och sova i ro i jorden, utan suckar och jämrar sig och stiger upp nattetid, när fullmånen lyser, och vandrar omkring... Tänk om det vore någon, som ligger begraven här!”

”Men här är ju ingen kyrkogård”, invände lilla Amalia, under det hon makade sig närmare intill gossen.

”Nej, det är sant, men ändå ska jag säga dig att jag tror, att någon död går här på gården om nätterna. Moster sa' att det var er vita katt, som jag såg igår kväll, men jag vet väl att det inte var någon katt.”

”Vad var det då?” viskade Amalia, nyfiken och rysande.

”Jo, i natt då det var alldeles mörkt så kom jag att gå upp och se åt fönstret med detsamma, och då såg jag ett vitt spöke, som kom ifrån vagnboden här och gick tvärs över gården till hörnet därborta. Det flög så lätt och fort och rörde knappt vid marken och försvann rakt i väggen. Men moster ville inte tro mig och sa' att jag drömt, när jag talade om det i morse.”

”Alfred, söta Alfred, se därinne i vagnboden!” viskade Amalia, andlös av rädsla. ”Det rör sig under det vita täcket där... Ser du hur det lyfter och sänker sig?”

Alfreds ögon följde riktningen av hennes blick, och antingen någon levande varelse verkligen låg i en av de gamla vagnarna under mattan, som betäckte den, eller draget ifrån någon sönderslagen ruta satte tyget i rörelse, eller inbillningen ensam åstadkom den, nog av, Alfred tyckte sig även se detsamma genom de dammiga fönsterrutorna.

I de båda barnens inbillning, förut uppskrämd genom den berättelse de åhört och minnet av sagan om de döda, som "moster" omtalat, kunde det blott vara ett spöke, som nu gömde sig i den gamla boden, vilken aldrig varit upplåst på flera år och dit aldrig någon gick.

I detsamma hördes Lovisas röst, som ropade lilla Amalia. Men liksom förstenade av rädsla, hade de båda barnen ovillkorligt omslutit varandra och, makande sig upp på stenen där de satt, tryckt sig intill den lilla dörren mellan båda husen; och stirrande på fönstret tysta och orörliga, svarade de inte på Lovisas rop.

"Varför svarar inte Amalia?" sade den gamla pigan förtretad, då hon kom fram till dem.

Men den lilla flickan kastade sig snyftande i Lovisas famn och slog armarna krampaktigt omkring hennes hals.

"Vad är det åt er, Amalia lilla? Har Alfred varit elak emot er?" frågade Lovisa, under det hon bar hem Amalia.

"Nej, nej, söta Lovisa! ... Tag Alfred med, annars kan spöket ta honom!" viskade den lilla uppskrämda flickan ivrigt, just i detsamma Lovisa stängde farstudörren, utan att märka att Alfred med ängslig uppsyn ovillkorligt följt henne.

Den stackars gossen stod utanför stilla en stund, men slutligen, samlande allt sitt mod, smög han sig utmed väggen bort till dörren av det lilla ruckliga huset, som var hans hem. Fosterföräldrarna var emellertid borta på söndagen, dörren var igenlåst och han slapp inte in, utan satte sig hopkrupen på trappsteget utanför, för att invänta dem. Det hade nu blivit fullkomligt mörkt. Klockan slog 9 i Adolf Fredriks kyrktorn och sömnen hade slutligen segrat över förskräckelsen. Med huvudet lutat emot tröskeln, de små magra händerna hopknäppta och den lilla klena kroppen, ofullständigt bevarad emot höstkvällens kyla, då och då skakad av en rysning, sov lille Alfred likväl en tung och kvalfull sömn.

Om den okände far, som en gång givit honom livet, kunnat se honom i detta ögonblick, så vacker, så blek och skälvande, så ensam och övergiven, med detta smärtfulla drag kring sina slutna läppar, vilket berättade hans redan genomgångna lidanden och antydde dem som framtiden förvarade åt detta förskjutna barn, så skulle kanhända denna framtid förändrats.

Alla dessa lättsinniga och tanklösa unga karlar, som befolkar barnhusen och fängelserna eller fyller kyrkogårdarna med små utmärglade lik, om de blott en gång hade *sett* dessa små varelser, så skulle de kanhända i stället att vårdslöst och kallt till mödrarna kasta dessa penningar, som sällan blir använda till sin bestämmelse, då och då ta en timme ifrån sina nöjen, sitt arbete eller sin sysslolöshet, för att rädda dem undan det öde som nu drabbar dem.

*　*　*

Innanför det rum, i vilket Amalia med sin gamla mormor brukade tillbringa hela dagarna, låg en lika tarvlig och gammalmodigt möblerad sängkammare. Oaktat det är sent, är detta rum ännu upplyst av en lampa med grön skärm, som skuggar den länstol, i vilken den gamla gumman sitter. Liksom alla gamla har hon svårt att finna sömnens njutning, som det tycks att naturen företrädesvis borde ha förvarat åt ålderdomen. Och som hon inte heller ser att läsa vid eldsken, så är hennes ständiga sysselsättning, korgen med silkeslapparna åter framsatt på bordet framför henne. Strax bredvid den gamla sängen, med omhängen av randig lärft, står en liten tältsäng, vari lilla Amalia, dubbelt vacker och blomstrande genom sömnen, vilar. Hennes mörka ögonhår är ännu fuktiga efter de tårar hon utgjutit under den orediga berättelsen om sin förskräckelse, men nu ler hon i drömmen – och har glömt både den och den blekhet och synbara förfäran, som hennes barnsliga fruktan åstadkom hos den gamla Lovisa, vilken klädde av henne och med iver förmanade henne att aldrig för någon annan nämna ett ord därom.

Klockan är 10. Det är så tyst i det gamla huset, att man kunde höra sitt eget hjärta slå. Barnets jämna och tysta andedräkt, knäppningen av gummans gamla guldur, som hänger över sängen, och raspet av nålen i den gamlas magra händer, med vilken silkestrådarna skiljs ifrån varandra, är de enda svaga ljud som örat kan uppfatta. Då och då sluter sig gummans skrynkliga ögonlock, hon faller i ett slags slummer för några ögonblick, men börjar åter sitt enformiga arbete.

Hastigt spritter hon till, lyssnar och vänder huvudet emot en tapetdörr, alldeles invid sängen, och mumlar:

”De råttorna, vad de skrämmer mig... nu huserar de i de gamla rummen därute... och det må de, bara de inte äter hål på mitt valnötsskåp!” Ett förnyat buller avbröt hennes monolog; det lät som om en dörr öppnats, och i detsamma gick den lilla tapetdörren upp och slog emot väggen. Ett kallt luftdrag kom lampans låga att fläkta och spred en rysning över gummans magra lemmar, antingen av förskräckelse eller kyla.

Hon satt några minuter orörlig. En ganska obetydlig och vanlig händelse kan ofta verka en ovanlig rörelse hos oss, om den inträffar då vårt sinne är oroligt eller vår inbillning i rörelse. Så tycktes nu förhållandet vara med den gamla frun, ty hon stirrade ut i mörkret genom den öppnade dörren med en min av förfäran, som om hon sett ett spöke därute, och först efter en lång stund tycktes hon ha samlat tillräckligt mod för att med möda resa sig upp och stänga dörren, för vilken hon nu sköt en tämligen stor och bastant regel innanför.

17

Lugnad genom detta försiktighetsmått, satte hon sig åter och sade, småleende åt sin egen rädsla och liksom för att motivera den inför sig själv:

"Jag måtte ha glömt att skjuta regeln för, då jag i går var därinne... eller kanske Amalia på lek dragit den ifrån... emellertid är det allt sant att jag bor bra ensam här med Lovisa och barnet... man vet att jag är rik... gränden är mycket tyst och enslig... och nere på gården finns två kvinnor och blott en karl, som tycks vara mindre modig än de... jag borde verkligen lyda min sons råd och låta någon bo i de gamla rummen... men, min Gud, då skulle de ju sättas i ordning! Ingen människa vill bo där, sådana de nu är; de har inte varit bebodda på fyrtio år... jag står inte ut med ett sådant bråk och oro...

Det var i alla fall besynnerligt att dörren öppnades, liksom genom ett starkt drag... om möjligen dörren till den gamla trappan skulle gått upp? ... men det är omöjligt, reglarna är så starka innanför... det har till och med samlat sig grus och jord utanför porten åt gården, ty den har inte varit öppnad på många herrans år... Om jag skulle gå ut och se efter likväl? ... Jag kunde då med detsamma ta in lite mera lappar; jag kan inte sova nu på flera timmar, och lapparna är slut... Kanhända också att det var katten som kommit in, och som nu går och smutsar ned mina sängkläder och sidentäckena, som är så dyrbara och som Amalia en gång skall ha..."

Fullkomligt lugnad genom denna sista förmodan, steg gumman upp, tände en vaxstapel av silver, som stod på nattduksbordet vid sängen, och gick med osäkra och av ålder och gikt darrande ben åt dörren, under det hon halvhögt fortfor: "Visst kunde jag ringa på Lovisa och låta henne gå... jag tror visst att hon är ärlig... men ändå... man bör aldrig sätta tjänstfolket i frestelse... där ligger så mycket smått i skåpet, som jag kanske inte skulle sakna... en sådan bit är så lätt att stoppa på sig."

Hon öppnade dörren, och skyddande ljuslågan med handen, framskred hon långsamt genom en tämligen lång gång, som ledde till en dörr, vilken hon ämnade upplåsa med en av de blanka och nötta nycklarna på den stora nyckelknippa hon medtagit. Men till sin förvåning fann hon dörren redan upplåst och stående på glänt. Mer förvånad än oroad häröver, trädde hon in i ett stort tomt rum, där den svaga lågan av hennes ljus blott spred en liten upplyst ring omkring henne, och vars tomhet kom ljudet av hennes steg att återljuda, och fraset av hennes klänning, som släpade mot golvet, att låta dovt och spöklikt. Vem som i detta ögonblick sett denna lutande, mumielika figur långsamt och tyst sväva fram i de ödsliga, obebodda rummen mitt i natten, skulle säkert i minnet återkallat alla sin barndoms spökhistorier.

Emellertid riktade hon sina steg utan tvekan tvärs över rummet till en annan dörr till höger, vilken gick in till ett kabinett utan andra möbler än två stora skåp och en stor säng fullpackad med uppstaplade sängkläder och täcken. Det var här som den förmodade katten möjligen kunde vara, och verkligen tyckte hon också, att sängkläderna var rubbade och inte låg i den ordning de borde. "Jag skall lägga dem tillrätta igen", tänkte hon, "men först skall jag ta lapparna", och vände sig till ett av de stora skåpen på väggen mitt emot.

Detta skåp, med sina utskärningar, bildhuggeri och dörrar med infattade spegelglas skulle förtjust en älskare av antika möbler. Den gamla frun öppnade det också med en min av belåtenhet, liksom hon hade funnit nöje i dess ägande och ännu mer i de olika och besynnerliga saker det innehöll. Bland korgar med lappar, garnspolar och nystan, buntar med trasor utan allt värde och sinkade porslinskoppar, dockor och glaskläppar hörande till en sönderslagen platå, såg man silverbägare, ljusstakar och stycken av gammalt sidendamast i alla möjliga färger.

Äntligen, efter mycket val, hade hon samlat en tillräcklig hög av dessa trasor i sin korg och skulle just stänga dörren, då hon kom att kasta ögonen i spegeln därpå.

Den arma gumman hade så när släppt ljuset ur sin darrande hand, ty bredvid sitt eget bleka skrynkliga ansikte i glaset såg hon även ett annat, vars ögon, orörliga och blodsprängda, stirrade emot henne. Det höjde sig alltmera; en lång skepnad, insvept i ett gulnat och smutsigt lakan, reste sig långsamt och ljudlöst bakom henne ur den stora sängen; den tycktes tveka ett ögonblick men avlägsnade sig sedan tyst och hastigt genom det rum, varifrån hon själv inkommit, och vidare genom alla de andra, som låg åt motsatta sidan och vilkas dörrar stod öppna mitt för varandra, så att hon fullkomligt väl kunde i spegeln se den ända tills den försvann i mörkret. Gnisslandet av en dörr och ett kallt vinddrag, som utsläckte hennes vaxstapel, bevisade att den dörr som här fanns och vars reglar hon ansett så säkra, likväl blivit öppnad.

Hon stod nu i mörkret och då hon skulle vända sig om för att gå tillbaka den välkända vägen till sina rum, vacklade hennes gamla osäkra ben, ännu mera darrande av skrämsel, och hon föll tungt och medvetslöst till golvet.

*　*　*

Kylan där ute på gården väckte emellertid lilla Alfred efter en stund – åtminstone tyckte han att han vaknade. – Ett prasslande ljud, liknande det av släpande steg, nådde hans öron; yrvaken öppnade han ögonen, men tillslöt dem genast igen av förskräckelse, ty samma långa vita spöke, som han trodde sig ha sett kvällen förut, såg han även nu, men kommande denna gång ifrån gaveln av boningshuset och försvinnande vid porten till vagnsboden. Rädslan och sömnyrseln gjorde det stackars barnet nästan sanslöst, och först en stund därefter kom han så småningom åter till medvetande, vid ljudet av två personer som talade alldeles invid i hans öra, som han tyckte, ehuru han inte rört sig ur stället och ingenting kunde se i mörkret.

"Gud i himmelen, att en sådan sorg skulle hända mig med min egen bror... men ditt vilda sinne skulle väl ha sitt straff... Gud trösta oss, vi blir olyckliga bägge två."

Dessa ord, sagda med en av snyftningar avbruten röst, var de första som gossen kunde uppfatta, och han igenkände fullkomligt, i den talande, lilla Amalias sköterska, den gamla Lovisa.

"Anamma sådant pip... är det tid att beskärma sig nu... det vore bättre du hittade på något sätt att skaffa mig hän." Den grova röst, som lågt och viskande yttrade detta till svar, var däremot fullkomligt främmande för Alfred, som hopkrupen och förskräckt mot sin egen vilja lyssnade med denna skärpta och pinsamma förmåga, som en häftig sinnesrörelse ofta åstadkommer.

"Anfäkta de satans ungarna, som skulle ligga och gräva i muren, och nu käringfan till, som inte kunde ligga still i sin säng mitt i natten, utan går och stövar som ett spöke, men jag skrämde väl själen ur henne, hoppas jag, med den här gamla vagnsmattan; det var lite knipslugt, tror jag, att spela spöke", fortfor han med ett undertryckt skratt.

"Jesses, min Gud, att du kan skratta när olyckan hänger över oss, och vi säkert har polisen här i morgon dag... jag var inte i stånd att hitta kniven som pojken tagit, han har säkert visat den för Lundinskan och hennes man och allihop. Gud hjälpe oss väl, det är ett underverk att du kunnat vara här så länge utan att bli upptäckt."

"Ja, om bara den här skråman vore lite bättre läkt, så skulle jag gå när som helst, men jag kan inte räta ut den förbannade armen, och det röjer mig genast."

"Det hjälper inte, du måste gå i denna natt, det bär så väl till, efter de är borta där nere på gården."

"Gå ja, det är lätt sagt, men vart? Och utan pengar; visst har jag lite av min hyra innestående hos skepparen, men vad gagnar det? Om du inte vore ett så'nt våp, så kunde jag här haft det bästa tillfälle att få mig lite hos den här gamla käringen, hon har allt sina murklor, hon, både i pengar och annat."

"Gud vare oss nådig, vill du bli tjuv med, se'n du blivit mördare, ty Lagerstam är död, han, jag har inte velat säga dig det."

"Är han? Åh hå, det var dumt, men vem kan hjälpa't. Det är, som du säger, bäst jag ger mig av med allra första; men fan så gott gömställe var det i det här gamla råttboet, och inte kunde de söka mig mitt inne i stan några steg ifrån krogen, där det skedde; det var fiffigt det... Ja, ja, Gud välsigne dig, Lovisa, för det du gjort mig den här väntjänsten; det vore synd om du skulle bli olycklig för'et."

Öppnandet av porten åt gatan och bullret av steg och röster avbröt samtalet. Det var Alfreds fosterföräldrar, som nu äntligen hemkom från en lustfärd, där hemresan blivit fördröjd genom, Gud vet vad.

Gossen vaknade nu upp fullkomligt, vid det att någon omilt ruskade honom i armen och fostermoderns röst helt snäsigt utropade: "Kors, sådan vettvilling! Gå och lägga sig på gården och sova! Kunde du inte ha gått in till madam Pettersson, när du såg att inte vi kom?"

Alfred såg sig omkring; han låg verkligen vid väggen av vagnshuset, i stället för på tröskeln till föräldrarnas hem, där han visste sig ha somnat; förmodligen hade han i sömnen återvänt till sin och Amalias lekplats. Han reste sig upp och visste inte hur mycket han hade drömt eller verkligen hört och sett denna kväll.

Morgonen därpå hängde vita lakan för fönstren i det gamla huset. Den gamla frun, som rådde om det, och som i så många år suttit vid fönstret och repat lappar, var död. Hon hade dött om natten av slag. Samma dag spridde sig i grannskapet ryktet, att den sjöman, som under rus och slagsmål på en krog så illa sårat sin motståndare, att denne dagen därpå avlidit, och som polisen i flera dagar förgäves efterspanat, vore gömd i det gamla vagnshuset. En noggrann eftersökning företogs, men brottslingen var redan försvunnen. Man anställde förhör med allt gårdens folk, men utan annat resultat, än vissheten om att han verkligen varit där.

Några dagar därefter stannade utanför porten en vacker vagn. En sorgklädd herre hoppade ur och gick in, och efter ett par timmar syntes han åter, ledande vid handen lilla Amalia och följd av gamla Lovisa, som med förklädet torkade sig i ögonen.

Just som de skulle stiga i vagnen utropade Amalia hastigt:

”Alfred! Jag vill ta avsked av Alfred; söta onkel, låt mig gå in till Alfred!”

Den främmande herrn såg frågande på Lovisa, som upplysande sade: ”Det är en liten fattig gosse, som bor här inne på gården och som ofta fått leka med Amalia; om herr majorn tillåter, skall jag följa lilla Amalia in till honom, ty han ligger sjuk.”

”Ja, gör det då, men skynda dig, Amalia lilla”, sade hennes onkel under det han steg upp i vagnen.

Den lilla flickan sprang tillbaka in på gården och bultade på dörren till det hus, där Alfred bodde.

En kvav och otrevlig luft slog emot henne i rummet, där den lille gossen låg i en snuskig säng, ett rov för en häftig feber. Han räckte sin lilla magra brännheta hand åt Amalia och log emot den enda varelse, som visat honom ömhet och som han själv älskade.

”Nu reser jag bort, Alfred, med min onkel, och det vore nog roligt, om jag bara fick ta dig med mig”, sade Amalia, med tårar i ögonen. ”Du får så ledsamt, stackars Alfred, nu här hemma på den smutsiga gården.”

”Ja, nog var det ledsamt att du reser din väg, Amalia lilla; min moster har sagt, att när jag blir bra, så skall jag i lära till en kopparslagare, och det blir kanske roligt”, svarade Alfred, liksom för att tillfredsställa Amalia.

”Adjö, adjö!” ropade den lilla flickan i dörren, då Lovisa förde bort henne, och kysste på fingret åt sin lekbror, som hon nu såg för sista gången.

Men Alfred drog det trasiga täcket över huvudet och grät, när han hörde vagnen rulla bort med Amalia och hennes onkel.

* * *

Sexton år därefter, samma natt som spöket i det gamla huset i gränden skrämt de båda barnen, for Amalia hem ifrån en bal. Strålande av siden och juveler, vacker och lycklig, gift för några månader sedan, satt hon omsluten av sin mans arm, då vagnen hastigt stannade och prat och svordomar utanför väckte de båda nygiftas uppmärksamhet.

Amalia nedsläppte fönstret och tittade ut. Det var fyra illa klädda karlar, som på en slags kärra drog en grovhyvlad svartmålad likkista. De hade kört fast emot hörnet och hindrade vagnen att komma fram. "Vad är det?" sade Amalia förundrad.

"Åh, det är ett kadaver, som doktorerna på institutet ska ha", svarade en av karlarna, under det han ryckte loss kärran, och vagnen for vidare.

"Det var besynnerligt vad du betraktade den där unga herrn, som jag presenterade för dig på balen, du fann honom visst mycket vacker, ty du kunde inte slita dina ögon ifrån honom", sade Amalias man med ett tvetydigt leende, då de var hemkomna.

"Ja, det har du rätt uti. Jag visste i början inte själv varför hans ansikte så mycket intresserade mig. Det väckte ett minne, som jag inte var i stånd att göra mig reda för, men nu vet jag det."

"Verkligen?"

"Ja, men detta minne behöver inte oroa dig", tillade Amalia skrattande, "ty det var minnet av en liten lekkamrat om sju år. Det var besynnerligt vad den där unga herrn på balen återkallade min lilla stackars Alfred, alldeles så borde han se ut nu, tycker jag. – Det förefaller mig, som om jag hade återsett honom denna kväll" – fortfor hon tankfullt, under det hon avknäppte de granna armbanden på sin arm.

Amalia hade rätt, hon hade verkligen på sätt och vis återsett sin barndoms lekbror, fast hon inte visste därom, ty det var hans lik, som var inneslutet i den svarta kistan på kärran.

Hastfordska vapnet

Någon av de tyska filosoferna, jag tror det är Fichte, säger på ett ställe, att varje människa måste ha ett mål, som är dess livs livskraft, även om detta mål inte är annat än en chimär; det är likväl denna chimär som låter oss gå framåt, liksom bönderna i Italien sätter en hötapp på vagnsstången framför sin åsna; hon ser den beständigt helt nära och kan aldrig hinna den, men åsynen av den och begäret efter den låter henne glömma vägens längd och tyngden av lasset.

"Den tyska filosofin har rätt, vem vet om vi inte noga räknat alla är åsnor med en hötapp framför oss?" sade jag nedslagen och fundersam, då onkel Benjamin hade slutat den lilla berättelse jag nu vill återge.

"Det är möjligt att så är, men det händer likväl stundom, att en eller annan av dessa åsnor bär en helgonbild eller ett relikskrin, och att hötappens alla strån förenar sig till en gyllne stjärna", svarade gubben allvarsamt och nästan stött över den profana reflektion hans historia framkallat.

I.

I Norrland, där bondgårdarna ofta ligger flera mil från varandra, är herrgårdar rent av en sällsynthet, och det gamla herresätet Mossboda, som ligger vid Ljungan mellan Jämtkrogens och Bräcke gästgivaregårdar, just vid gränsen mellan Medelpad och Jämtland, hade åtminstone inte att glädja sig åt några grannskap.

Dess gamla, något förfallna manbyggnad ligger i en av dessa djupa och trånga ådalar, som invid älven bildar så egendomliga och förtjusande eremitager om sommaren, men vilka om vintern tar sig ganska ruskigt ut, då tallarnas grenar är nedtyngda av snön och älven börjar isläggas invid stränderna och björnen sover mellan klipporna och drivornas tjocka och mjuka täcke inte rubbas av annat än hararnas och de vita ripornas ludna fötter och rävens lätt igenkännliga spår, vilka snöstormen från fjällen rytande sopar igen.

Nu var det emellertid en afton i juli månad. Den korta sommarens hela prakt tycktes här ha samlat sig mellan bergen och lagt en rikedom av färg och friskhet, en grönska och växtlighet, som kunde tävla med själva Skånes lundar.

De mörka tallarna rodnade i aftonsolen och älvens dån, som om vintern blandar sig så hemskt med stormens gny och trädens brakande, upplöste sig nu i harmoniska melodier, melankoliska och enformiga, det är sant, men ljuva och smekande för örat.

Den gamla envåningsbyggnaden, med sitt lappiga tak av ömsom svarta, ömsom röda taktegel och med sina höga fönster och tjocka väggar, liknade nästan en kyrka och hade alls intet tycke av de stora rödfärgade timmerhus, som de rika bönderna där uppe bygger åt sig, för att stå tomma och onyttiga såsom monument över den eviga, allestädes närvarande fåfängan, vilken där just inte kan visa sig på annat sätt och således är tämligen oskyldig.

En enstöring och misantrop av den gamla friherrliga ätten Hastford hade for ett par århundraden sedan byggt detta gamla hus vid älven, och ägaren av det bar ännu samma namn, men han hade aldrig varit där, och ingenting vittnade dessutom, att det var bebott av så kallat bättre folk.

Några stora rönnar och balsampopplar växte på den ovårdade, gräsbeväxta gården, och några vinbärsbuskar, planterade i en rad på ena sidan utmed en stenmur, tycktes antyda, att man fordom haft någonting liknande en trädgård, men kråkbär och den vilda stormhatten med sina gigantiska blad övertäckte nu den nedrasade muren, och en liten dvärgapel – vars hundrade gånger bortfrusna grenar för varje sommar uppspirade ur den torra vresiga stammen och gjorde ett fåfängt försök, att blomma och sätta kart – sträckte sina gråblå kvistar över stenarna.

Ingenting tydde på människors vård eller försköning på detta ställe, och naturens vilda och storartade poesi framträdde därför så mycket mera bjärt och levande. Det frodiga gräset, de gröna björkarna, det blå vattnet med sina virvlar och sitt skum, som liknade simmande och dykande svanor, och mest av allt färgprakten av den yviga mossan, med åkerbärsblommans rosenröda stjärnor och linneans fina, doftande rankor, på sin i nästan alla färger skiftande grund, bildade en tavla, som i detta ögonblick åtminstone gav fullkomlig dementi åt påståendet, att den nordiska naturen är blek och matt.

Solen sjönk allt mer och älvens vatten syntes allt mörkare, laxen hoppade över fallet och glänste som silver över vågorna, skogsduvan flög hem till den ihåliga eken på berghällen, och falken stod orörlig med darrande vingar över skogstopparna, i förväg borrande det skarpa, gula ögat in i någon stackars liten orrunge gömd i gräset, som hans klo i nästa ögonblick skulle hinna; skuggorna blev allt längre och hela tavlan blev allt mera melankolisk, men denna melankoli förmådde likväl inte framtränga till den enda levande varelse, som i detta ögonblick syns på den ödsliga gården.

Det är en gosse om fem eller sex år, som helt ensam leker under träden vid muren.

Han har byggt ett hus av sten och mossa och samlat tallkottar där inom; hans vackra ansikte glöder av iver och intresse, det bruna, krusiga håret ligger fastklibbat av svett på pannan och de mörkblå ögonen lyser av förnöjelse, ty nu har han släpat fram den sista stenen, som fulländar hans präktiga ladugård. Han hör varken älvens dövande dån, eller ser skuggorna växa omkring sig, tills solen redan försvunnit bakom bergen.

Barndomen har en sällsam förmåga att begränsa sig inom sina egna kortlivade men skarpa intryck, och liksom man ser månen stundom på himlen simma inom en skimrande ring, så svävar barnets själ inom den brokiga ring, som fantasin drar omkring den.

Den lilla gossens lek hade så fullkomligt upptagit hela hans själ, att då han äntligen reste sig upp, behövde han en hel minut för att återkomma till verkligheten och låta tallkottarna, barkbitarna, stenarna och sin egen lilla person återfå sina naturliga gestalter och egenskaper.

Han såg sig omkring med yrvakna blickar och spratt till, överraskad vid åsynen av en okänd man, som stod tätt bakom honom.

Den främmande hade kommit så tyst och stod där nu, som om han skjutit upp ur jorden, liksom dessa sällsamma svampar, av vilka man det ena ögonblicket inte ser ett spår och som det andra redan hunnit utveckla sina giftiga och hemlighetsfulla former framför våra förvånade blickar.

Han var lång och stod lutad emot en tjock och blanknött käpp. Hans hår och skägg var svarta, hans hy gul och hans ögon, som låg djupt under de tjocka ögonbrynen, fästes så orörligt på barnet, att trots att den lilla Hugo Hastford var en trotsig och modig pilt, ett rop av förskräckelse undföll honom.

Vid hans häftiga och korta skrik rusade en av dessa gulgrå, raggiga och spetsörade hundar, som är vanliga i Norrland, fram från sin koja och anföll med ett ursinnigt tjut den främmande.

Barnets skrik och främlingens vilda utseende hade väckt det annars fromma djurets vrede, dess vassa tänder slet ögonblickligen sönder mannens dåliga jacka och rispade hans ben, men i nästa sekund låg hunden gnisslande och blodig, träffad av främlingens påk, vilken tycktes ha blivit förd med kraften och skickligheten hos en slaktardräng.

Den lilla gossens vrede och förskräckelse vid hans lekkamrats och älsklings fall frampressade ännu ett rop från hans läppar, men det kvävdes av förundran, då ett annat blandades därmed, och han såg vid mannens fötter och upplyft av hans armar en liten flicka, ännu mindre än han själv och vacker som en ängel.

Var hade hon väl kommit från, hade hon varit dold bakom främlingen eller krupit fram ur den låda, som denne bar på ryggen? Hugo hade inte sett henne förut, hon liknade med sitt gula och yviga hår och sina rosenkinder en liten älva, ur en av de sagor hans sköterska berättat.

Den lilla flickan slingrade sina armar om den skäggige mannens hals, och med barns snabba växling av intryck kastade hon en leende och strålande blick på gossen, omedelbart efter den av förfäran, varmed hon nyss betraktat hunden.

Hela denna scen hade inte upptagit mer än en minut, i den nästa var Hugo ensam. Barnet och mannen var försvunna tyst och hastigt som de kommit, och gossen skulle ha trott sig drömma, om inte den sårade hunden legat framför honom, vittnande att uppträdet verkligen passerat.

I stället att, som de flesta barn skulle ha gjort, springa in i huset och ropa på hjälp, satte han sig snyftande ned i gräset, strök det stackars djurets raggiga päls och tog dess blodiga huvud i sitt knä.

Hunden rörde sakta på svansen, slickade matt hans händer, såg på honom med det enda öga han hade oskadat och framstötte ett lågt och rosslande ljud ur det krossade bröstet.

Nära en halvtimme förgick och gossen satt ännu orörlig. Solen var långt nedom bergen, men hela natten är ljus vid denna tid av året, och den klara, rosenröda himlen hade inte en enda molntapp på sitt skinande valv.

Äntligen öppnades den tunga grå porten på huset och en kvinna om femtio år kom ut på trappan. Hon såg sig omkring med uppmärksamhet och ropade därefter högt och med orolig röst: Hugo!

Ingen svarade, och som skuggan av muren föll över hunden och barnet, vilka dessutom doldes av de gamla vinbärsbuskarna bredvid, kunde hon ingenting upptäcka.

”Vart har nu Lisslena gått med honom?” mumlade hon förtretad. ”Jag hade ju sagt till henne att inte lämna gården. Hugo har en sådan lockelse för älven. Sådan olydig och självrådig varelse den där flickan är! Jag skulle ju snygga gossen, baron kan vara här vilket ögonblick som helst”, fortfor hon för sig själv, gående över gården med spanande blickar.

”Du, min Gud och skapare, ligger han inte där insomnad bredvid Rugge!” tillade hon, då hon i detsamma upptäckte sitt fosterbarn hopkrupet i gräset.

”Nej, jag sover inte, Dora, men Rugge sover, och du får inte väcka honom, för han är sjuk”, sade gossen viskande, utan att röra sig ur stället.

”Mitt hjärtans barn, varför sitter ni här ensam? Vart har Lisslena tagit vägen?”

”Hon gick med Anna efter korna.”

”Bevara mig, hur kunde hon lämna er ensam utan att säga till? Se så, skynda er nu, Hugo, ni skall klä er, tills pappa kommer.

”Tyst, Dora! Akta Rugge, den där elaka karlen har slagit honom.”

”Vad säger ni! Vilken karl? Kors bevara mig, jag tror hunden är död; och ni är ju alldeles nedblodad. Hugo, mitt kära barn, vad har hänt?” utropade kvinnan förskräckt och upplyfte gossen, som åter började gråta.

”Herre min Gud och skapare, och jag som vet av ingenting. Jag har haft så bråttom att ställa i ordning allting, ensam som jag är. En sådan förskräckelse! Gud vare tack att ni inte är skadad; vad kunde detta vara för en landsstrykare? Att slå ihjäl hunden! Jag tyckte mig väl höra honom skälla, men han tystnade strax, och jag litade på Lisslena. Jo, så går det”, muttrade den stackars Dora, under det hon åhörde gossens berättelse, vilken avbröts av snyftningar.

"Jag vill ha Rugge med mig, jag vill inte gå härifrån", utropade Hugo ivrigt och bedjande, då Dora ville avlägsna sig med honom.

"Kära hjärtandes, hunden är ju död, låt honom ligga."

"Nej, nej, han skall ligga på sin kudde. Den hemska karlen kan komma igen."

"Nå, Herre Gud, som ni vill då. Per, Per, kom hit!" ropade hon hastigt åt en lång karl, som i detsamma syntes vid gårdsgrinden.

Drängen kom fram och nu började en ny serie av utrop och beskärmelser över händelsen. Hunden, som verkligen ännu var vid liv, bars in i förstugan och Hugo följde äntligen sin sköterska in i deras gemensamma rum.

Ingen vid gården hade sett den främmande mannen och den lilla flickan, som Hugo beskrev, alla antog för givet, att det varit en kringvandrande krämare, och man tänkte inte mera på det, då alla var upptagna av tillredelser för den väntade husbonden, vilken aldrig varit där förr och som ingen av gårdens folk, utom Dora, kände.

För tre år sedan hade Hugos mor, den unga friherrinnan Hastford, dött. Dora, som varit hennes amma och även haft vården om hennes enda barn, hade då på hennes mans befallning under hans vistande utomlands flyttat hit till denna gamla, undangömda gård och allt sedan bott här med den lilla Hugo. Ett par gånger om året hade hon skrivit efter den adress baronen uppgivit, för att lämna underrättelse om gossens hälsa, och nu för några dagar sedan hade hon fått underrättelse om sin husbondes ankomst och befallning att iordningställa rummen för hans vistande några dagar, då han sedan tänkte medföra både henne och gossen till Stockholm.

Denna befallning var emellertid inte lätt att efterkomma, ty det enda rum, som var någorlunda beboeligt, var just det, som hon själv och hennes fosterson innehade. Det låg emellertid bredvid köket och ansågs av Dora såsom alldeles olämpligt för den väntade husbonden.

Huset, som var mer klumpigt än stort och blott bestod av en våning, hade en stor sal med köket, Doras rum och ännu ett för hushållerskan på ena sidan samt dessutom två rum på östra gaveln. Dessa båda rum, med sina låga, nästan fyrkantiga dörrar, klumpiga lås, som inte kunde stängas, stora springor, råtthål och svartnade tak, skulle verkligen trotsat en större förmåga och bättre resurser, än dem den gamla Dora hade att disponera över, och hennes välmening fick inskränka sig till att tvätta de skröpliga lärftsgardinerna omkring sängen, upphänga en vit gardin för fönstret, skura det knöliga och uppnötta golvet, lägga friskt enris omkring den stora, gapande spiseln och vädra de gamla unkna sängkläderna, som inte på nära ett sekel varit uppvärmda av någon som vilat på det.

Det var under det ivriga bestyret med det, som hennes avgud och skötebarn blivit lämnad i den vårdslösa Lisslenas vård och återfunnen förgråten, skrämd och blodig bredvid den döende hunden.

Dora hade nu tröstat och tvättat sin älskling, och sittande på hennes knä, bredvid det rankiga bordet i kökskammaren, berättade han för andra gången med barndomens fantastiska uppfattning och livlighet denna händelse, som gjort ett så djupt och pinsamt intryck på honom.

Dörren öppnades i detsamma, och en stor och bastant bondkvinna, som på en gång var kokerska och matmor vid gården, inträdde från köket.

Hon stack sina stora händer under ylleförklädet, satte sig ned bredvid bordet och sade med ett slags vördnadsfull förtrolighet:

"Hör nu, jungfru Dora, jag tycker, att fårkött, gryngröt och pannkaka med åkerbärsmos väl måtte vara rart nog för barons kvällsvard?"

"Ja", sade Dora, som genast glömde Hugos historia för att med djup begrundning och intresse bispringa mor Lisa med råd för supén. "Ja, nog tycks det vara rart, men jag vill minnas, att förr, då friherrinnan levde, så drack herrskapet endast te om kvällarna."

"Usch! Sådant elände", inföll mor Lisa föraktligt, "det kan jag då aldrig bjuda honom på."

"Men baron är en fasligt fin herre. Gröten är åtminstone inte värt att komma med."

"Det är 'slåttergröt', jungfru Dora, inte en droppe vatten i den, vit som snö."

"Det hjälper inte. Om vi däremot kunde skaffa litet te; men då det är så långt till staden och vi inte fick underrättelse förrän så sent, så kan ingen hjälpa saken. Jag tänker dessutom att herr Balduin, barons kammartjänare, nog har med sig, om det behövs. Han är så klok och omtänksam."

"Ja, inte finns här något te, om man inte kunde torka några smultronblad."

"Nej, det går inte an, baron kan väl själv förstå vad som är att tillgå på ett sådant här ställe. Ack, mor Lisa, jag har sagt det hundra gånger och jag upprepar det, att jag aldrig kan förstå barons mening, då han lämnade sin enda son ensam med en gammal tjänarinna, som jag, att fostras upp som ett bondbarn, utan lekkamrater, utan en guvernant eller lärare och allt annat som anstod en Hastford. Gossen är snart sex år, och om jag inte läst litet med honom, så skulle han inte känna bökstäverna en gång; och se hur han är klädd! Jag är färdig att gråta åt det. Du himlens Gud, i en kolt av ylletyg, som jag själv måst sy. Hans mor var likväl en född grevinna, och drottningen själv skickade varje dag att fråga efter hennes hälsa, när Hugo var född. Och nu har hennes son, hennes enda barn, i tre hela år fatt leva undangömd som ett skammens och vanärans barn här uppe bland björnar och vargar."

"Det där har hon sagt mig mest för varenda dag, och jag tycker att det går intet ont åt gossen, och vi är väl kristna människor har också, och varken björnar eller vargar", avbröt mor Lisa stött och steg upp.

"Ja, ja, men orätt är det i alla fall. Se hur vacker han är, det är alldeles hans mors bruna och silkesfina hår och faderns mörka och stolta ögon. Jag kan inte tro annat än, att baron nu kommer för att föra oss härifrån. Det är visst sant, att man redan vid friherrinnans död viskade bland betjäningen, att barons fasliga slöseri och prakt, och hans givmildhet emot alla, hade medtagit hans rikedom, men i alla fall, han må väl inte kunna glömma att..."

"Tyst! Jag hör bullret av en vagn. Det är baron som kommer", utropade mor Lisa, för andra gången avbrytande Doras beklagelser, och skyndade ut åt köket, vars fönster låg åt gårdssidan.

"Hugo, mitt kära barn, låt mig nu se att ni hälsar snällt på pappa, som kommer. Han skall föra er till det granna Stockholm och ge er en informator och en guvernant och granna kläder och leksaker, så att ni kan få likna en liten baron, som ni också är", sade den gamla Dora brådskande och full av förtjusning, under det att hon ännu en gång ordnade gossens lockiga hår och förde honom ut med sig på trappan.

"Jag vill inte fara bort. Jag vill stanna här och ha en sådan lång båtshake som Anders har, för att fånga stockarna i älven", sade Hugo missnöjd.

"Så ni talar, barn. Tyst nu, där kommer vagnen."

Framför den gamla byggnaden stannade också verkligen i detsamma en dammig resvagn, och en karl med ett klokt och allvarsamt utseende, klädd i en vid dammrock och en resväska på bröstet, hoppade ned från kuskbocken och öppnade vagnsdörren för sin herre.

"Balduin! Ack, kära herr Balduin, vad jag är glad att återse er!" sade Dora, nigande i sin förnöjelse för den ståtliga kammartjänaren, som tigande men med ett vänligt småleende besvarade hennes hälsning, under det han slog ned fotsteget.

"Här är jag nu, min kära, gamla Dora. Men var har du min Hugo?" sade i detsamma en klar och välljudande, men något melankolisk stämma, som Dora igenkände för sin husbondes, trots att hans figur och ansikte föreföll henne förundransvärt åldrade på dessa tre år, och hon neg djupt gång efter annan för en lång mörklagd herre, med svart skägg och mustascher, som i detsamma steg ned ur vagnen.

"Ursäkta, herr baron, Hugo är litet blyg, han är inte van att se annat än bondfolk", sade amman, inläggande redan i sina första ord en, som hon tyckte, mycket rättvis förebråelse, under det hon fåfängt sökte att leda gossen fram till hans far.

"Han kan inte känna igen mig, det är naturligt", sade denne, som äntligen tog det motsträviga barnet i sina armar och kysste honom. Men Hugo slet sig lös, kastade sig i Doras famn och dolde huvudet vid hennes bröst.

Fadern tycktes ett ögonblick överväldigad av smärta eller vrede, ty han drog ihop de mörka ögonbrynen och läpparna darrade, men i det nästa sade han småleende:

"Låt honom vara, Dora. Om du inte förut lärt honom att älska sin far och välkomna honom, så är det nu för sent för i afton."

"Ack, herr baron, det har jag gjort, det är visst och sant. Men jag begriper inte vad som kommer åt barnet", inföll amman, som fåfängt sökte lossa Hugos små armar från sin hals.

Baronen gick in till sina rum, företrädd av mor Lisa, som i egenskap av värdinna visade vägen, och följd av den nu tillrättakomna Lisslena – en vacker flicka, men med eldrött hår och ett klipskt och otrevligt utseende – som biträdd av gårdsdräng-en bar kappsäckarna, vilka Balduin lossat från vagnen.

"Hugo, hur kunde ni vara så obeskedlig och inte vilja hälsa på pappa? Ni hade ju lovat mig att vara snäll", sade Dora förebrående, då hon kommit in i sitt rum och nedsatt gossen på sitt knä.

"Det var inte pappa", invände barnet sakta och såg sig rädd omkring.

"Vad säger ni? Var det inte pappa, vem var det då?"

"Det var den elaka karlen, som slog Rugge."

"Bevara mig barn, vad är det ni säger, hur kan ni tala så dumt?"

"Han har ett sådant svart skägg och..."

"Tyst, tyst, ni har blivit alldeles förskrämd i kväll, stackars liten. Gud hjälp mig att jag skulle lämna er så där ensam", sade Dora helt bekymrad och började klä av gossen, ty klockan var redan nio.

En halvtimme därefter var han försänkt i sömn, men hans lilla ansikte var fe-berglödande, och ännu i drömmen förblandade han den långa blekgula, svartskäg-giga främlingen, som skrämt honom så häftigt, med den okända fadern och såg den blodiga hunden och den lilla guldlockiga flickan där bredvid.

II.

I det ena av de båda östra gavelrummen vandrade emellertid baron Edgard Hast-ford fram och åter på det ojämna golvet. Han såg sig inte omkring och tycktes inte det ringaste intressera sig för ett ställe, som likväl så länge tillhört hans familj och där han aldrig förr varit.

Hans huvud var sänkt, hans kind var ännu mera blek än då han steg ur vagnen, hans fina och vita händer vreds oupphörligt om varandra, och den orörliga, stirran-de blicken ur det mörka, insjunkna ögat vittnade, att hans tankar var långt borta och på ett pinsamt och ansträngande sätt sysselsatta.

Kammartjänaren, som i ett hörn av rummet höll på att packa upp och ordna sa-kerna i en av de medförda reskoffertarna, tycktes emellertid använda detta göromål endast som en förevändning att observera sin herre, ty han rörde tankspridd i kläder och toalettsaker, under det hans uppmärksamma blick följde baronens alla rörelser.

Skrammel av knivar och tallrikar från salen, där mor Lisa, biträdd av Lisslena, dukade bordet, väckte emellertid Balduins uppmärksamhet. Han gick för att ge hushållerskan några tillsägelser och övervaka anordningen av sin herres supé, men under allt detta vändes hans blickar oupphörligt emot dörren till barons rum. Han var tydligen lika tankspridd som denne, och följde endast med delad uppmärksamhet mor Lisas beställsamma iver, då hon med synbar förnöjelse tog fram ur skåp och lådor alla dessa gamla, uråldriga och förlegade husgerådsartiklar, som i åratal aldrig varit begagnade, och vilka såsom husets inventarier var i hennes speciella vård.

Om han emellertid visade föga intresse för de båda kvinnornas göromål, så tycktes han däremot med synbarlig noggrannhet ge akt på ställets alla egenheter; han beskådade väggar och tak, dörrar och fönster, anmärkte att fönstren satt mycket nära marken och saknade luckor, att dörrarna inte kunde låsas och att det skulle förefalla ödsligt och obehagligt att bo på detta sätt mitt i skogen.

”Åh, det gör ingenting, vi har dessutom en bra gårdshund”, sade mor Lisa, som med synnerlig omsorg vek de gamla styva serveterna i konstiga rosetter som till ett bondbröllop.

”Ja, men ni glömmer, att han just i kväll blivit nära ihjälslagen”, inföll Lisslena, vars kvicka ögon följde kammartjänarens alla rörelser med lantflickors vanliga nyfikenhet.

”Ja, det är sant; det var skada på hunden, men här finns dessutom inte annat än hederligt folk. Se så, herr Balduin, kan man nu få ta in maten?” fortfor hushållerskan, i det hon placerade mitt på bordet ett stort slipat saltkar av blått glas, som i proportion var lika klumpigt och syntes vara lika gammalt som själva huset.

”Hur kom det till att hunden blivit dödad?” sade Balduin, som inte gav akt på mor Lisas fråga.

”Ah, det lär varit en strykare, som gjorde det för att försvara sig, efter vad lilla Hugo berättade. Men det var i alla fall besynnerligt, ty hunden brukar aldrig vara ond.”

”En ’strykare’. De är just inte alltid hederligt folk. Vart tog han vägen?”

”Gud vet, han gick väl åt Bräcke till. Det var ingen som såg honom mer än Hugo.”

Kammartjänaren svarade ingenting, han trummade sakta med fingrarna emot fönsterposten och tycktes försjunken i betraktande av de höga bergen, som stängde utsikten runt omkring.

”Det är troligen långt till någon granngård?” sade han slutligen.

”Åh nej, gästgivargården ligger inte mer än en halv mil härifrån, och till Jämtkrogen är det knappast två”, svarade tjänstflickan småskrattande.

”Tycker du detta är nära? Se så, nu skall vi laga att baron får supera, han är troligen trött, klockan är tio. Vad heter du, min flicka?”

”Jag heter Lena, men man kallar mig Lisslena, efter gården där min mor bor heter Lissa.”

”Nåväl, Lena, gå då efter maten, jag tyckte mor Lisa hade den färdig.”

Lena gick ut, och Balduin, som blev ensam, strök handen över pannan ett par gånger, suckade tungt och gick in till sin herre.

En stund därefter satt åter, efter mer än hundra år, en baron Hastford till bords i denna gamla sal, där ingen annan än råttorna superat under åratal. Det tycktes också, som han själv frapperats av denna omständighet, ty han syntes för ett ögonblick vakna ur sin tunga tankfullhet, såg sig omkring och sade småleende:

"Jag är ledsen att inte förr ha kommit hit. Det här gamla stället har ett eget, romantiskt behag. Det ligger något tilldragande i den skarpa kontrasten mellan denna ytterliga enkelhet, detta tarvliga och dystra gamla hus med sina åldriga och klumpiga minnen från fordom, och den värld jag nyss lämnat, och jag undrar inte på att det en gång varit en älskad fristad för en uttröttad flykting från livets buller och bråk."

"Det är sant, jag har just tänkt detsamma. Varför inte kunna leva lycklig här?" svarade Balduin med en ton och ett sätt, som visade, att han var van att i hemmet utgöra sin herres sällskap och förtrogne, mer än hans tjänare.

"Därför att lyckan inte kan trivas i mörker och enslighet. Det vore en död värre än döden."

"Det har likväl en baron Hastford byggt detta hus och levt här."

"*Dött* här, vill du säga."

"Om man lever eller dör här, så är man nästan lika mycket skild från vad vi kalla världen", inföll kammartjänaren med en besynnerlig blick och en egen tonvikt på orden.

"Den skilsmässan skulle emellertid vara illa arrangerad", sade baronen, skakande på huvudet, i det han steg upp från bordet, utan att ha förtärt något annat av mor Lisas välmenta anrättning än ett glas mjölk.

Balduin följde sin herre in i hans rum och stängde dörren efter sig, men Lisslena, som tydligen funnit sin husbondes ankomst utomordentligt intressant, närmade sig oupphörligt denna dörr, under det hon avdukade bordet, för att med ögat intill springan försöka uppfatta vad som föregick där inne.

Olyckligtvis uppehöll man sig emellertid i det inre rummet, och den nyfikna flickan smög sig därför, då hon slutat sina göromål, ut på gården, kröp sakta genom vinbärsbuskarna och över muren och var nu vid gaveln av huset, där hon, dold av de höga, frodiga nässlorna, vilkas taggar hon trotsade, kunde genom fönstret titta in i barons sängkammare.

Det tycktes också, som om man här inne avhandlade något ämne av synnerligt intresse och vikt, ty hon såg kammartjänaren med sammanknäppta händer och en min av tydlig ångest och smärta stå mitt på golvet framför sin herre, vilken var lika upprörd som han, och som tycktes med otålighet avhöra den bön eller förklaring, som kammartjänaren med iver framförde.

Han talade emellertid så lågt, att Lena, som med yttersta ansträngning lyssnade vid fönstret, likväl inte kunde höra annat än avbrutna ord, utan allt sammanhang.

Slutligen sade baron häftigt och med missnöje:

"Tyst, min vän! Tala inte mera om det, det måste ske. Varför vore jag annars här?"

Balduin betäckte ansiktet med händerna och vände sig bort. Var det vrede eller smärta han ville dölja? Lena kunde inte avgöra detta, hon såg blott att baron hastigt upplåste ett resschatull, som stod på bordet vid sängen, tog upp ur det en mängd brev och papper och vinkade med detsamma åt kammartjänaren, som, behärskande den häftiga rörelse, vilken nyss hade övermannat honom, gick fram till bordet.

Båda fördjupade sig nu i läsningen eller granskningen av dessa papper, och den nyfikna tjänsteflickan kunde, utan fara att bli upptäckt, fullkomligt iaktta allt inne i rummet.

Hon märkte, att baron räknade en mängd stora sedlar, som han lade in i en plånbok och stoppade i sin bröstficka, under det Balduin åter sammanvek papperen och lade dem in i schatullet, som han låste igen och vars nyckel Hastford även förvarade.

Klockan var elva på kvällen, men den ljusa sommarnatten tillät dem fullkomligt väl att se vid aftonhimlens sken, och ingendera tänkte på att de i detta ögonblick möjligen kunde vara bespejade, trots att både fönster och dörrar var bristfälliga och otäta som såll.

Ett buller utanför ådrog sig likväl i detsamma Balduins uppmärksamhet, det var Lena som råkade att stöta huvudet mot fönsterkarmen.

Han såg upp och sade oroligt: "Jag tyckte mig höra steg i gräset."

"Det var endast en fågel som flyttade sig på grenarna, alla i huset har troligen redan gått till sängs", inföll baronen likgiltigt.

"Åhnej, här uppe har man ingen natt denna tid av året, och ungdomen i bygden är alltid ute på ströverier."

"I det fallet tänker de på helt andra saker än oss."

Kammartjänaren svarade ingenting, men han öppnade fönstret och tittade ut."

Ingen människa syntes emellertid till, allt var tyst, och den svala nattluften, uppfylld av doftet från skogen, strömmade in i rummet.

"Den här tjänsteflickan i huset tycker jag inte om, det är en listig och elak varelse, därpå är jag nästan säker", sade han helt högt, i detsamma han stängde fönstret.

"Så frisk och härlig nattluften är! Ge mig min promenadrock, Balduin, jag..."

Lena, som ännu låg gömd nedanför väggen, hörde inte mer; bullret av dörren, som öppnades och stängdes, övertygade henne likväl att baronen gått ut.

"Ah, baron har ännu inte lagt sig?" sade gamla Dora, som kom ut från sitt rum på andra sidan och mötte sin husbonde i salen.

"Nej, kvällen är så vacker. Jag ämnar göra en promenad, jag är ju alldeles främmande här. Ligger kyrkan långt härifrån?"

"Ja, alldeles för långt, herr baron, en halv mil."

"Jag vill se den gamla baron Hastfords grav, som skall finnas där, men efter det är så långt, så går jag hellre ned åt älven. Men först vill jag se Hugo, han sover väl redan?"

"Ja, men inte så lugnt som vanligt, jag fruktar han har feber, och jag trodde just att han inte var riktigt frisk, efter han visade sig så blyg och olydig vid barons ankomst. Han blev skrämd strax förut, och detta har gjort honom illamående."

Dora öppnade dörren för sin husbonde, som sakta nalkades barnets lilla säng och stannade där orörlig några sekunder. Slutligen böjde han sig ned, vidrörde med sina läppar gossens panna och lämnade rummet.

Dora, som följde honom genom förstugan, sade, då han gick över gården:

"Om baron vill se laxfisket, så går en gångstig mellan åkrarna till spången längre ned, ty utmed stranden är tvärbrant och svårt att komma fram."^

Hastford nickade endast till svar och försvann vid skogskanten.

Det var sent, hushållerskan och det övriga folket i gården sov redan, och Dora gick in för att även gå till sängs. Den folktomma och fredliga trakten lät henne inte ett ögonblick dra i betänkande att lämna porten öppen, på det Hastford vid återkomsten skulle genast kunna komma in, och då Balduin, som troligen ämnade invänta sin herre, tio minuter därefter kom ut, mötte han på trappan den rödhåriga tjänstflickan, som halvklädd, i lintygsärmarna och med ett knyte i famnen, kom från gården.

Hon smög sig åt sidan och tycktes vilja undvika hans uppmärksamhet, då denne helt tvärt yttrade:

"Vad gör du ute så sent? Unga flickor bör vara inomhus denna tid av dygnet."

"Jag har varit i loftet för att hämta den här ullen, som mor skall spinna och som jag fått lov att gå till henne med i afton", sade Lena, i detsamma hon försvann inom dörren.

Kammartjänaren rynkade ögonbrynen och såg misstänksamt efter henne en sekund, men gick sedan långsamt ned åt älven, samma väg som baron Hastford nyss tagit.

En liten stund därefter kom Lisslena verkligen tillbaka ut, helgdagsklädd, med ullknytet under armen, och tog med, snabba fötter vägen uppåt bergen, för att på en genväg genom skogen komma ut till landsvägen och sedan fortsätta vägen till Bräcke gästgivaregård, där moderns koja låg helt nära.

Det var över midnatt, då Lisslena hade hunnit fram till gränsmärket mellan Medelpad och Jämtland; hon var nu ungefär halvvägs till sin bestämmelseort.

Detta ställe är den mest romantiska punkt mellan de båda gästgivaregårdarna. På ena sidan brusar en strid bäck i djupet av en stenig och skogbevuxet dal, vars branta sidor ända ned till vattnet är uppfyllda av vindfällen, stockar, ris och stenblock och nästan helt och hållet otillgängliga för människofot, och på den andra utbreder sig den flacka Revsundssjön.

Det är en mera vild och ödslig än vacker romantik, och just som den unga flickan hunnit genom småskogen på bergshöjden och ämnade sig fram vid landsvägen, hejdades hon vid åsynen av två figurer, som satt invid det av grova stockar uppresta gränsmärket.

Lisalena var ingen blyg eller nervös varelse, hon hade otaliga gånger gått denna väg och var bekant med varje sten och varje träd därvid, men hon hade sällan eller aldrig mött någon människa, och hennes förundran efterträddes av en ovillkorlig tvekan, att närma sig de båda männen vid gränsmärket.

De var inga "medelpadingar" och inga "jämtar", det såg hon allt för väl, och deras smutsiga och vilda fysionomier, deras ruskiga hår och besynnerligt ofullständiga dräkt häntydde tämligen tydligt på dessa olyckliga varelser, som, stadda på flykt från den tvungna vistelseorten av något fängelse, tillbringar sin fågelfria tid under hunger, nöd och brott.

De tycktes ivrigt sysselsatta med något, som de höll emellan sig och vars beskaffenhet Lena inte kunde se, men vad de än förenade här i skogens dunkel och enslighet, så sade henne en mycket riktig instinkt, att de troligen inte önskade något vittne till det.

Den unga flickan kröp därför ihop som en hare och tryckte sig sakta och ljudlöst ned i den djupa mossan under ormbunkarna och dröjde orörlig i avvaktan på de båda karlarnas avlägsnande.

Deras rörelser blev emellertid allt mera häftiga, de tycktes ha kommit i en tvist, som slutligen övergick till handgemäng. Hon hörde likväl intet annat ljud än deras tunga flåsande andetag och de stumma, ljudlösa gestalterna, som böjde sig över varandra och reste sig och föll, liknande skuggor, eller de mörka fantastiskt framvältande rökmolnen ur en ångskorsten, som slingrar sig om varandra.

Slutligen ryckte sig den ena lös och flydde inåt skogen. Hans kamrat blev kvarliggande i några minuter, men reste sig äntligen och tycktes med möda och endast långsamt kunna följa efter.

Flickan, vars närvaro ingen av dem märkt, kröp nu varsamt fram och skyndade sig ut på landsvägen, så fort hon kunde, och stod innan kort på den höga sandåsen, där Bräcke vita, nybyggda kyrka reser sig i höjden med ens som ett spöke, då man kommer fram ur skogen. Den ligger kalt och flackt med Revsundssjöns långgrunda och fula stränder nedanför till höger, intet träd ger den skugga eller skydd, och de små enbuskarna på heden däromkring ökar i stället för att minska dess ödslighet.

Strax nedanför den sandiga kyrkogården med sin enformiga, släta ringmur har den gamla kyrkan fordom stått, en terrass av sten och grus utmärker platsen, och den forna kyrkogården med sina nedsjunkna gravkullar, sina mossiga fragment av kors och vårdar, övervuxna av frodigt gräs, nässlor och malört, fulländar detta ställes sällsamma och obehagliga intryck.

Lisslena hade emellertid aldrig sett någon annan kyrka och tyckte troligen, liksom hela socknens befolkning, att något mera vackert och passande kunde man inte finna än dess vitmålade träväggar, öppet trotsande stormen eller solskenet; hon hade nu, för att undvika landsvägens krökning, vikit av till den lilla gångstig, som över de båda kyrkogårdarna går ned utför åsen till gästgivaregården, vars röda hus låg ett stycke därifrån.

Trots att hon var vidskeplig, som allmogen och i synnerhet skogsbon alltid är, tänkte hon i detta ögonblick varken på gastar eller troll och stannade därför, mer överraskad än förskräckt, vid åsynen av ett mörkt och rörligt föremål där nere på den gamla kyrkogården.

Hon ansträngde sina ögon förgäves för att fatta vad det var, dess former syntes henne alltför besynnerliga och obestämda, än föreföll det henne som en, än som två varelser, och under dessa bemödanden påminde hon sig hastigt, var hon befann sig, och alla de mer eller mindre dumma sagor hon hört och själv upprepat framställde sig med ens för hennes sinne.

Hon kände en kallsvett fukta hennes panna och stannade fastväxt, som om hennes fötter blivit nedgrävda i sanden, vid porten av den nya kyrkogården, utan att våga sig utför den nerasade trappan genom gruset, som förde vidare.

Hennes ögon vidgades, hon stirrade förfärad ned över dessa gamla gravar, varöver nattvinden susade, och tyckte sig nu för andra gången denna natt se två skuggor i strid med varandra.

Den ljusa himlen spred sin halvdager över den öppna platsen, och Lisslena kunde därför bättre än i skogens dunkel urskilja föremålen och tyckte sig nu tydligt och med fasa se, att det ansikte, som i detta ögonblick var vänt åt henne, var blekt, blodigt och livlöst. Rysande tillslöt hon ögonen, hennes ben sviktade, och förskräckelsen berövade henne för några minuter allt medvetande.

Det var ju utan tvivel två spöken på gravarna, två fördömda själar, som här förde sitt demoniska spel, hon hade tydligen råkat att komma ut i en "märkelsenatt", och den stackars förskräckta flickan vände om med blixtens hastighet och flydde med ilande fart tillbaka, genom skogen, ut till landsvägen.

Redan såg hon dess gula, slingrande band genom ljungen, då ett häftigt barnskrik nådde hennes öra. Hon stannade och med handen på det flämtande bröstet lyssnade förvånad; ropet upprepades ännu en gång, men mattare, det tycktes, som om det hastigt blivit kvävt eller avbrutet, och strax därefter hördes rullandet av en vagn på landsvägen.

Intet ljud kunde vara den förskrämda Lisslena mera angenämt. Hon sansade sig med ens – ty oaktat alla sagornas variationer hade hon aldrig hört att spöken brukade åka på skjutskärra – och med lättare hjärta hoppade hon hastigt från diket upp på vägen.

Midnattens skymning var längesedan passerad, himlen var gulaktig, det började redan dagas, och då i detsamma en av dessa kärror, som är vanliga i Jämtland, rullade förbi, dragen i full fart av en stor och stark häst, såg Lena fullkomligt tydligt en snyggt klädd, blek och svartskäggig karl, som satt i det och höll en liten avsvimmad eller sovande flicka i famnen.

Barnets huvud var bart, och dess yviga, gula hår, som fladdrade för vinden, påminde Lena om den historia, vilken Hugo där hemma berättat och som även hon fått del av. Mannen i kärran drog väl i förbifarten sin kappa över flickans huvud, men Lisslena hade redan observerat dess lilla, fina och nu dödsbleka ansikte och det långa, lockiga håret.

Varken hästen eller skjutskarlen var henne bekanta, de tillhörde inte någon av de båda närmaste gästgivaregårdarna, där hon, till utseendet åtminstone, kände alla; de måste således vara komna långt därifrån, men hästen såg varken trött eller svettig ut; bullret av kärran hade inte hörts på långt avstånd, och den fyndiga flickan, vilken glömde sin spöksyn för intresset av Kugges mördare och det vackra barnet, slöt av det, att den stått väntande på landsvägen eller inne i skogen helt nära bakom kyrkan.

En kvarts timma därefter stod Lisslena med ullknytet i famnen inom dörren till moderns koja; och allt vad hon erfarit och upplevt denna minnesvärda natt strömmade nu över den munviga flickans läppar, med alla de sällsamma tillägg och kommentarer, varmed dylika historier vid varje upprepad berättelse brukar förökas och förbättras.

III.

”Det var under mitt första förordnande som domare jag fick del av denna sällsamma händelse”, sade onkel Benjamin, ty jag vill nu låta honom själv med egna ord berätta den följande episoden av sin historia.

”Jag var förtjust över att ha kommit till Norrland, ty jag hade förut inte varit nordligare än i Dalarna. Jämtlands natur var för mig av en ny och egendomlig art; jag hänfördes av dess otaliga små vattendrag, dess saftiga grönska, dess sjöar och berg, men första åsynen av dessa så ofta beundrade snöfjäll gjorde mig nedslagen och bestört.

All sommarens fägring, all luftens värme syntes mig med ens som ett bedrägeri, som en förrädisk dröm, utan sanning och pålitlighet, jag tyckte mig inte längre kunna glädjas åt dess ljuvhet i dessa fruktansvärda, isiga jättars, närvaro, vilkas snömantlar syntes mig i varje ögonblick kunna av en nyckfull vind kastas över och begrava den grönska och det solljus, som förtjuste mig.

Alla dessa träd, dessa blommor, dessa glittrande vattensprång, denna färgrika mossa, hela nejdens behag för%eföll mig med ens bedrövlig, som prakten i en tandläkares salong, där all möjlig trevnad och allt behag av mjuka soffor och dyrbara mattor förjagas av dessa fruktansvärda operationsstolar med sina bäcken, som hotande reser sig i varje vrå, och jag tillstår, att den prisade och beundrade Åreskutan och de vita Oviksfjällen på mitt opoetiska sinne gjorde ungefär samma verkan som tandläkarens stolar; jag vände mig bort, jag ville inte se dem och det enda jag kunde göra var att söka glömma dem.

Jag hade just nyss anlänt till Bräcke gästgivaregård och var sysselsatt att äta en frukost av 'stenbitar' och getost, som smakade mig förträffligt, då länsmannen hastigt inträdde. Han var en hederlig och godmodig varelse, men mycket enfaldig, och på hans breda fysionomi vilade i detta ögonblick ett uttryck av villrådighet och förfäran, som skulle ha kommit mig att skratta, om jag inte lyckligtvis genast kommit ihåg mitt kall och min värdighet.

'Vad har hänt, min hederlige Bergström?' sade jag och sköt fatet med den stekta fisken från mig, övertygad att få höra berättelsen om ett slagsmål eller ett enfaldigt bondgräl om en gammal oduglig silverklocka.

'Jag är alldeles förbryllad, vet häradshövdingen, och tänkte utbe mig häradshövdingens råd och biträde i en högst besynnerlig sak. Jag fick för en stund sedan ett bud från Mossboda att genast komma dit.'

'Nåväl, var ligger Mossboda?'

'Endast knappa tre fjärdingsväg härifrån, det är den enda herregård vi har i trakten, ett gammalt, mycket förfallet ställe, som tillhör baronen och kammarherren Edgard Hastford. Ägaren har aldrig i min tid varit där, det skötes av en befallningsman, men som baron är änkling, har hans son, ett helt litet barn, och hans sköterska bott där i nära tre år, under det fadern vistats utrikes. Nu har denne i våras återkommit till Sverige, och, efter vad jag nu fått höra, i förrgår på aftonen ankommit till sin egendom, för att, som man tror, föra barnet med sig till Stockholm, men i går på förmiddagen finner man honom mördad.'

'Mördad? Var? I sitt hem?'

'Nej, två karlar, som i går morse ämnade sig åt skogen för timmerfällning och gick över kyrkogården, fann där en obekant mansperson mördad och till hälften avklädd.'

'Varför tror man då, att denne är baron Hastford?'

'Emedan baron genast på morgonen saknats vid Mossboda, och senare på dagen, då ryktet om den funna döda kroppen hunnit dit, har man begivit sig till Bräcke, och hans kammartjänare har igenkänt sin herre.'

'Men av vad anledning har baron befunnit sig på kyrkogården, som ligger så långt ifrån hans hem, och samma kväll som han kommit?'

'Jag vet ingenting om det. Man säger, att han gått ut för att spatsera.'

'Det var en lång spatsertur; kyrkan ligger ju här helt nära?'

'Ja. Jag har inte kunnat få några bestämda underrättelser ännu. Man har emellertid efterskickat läkaren. Jag skulle nu även fara dit och trodde, att häradshövdingen skulle vilja följa med.'

'Ja, naturligtvis, låt oss genast fara.'

Kommissariens bredschäs stod utanför, och tio minuter därefter rullade vi på landsvägen från Bräcke åt Jämtkrogen till. Strax innan vi hann fram till länsgränsen, tog vägen av till Mossboda, och en stund därefter stannade vi vid trappan till det gamla huset, som jag redan beskrivit.

En gråtögd kvinna, av ett städat utseende, med en liten gosse vid handen, mottog oss. Hon presenterade sig själv med mycken takt såsom jungfru Dora, den lilla baron Hastfords vårdarinna, och gossen var det vackraste barn jag någonsin sett.

Hans lilla runda ansikte, som antagit en sorgsen och nedslagen min, rörde mig djupt, och jag blev därför helt överraskad, då han, under det vi gick in, förtroligt tog min hand och sade sakta, under det tårarna ville framtränga i hans ögon:

'Rugge är död. Men Dora har lovat att begrava honom under rönnen där borta.'

'Rugge?' upprepade jag frågande.

'Häradshövdingen får förlåta ett barns oförstånd', inföll sköterskan förlägen, 'han tänker inte på sin fars död, stackars liten, utan på en hund, som var hans lekkamrat.'

Jag smålog sorgset; det var naturligt, då han inte kände fadern, sörjde han honom inte heller.

Allt gårdens folk var församlat, och just då vi kommit in i salen, mötte oss kammartjänaren Balduin, vars bleka och intelligenta ansikte skulle ännu mera intagit mig, om han inte visat en nervös brådska och oro, som förvånade mig.

Hela hans uppsyn och sätt vittnade ännu mer än den fina svarta dräkt han bar om hans sorg och förvirring över händelsen, och då han införde oss i likrummet, var hans rörelse häftig och synbar.

Han förde näsduken ett par gånger över ansiktet, innan han förmådde tala, och sade slutligen, i det vi närmade oss sängen, där man lagt den döde:

'Vi har ansett oss böra lämna barons lik helt och hållet orört, tills man besiktigat detsamma.'

'Det var alldeles rätt', inföll jag, som inte kunde undertrycka en rysning, så mycket mindre som det var första gången jag måste uthärda en dylik syn.

Jag har olyckligtvis, som du vet, alltid varit en smula nervös, oaktat min bastanta kropp, och min första sinnesrörelse vid åsynen av detta förfärligt vanställda lik var så häftig, att jag åtminstone inte kunde göra någon juridisk iakttagelse om det.

Den dödes ansikte var alldeles oigenkännligt, hans händer var söndersargade, och en del av hans kläder saknades.

Då läkaren – vilken redan anlänt, när vi kom, men väntat på oss för att börja sin besiktning – äntligen hade undersökt alla dessa sår och blånader, tycktes han villrådig.

'Det är troligt, att han länge försvarat sig, och intet av dessa sår syns mig egentligen dödligt, utom ett knivstygn i ryggen. Man har tydligen sökt att strypa honom med en rem, som ännu hänger fast omkring hans hals, och det tycks utom allt tvivel, att mördarna varit två; den första angriparen har inte lyckats besegra honom, förrän en annan anfallit honom bakifrån', sade läkaren tankfull. 'Er husbonde har troligtvis varit en modig och kraftfull man', tillade han, vändande sig till kammartjänaren.

'Det var han, herr doktor', svarade denne med en viss sorgsen stolthet.

'Här på benet har han en blånad och liksom märken efter tänder, det ser nästan ut, som skulle man haft en hund till medhjälpare i brottet.'

'Ack, det är kanske den stackars Rugge, som tillfogat honom dem', sade Dora, som stannat inom dörren.

'Vad menar ni?' sade läkaren förvånad.

'Jo, saken är, att vi här hade en gammal trogen hund, som blev slagen nästan till döds av en kringvandrande karl, samma kväll som baronen anlände. Hunden låg alldeles orörlig, vi trodde honom till och med död, då han, vid det att man i går hemförde barons lik och gick förbi honom, troligen förvirrad av bullret, rusar upp och hugger tag i den dödes ben. Det var hans sista livsyttring, ty han föll ned och dog i detsamma.

Läkaren böjde sig ned, undersökte benet ännu en gång, skakade på huvudet och sade halvhögt:

'Hm, det var besynnerligt. Dessa märken är inte tillfogade den döde, utan den levande.'

'Är ni fullkomligt säker, herr Balduin, att den döde i livstiden verkligen varit er husbonde, baron Hastford?' sade jag.

'Jag kan naturligtvis inte igenkänna hans ansikte, men jag igenkänner hans kläder, hans halmhatt och käpp, som låg bredvid, hans växt, hans skägg och hår och ringen där, på hans hand.'

Han pekade på likets uppsvullna och söndersargade hand, som hängde utom sängen, på vars finger satt en ring med Hastfordska hjärtvapnet graverat i karneol.

'Det var besynnerligt, ringen sitter på vänstra lillfingret', inföll gamla Dora halvhögt.

'Varför finner ni det besynnerligt?'

'Därför att jag i flera år sett baron bära den på högra handens ringfinger, och jag märkte just händelsevis om kvällen, då han var kommen, att han även då hade den där.'

Jag såg frågande på Balduin, och det föreföll mig ett ögonblick, som om denne sett generad och villrådig ut.

'Det är verkligen sant', sade han slutligen. 'Men det hände ibland, då baronen ville påminna sig något, att han flyttade den, förmodligen har han gjort så nu.'

Förklaringen syntes mig mycket naturlig, men en annan sak förekom mig mera oförklarlig. Man hade antagligen överfallit för att plundra honom och mördat honom, då han försvarat sig, hans ur och plånbok var borta, hans väst och underkläder likaså, men rocken, som varit lättast att tillgripa, och som, för att komma åt västen, man måste ha tagit av, hade han kvar, och skjortan, som var söndersliten och oknäppt vid halsen och händerna, bar intet märke efter knivstynget som dödat honom.

Jag gjorde läkaren uppmärksam på allt detta, men han fäste ingen synnerlig vikt därvid och trodde, att kniven under brottningen möjligen kunnat komma under kläderna, eftersom de var sönderrivna.

'Hur var de av er husbondes klädespersedlar, som saknas?' sade jag, vänd till kammartjänaren.

'Västen och underkläderna, som baron burit under resan och som han ännu hade på sig, var av fint yllesommartyg och mörkgrå till färgen.'

'Och om halsen hade han en blå sidenhalsduk', inföll Dora, 'jag minns det mycket väl.'

'Det kan jag inte påminna mig', avbröt Balduin tämligen tvärt, med samma min av förlägenhet som jag förut en gång anmärkt.

'Jo, det är alldeles säkert.'

'Det är emellertid högst oförklarligt, att man lämnat rocken kvar.'

'Möjligtvis har man funnit den alltför utmärkt och lätt igenkännlig, eftersom det är en promenadrock, sydd i Paris och av ett mera ovanligt tyg och med runda skört.'

'I det fallet har ni kanske rätt, man har inte vågat att medföra den, men har ni ingen den minsta misstanke på vem som kunnat begå detta brott?'

'Nej, ingen, jag känner varken trakten eller någon människa här, vi kom hit på aftonen klockan nio. Då baronen ätit, ville han göra en promenad, innan han gick till sängs. Han befallde mig att möta honom vid älven. Jag gick dit, men då jag inte fann honom, återvände jag hem, utan att ana någon olycka; jag förmodade att han tagit en annan väg. Då han emellertid inte återkom på hela natten, blev jag orolig, i synnerhet som jungfru Dora, vilken sist talade vid honom, trodde honom ha gått för att se fördämningarna vid laxfisket och möjligen ha vågat sig ut på den hala och slippriga spången vid fallet, där ledstängerna till stor del felas; våra första efterspaningar gällde därför detta ställe, ty jag hade ingen aning om att han gått så långt som till kyrkan.'

'Var jungfru Dora den som sist såg honom här hemma?'

'Ja, jag var i salen, då baron kom ur sitt rum, han sade sig då vilja gå ut, efter kvällen var så vacker.'

'Märkte Dora intet ovanligt hos honom? Det syns mig besynnerligt att, då man kommer från en lång resa, genast göra en promenad.'

'Baron har aldrig förr varit här, han sade sig vilja besöka en grav i valvet under den gamla kyrkan, där en av hans förfäder vilar, men avstod därifrån, då jag underrättade honom om vägens längd. Emellertid hade han likväl gått dit.'

'Har man inte sett några misstänkta personer i trakten, ni vet, att man för inte längesedan efterlyst rymmare från Torneå?' fortfor jag.

'Ingen har här synts till, mer än den främmande karlen, om vilken lilla Hugo berättade och som slog hunden', sade Dora tvekande. 'Det är kanske orätt att kasta misstankar på någon utan egentligt skäl, men sanningen är, att vi alla genast tänkte på honom.'

'Så är det, vi har alla tänkt på honom', inföll befallningsmannen, vilken stått strax innanför dörren och nu framträdde ett steg framom drängarna.

'Vem talade vid den där främlingen?'

'Ingen av oss har talat vid honom.'

'Hur såg han då ut?'

'Ingen har heller sett honom, men det var säkert en skojare, eftersom Rugge anföll honom, och den där remmen, som satt om barons hals, betrakta den!'

'Nåväl, det är en gammal, mycket smutsig rem med ett mässingsspänne.'

'Den är avskuren, men jag vill hålla vad, att den tjänat till att bära en krämarlåda med.'

Jag hade just tänkt detsamma, men sade likväl:

'Den kan också ha tjänat att spänna omkring livet, såsom sjömän brukar i stället för hängslen.'

'Nej, den skulle då varit hel och inte avskuren, den har säkert varit fastsatt någonstans.'

'Den där karlen skulle då haft en dylik låda att bära?'

'Ja, eftersom lilla Hugo säger, så hade han en låda på ryggen och bar i det ett litet barn.'

Gossen skulle således ha varit den enda, som sett sin faders mördare. Det föreföll mig som en hemsk och sällsam skickelse. Emellertid var ingen vidare upplysning om saken att få. Jag förseglade den dödes schatull, vartill nyckeln, efter kammartjänarens utsago, skulle förvarats av hans husbonde, lämnade på Balduins begäran en avskrift av protokollet vid besiktningen och läkarens intyg om dödssättet och reste min väg.

På återvägen föll det mig in att besöka platsen för mordet, och i stället att fara direkt ned till gästgivaregården, stannade vi vid kyrkan.

Det var på den gamla kyrkogården man funnit liket, och vi upptäckte efter något sökande tydliga blodspår i det nedtrampade gräset och fann sanden uppsparkad där bredvid.

Det tycktes mig, som om vid den strid, vilken kanske föregått, man skulle kunnat tappa och lämna kvar något föremål, som kunde leda till mördarens upptäckt, och jag gick därför runt omkring stället, undanrödjande med käppen de höga nässlorna och bolmörten, som växte bland gruset, och fann också verkligen, omstjälpt i en grop, en liten trälåda med skjutlock, i vilken endast några sönderrivna papperslappar låg.

Jag ropade på kommissarien, vi undersökte nogare vårt fynd och såg genast, att vid lådans kant verkligen suttit två läderremmar, som var avskurna och tjänat att bära den på ryggen, samt att papperslapparna var fragment av några sånger och berättelser, sådana som kolportörer brukar kringsprida.

Här var således en ganska stor anledning att verkligen misstänka den kringvandrande mannen. Men varför hade han lämnat lådan kvar, hade han blivit skrämd, eller tänkte han med den mördades kläder uppträda i en annan roll?

Om aftonen, då jag blivit ensam i mitt rum på gästgivaregården, framställde sig naturligtvis denna händelse åter för mina tankar. Jag genomgick alla detaljärna därav med mera noggrannhet och besinning, än som varit mig möjligt vid undersökningen om det, och erinringen att den misstänkte mannen haft ett barn med sig, enligt den lilla Hugos berättelse, minskade åter eller nära nog skingrade i min tanke föreställningen om hans brottslighet.

Det föreföll mig mycket otroligt, att den som åtföljs av ett barn, vars enda vårdare och skydd han är, kunnat begå en dylik gärning. Skulle barnet varit vittne till det, eller hade han avlägsnat detsamma? Mordet kunde dock inte vara överlagt; tillfället hade ingivit beslutet till det, ty ingenting kunde väl vara mera oväntat, än att mitt i natten på en kyrkogård finna en person, vilken ingav frestelsen till plundring och mord.

Ännu en annan sak förvirrade mig: Läkaren hade ju med visshet påstått nödvändigheten av *två* mördare, och mannen med barnet var ju ensam, eller hade han kanske en kamrat i närheten, trots att denne inte varit synlig. Just som jag, gående fram och åter på golvet i det lilla gästgivarerummet, funderade över motsägelserna i denna händelse, knackade någon på dörren. Jag öppnade och en ung, rätt vacker flicka inträdde.

Det var Lisslena, tjänstflickan vid Mossboda, vilken inte ännu varit hemma, sedan mordet blev upptäckt, och som vid Bräcke hos sin mor fått höra händelsen och den allmänna misstanken mot främlingen, som varit synlig vid gården.

Modern, för vilken hon berättat vad hon sett om natten, hade uppmanat henne att för mig omtala detta, och hon kom nu för att avlägga sin berättelse om det.

Denna berättelse var också ganska anmärkningsvärd; först därför att läkarens påstående tycktes vara oriktigt, ty flickan hade inte kunnat upptäcka mer än två skepnader på kyrkogården, den döde och den levande. Om det verkligen varit två mördare, så var det åtminstone inte mer än en, som plundrade liket, ty det var tydligen denna hemska förrättning, som Lena kommit att bevittna; för det andra var hon fullt övertygad, att det varit samma man, vilken slagit hunden vid Mossboda, som hon sett åka förbi på landsvägen med barnet i famnen.

Då jag emellertid frågade henne, om hon inte även trodde sig ha igenkänt honom på kyrkogården, skakade hon på huvudet med en besynnerlig min, vars betydelse jag inte kunde fatta, och svarade ett bestämt 'nej'.

Flickans uppförande och hela berättelse utmärkte sig dessutom för en sällsynt grad av slughet för hennes år. Hon uppehöll sig länge vid beskrivningen om sin husbondes ankomst, hans samtal om aftonen med kammartjänaren – vilket hon, stående utanför fönstret, väl inte kunnat uppfatta, men om vars vikt och hemlighetsfullhet hon tycktes vara övertygad – vid Balduins häftiga missnöje eller vrede därunder, vid den stora penningsumma hon sett baron Hastford inlägga i sin plånbok, och slutligen vid kammartjänarens 'smygande efter baronen ned till älven', som hon uttryckte sig, hans missnöje över mötet med henne på trappan och hans tvära och vresiga fråga.

Jag överraskades av hennes tydliga ovilja emot denne Balduin, som hon endast sett ett par timmar, och den sällsamma och förfärliga misstanke, vilken hon i varje ord lät framskymta med en skicklighet och finhet, som skulle gjort heder åt en gammal intrigant.

Jag fann hennes insinuationer lika orimliga som avskyvärda, detta barns list och dåliga anlag upprörde mig, och jag avskedade henne tämligen tvärt. Hon gick, synbarligen förvånad över det ringa intresse hennes skickliga anklagelse väckte och med en min av trots och illparighet, som vanställde hennes vackra, fjortonåriga panna.

Jag hade emellertid gjort allt för att få någon den minsta spaning på den olycklige Hastfords mördare, men förgäves. Misstanken emot kolportören kvarstod hos alla, och trots att jag endast till någon grad delade den, hade jag vidtagit alla möjliga åtgärder för att återfinna honom. Flera personer i trakten hade sett och talat vid honom och hans barn, men ingen visste vart han tagit vägen, och det mest besynnerliga var, att jag aldrig ens kunde få reda på vem, som samma natt mordet skedde, hade skjutsat honom förbi Bräcke gästgivaregård, och slutligen började jag anse denna del av Lisslenas berättelse för endast en dikt eller en fantasi, förorsakad av hennes uppskakade sinnesstämning.

Hastfords lik hade blivit fört till familjegraven på någon av hans andra egendomar; kammartjänaren hade ledsagat hans son och den gamla Dora, enligt sin herres avsikt, till Stockholm, och genom tidningarna såg jag, att de helt och hållet derangerade affärerna efter hans död blivit ordnade så, att hans ofantliga skulder verkligen blivit betäckta, och till och med en måttlig summa återstod för sonens uppfostran, egentligen genom en helt nyligen inlöst stor livassurans i ett engelskt försäkringsbolag, vilken nu utföll.

Detta mord, vars många hemlighetsfulla detaljer länge sysselsatte min inbillning, var och förblev emellertid höljt i en, som det tycktes, ogenomtränglig slöja.

I dessa glest befolkade trakter är det lätt att undkomma, ryktet hinner inte brottslingen i förväg, och att denne vid detta tillfälle haft antingen en synnerlig lycka och mycken klokhet, eller goda resurser för att undkomma och göra sig oigenkännlig, var tydligt.

Det finns emellertid intet hugskott så orimligt, att man inte i en dylik sak upptar det till skärskådande, och trots att jag med ovilja och förakt åhört Lisslenas hemliga och indirekta anklagelse, återkom likväl min tanke ovillkorligt till det, helst jag påminde mig vissa små omständigheter i Balduins uppförande, som genast syntes mig själv anmärkningsvärda. Jag gjorde mig därför med noggrannhet underrättad även i de minsta detaljer om kammartjänarens person.

Allt vad jag fick höra bekräftade likväl det goda intryck han gjort på mig; han hade från barndomen uppfostrats i Hastfords familj, fått en i hans ställning högst ovanlig bildning, alltid med tillgivenhet följt sin herre och fortfor nu alltjämt att troget och oegennyttigt vaka över hans son, av vars knappa tillgångar han inte kunde få någon ersättning. Hans husbondes död hade inte tillskyndat honom någon fördel, och arrendet av ett litet hemman, som han ärvt efter sin mor, vilken även tjänat i Hastfordska familjen, gjorde det för honom möjligt att stanna hos sin unga skyddsling.

Det uppseende och den nyfikenhet detta mord väckte förgick emellertid småningom, då ingenting inträffade, som upplivade intresset eller förklarade händelsen. Åren försvann, och slutligen glömde även jag den hemska och mystiska tilldragelsen på den gamla, övergivna kyrkogården vid Bräcke."

IV.

"Femton år därefter var jag såsom ordinarie domare, med den då ännu brukliga vackra titeln 'lagman', återkommen till den trakt, där mitt första uppträdande just inte förskaffat mig några lagrar för lycka och skarpsinnighet såsom upptäckare av Hastfords mördare.

Under dessa år hade jag, liksom Geijers Viking, 'uppå saköre, edgång och tjuvnad och rån hört mig mätt', och liksom han önskade jag mången gång att vara 'långt därifrån, uppå havet'.

Samma trovärdiga uppsyn, som i min första ungdom skaffat mig så många vänner och givit mig nöjet att åhöra och delta i allas hjärtesorger, gav mig även senare en mängd juridiska förtroenden.

Bland mina mest rika och ansedda klienter räknade jag emellertid grevinnan Déen. Hon var änka och hade blott en enda tjugotvåårig dotter, vilkens snedhet, och för övrigt ofördelaktiga yttre inte mildrades av något synnerligt själens företräde och vilkens rikedom och rang väl var behövliga, för att skaffa henne överseende och välvilja i en värld, varpå hon tydligen med det yttersta förakt och vresighet skådade ned.

Grevinnan var syster till den för längesedan mördade Hastford, och i sitt testamente hade denne uttryckt sin livliga önskan att se sin son i en framtid förenad med den då sjuåriga systerdottern.

Jag vet inte om grevinnan var lika stolt över sitt eget namn och värderade det lika högt, som jag hört att brodern gjort, och därför delade denna önskan oaktat den unge Hastfords fattigdom, eller om dotterns fulhet lät henne frukta en möjlig mesallians, alltnog, jag hade länge vetat att detta parti var avgjort, trots att fröken Mary var ett år äldre än sin kusin, vilken ännu vistades i Uppsala och helt nyss blivit myndig.

I ett brev från grevinnan, vilken alla somrar vistades på en egendom i Södermanland, hade jag redan för längesedan blivit ombedd att besöka henne i en viktig affär, och då jag i alla händelser måste resa till Stockholm, uppfyllde jag med detsamma denna begäran.

Jag trodde mig nästan på förhand veta, vad denna affär handlade om, och då jag körde upp på den stora, vackra gården och såg på terrassen bredvid fröken Marys parasoll en vit studentmössa, och anade att kusinen och fästmannen hade anlänt, bekräftades min förmodan, att saken rörde det tillämnade giftermålet.

De första ord som grevinnan, efter de vanliga hälsningarna, sade mig, var också en uppmaning att gratulera de nyförlovade, trots att man ännu inte eklaterat förbindelsen.

Det var med en viss rörelse jag betraktade den unge mannen, som jag inte sett sedan den dag, då jag kom för att vara närvarande vid besiktningen av hans fars lik, och då han själv lade sin lilla hand i min och berättade mig, att Rugge var död, hänförd av smärta över hunden, som han älskat, men fullkomligt likgiltig för förlusten av en far, som han inte kände.

Vad den vackra gossens utseende då lovade, hade ynglingen fullkomligt hållit, ty jag har sällan sett ett skönare ansikte förenat med en mera elegant figur. Det låg likväl, då han var tyst, ett drag av svårmod eller bekymmer på hans panna, och en min av oro och missnöje kring hans läppar, som inte rätt tycktes anstå en nyss förlovad, lycklig fästman. Detta uttryck försvann visserligen, då han talade, men endast för att återkomma, så snart han trodde sig obemärkt.

Hans kusin var däremot idel förtjusning och lycka, och det stackars obehagliga barnet var tydligen utomordentligt förälskat i sin vackre och ståtlige fästman.

Grevinnan hade verkligen tillkallat mig för att uppsätta förslag till ett äktenskapskontrakt mellan hennes dotter och brorson, och förde mig, efter en liten stund, in i sitt kabinett för att rådslå om det.

'Min bästa lagman', började hon, sedan hon satt sig ned och anvisat mig plats i soffan bredvid sig, 'ni måste nu hjälpa mig att ställa så till, att min måg inte en vacker dag lämnar sin hustru och sina barn i fattigdom. Marys förmögenhet är visserligen ganska betydlig, men – i det Hastfordska blodet ligger inte sparsamhetens eller försiktighetens dygd, och jag vill därför inhämta ert råd och bistånd för att betrygga mina barns framtid.'

'Ni ger emellertid själv i detta ögonblick dementi åt ert misstroende till de Hastfordska egenskaperna, min grevinna', sade jag leende.

'Det kan så tyckas, men jag känner min egen svaghet, och jag påminner mig min stackars brors... Hans affärsställning var, som ni vet, vid hans död sådan, att om han levt ännu en månad, skulle hans namn varit vanhedrat genom en cession. Den lyckliga ingivelse han haft kort före sitt slut att ta en livassurans, som ungefär motsvarade beloppet av de överskjutande skulderna, räddade vårt namn från denna skam, men lämnade likväl hans son nästan medellös. Sällsamt nog tycks denna son likväl inte ärvt annat än sin fars utseende och stolthet, men en stolthet, som är av en alldeles motsatt art; kan ni väl tro, att han aldrig kunnat förmås att röra de pengar jag skickat honom i Uppsala, utan levt torftigt och inskränkt som en fattig bondson på sina egna små tillgångar. Det är visserligen vackert, men man är även skyldig sitt namn och sin rang något, och jag fruktar, att den gamle Balduin, i stället för att uppfostra honom till en gentleman, gjort honom till en av dessa obehagliga rationalister, en verklig 'yankee', vars hela ärelystnad går ut på att själv förtjäna pengar.'

'I sanning, Balduin har i detta fall gjort sin plikt och löst sin uppgift förträffligt.'

'Men åtminstone inte efter sin husbondes mening. Edgard var en aristokrat i detta ords bästa och vackraste mening, en adelsman sans peur et sans reproche, och jag fruktar, att hans son inte uppfattat sin ställning i världen.'

'Ack, min grevinna', sade jag småleende åt hennes iver, 'det tycks mig i sanning, som om hans far inte heller gjort det, efter endast hans död kunde rätta hans livs misstag, förlåt mig', tillade jag, vid den min av missnöje mina ord framkallade, 'låt oss inte tvista om en så kinkig sak, utan tillåt mig i stället erinra, att om den unge baron Hugos tänkesätt är sådana, som ni antyder, så syns mig alla försiktighetsmått för bevarandet av er dotters förmögenhet överflödiga, ty inga dokument i världen går i säkerhet upp emot karaktärens fasthet och pålitlighet.'

'Min kära lagman, jag vill säga er en sak, och det är, att jag visst inte tvivlar på Hugos upphöjda tänkesätt, men jag finner det inte angenämare, om Marys förmögenhet skingras som agnar for vinden, genom experiment med varmluftmaskiner, ångpannor, tryckpumpar eller andra obehagliga detaljer av de industriella storartade företag, som Hugo drömmer om, än om de bortslösas genom en oförståndig och illa beräknad generositet och magnificens. Det är därför vi måste lämna honom endast så mycket disponibelt, som är tillräckligt för familjens passande underhåll, och sätter det övriga i säkerhet åt hans barn.'

Grevinnan hade i alla händelser rätt, och jag uppsatte också, enligt hennes önskan, ett äktenskapskontrakt, som i juridisk vishet, försiktighet och beräkning syntes mig oöverträffligt; men jag smålog därunder för mig själv över gagnlösheten av detta mästerstycke, ty när har väl någonsin ett dylikt dokument hindrat mannen från att använda och förskingra sin hustrus eller sina barns pengar, om han så vill. Våra lagbestämmelser motsäger och upphäver varandra i detta fall tillräckligt, för att ge en dylik handling likhet med en grind, vilken, om den inte kan öppnas, likväl inte hindrar den, som har lust till det, att klättra över eller krypa under densamma.

'Nu gör lagman mig det nöjet att stanna här i natt, för att i morgon, med mina övriga vänner, dricka de nyförlovades skål', sade grevinnan, sedan jag slutat mitt åliggande och kom ut i salongen, där familjen var samlad.

Jag bugade mig och satte mig ned, under föresats att söka utforska den unge Hastfords karaktär, vilken genom hans tants yttrande i hög grad väckt mitt intresse.

Ungdomen är vanligen inte mycket försiktig, och jag hade inte växlat många ord med honom, innan jag väl märkte, att hans hjärta alls ingen del hade i den förbindelse han ingått. Orolig och missnöjd med en upptäckt, som jag inte kunde förklara till hans fördel, steg jag upp, i detsamma Balduin, vilken följt sin unge herre, kom in i rummet. Jag tänkte inom mig, att troligen dennes inflytande var orsaken till den unge mannens tvetydiga ställning, och beslöt att, innan jag reste, övertyga grevinnan om nödvändigheten av giftermålets uppskjutande ett par år, med avseende på Hugos ungdom.

Klockan var tio på kvällen. Fröken Mary hade vid pianot, med en liten tunn och pipig röst, sjungit några små stycken, som hennes fästman gäspande åhört; grevinnan steg upp, bjöd oss alla godnatt, och var och en gick till sina rum.

'Lagmannen får vara så god och ligga i gula gästkammaren i natt, ty jag råkade att slå sönder rutan, då jag skulle stänga fönstret i det vanliga rummet', sade ursäktande en liten jungfru, som med ett par ljus på en bricka gick framför mig, för att lysa mig till mitt rum, då jag, uppkommen för trappan till andra våningen, vände mig åt höger för att gå till det rum, där jag förut många gånger bott.

Det var mig alldeles likgiltigt, om mitt sovrum var gult eller grönt, jag följde hennes anvisning och steg in genom dörren, som hon öppnade till en kammare på andra sidan. Men som jag inte genast kunde somna, tände jag en cigarr, blåste ut ljuset, som i den ännu ljusa sommarkvällen var överflödigt, och satte mig vid det öppna fönstret.

Det var naturligt, att tankarna härunder gick helt ofrivilligt tillbaka till den gamla gården i Jämtland, där jag förut under så hemska och sorgliga förhållanden sett de båda personer jag här i afton återfunnit.

Det ligger en sällsam böjelse i människonaturen att älska det hemlighetsfulla, ingenting intresserar oss så mycket som det vi inte kan förklara, och ju mera invecklad och motsägande en persons karaktär, eller en händelse i livet förekommer oss, desto mera intresse inger den. Jag hade aldrig kunnat avhålla mig från gissningar om Hastfords död, och mänga små omständigheter, som jag sedan erinrade mig därvid, bidrog att för min inbillning göra denna händelse ännu mera besynnerlig.

Jag visste av erfarenhet, att sällan eller aldrig en vanlig brottsling, som av vanliga motiv begår en dylik gärning, blir oupptäckt, och det hade förefallit mig allt mera troligt, ju mera jag tänkt på det, att detta brott aldrig blivit begånget, varken av den person eller av den bevekelsegrund som man misstänkte.

Just som jag satt i dessa tankar, såg jag en karl komma genom trädgårdsgrinden och helt långsamt vandra nedåt sandgången till fruktträdgården, som låg på sidan bakom orangeriet.

Det var nu tämligen mörkt, men jag tyckte mig likväl igenkänna Balduin, och som jag i detta ögonblick kände en synnerlig lust att ostörd få språka med den gamla kämmartjänaren, ämnade jag söka upp honom, då han, troligen liksom jag fann det för tidigt att gå till sängs och därför gjorde en promenad.

Helt tyst, för att inte oroa någon i huset, gick jag därför ned, öppnade porten sakta, steg utför trappan och gick ned åt trädgårdsgången, där Balduin nyss gått.

Jag promenerade emellertid fram och åter utan att träffa på den jag sökte. Jag tyckte mig ha sett honom gå in genom den lilla grind, som förenade de båda trädgårdarna, och vände ännu en gång om för att möjligen möta honom.

Jag var emellertid inte så bekant med terrängen åt detta håll och fann mig snart intrasslad i ett snår av stora hallon- och hagtornsbuskar på en grushög, där man förmodligen fordom haft en potatiskällare eller dylikt.

Jag visste inte rätt var jag befann mig och ville just söka mig en väg ur den labyrint, vari jag råkat, men förvillade mig i stället alltmer och stod slutligen invid en mur omgiven av stenrösen, nässlor och gamla bönstörar runt omkring mig.

Förargad stannade jag orörlig en sekund för att ta min situation i betraktande och kunna få begrepp om varåt jag borde vända mina steg för att komma ut på gången igen, då ljudet av en viskande röst tätt bredvid mig, som jag tyckte, sade helt tydligt med bedjande stämma:

'Kom ihåg kyrkogården vid Bräcke...'

Jag stannade och höll andan av överraskning och häpenhet. Villades jag av min egen inbillning, eller hörde jag rätt? Vem tänkte då mer än jag denna natt på Bräcke kyrkogård, och vem talade om det här på detta ställe?

Jag kunde inte tveka i min gissning om det, det var Balduins röst jag hört, och strax därefter svarade en annan alldeles främmande och så sakta, att jag endast kunde urskilja de spridda orden:

'Aldrig glömma... fläckad av blod... du gjort... hon är farlig, hon skall förstöra allt... stackars Elina... aldrig... hon måste uppoffras... ännu en gång...'

En paus uppstod; Balduin sade några ord, som jag alls inte kunde urskilja, men även nu var uttrycket i hans röst bedjande och tycktes vittna om mycken oro och förskräckelse, och strax därefter hördes prasslet av tunga och hastiga steg, som avlägsnade sig allt mer.

Jag stannade alltjämt orörlig, i hopp att få se den gamle kammartjänaren komma fram, men det var på andra sidan muren de talande stått, och Balduin gick troligen en helt annan väg tillbaka än den jag kommit.

Då jag äntligen lyckats befria mig från risbråten omkring mina ben och kommit ut på en mera tillgänglig mark, hörde jag trädgårdsporten öppnas och tillslutas, men det var nu allt för mörkt att kunna urskilja vem som gick därigenom.

Min promenad hade, som det tycktes, helt oväntat fört mig på spåret av en hemlighet, som jag hittills med ovilja förkastat, nämligen Balduins delaktighet eller åtminstone vetskap om sin husbondes mord, och på samma gång fastare tilldragit den knut, som jag sedan flera år bemödat mig att upplösa, i fall de avbrutna ord jag hört verkligen hade den betydelse jag tillade dem.

Doktorn hade då rätt i sin förmodan, att det hade fordrats två personer för att besegra den olycklige Hastford, men Lisslena hade ju likväl endast sett en på kyrkogården.

Fördjupad i dessa tankar, hade jag suttit orörlig i soffan utan att tända ljus. Det var nu alldeles mörkt i rummet, och jag observerade därför genast en ljusstrimma, som hastigt syntes på väggen mitt för mig. Det var skenet från en springa, så bred, att jag med största bekvämlighet kunde se in i rummet bredvid, och strax därpå hörde jag Marys röst säga därinne:

'Det var fasligt vad du är långsam, Lena, jag är färdig att somna.'

'Det är också tio garneringar att sy fast, det går inte fort. Om fröken inte hade befallt mig att komma in med klänningen i kväll, så hade jag väntat till i morgon, ty klockan är tolv på natten.'

'Så bra den ser ut! Jag har lust att prova den.'

'Men det är så sent, fröken skall väl lägga sig nu?'

'Åhnej, jag är nu så vaken. Jag kan inte somna, jag är så glad och lycklig.'

'Det är inte underligt på själva förlovningsdagen, baron är en bra vacker och ståtlig herre; om han bara såg litet mera glad ut! Det är också många som tycker om honom.'

Redan i början av det betydelselösa samtalet tyckte jag mig även igenkänna kammarpigans röst, men för att förvissa mig om riktigheten av min aning, var jag nog ogrannlaga att resa mig upp och titta in i det upplysta rummet.

Det var också verkligen Lisslena, den fjortonåriga jämtländskan, som gjort ett så obehagligt intryck på mig, nu en trettioårig kvinna, men ännu vacker och lätt igenkännlig genom färgen på håret och hennes djärva utseende.

Hon hade helt naturligt kommit från Hastfords egendom till hans systers och var nu Marys kammarpiga.

'Vad menar du, med att alla finner Hugo så vacker?' sade Mary oroligt och fixerade Lena, som var sysselsatt med att häkta ihop hennes klänning.

'Ah, det säger alla fruntimmer', återtog denna undvikande.

'Nej, du menar något särskilt med det, Lena. Jag ser det på dig. Säg fort, jag vill veta sanningen.'

'Men sanningen är inte alltid så rolig att höra. Fröken skall bara bli ledsen åt det.'

'Om jag blir ledsen, så angår det ingen. Men jag tål inte, att man har hemligheter för mig, säg ut!'

'Nåja, jag säger bara vad man berättat mig och vad som dessutom inte är svårt att se.'

'Och det är?'

'Att baron Hugo inte så värderar sin lycka att vara förlovad med den rikaste och förnämaste dam i hela Södermanland, som han borde; och att det kommer av det, att det i Uppsala finns en flicka, som varken är rik eller förnäm, vilken tycker lika mycket om honom som han om henne.'

'Lena, betänk vad du säger! Kom ihåg att det är om min trolovade du talar!' inföll Mary, med rösten darrande av vrede och överraskning.

'Det är just för den skull jag säger det, ty jag tänker det är bättre, att fröken får veta det nu, än då det är för sent.'

'För sent, vad vill du säga?'

'Sedan fröken väl har blivit friherrinna Hastford, då är det bäst att tiga och blunda.'

'Det gör jag aldrig! Tror du mig vara en gås eller en lammunge?' sade Mary, med en röst och ett uttryck av vrede och svartsjuka, som i sanning skulle ha gjort en dylik tro orimlig. 'Var säker, att jag äger medel att kuva detta tycke och böja Hugo under min makt. Till vad skulle väl min rikedom tjäna, om jag inte kunde få den jag älskar? Pengar är de säkraste bundsförvanter och de mest oemotståndliga tjusningsmedel, det har mamma hundra gånger sagt. Och att besegra en sådan medtävlerska, som jag kan förstå att den där flickan är, bör väl inte bli svårt.'

'Vem vet likväl? Det skall vara en hederlig flicka och en riktig skönhet därtill.'

'Vad heter hon? Vem är hon?'

'Vem hon egentligen är, vet kanske ingen mer än jag och gamle Balduin. Och hon har intet annat namn än Elina.'

Jag spratt till vid detta namn, som jag nu för andra gången i natt hörde och lyssnade ännu uppmärksammare, då Mary svarade:

'Elina! Heter hon så? O, ja! Jag vet att han inte älskar mig, som en fästman borde, han har själv sagt mig det, men jag var nöjd ändå, ty jag trodde inte... Ah! Lena, om du talar sanning, om det finns en annan kvinna, som...' Mary kastade sig i soffan och förde sina långa magra händer sammanknutna till tinningarna.

Hon var verkligen fruktansvärt obehaglig i detta ögonblick, den arma flickan, och jag tyckte mig ha en dubbel anledning att följa denna intrig, vilken ödet liksom ställde framför mina ögon, för att även kunna hindra ett giftermål, som å ömse sidor vilade på en falsk grund.

’Om fröken inte tror mig’, återtog Lena, ’så fråga baron själv. Om jag inte misstar mig alltför mycket, så önskar han ingenting hellre än att få en anledning att säga fröken sanningen, vilken han inte för grevinnan törs komma fram med. Och kanske att fröken då lämnar honom sin ring tillbaka, som också inte vore mer än rätt.’

’Lena, du är den elakaste och farligaste varelse jag känner.’

’Och ändå vill fröken inte mista mig’, inföll Lena trotsigt och nästan hånfullt.

’Nej, ty du är mig tillgiven i alla fall, och utan dig skulle jag inte få veta sanningen och kunna värdera folk efter förtjänst.’

’Det är sant, och just i denna sak kan fröken pröva mig.’

’Vad menar du? På vad sätt?’

’Om jag kunde lägga en skiljemur mellan baron Hugo och den där vackra flickan, så hög och så bred och så blodig, att han aldrig kunde tänka på att överstiga den, vad ville fröken väl då ge mig i belöning?’

’Lena, jag förstår dig inte’, sade Mary förfärad.

’Nej det är givet. Men tyst! Jag tyckte mig höra något buller vid väggen. Det kan väl ingen höra oss?’ avbröt Lena med lägre röst, skrämd av någon ofrivillig rörelse av mig på andra sidan. ’Var ligger lagmannen?’

’I sitt vanliga rum. Jag hörde mamma säga till Lotta att ställa det i ordning. Men förklara dig, Lena, vad menar du?’

’Jag skall säga fröken, att det finns två personer, som jag inte kan tåla; den ena är den där gamla, skenheliga Balduin, som jämt hänger i hälarna på baronen, och den andra är just lagmannen.’

’Men vad kan du ha emot dem? Och vad har det att göra med Hugos otrohet emot mig?’

’Båda två har visat mig förakt och ovilja, och jag glömmer inte sådant’, fortfor Lena, utan att ge akt på avbrottet. ’Det skulle just roa mig att kunna kväsa dem båda och visa, att Lisslena, som de kallade mig där uppe i Jämtland, är slugare än de båda två. Allt sedan jag var en helt ung flicka, har jag haft min egen tanke om en viss sak, och den tanken kom återigen för mig, så klar som dagen, när jag i våras fick följa med fröken och grevinnan till Uppsala och jag händelsevis fick se den där Elina och kände igen henne.’

’Nåväl, Lena, säg då ut en gång, vad är det du tänker?’

’Om jag kan ställa så till, att baron Hugo aldrig vill se eller ens tänka på den vackra Elina, som jag vet att han älskar, vad vill fröken då ge mig? frågar jag ännu en gång.’

'Kunde du det verkligen, så... men låt höra vad du vill, ty jag ser nog, att du har en särskild avsikt.'

'Ja, jag vill som arv och eget ha det nybyggda torpet vid Stora Hamra, där herrskapet tänker bo som nygifta.'

'Du skall ha det, Lena, jag lovar dig det, om du verkligen kan göra vad du säger. Men hur vill du förändra Hugos tycke, om han älskar den där flickan?'

'Jag vill säga honom, att hon är dotter till den ena av hans fars mördare.'

'Lena! Yrar du eller talar du allvarsamt?' utropade Mary och sprang förskräckt upp ur soffan.

'Jag talar sanning.'

'Men hur vet du det? Hur kan du bevisa det?'

'Att bevisa det blir väl ganska svårt, åtminstone fordrar det väl lång tid, men den ena upptäckten drar den andra med sig, har jag hört. Och jag har i mitt förvar något, som åtminstone skall sätta myror i huvudet på lagmannen och Balduin.'

'Du var på stället, du, när min stackars onkel blev dödad, tror jag. Man fick ju aldrig reda på gärningsmannen?'

'Nej, ty man ville inte söka honom, där han fanns. Jag var då bara barnet och inte vittnesgill heller. Men vi ska inte tala mera om den här saken. Låtsa emellertid inte om något för baronen, ty om han skulle bli ond eller så, och i hastigheten slå upp förlovningen, då tjänade sedan alltsammans till ingenting. Kanhända också att han beslutat sig att på allvar överge sin ljushåriga skönhet, sedan förlovningen blir eklaterad.'

De båda kvinnorna tystnade, ljuset släcktes en stund därefter, och jag hörde dörren tillslutas efter Lena, som gick ut.

Morgonen därpå, innan jag ännu var riktigt klädd, knackade man på min dörr, och Lena inträdde.

'Det är så', började hon och vek på sitt förkläde med mera låtsad än verklig förlägenhet, 'att jag i går kväll inte visste om, att lagman fått det här rummet, näst intill min frökens.'

'Jaså, inte det?' sade jag lakoniskt, under det jag knöt min halsduk framför spegeln.

'Jag var inne hos fröken helt sent, och vi pratade en hop slarv, som fruntimmer brukar. Väggen är mycket tunn, och jag kan nästan tro, att lagmannen hört alltsammans?'

'Det har jag; men var allt vad du sade endast 'slarv' för att locka ett löfte av din matmor, vilket jag också är böjd att tro, så har det ingen annan verkan, än att det bekräftar min tanke om dig själv.'

'Jag märker, att lagman verkligen hört alltsammans, och efter det så är, så vill jag be att få tala med lagman några ord om den där gamla saken.'

'Du menar om baron Edgard Hastfords död?'

'Ja.'

'Du tror dig veta något mera om det?'

'Veta, nej, det vore väl för mycket sagt, men...'

'Någon ny upplysning att meddela, som kan leda till upptäckt av mördaren?'

'Jag tror det.'

'Nåväl, jag vill höra dig, men här är nu varken tid eller ställe för ett dylikt meddelande.'

'Jag råkar emellertid inte lagman sedan. Det är ännu tidigt, ingen av herrskapet är uppe ännu, och vad jag vill säga är snart sagt.'

'Betänk dig emellertid, dina meddelanden skall kanhända mera smärta än i något avseende gagna denna familj, möjligen endast återväcka sorgliga minnen utan resultat och väcka misstankar, som alltid fläckar dem de vidrör.'

'Hm, det var besynnerligt, att lagman talar på detta sätt. Jag trodde, det var en plikt att upptäcka brottet och befordra brottslingen till straff', sade Lena spetsigt och betraktade mig med ironi.

'Det är så visserligen, men lösa misstankar och lättsinniga beskyllningar bör man akta sig för.'

'Detta är varken det ena eller andra. Det är helt enkelt någonting, som jag hittat och som jag tänkte visa lagman, på det han själv må bedöma vad bruk man bör göra av det. Men i fall lagman kanske av några särskilda konsiderationer inte vill befatta sig med det, så vänder jag mig väl till någon annan.'

'Om det är, som du säger, så tala', sade jag nyfiken och satte mig ned, under det Lena, varnad av nattens missöde att bli hörd av andra än dem, till vilka hon talade, med viskande röst började en berättelse, som i hög grad väckte min förvåning och nästan förvandlade till visshet den ledsamma upptäckt jag själv trodde mig ha gjort denna natt om Balduins brottslighet.

'Vill du inför domstolen upprepa allt vad du nu sagt mig?' sade jag allvarsamt, då Lena slutat.

Hon betänkte sig ett ögonblick och svarade sedan ett beslutsamt: 'Ja.'

'Är det emellertid din mening, att jag skall anse vad du nu meddelat mig, endast som ett enskilt förtroende, eller vill du, att jag på det genast grundar en anklagelse emot...'

'Nej, inte ännu. Det är blott för lagman jag yppat detta så länge. Gör ingenting åt det, jag vill tala med fröken först.'

Lena skyndade ut, ty hon hörde sin matmors ringklocka, och jag satt helt överväldigad av det intryck hennes berättelse gjort på mig.

Det finns väl knappt något obehagligare för en jurist, med pretention på någon duglighet, än upptäckten, att han blivit dragen vid näsan, att ett barn, vilket Lena den tiden var, haft mera skarpsinnighet än han, och ingenting mera nedslående för människovännen än att finna sig lurad av sitt eget hjärta och ett ärligt ansikte.

Jag kände mig desto mera hätsk emot Balduin, som jag trott så visst på hans heder, och förödmjukad inför mig själv, beslöt jag att med allvar åter uppta denna sak, vilken hela världen redan glömt, men som nu intresserade mig mer än någonsin.

Det möte jag så oförmodat kommit att övervara skulle i alla händelser låtit mig misstänka, att jag kommit de länge dolda brottslingarna på spåren, men Lenas upptäckt gjorde det nu nästan utom allt tvivel.

Emellertid kunde jag naturligtvis ingenting göra vid saken här i mina vänners hem. Jag anmärkte emellertid, att Balduin inte var synlig på hela dagen, och hörde, att han var illamående och höll sig på sitt rum.

Den präktiga middagen med tal och skålar for de trolovade var äntligen försiggången. Mary i den granna klänningen, som provats mitt i natten, tog sig ännu sämre ut än dagen förut, ty hon var ännu blekare än vanligt och inte så glad och lycklig som då, och i Hugos munterhet hade champagnen tydligen mera del än kärleken och lyckan.

Jag hade svårt att få mitt sinne i jämvikt och mina tankar lugna efter nattens tilldragelser; den ödsliga kyrkogården och det vanställda liket, som för så många år sedan gjort ett så hemskt och djupt intryck på mig, återkom beständigt för mina tankar, varken vin eller mat smakade mig, och då betjänterna började tända ljusen och ungdomen redde sig till dans, sade jag värdinnan farväl, befallde fram min vagn och for därifrån.

Under hemvägen tänkte jag naturligtvis endast på denna sak, som nästan föreföll mig allt mera invecklad, ju fler ledtrådar jag fick samlade i min hand. Den liknade dessa trassliga garnhärvor, som fått alltför många ändar avslitna, de snärjer varandra, och man vet inte vilken som är den rätta; i synnerhet föreföll det mig så, därför att man har svårt att förstå en handling såsom verklig och möjlig, utan all rimlig eller synlig anledning till dess utförande, och om kammartjänaren verkligen var skyldig till sin herres död, så kunde jag inte fundera ut någon orsak till hans brott.

Mitt i planerna för utförandet av detta brottmål, förekom det mig med ens, som om alltsammans ännu inte angick mig.

Hastford var död, begraven och glömd. Hans bortgång var en lycka både för honom själv och hans kreditorer. Varför nu fördjupa sig i detta brott och dess hemska och upprörande detaljer? Jag var ju domare och inte polistjänsteman; först då en offentlig angivelse framstod, vidtog utövningen av mitt kall, jag ägde att avdöma, men inte att utspana brottet.

Du skall kanske förundra dig över detta resonemang, och jag kan inte själv i detta ögonblick förklara det genom annat än kanske den motvilja jag kände, att se Lisslenas mening segra över min egen.

Det behövdes emellertid inte lång överläggning för att inse, att då jag nu en gång upptagit hennes meddelande och bevisen för det, det var min skyldighet att undersöka sanningen av det."

V.

Uppsala är just ingen vacker stad, och Fyris stränder är väl de minst romantiska i världen, fastän, de ofta haft hedern att väcka de första poetiska inspirationerna hos "poesins ljus och dankar". Det gamla fula slottet med sin kolossala enformighet ligger på den sandiga och kala höjden som en ofantlig stenmortel, bykkittel eller något annat trivialt och klumpigt ting, utan allt möjligt behag, och för att fullända dess groteska tyngd, står på borggården Gustav Vasas byst på en kort och tjock fotställning, utan alla omständigheter, som om han var uppsatt på en grindstolpe. Den store kungen har utseende av en gnom, uppkrupen ur de igenrasade underjordiska valven, för att halvblind stirra emot solljuset, och i skymningen och under murarnas skugga är i synnerhet uppenbarelsen av den dvärglika stenbilden med sitt stora huvud och sina breda skuldror obehaglig och nästan hemsk. Den tycks halvt nedsjunken i jorden genom sin egen tyngd, och man väntar nästan att se den helt och hållet försvinna därunder.

Vid södra slottsmuren står några träd, men de ser ut som buskar och märks knappt bredvid den lodräta stenmassan, och där och var på den sluttande vallen är några grupper av gamla syrener och rönnar, som inte särdeles förskönar omgivningen.

Smaken är emellertid olika här i världen, och i synnerhet kan vår sinnesstämning för ögonblicket oändligen variera den; vad som den ena dagen syns oss motbjudande och fult, kan en annan förefalla oss skapligt nog, eller till och med behagligt, och detta senare omdöme om det gamla slottet och dess busksnår var tydligen de båda personers, som i detta ögonblick vandrade där, i fall de ens hade något det minsta omdöme om det, ty de såg endast in i varandras ögon och tycktes fullkomligt ha uppfattat och följt skaldens råd:

> *Glöm vad om forntid du och framtid vet!*
> *Det är all ungdoms sköna hemlighet.*[1]

Det var sent på kvällen, klockan hade slagit elva i domkyrkotornet, och när månen, som nyss speglat sig i åvattnet, skymdes av de tjocka molnen, som hängt däröver, så var det snarare mörker än skymning i slottets skugga; men Hugo Hastford tyckte, att både månens sken och solens ljus ersattes av glansen i de himmelsblå ögon, som ömt och trofast blickade upp till honom, och flickan vid hans sida märkte inte nattkylan och tystnaden omkring henne, ty hon lyssnade till de varma och snabba slagen av hans hjärta, som var så nära hennes eget.

---

1 Från *Lycksalighetens ö* (1824) av Per Daniel Amadeus Atterbom (1790-1855). Lyder egentligen: "Glöm, vad om forntid du och framtid vet: / Det är all ungdoms enkla hemlighet!"

56

Nu drog han henne ned bredvid sig i det korta, daggiga gräset under syrenbuskarna, och böjande sig över den hand, som låg i hans, sade han sakta och långsamt, som om tankarna endast delvis och avbrutet dikterat orden:

"Ja, det är sällsamt, Elina! Även i mina tidigaste minnen står din bild. Jag igenkände genast dina ögon och dina långa silkesmjuka lockar, det var, som om jag blott behövde sträcka armarna emot dig, för att du skulle falla i det. Vad denna barndomsdröm är besynnerlig, den består av eldklara strimmor och djupt mörker. Jag ser ännu lika klart som då den hemske mannen. Jag känner, hur rädd jag blev. Jag ser dig och den raggiga hunden i samma ögonblick bredvid varandra. Hur dina ögon strålade, hur skön jag fann dig! Och hunden, den stackars Rugge, låg blodig för mina fötter i nästa ögonblick.

Sedan kommer en lång lucka i mitt minne. Jag tycker det borde varit flera år, men emellertid var det strax därefter. Jag låg i min lilla säng och sov, och plötsligt stod åter den hemske mannen lutad över mig. Mitt hjärta och hela min kropp stelnade av fasa, troligen var det endast en dröm, som ännu ibland återkommer. Så minns jag en hop folk, som talade halvhögt och oredigt om varandra, man förde emellan sig en död. Den gamla Dora höll mig vid handen, hon grät och sade, att man mördat min far, men jag hade fått i min föreställning, att det åter var den faslige främlingen man bar hem, och då hunden rusade upp emot de ankommande, tänkte jag inom mig: 'Det är endast Rugge och jag, som känner igen honom,' och jag var glad över hans död; jag vågade likväl ingenting säga, ty Dora bannade mig och grät alltjämt. Jag var också verkligen faderlös. Men allt det där vill jag inte tänka på. Ur alla dessa hemska barndomstöcken strålar nu i verkligheten min tjusande himmelska stjärna, min Elina, emot mig, och jag tackar himlen, som förde dig till mig, om det också var genom mörka och blodiga moln."

"Även jag har några dylika minnen, men ännu mera otydliga än dina", sade flickan, läggande sitt huvud emot Hugos bröst. "Jag vet inte, hur gammal jag kunde vara, då din bild fästes i mitt minne, men jag vet, att detta minne är det första i mitt liv.

Även jag igenkände i dig min gryende själs första intryck. Jag har emellertid några orediga föreställningar om en förfärlig olycka, en fasa som förlamade mig och gjorde mig känslolös. Det var, som om jag skulle sovit länge, och det är först långt därefter som en annan scen föst sig med mera reda och noggrannhet i mitt minne. Jag satt och grät, det var i pensionen i det gamla Trier, man hade bannat mig häftigt och orättvist, som jag tyckte, och mitt i min sorg sade man mig, att min far var kommen; jag kände en glädje, en lycka genomströmma mitt hjärta, som om en ängel från himlen stigit ned för att trösta mig och sluta mig i sin famn. Jag skyndade ut i mottagningsrummet, jag sträckte redan mina armar, och mina tårar hade blivit sällhetens, men blyg och förvirrad stannade jag vid åsynen av en lång, mager man med gråsprängt hår och djupt liggande ögon, som kallt och tankspritt betraktade mig. Det var inte min far. Ack, jag kände det genast! Han smålog emot mig, han gjorde sig underrättad om mina framsteg och mitt uppförande, han klappade mitt huvud och gick sin väg, och jag sjönk snyftande ned på golvet. Jag visste nu, att ingen älskade mig, att jag tillhörde ingen, att jag var ensam, ensam."

"Gråt inte, Elina, ty denna ensamhet gör, att du älskar mig så mycket mera; dessutom är jag glad, att den där mannen inte verkligen var din far. Du återsåg honom ju inte sedan?"

"Jo, ett par gånger, och varje gång frågade han mig, om jag ingenting mindes av min tidigare barndom, och då jag upprepade, att jag ingenting annat erinrade mig än känslan av en ytterlig förskräckelse, om vars orsak jag ingenting visste, syntes han nöjd, och slutligen, för fem år sedan, lät han mig återkomma hit till Sverige, och det är han som alltjämt betalar för mig hos fru Ekman, där jag bor. Jag leddes mycket i början, jag förstod inte svenskan och man skrattade åt mig, då jag försökte tala, men slutligen lärde jag det likväl, och därunder vaknade allt mera minnet av, att jag en gång måtte ha kunnat det, trots att det tydligen varit som helt litet barn."

"Och nu saknar du inte längre de muntra kamraterna och den stela förestånderskan i den gammalmodiga tyska pensionen?"

"Nej, men den vackra floden och de gamla höga husen kan jag aldrig glömma, och Mariakyrkan sedan."

"Den var inte vackrare än vår domkyrka; se blott, hur månen glänser där nere på dess torn och träden däromkring."

"Åhja, jag älskar den därför, att jag där, i Odenslund, för första gången såg dig. Minns du det? Jag satt på en bänk, och plötsligt stod du framför mig. Det blev mig så underligt om hjärtat, vi såg på varandra, och jag gick förvirrad min väg, utan att vi växlat ett ord."

"Men dagen därpå råkades vi åter, vi var liksom magnetiserade av varandra; det är ödet, som fört oss tillsammans."

"Och som kanske skall skilja oss åt. Hugo, man har sagt mig, att du skulle gifta dig med din kusin, som är mycket rik. Jag har likväl inte kunnat tro det."

"Nej, nej, Elina, tro det aldrig, ty det är inte möjligt", utropade Hugo häftigt och reste sig upp. "Jag älskar dig, och jag kan inte... Jag kan inte", tillade han sakta och liksom för sig själv.

"Men du beror av din tant och..."

"Jag beror av ingen och intet annat än min egen vilja och mitt arbete."

"Din vän, den gamle Balduin, skall övertala dig..."

"Tyst, Elina, tala inte mera om det! Är jag inte här bredvid dig, håller jag inte din hand i min, hur kan du väl frukta, att något kan skilja oss åt?" avbröt Hugo med låg och osäker röst, under det han for med handen över den fuktiga pannan.

"Jag fruktar det inte heller, så länge jag ser dig, men då du är borta, då du reser..."

"Men jag reser inte nu på länge. Se så, min älskade, låt oss glömma allt det där och vara lyckliga i det närvarande."

"Ah, nu slår klockan tolv. Jag vågar inte dröja längre, och himlen mulnar allt mera. Kom, Hugo!" sade Elina oroligt och reste sig upp.

De båda älskande gick långsamt utför vallen och försvann i mörkret på vägen åt staden; men bakom buskarna, där de suttit, smög sig en figur fram, som länge följde dem med ögonen och mumlade halvhögt och hotande, under det den tyst och hastigt skyndade efter:

"Aha, herr baron, är det på detta sätt ni tillbringar era aftnar? Det anade mig just, att ni inte skulle låta förlovningsringen genera er. Men vänta! Jag skulle illa sköta mina kort, om jag inte snart gjorde slut på ert falska spel."

Den, som uttalade dessa ord, svävade i detsamma tyst och hastigt förbi de båda unga på vägen, vek av inåt en bakgata och försvann snart i skuggan av husen.

En stund därefter tryckte Hugo sin älskarinnas arm emot sitt hjärta och en kyss på hennes panna och såg henne gå in genom porten till det hus, där hon bodde, och efter ännu tio minuter stod han vid sitt eget hem, ett litet gult trähus, där han fann ljus i fönstren på nedre botten och Balduin ännu uppe.

Inte utan en viss liten förargelse häröver öppnade han dörren och befann sig i ett mycket lågt, men tämligen stort och tarvligt möblerat rum.

Framför ett skrivbord vid ena fönstret, där luckorna var förskjutna, satt Balduin med armbågarna på bordet och huvudet lutat i händerna.

Den gamle kammartjänaren var nu femtiofem år, hans hår var nästan grått, och den min av oro, bekymmer och förskräckelse, som kvällen före hans husbondes död syntes på hans ansikte, fanns där ännu; detta uttryck tycktes alltsedan inte någonsin ha vikit därifrån, och under de femton år, som sedan dess förgått, hade det endast blivit allt hårdare fasttryckt på hans bleka och skarpa drag.

Han höll ett öppet brev framför sig, på vars ojämna rader och illa skrivna bokstäver han stirrade med ett utseende av nedslagenhet och begrundning, varur Hugos ankomst endast till hälften tycktes väcka honom.

"Hugo, ni kommer sent, var har ni varit?" sade han långsamt, i det han reste sig upp och stoppade brevet i sin bröstficka.

"Jag har verkligen inte tänkt på, om det är sent eller inte. Men hör på, Balduin, hur länge skall jag behandlas som en skolpojke, vilken inte har rättighet att gå utom dörren en timme utan bannor eller frågor?" sade Hugo med häftighet och kastade sin mössa på bordet.

"Ni har återsett Elina? Jag är säker om det, ni skulle annars inte svara på detta sätt."

"Ännu en gång, är jag herre över mig själv och mina handlingar eller inte? Är jag ett barn eller en man?"

"Ni är en man, men – jag fruktar, en man, som glömt sin heder och sina löften."

"Om så vore, vem är väl skulden till det, vem har övertalat, nästan tvingat mig att förråda löften, som mitt hjärta redan för längesedan gjort, och uppoffra min heder genom att ge sådana, som jag inte kan uppfylla? Balduin, jag uthärdar inte längre! Dina skäl är falska, din makt över mig är slut, jag står inte längre under ditt välde och förmyndarskap, jag bedömer själv mina tankar och handlingar. Jag lämnar dig, jag går min egen väg."

"Hugo, är det till mig ni talar så?"

"Förlåt mig, min gamle vän", sade Hugo, sansande sig och rörd av den smärta och bestörtning, som röjdes i den gamle trotjänarens röst och blick. "Jag vet, att du älskar mig, men du älskar ännu mera mitt namn och dess anseende. Du glömmer min lycka, för att endast tänka på den rikedom du vill skaffa mig. Ah, vad bryr jag mig om denna lumpna rikedom. Om jag har ett ädelt namn att bevara, så har jag även ett hjärta, som inte vill uppoffras! Min far skulle aldrig fordrat detta offer av min lycka."

"Han skulle det, jag svär på det. Jag har ofta sagt er, att han älskade sitt namn, ännu högre än sin son, och då han lämnade er i mina händer, gav han mig att förvara den högsta dyrbarhet han ägde i livet, den obefläckade glansen av en gammal ätt, vars representant ni var."

"Han ställde då den falska äran framför den sanna, namnet framför människan?"

"Det tillhör inte mig att bedöma, men han ville, att ni skulle leva och även dö, om så fordrades, för detta namn."

"Ack, Balduin, vari består då, efter din mening, glansen av detta namn? Att svika sitt hjärta och sin tro, för att kunna återfå sin familjs forna rikedom, kunna återvinna dess gamla egendomar, återställa dess förfallna slott och utveckla all denna tomma ståt och lyx, som bragte min stackars far på branten av förfall. Åh, Balduin, du har illa uppfostrat hans son eller rättare, du har allt för väl uppfostrat honom, för att han skulle kunna finna sin ära och sin lycka häri."

"Ve mig, jag har det verkligen. Jag har svikit min herres förtroende, då jag inte lyckats bibringa er den Hastfordska ärelystnaden och stoltheten, som likväl borde ligga i ert blod", sade Balduin och betäckte sitt ansikte med sina händer.

"Ah, min gamle vän, trösta dig! Felet är inte ditt, varken du eller ens min far, om han levt, han måtte ha varit hur stolt och aristokratisk som helst, skulle kunna ändra tiden och dess inflytande. De begrepp, vari han levde, som för honom var dogmer, de är redan förbleknade, de skall snart vara endast traditioner, liksom riddarnas bedrifter och martyrernas död. Jag tillhör min tid ännu mera än min far. Om hans blod rinner i mina ådror, så är det dess luft jag andas. Det är inte den ärvda rikedomen, det gamla namnet, som nu ensamt står främst i rang, det är arbetet, intelligensen och det välstånd, det oberoende detta ger. Jag älskar Elina, den fattiga, namnlösa flickan, och hon skall bli min hustru; jag vill tusen gånger hellre arbeta för att skaffa henne bröd, än sysslolös ta emot Marys rikedomar som betalning för en lögn. Ser du, hennes ring är borta, jag återtar den inte mera, jag skall säga henne allt. Om jag har något att rodna över, så är det min svaghet, att ett enda ögonblick ha lyssnat till dina böner och föreställningar och att någonsin ha mottagit den."

"O, Hugo, om er far hörde er!" avbröt Balduin, med en nästan hemsk förskräckelse målad i sitt bleka ansikte, under det han med ofrivillig beundran blickade på Hugos glödande kinder och blixtrande ögon.

"Han hör mig kanske, och han gillar mig, jag är övertygad om det."

"Nej, nej aldrig. Han som..."

Balduin hejdade sig hastigt, vände sig bort och vandrade några slag fram och åter på golvet, som det tycktes i häftig rörelse; slutligen stannade han framför sin unge herre och sade långsamt och högtidligt:

"Hugo, hör mig, ty varje ord, som jag nu säger er, är som om det kom från er fars, min ädle, älskade husbondes, mun. Jag är uppfödd tillsammans med honom, jag har delat alla hans tankar, hans tycken och till en del även hans uppfostran, och jag tycker mig i detta ögonblick veta vad han själv skulle säga er, lika väl som om jag hörde honom viska i mitt öra. Ni har läst och hört genom hundra små detaljer och traditioner lika väl som genom historien er ädla släkts öden och bedrifter, ni vet, att era förfäder har varit tappra och kloka, stolta och kraftfulla, att de har varit ädlingar i detta ords verkliga betydelse. Och vad har det varit, som generation efter generation alltid har gjort dem sådana? Jo, stoltheten och lyckan att bära ett namn, som var och en av dem har aktat högre än allt annat. 'Noblesse oblige' har varit deras ständiga tanke, och denna tanke borde vara varje adelsmans. Ni talar om arbetets ära, om intelligensens värde, och jag förnekar det inte, men varför glömma och bortkasta ett värde, som ni redan äger, för att söka efter ett, som endast framtiden kan ge er?"

"Därför att detta värde är det enda sanna."

"Hugo, ni skulle då, för att vara konsekvent i er realism, bortkasta all poesi; all skön konst, allt i världen med ett ord, som inte är materiellt och praktiskt, allt som förädlar livet och höjer sinnet. Adelskapet, det ärvda företrädet, den höga aristokratin rätt uppfattad har sin mission, och utan tvivel en ibland de ädlaste, den att representera den värdiga och sanna överlägsenheten, det oberoende och lugna förmanskapet för denna skara av brådskande, arbetande och litet tänkande individer, som älskar att se upp till en klass, vars rättigheter aldrig bör komma i strid med deras, och vars skyldigheter bestäms av hedern och storsintheten, som är födda och uppfostrade till det vida svårare och viktigare kallet, inte att behärska, men att leda och gå i spetsen för sina bröder, inte blott i krigets faror och tumult, utan även i tankens klarhet och hjärtats redbarhet. Det är detta kall er far ålagt er, denna roll han vill att ni skall spela, det är den enda som anstår ert namn och er rang, den av en värdig och sann aristokrat."

"Men, Balduin, inser du inte, att tankens klarhet och hjärtats redbarhet, som du säger, överallt gör sig gällande, överallt i alla samhällsförhållanden verkar gott och manar till efterföljd? Varför skall jag inte själv därunder kunna arbeta och förtjäna mitt bröd?"

"Därför att ett dylikt arbete inte är er bestämmelse, Ni skall äga och värdigt använda rikedomen, men inte förtjäna den, inte bortslösa ert liv med den underordnade uppgiften att dag efter dag arbeta för att samla och lägga det ena öret till det andra; rikedomen är nödvändig, den är kostymen för er roll i världen, ja ännu mera, en aristokrat utan rikedom, utan ekonomiskt oberoende liknar en arbetare, som saknar hälften av sina verktyg."

"Men jag älskar varken den roll eller kostym, som du vill truga på mig. Du vet, vartåt min håg ligger, jag vill bli mekaniker eller ingenjör, och arbetarens simpla dräkt och anspråkslösa verksamhet är hela min förhoppning."

"Är det en baron Hastford, som talar detta lumpna och fega språk, är det sonen av en man, som skulle velat lägga gravens mörker över sitt eget hjärta, för att bibehålla sitt vapens hjärtsköld ren som dagens ljus?"

"Ett bländverk, en chimär, min vän."

"Då är även dygden, kärleken och själva religionen, ja varje idé, varje känsla och tanke, som höjer oss över materialismen eller rationalismen, kanske, om ni så vill, allt utom egennyttan, det egna jaget, är då bländverk och chimär. Nej, Hugo, besinna er, den idé, för vilken er far levde, är tillräckligt hög och ädel att förtjäna offret av ett flyktigt ungdomstycke. Återta er trolovades ring, och med den känslan av er plikt och er heder!"

Hugo var rörd, om också inte övertygad, han böjde ned huvudet och teg, under det han kände sina argument försvagas inför denna entusiastiska gubbe, som förde sin förlorade husbondes talan med en värme, som om han själv varit rikets förste adelsman.

Balduin märkte sin fördel, och, fattande den unge mannens hand, tillade han uttrycksfullt:

"Ni skulle bli den förste Hastford som svikit sitt löfte. Ni lovar ju..."

"Tyst, jag lovar ingenting. God natt, Balduin!"

Hugo skyndade in i sitt rum med hjärtat uppfyllt av stridiga känslor, och den gamle kammartjänaren tog suckande ljuset på bordet för att även bege sig till sängs.

VI.

Klockan slog två i domkyrkotornet, Hugo sände en smärtsam tanke till den vackra Elina, som älskade honom och trodde på honom, och han tyckte, att Sveriges hela ridderskap och adel med sköldar, diplom och anor inte var så mycket värda som en enda lock av hennes blonda hår eller en kyss av hennes friska läppar.

"Arma Elina, du sover nu lugnt och anar inte, vilka ansträngningar man gör för att jaga din bild ur mitt hjärta", suckade han.

Han misstog sig likväl, Elina sov inte, hon var i detta ögonblick ännu mera upprörd och olycklig än han.

Hugo hade sett henne försvinna genom förstugudörren, och Elina, lycklig och lugn, med sinnet uppfyllt av älskarens ord och blickar, fortsatte sin väg i mörkret till sin lilla kammare. Hon ämnade isätta nyckeln, som hon hade med sig, då hon till sin förvåning fann dörren öppen.

Rummet var nästan alldeles mörkt, men den unga flickan tyckte, att borta vid väggen fanns ett föremål, som syntes henne främmande. Elina var vek och rädd av naturen, och den första tanken på en tjuv förvandlades i nästa minut till den barnsliga obestämda rädsla, som alla någon gång kanske har känt, fruktan för det hemlighetsfulla oförklarliga, som mörkret och fantasin skapar.

Ett rop ville framtränga från hennes beklämda bröst, men tungan var förlamad, och med darrande händer och återhållen andedräkt famlade hon efter strykstickorna på kakelugnskransen.

Nu flammade stickan upp, och vid dess hastiga sken tyckte hon sig verkligen se någon sitta orörlig vid hennes säng. I nästa sekund inträdde åter en halvskymning, innan ljuset tändes och lyste tillräckligt för att bekräfta hennes syn, och dessa sekunder var förfärliga för det arma barnet, som tyckte sig känna, att två lysande och orörliga ögon var fästa på henne genom mörkret, och som fruktade, att det tveksamma och sömniga ljuset skulle bestämma sig att slutligen slockna.

Äntligen brann det då med full låga, och den av sin egen inbillning uppskrämda Elina såg en kvinna, insvept i en stor sjal, resa sig upp och komma fram emot henne, i det en nästan viskande stämma sade:

"Förlåt mig, om jag kanske skrämt er... men dörren var olåst, och jag gick in för att vänta er."

Den konstlade, men inställsamma tonen i den främmandes röst lugnade genast Elina, hon ställde ljuset på bordet, stängde dörren och sade tvekande:

"Vad vill ni mig då... på denna tid av dygnet? ..."

"Jag är främling här, jag har rest hit för att säga er något mycket viktigt."

"Hur kommer det till att ni intresserar er så för mig?" återtog Elina misstänksamt, under det hon vid det svaga ljusskenet sökte att urskilja den främmande kvinnans ansikte, som var dolt av det nedfällda floret på hennes hatt.

"Jag vill inte bedra er med föregivandet, att det är av intresse för er, jag kommit hit... Ni skall säkert sätta mera tro till mina ord, då jag fullt uppriktigt säger er, att det är för en annans lycka och framtid jag vill säga er något, som likväl är av den största vikt för er själv."

Då man älskar, är periferin av ens tankar och föreställningar aldrig särdeles avlägsen från det älskade föremålet, som utgör centrum för det, och Elina spratt till vid den hastiga och instinktlika aningen, att kvinnans besök rörde Hugo. Hon förde handen till hjärtat under intrycket av den formlösa ångest, som vanligen föregår upptäckten av en stor olycka, och sade nästan ohörbart:

"Nåväl, tala då, jag hör er!"

Den främmande nalkades henne långsamt och tyst, och den upprörda flickan tyckte, att i hennes blick och sätt låg något ormlikt och hemskt, som förfärade och dövade henne; hon lät henne fatta hennes iskalla hand och sakta dra henne med sig till den lilla soffan, som prydde det tarvliga rummets ena vägg, under det kvinnan alltjämt utan att upplyfta slöjan sade:

"Vad jag kommer att säga er skall kanhända behöva en förklaring, som inte kan bli så kort, låt oss därför sätta oss, och hör mig noga... Ni älskar baron Hugo Hastford, och han säger sig älska er, är det inte så? ... ni rodnar, ni tiger... ni behöver också inte svara, ty för en halv timme sedan såg jag er båda tillsammans på slottsvallen och hörde varje av era ord..."

Elina var blyg, men hon var även stolt och häftig, och den främmandes ord lät vredens purpur färga hennes kinder, hon reste sig till hälften och sade harmsen:

"Jag vet inte vem ni är, som tränger er in hit i mitt rum... jag är er ingen räkenskap skyldig för mina handlingar och..."

"Tyst, tyst, jag begär heller inte någon sådan... jag vill endast säga er att ni är bedragen... Hastford älskar er inte..."

"Vad? Hugo... Hugo skulle inte älska mig? ... Ni vet inte vad ni säger..."

"Jag vet det mycket väl, han älskar er inte, han kan inte älska er, eller menar åtminstone inte ärligt med er, ty han tillhör en annan med löfte och ring."

"Ni talar inte sanning. Vem har skickat er att frambära denna lumpna lögn, som jag föraktar?" utropade den unga flickan med darrande läppar och blixtrande ögon.

"Om ni inte tror mig, så fråga honom själv, han skall inte våga förneka sanningen: han är för mer än två månader sedan högtidligen förlovad med sin kusin fröken Mary Déen, och tiden för deras bröllop är till och med utsatt."

"Ah, ni ljuger. Hugo sade mig ju nyss att han tillhörde mig."

"Det var då han som ljög, men hör nu vad jag vidare vill säga er. Även om Hastford vore fri, kunde ni aldrig bli hans hustru."

"Och varför?"

"Ni skulle själv inte vilja det, och han inte heller..."

"Vad skulle då hindra honom därifrån?"

"Motviljan, fasan att äkta dottern till sin fars mördare", sade den främmande långsamt och kallt, under det hennes ögon, som lyste genom floret, fästes orörligt på Elina.

Denna sjönk tillintetgjord ned emot soffan och mumlade, döljande sitt ansikte med händerna för att undkomma denna olycksfulla blick, som isade hennes blod:

”Är ni ett spöke, som kommit hit för att viska era grymma lögner i mitt öra? Gå er väg, jag vill inte höra er... jag vill inte...”

”Men om ni inte vill höra eller tro mig, så skall hela världen höra mig; jag skall anklaga mördaren, man skall upptäcka eller inte upptäcka, var han finns, men man skall alltid få veta, att han är er far, och Hugo skall rysa för sin kärlek till er.”

”Åh, det är förfärligt... om det kunde vara sant... mina egna erinringar, min egen fasa och förskräckelse. Vem är ni då, varför säger ni mig detta?”

”För att rädda er från vanäran av denna upptäckt och för att återföra Hastford till sin plikt. Mördarens och den mördades barn kan inte förenas, ni inser det väl, ni kan inte finna någon lycka med varandra... res, lämna ert nuvarande hem och er förrädiska älskare, och då ni är borta, skall Hugo bli lycklig, rik och ansedd med den brud, hans far bestämt åt honom.”

Elinas bröst hävde sig under tyngden av den fasa och den smärta, som kvinnans ord lagt däröver; hon sjönk ned på sina knän, och med ansiktet alltjämt dolt i händerna fann hon varken ord eller tårar, att mildra det kval, som var nära att kväva henne.

”Besinna er”, fortfor den främmande med samma viskande och likväl klara och skarpa röst, som tycktes likt en kniv skära i Elinas öra och hjärta. ”Besinna er, er kärlek är en onaturlighet, som Hugo skulle avsky, om han visste vem ni är... fly härifrån och svär mig, att ni aldrig återser Hastford, och jag lovar er tillbaka, att ingen skall få veta den hemlighet jag upptäckt för er... ni skyddar ert eget namn och Hugos minne från denna hemska och mörka fläck...”

Elina teg, hon tycktes alltför upprörd att kunna svara, och kvinnan återtog allt mera inställsamt och övertalande:

”Ni måste genast, redan i morgon, i hemlighet resa härifrån, så att ingen vet, vart ni tagit vägen; man har förutsett allt i detta fall, ni beger er till Stockholm där ni lättast kan hålla er gömd, i händelse Hastford skulle söka er, jag skall där ta emot och skaffa er en säker tillflyktsort, alla kostnader för er resa skall jag bestrida, och om ni ännu står i någon förbindelse med er far, så kan ni underrätta honom om er förändrade vistelseort, men först skall ni till Hastford skriva ett brev, vari ni säger honom, att ni upptäckt hans förräderi och hans dåliga avsikter och att ni lämnar honom för alltid, eller om ni också vill säga honom vad jag meddelat er, så är det ännu bättre, det skall snarast utplåna ert minne hos honom, i vilket fall som helst beror min tystnad angående er fars brott på er fullkomliga skilsmässa från Hastford, och er...”

”Men vem är ni väl, som på detta sätt föreskriver mig lagar, och hur kan jag sätta tro till era ord?” utropade Elina äntligen, avbrytande och resande sig upp med stolthet, i det hon bemödade sig att ännu fatta en skymt av hopp, att alltsammans endast var en intrig för att skilja henne från sin älskare.

”Vem jag är kan vara er likgiltigt; ni känner mig inte, ni har aldrig sett mig, men jag har däremot för femton år sedan sett er i er flyende fars armar, då han undkom efter Edgar Hastfords mord... ni var då ett helt litet barn, men kanhända har ni ändå någon erinring om natten till den tjugonde juli, på den gamla kyrkogården vid Bräcke i Jämtland... Dra er till minnes denna plats på den kala heden bredvid den höga vita kyrkan, som stod där stel som en vålnad i sin vita svepning... Vad skedde väl där mellan gravarna i nattdunklet, och vad var det väl som pressade det ångestrop jag hörde från era barnsliga läppar? Det var utan tvivel en strid på liv och död, som ni bevittnade, det var åsynen av er fars blodiga dåd, av den mördade mannens dödsångest; var det inte så? ... Ah, jag ser, att ni minns, att..."

Elina hade med av fasa vidgade ögon och halvöppna läppar slukat varje av den främmandes långsamma och liksom inspirerade ord, vilka grymt och våldsamt återväckte hennes slumrande och orediga minnen; de framgled vart efter annat genom den sällsamma ansträngning, vartill hon i detta ögonblick tvangs, hon tyckte sig verkligen med förfärlig noggrannhet minnas allt vad hon hörde beskrivas, hon såg detta dystra och ödsliga ställe, dessa båda stridande, hon såg blodiga händer och hörde eder och dödsrosslingar, och hon blev allt mera blek och kall under det kvalfulla inflytandet av denna magiska och gräsliga syn och sjönk slutligen med ett rop, ännu smärtsammare än det, som kvinnan talade om, sanslös till golvet.

Denna drog floret från sitt ansikte, tog ljuset på bordet och lutade sig ned över den känslolösa flickan, under det skenet, på samma gång det visade Elinas bleka och sköna drag, nu även belyste Liss-Lenas metallskimrande hår och sluga fysionomi.

"Det är nog. Hon skall fly härifrån utan alla löften och eder, det är säkert", mumlade hon tillfredsställd, blåste ut ljuset, drog sjalen tätare omkring sig, nedfällde slöjan och smög sig ut genom förstugan, sedan hon stängt kammardörren efter sig.

VII.

"Vad kommer åt dig, Mary? Dina blickar vandrar från pendylen till fönstret och tillbaka igen med en oro, som om du väntade någon", sade grevinnan Déen småleende i det hon med förundran betraktade sin dotter, vars bleka och smala ansikte verkligen uttryckte en otålighet och en oro, som hon inte förmådde dölja.

Det var i skymningen, tre dagar efter den natt, då Elina och Hugo promenerat tillsammans på slottsvallen i Uppsala. Grevinnan och hennes dotter var helt ensamma och hade, som ofta är fallet med förnäma damer, tämligen ledsamt, då de var inskränkta till sitt eget sällskap.

Fröken Mary var sysselsatt att sortera en hop små silkesnystan i en sykorg, men hennes långa magra fingrar rörde omkring i korgen med en nervös brådska, hennes tankar var tydligen sysselsatta med helt annat, och hennes sneda och platta bröst höjde och sänkte sig oroligt och med svårighet under vecken av den mängd spetsar och garneringar, som prydde hennes klänningsliv.

66

"Man skulle kunna tro, att Hugo ämnade överraska oss och att du hade någon aning om det", tilllade grevinnan, som lagt bort sin bok och makade pallen till rätta under sina fötter.

"Vem vet? ... Men i det fallet blev överraskningen kanske inte mycket angenäm", sade Mary bittert och satte korgen häftigt ifrån sig.

"Mary, du är inte nöjd med din fästman; jag fruktar, att min farhåga besannas; kom ihåg vad jag sade dig."

"Ack, det är visst värt att påminna sig alla de odrägliga betänkligheter, som mamma ständigt uppdukat för mig", inföll Mary snäsigt. "Om Hugo varit befriad från allt det skadliga inflytande som omger honom, så skulle jag ingenting haft att frukta, men nu..."

"Menar du Balduin?"

"Ja, även honom kanhända..."

"Du misstar dig, ingen kan uppriktigare än han önska er förening.

"I det fallet tycks han bra mycket vårdslösa sitt kall, som mentor och rådgivare."

"Hur då? Vad menar du? Har du något särskilt skäl att beklaga dig över Hugo?"

"Låt oss inte tala om det! Mamma förberedde mig ju på alla möjliga obehag, och om det är ett nöje att vara sannspådd, så faller kanske denna glädje på din lott."

"Mary, vilken ton, hur kärlekslöst du talar! Tror du, att en mor gläds, då hennes fruktan för sitt barn besannas? Du älskade Hugo tyvärr alltför häftigt för att kunna ledas av all din klokhet, du önskade att bli hans trolovade, oaktat du såg, att han inte delade ditt tycke; jag kunde inte undgå att varna dig, att förbereda dig på den svåra och kanske smärtsamma roll du under dylika förhållanden kom att spela, allt det tålamod och överseende, som fordrades, men du trodde, att hans broderliga och lugna tillgivenhet skulle vara nog för din lycka, du hoppades till och med att slutligen vinna hans kärlek, och jag tillstår, att även jag delade denna förhoppning, då Hugos hjärta var fritt.

"Tyst då, välsignade mamma, ditt långsamma och välvisa tal oroar mig alldeles fasligt och gör mig ordentligt nervös; jag känner ju redan allt det där", utbrast Mary i samma vanvördiga och obehagliga ton, med ett illa uppfostrat barns trotsiga egoism och hjärtlöshet, under det hon häftigt slet i den tilltrasslade silkeshärvan, som hon höll mellan fingrarna, och slutligen kastade den ifrån sig med vrede, gick fram till pendylen och tillade otåligt, under det hon betraktade dess granna urtavla, omgiven av förgyllda amoriner och blomstergirlanger:

"Jag tror, att klockan har stannat, visaren har säkert stått en hel timme på samma ställe. Lena borde väl nu kunna vara här, tycker jag."

"Aha, det är Lena du väntar, nå minsann jag kunde gissa därtill; du brukar väl aldrig vara så otålig, att se resultatet av hennes omdöme och förmåga att uträtta dina kommissioner om hattar och band och spetsar och blommor. Du kunde nu gärna ha väntat med dessa småsaker, tills vi själva reser in till Stockholm, ty din modehandlerska syns mig bra dyr och utan särdeles smak, du bör byta om och välja en..."

I detsamma hördes bullret av en vagn på gården, och Mary, som alls inte givit akt på moderns tal, skyndade ut utan att invänta slutet av det.

"Det var en sällsam iver Mary fått för nya hattar och dylikt bjäfs, men det är kärlekens behagsjuka, ingenting annat", mumlade den svaga och efterlåtna modern, som inte haft styrka att genom en strängare uppfostran möjligen bereda det sjukliga och av naturen vanlottade barnet en ersättning i själens och hjärtats egenskaper.

Mary skyndade emellertid uppför trappan till sitt eget rum, sedan hon tillsagt en betjänt i förstugan, att den återkommande Lena genast skulle komma upp till henne.

Fem minuter därefter inträdde också den så otåligt väntade kammarjungfrun, med famnen full av paket och hattaskar.

"Åh, så mycket saker du har, men vad du ser frusen ut! Du kunde kanske först behöva litet varmt te, innan vi beskådar allt detta", sade Mary vänligt och i en helt annan ton, än den hon nyss begagnat emot modern.

"Ja, nog kunde det behövas, det är rätt kyligt på kvällen, men eftersom fröken skickat så stränga bud på mig, så..." svarade Lena kärvt och med en min, som tydligt bevisade, att om Mary behärskade sin mor, så var hon själv i sin ordning behärskad av den ännu klokare och mindre grannlaga kammarpigan.

Denna satte emellertid ned alla sina askar och tillade mera nådigt:

"Jag tänker, fröken skall bli nöjd med mig, ty jag tror mig ha uträttat alltsammans riktigt bra, fastän jag inte fick den ljusblå hatten färdig till idag, men den kommer med ett särskilt bud, och precis likadana band som den gredelina klänningen var rent av omöjligt att få, men jag tog i stället sidensars och rouleauer, och det blir..."

"Se så, Lena, lämna nu den där bråten... jag dör av otålighet att höra vad du gjort för övrigt", sade Mary häftigt, så snart betjänten, vilken föjlt Lena för att bära en del av de medförda sakerna, väl gått sin väg.

Lena svarade emellertid ingenting, hon tystnade tvärt, gick till dörren och öppnade den för att förvissa sig, att karlen verkligen avlägsnat sig, och sade sedan halvhögt, med ett helt annat uttryck:

"Ja, allt har gått väl; jag kommer nu från Stockholm där den farliga skönheten sitter i gott förvar längst upp på en bakgata på söder, i ett litet rum inåt gården, som sannerligen varken är trevligare eller större än en fängelsecell, och det skulle väl vara en särdeles otur, om någon här skulle finna henne... Dessutom har jag särskilt vidtalat värdinnan, som jag känner, det är en klok och inte mycket nogräknad kvinna, som för god betalning skulle göra vad som helst, och som varken skall släppa fågeln ut eller katten in..."

"Lena, kära Lena, du har gjort mig den största tjänst, som någon människa kunnat, och du får se, om jag blir otacksam", sade Mary, gnuggande sina händer i häftig förtjusning, under det glädjen och otåligheten lät två mörkröda fläckar flamma upp på hennes magra kinder och gjorde dess skarpa konturer ännu märkbarare.

"Berätta mig emellertid allt! Hur fann du henne, hur kunde du så med ens förmå henne att följa dig? Tala, jag brinner av nyfikenhet att höra alla detaljer av din resa."

"Ja, jag ser det, men fröken får väl ge sig till tåls", inföll Lena, som emellertid lagt av sig kappa och hatt och nu mycket omständligt ordnade sin halsduk och sitt hår, tydligen njutande av sin matmors otålighet och oro.

"Nåväl, sätt dig nu ned och säg mig först om min fruktan var grundad! Hade Hugo återsett och sammanträffat med henne?"

"Återsett, jo det tror jag mest; jag fann dem genast, samma kväll jag kom, promenerande tillsammans och bytande kyssar och söta ord..."

"Lena säger du sant? Har Hugo kunnat glömma sig så, med min ring på sitt finger..."

"Gud vet, om han ens hade någon ring; jag kan väl tro, att den var bortlagd för tillfället."

"O, Gud, det är för mycket! Den eländige, jag vill inte mera se honom!" utropade Mary, vridande händerna om varandra i våldsam vrede och smärta, under det hennes ögon lyste som två eldkol och hela hennes ansikte blev rödfläckigt av den häftiga sinnesrörelsen.

"Ge mig mina droppar där på toaletten, Lena... Jag kvävs... jag dör..."

Lena, som fann, att hon varit alltför oförsiktig i sina yttranden, och kände sin matmors verkliga svaghet, skyndade förskräckt efter droppar och vatten och mottog den stackars Mary, som vred sig i spasmer på soffan och var nära att falla på golvet.

Flera minuter förgick, under det Lena frotterade hennes armar, gned hennes tinningar och lät henne inandas eter och luktsalt och allt vad som fanns på den sjukliga unga damens toalettbord, fördömande inom sig den oförsiktiga elakhet, vilken bragt henne i detta tillstånd.

Äntligen sansade den arma flickan sig, och ännu fasthållande den bitterhet och vrede hon känt, mumlade hon mellan tänderna:

"Äh, jag skall hämnas... jag glömmer inte... Han skall bli min man, men hela hans liv skall bli en botgöring för hans nedrighet... Säg mig nu allt, Lena... du såg och hörde dem tillsammans, var det inte så?"

Mary satte sig upp, for med näsduken över det fuktiga och gråbleka ansiktet och fäste på kammarjungfrun sina frågande och matta ögon, kring vilka smärtan nu lagt breda blygrå ringar.

"Ja", svarade denna med mera varsamhet, "visst såg jag dem promenera på vallen, men fröken kan åtminstone trösta sig med, att det skedde för sista gången... det förefoll mig också, som om baron Hastford var litet generad i sitt sätt och tal... jag smög mig förbi dem och gick i förväg till Elinas hem, och då hon kom, sade jag henne, att hon var bedragen, att baron Hastford var förlovad, och att om hon var en ärbar flicka, så borde hon inte längre lyssna till hans prat, varmed han endast hade dåliga avsikter... Det där behagade henne inte, förstås, hon låtsade sig inte vilja tro mig, trots att jag rätt väl begrep, att hon nog anat, hur det var och då jag slutligen sagt henne allt vad jag vet och vad vi kommit överens om, så föll hon ned som en vingskjuten fågel, och jag trodde nästan, att hon aldrig skulle resa sig mera. Dagen därpå lämnade hon likväl Uppsala och for till Stockholm, som jag ålagt henne. Jag följde med, trots att hon inte visste om det, och så fort ångbåten kom fram, tog jag hand om henne och skaffade henne husrum... Hon var blek och stum som en död och lät mig göra och säga allt vad jag ville; men vad brevet angår, som hon borde ha skrivit till baron, så kunde jag ingen visshet få om det, ty, som sagt var, hon varken talte eller svarade. Det var också detsamma, huvudsaken är att bli henne kvitt, och jag tror nästan, att baron skall bli nöjd däråt, ty det måtte vara bra besvärligt att ha två älskarinnor..."

"Men du tror ju, att han älskade henne?"

"Åhja, det förstås, men fröken är nog så klok, att hon begriper vad förnäma herrars kärlek innebär för en fattig flicka av Elinas stånd... Jag har kanske gjort henne större tjänst än jag gjort fröken."

"Men om Hugo skulle vara nog ovärdig att söka henne?"

"Så skulle han minsann få söka både länge och väl; jag' tror det inte emellertid, ty ordspråket säger: 'bort från ögat, bort från tanken'."

"Lena, jag skall aldrig glömma din klokhet och tillgivenhet! Vad jag lovat dig skall du ha, och därtill denna ring såsom ett bevis på min tacksamhet", sade Mary, och drog av sitt lillfinger en ring, vars värde den kloka kammarjungfrun fullkomligt väl kände.

Lena kysste sin matmors hand och skulle just uttala sin tacksägelse, då man knackade på dörren, och samma betjänt, som nyss följt henne upp, steg in och lämnade Mary ett brev på en liten bricka.

"Är posten redan kommen?" sade den unga fröken, rodnande vid åsynen av stilen, och ryckte brevet till sig med häftighet.

"Den kom just nu, och grevinnan befallde mig säga, att hon också fått brev från baron Hastford", sade karlen bugande och lämnade rummet.

"Gå nu, Lena, och laga att du får ditt te, som du så länge fått vänta på", sade Mary leende, under det hon otåligt och med förtjusta blickar vände på brevet, som var ovanligt tjockt och tungt.

Lena gick, sedan även hon kastat en hastig och misstänksam blick på det, och då dörren var stängd och Mary ensam, förde hon gång på gång det Hastfordska vapnet i sigillet med passionerad häftighet till sina läppar, slet upp kuvertet och öppnade brevet.

Detta brev, vari Mary väntat finna ett ömt och ångrande, om också inte kärleksfullt, erkännande av hennes rättigheter, innehöll emellertid endast några få rader och för övrigt en liten ask, vars lock vid hennes häftighet öppnades och lät Hugos förlovningsring falla i hennes knä.

Den stackars unga kvinnan stirrade förfärad på det, som om det varit en orm, uppgav ett rop och föll bedövad ned på soffan.

Det dröjde en god stund, innan hon ens försökte läsa den korta förklaring, som följde det återlämnade tecknet av Hugos förbindelse, och då äntligen hennes darrande händer höll papperet framför hennes ögon, dansade bokstäverna om varandra, och hon fattade inte meningen.

Det var också överflödigt; den olyckliga ringen sade ju allt, och i gränslös förbittring och sorg rev Mary brevet i tusen bitar, trampade på det, slungade det försmådda tecknet av sin kärlek långt ut genom fönstret och tilllät sig alla dessa förnedrande och dåraktiga utbrott av vansinnig vrede och harm, vilka möjligen endast kan urskuldas hos en svag och förmörkad själ, innesluten i en sjuklig och vanställd kropp.

VIII.

De båda kvinnornas plan, att återföra Hugo till sin plikt hade således fullkomligt misslyckats, och Elinas försvinnande hade verkat raka motsatsen av vad de åsyftat. De hade misstagit sig. Hugos kärlek var djupare, än han själv kanske vetat, och deras ingripande i det lät honom med ens fatta detta.

Då han en hel dag fåfängt väntat att få se en skymt av den unga flickan, fruktade han, att hon var sjuk, och gick, trots att det var sent på aftonen, att knacka på dörren till hennes värdinnas rum.

Uppsala var den tiden åtminstone en stad, där man lever så att säga 'en famille': alla är bekanta och känner varandras levnadssätt och förhållanden, främlingar kan inte existera längre än tjugofyra timmar, och en hemlighet har ännu aldrig funnits där, ty dessa är sådana, som alla stadens fruar viskar i varandras öron, och som nästa dag av jungfrur och städerskor kommenteras i trappor och gathörn.

Fru Ekman var dessutom fintvätterska och stod i vänskapligt och förtroligt förhållande till hela den eleganta delen av studenterna, de på den tiden så kallade "Zierbenglarna"; och trots sina rationella åsikter tillhörde likväl Hugo, genom färgen på sina skjortkragar, denna klass.

Den unga baronens tycke för hennes pensionär var henne således rätt väl bekant, och om man om dylika förbindelser just inte har samma uppfattning som i Paris' 'Quartier latin', så anser man dem åtminstone i den gamla universitetsstaden varken för klandervärda eller bindande för framtiden; det är också vanligen samma skillnad mellan dessa platoniska svärmerier och det parisiska studentlivet, som mellan den lättsinnige fransmannen och den mera betänksamme och sedlige svensken.

Då Hugo trädde inom dörren till den hedervärda fruns rum, fann han henne som vanligt med uppstrukna ärmar och ett stort förkläde framför sig, sysselsatt att stryka en vit väst, vars envisa skrynklor fordrade hela hennes skicklighet, och hon besvarade hans hälsning endast med en tankspridd nickning och ett välmenande mummel, så mycket mer som hon höll en linneklut mellan läpparna, vilken hindrade henne från någon större vältalighet.

"Jag har inte sett mamsell Elina idag, jag hoppas att hon mår väl?" sade Hugo och satte sig helt ogenerat ned bredvid strykbordet.

"Ja, jag kan väl inte tro annat", svarade tvätterskan, som tog lappen ur mun och doppade den i en vattenskål för att fukta västen, vilken blivit alltför torr. "Hon var likväl fasligt blek och såg riktigt sjuk ut i går morse, då hon reste..."

"Då hon reste?" utropade Hugo förvånad och steg upp från stolen så häftigt, att en hop nytvättade vita studentmössor, upphängda i en rad på ett snöre över hans huvud, dinglade om varandra med fara att falla ned.

"Men se er då för, baron... ni förstör min tvätt... Javisst, hon for i går med ångbåten; vet ni inte om den saken? Jag trodde, att ni kvällen förut taltes vid om det och tog avsked av varandra", tillade fru Ekman, lugnad över mössorna, som, tack vare de knappnålar varmed de var fastsatta, hängde kvar i oförminskad glans.

"Nej, jag vet om ingenting, vart for hon? Hon kommer väl igen i morgon?"

"I morgon, nej, visst inte; hon skulle ha fått brev från sin far, eftersom hon sade, och reste nu utrikes till honom för att aldrig mera komma igen..."

"Gud i himlen, vad säger ni? Det är inte möjligt!" sade Hugo bleknande och närmade sig häftigt den gamla kvinnan, som helt lugnt fortsatte sitt arbete.

"Jo, det är full sanning, hon hade under natten packat in sina saker, och hon gav mig till åminnelse sitt lilla silverkuvert, den enda dyrbarhet hon ägde, stackars barn... det gjorde mig just ont om henne, ty Gud vet vad för människa den där fadern är, ty hon har aldrig velat tala om honom..."

"Lämnade hon ingen hälsning, intet brev till mig?"

"Jo, det var så rätt det... hon gav mig en liten biljett för att lämna baron, i fall han skulle fråga efter henne."

"Men i himlens namn, fru Ekman, stå då inte här och prata, utan ge mig den genast!" avbröt Hugo häftigt och fattade tvätterskan i armen.

"Akta sig, han bränner sig ju på järnet! ... Se så, jag skall strax söka reda på det", tillade hon, prövande strykjärnet med fingret, innan hon satte det ifrån sig.

Hugo såg sig omkring med förvirrade blickar, som om han yrat, och då gumman kom tillbaka, ryckte han papperslappen föga artigt från henne och skyndade ut, utan att märka att han ännu en gång stötte emot de upphängda mössorna, vilka nu ramlade ned i den sotiga köksspiseln, där strykjärnen värmdes.

"Sådan vårdslös och framfusig människa!" muttrade gumman förargad. "Om flickan är borta, så behöver han väl inte komma hit och köra huvudet emot överallt som en galning, helst som jag tror, att han själv är skulden till hennes flykt. Mössorna är då förstörda... han får betala dem, det är säkert", tillade hon vid det fåfänga försöket att avskaka askan och sotet från de nyss restaurerade persedlarna.

Hugo tryckte emellertid den lilla biljetten hårt i handen och skyndade hem, stängde sin kammardörr i lås och slet upp förseglingen.

De förvirrade och nästan osammanhängande rader, som Elina skrivit, vittnade emellertid endast om hennes upprörda själstillstånd och lämnade honom ingen annan upplysning, än att hon verkligen var borta och sade honom farväl för alltid. Och den bestörte och förbittrade unge mannen rusade in i Balduins rum, för att ge luft åt sin häftiga sorg och den misstanke han plötsligt fattat, att denne kunde vara orsaken till hennes flykt.

Den gamle kammartjänaren, vars förvåning och även tillfredsställelse Hugo genast uppfattade, lät honom storma ut, innan han svarade, och sade sedan helt ugnt:

"Ni vet, Hugo, att om jag hade någon del i detta, så skulle jag genast säga er det. Jag är emellertid lika överraskad som ni, men om flickan är borta, så kan jag inte annat än anse det som en lycklig händelse eller ett bevis på hennes rättsinnighet och heder. Ni skall ägna henne er aktning och ert deltagande och följa hennes exempel, i det även ni återkommer till förnuft och plikt."

Hugo gick i stum förbittring och villrådighet fram och åter på golvet; slutligen sade han halvhögt:

"Hon skulle ha fått ett brev från sin far..."

"Från sin far", upprepade Balduin bleknande och spratt till på stolen, där han satt. "Vad säger ni, skulle hennes far ha varit orsaken till hennes försvinnande?"

"Ja, efter vad den gamla fru Ekman sade mig, skulle Elina fått ett brev från sin far, vilken kallade henne till sig."

"När skulle detta ha kommit?"

"Kvällen före hennes resa."

"Visste värdinnan ingenting närmare om det?"

"Nej, Elina tycktes endast ha sagt henne detta."

Balduin gjorde dessa frågor med så mycken iver och oro, att Hugo blev uppmärksam; han stannade framför den gamle kammartjänaren och sade allvarsamt:

"Balduin, du bleknade nyss, då jag nämnde Elinas far, du har någon anledning att frukta eller hata denna man, jag har flera gånger frågat dig om det, men du har alltid undvikit att tala om detta ämne, och likväl har du inte kunnat dölja, att du sett Elina, innan hon kom hit, och att du har ett eget intresse för henne, trots att jag inte vet, om det är oviljans eller deltagandets."

"Det är då snarare det senare än det förra", sade Balduin likgiltigt.

"Men du har alltid velat skilja oss åt!"

"En fattig flicka utan namn och börd passar inte till maka åt en baron Hastford. Jag önskar den stackars Elina allt gott, men vill inte se henne tillägna sig en kärlek, som bör tillhöra en annan."

"Du kände hennes far?"

"Nej."

"Du vet likväl, vem han är?"

"Nej, Hugo, jag vet ingenting om det."

"Men din rörelse, jag kunde säga din förskräckelse, nyss då jag nämnde honom?"

"Om ni tyckte er märka något dylikt, så berodde det på ett misstag av er", sade Balduin hastigt och ville lämna rummet.

"Nej, Balduin, gå inte, jag måste säga dig en sak; Elina är borta, jag skall kanske aldrig återse henne, men jag svär, att ingen annan än hon skall bli min hustru. Jag har äntligen vaknat ur min olyckliga och långa obeslutsamhet, Elinas flykt har lärt mig inse, att jag inte kan leva utan henne, jag skriver redan idag till min kusin och återsänder hennes ring. Mary skall förlåta mig... och sedan reser jag för att uppsöka den, som jag älskar mer än både rikedom och namn, mer än allt annat i världen..."

"Hugo, ni vill då en skandal och en öppen brytning med er familj?"

"Jag vill återfinna Elina, och jag skall finna henne, om man än fört henne till världens ände."

Balduin andades tungt; han stack handen i bröstfickan och drog den åter tillbaka, det syntes, att han var rov för en pinsam ångest och villrådighet.

Slutligen drog han fram ett papper, det var samma illa skrivna brev, som Hugo sett honom läsa den kväll, då han kom hem från det sista mötet med Elina; den gamle kammartjänaren tycktes ännu tveka en sekund, men i den nästa räckte han det åt sin fosterson och sade dröjande:

"Läs detta brev, Hugo!"

Hugo vek upp papperet och genomögnade innehållet, först hastigt och likgiltigt, men allt som han fortsatte, bleknade hans förut så heta kind; då han slutat, läste han det ännu en gång, och först ett par minuter sedan han tankfull låtit det falla till golvet, sade han långsamt:

"Detta brev är redan gammalt, varför har du inte förr visat mig det?"

"Jag hoppades kunna bespara er detta obehag."

"Det är skrivet av Marys kammarjungfru. Denna kvinna har alltid förefallit mig intrigant och opålitlig, vad vikt och värde äger väl hennes ord?"

"De återkallar likväl ett redan känt faktum."

"Och detta är?"

"Att den man, som hon talar om, blev misstänkt att ha mördat er far, baron Hastford."

"Men denna misstanke blev ju aldrig bekräftad?"

"Nej, ty man återfann honom aldrig."

"Och den där kringstrykande kolportören, av vilken jag själv ännu har ett dunkelt, kanske av inbillningen vanställt minne, skulle då efter Lenas påstående ha varit Elinas far?"

"Jag vet ingenting om det, jag såg aldrig varken honom eller hans barn... det är ni Hugo, som ensam såg dem och som sedan trott er i Elina igenkänna det barn, ni ett ögonblick sett på den gamla gården i Jämtland."

"Det är förfärligt! Det är förfärligt!" mumlade Hugo och gick osäkert och vacklande fram och åter på golvet.

"Och du, Balduin, vad tror du om det?"

"Jag tror, att hon är kolportörens dotter."

"Och tror du även att han var skyldig till brottet."

"Jag... jag har många gånger sagt er, att jag aldrig vill tala om denna olyckliga och förfärliga händelse... jag har ingenting att säga om det", återtog Balduin med låg och osäker röst och förde näsduken över pannan.

"Misstanken var emellertid mycket naturlig..."

"Ja, mycket naturlig..."

"Om den skulle vara sann... Elina, min Elina, min ljuva ängel, dotter av en mördare, det kan inte vara så, jag tror det inte, det är inte möjligt..."

Balduin ryckte på axlarna och teg.

"Lena är en dålig varelse, jag är säker om det, detta brev är skrivet för att öka din iver, att skilja mig från Elina. Vem vet först, om denna kringstrykande människa verkligen var hennes far? Elina själv tror det inte, och sedan om han inte var helt och hållet oskyldig till min fars död? ... Dessa obevisade misstankar skrämmer mig inte, jag älskar Elina endast ännu högre; mitt beslut är fattat."

"Betänk likväl, att om ni bryter med er kusin, skall hon för att hämnas denna skymf låta Lena offentligen framställa de anklagelser, varpå hon här anspelar."

"Och vilka kan dessa vara?"

"Jag är alldeles okunnig om det, men vad som är visst är, att Elinas namn blir nämnt och hennes släktskap med den misstänkte mannen kanhända konstaterat, och då... tänker ni då ännu att göra henne till er hustru, till friherrinna Hastford?"

Hugo teg ett par minuter, hans läppar darrade och ögonbrynen sammandrogs, under det en mörk rodnad flög över hans panna, men hans röst var fast och klar, då han slutligen svarade:

"Nej, inte till friherrinna Hastford, men väl till min hustru. Jag har ofta halvt på skämt meddelat dig mina framtidsplaner, jag skulle i detta fall göra allvar av det."

"Ah, ni skulle i Amerika vid en mekanisk verkstad, fabrik eller dylikt söka er en anställning, där era kunskaper kunde förskaffa er arbete och bärgning, är det inte så?"

"Och lämna mitt adliga namn och dess vapen kvar i Sveriges gamla riddarhus, där det passar bättre än i en verkstad i Amerika... Kärlek, arbete och bröd, se där vad jag behöver för att vara lycklig, allt annat är för mig blott tomma, betydelselösa skuggor. O, att jag blott visste, var jag skulle söka Elina! ... Förlåt mig, förlåt mig, min gamle vän, om jag sårar och smärtar dig!" tillade Hugo vid åsynen av Balduins rörelse. "Men all denna gamla tunga aristokratiska bråte, som du finner så vördnadsvärd, och varmed du ständigt har skramlat framför mig, den väcker inte min sympati, jag förskräcks för dess rostiga prakt och dess höga plikter och lämnar därfor utan saknad denna vapensköld, som du avgudar, och för vars glans jag ingenting kan uträtta."

"Det återstod endast detta! Nåväl, allt är då förbi. Himlen är mitt vittne, att jag sökt uppfylla din befallning, min ädle husbonde! Men hos detta sällsamma och vansläktade barn måtte inte finnas en droppe av ditt blod. Du själv blev då den siste av din stolta ätt", sade Balduin med halvhög röst och stirrande ögon, som om vålnaden av hans forna husbonde stått framför honom. "Mitt värv är slut, ni behöver inte längre er gamla guvernör, herr baron, det återstår mig endast att avlägga räkenskap inför er far och ta emot hans dom för mitt förfelade uppdrag", tillade han sorgset och högtidligt och lämnade rummet.

Hugos ögon var fulla av tårar och vilade ännu på den tillslutna dörren ett par minuter, sedan Balduin försvunnit. Han for med handen genom det bruna, krusiga håret och mumlade:

"Vilken sällsam hängivenhet för en förbleknad tradition, men också vilken halsstarrighet av mig, att inte kunna dela denna hänförelse! Kanhända likväl, att jag funnit den mindre tryckande, om man inte velat ställa mig bakom Marys rikedomar, som inom en fängelsemur... Nu är det omöjligt!"

Och den unge mannen satte sig hastigt ned vid bordet och skrev till sin fästmö detta korta olyckliga brev, som kommit nästan i samma ögonblick, då de båda kvinnorna triumferade över framgången av sin plan, och med ens gav en fullkomlig och ohjälplig dementi åt det.

Då brevet var slut, öppnade han en låda i skrivbordet, tog fram ur det den nya och blanka förlovningsringen och inlade den i det, innan han förseglade brevet. Tio minuter därefter somnade Hugo så djupt och tungt, som man endast vid tjugotvå år kan göra det, efter avsägelsen av rikedomens omtvistade och avundade lycka.

IX.

Hugo Hastford var rest, för att likt forntidens irrande riddare uppsöka sin borttrövade sköna, men om sagornas hjältar hade nog av sin outtröttliga gångare och sitt goda svärd, för att fara "all världen" omkring, så behöver olyckligtvis nutidens resande för att komma ur fläcken, även om de livas av den mest romantiska kärlek – något, som är svårare att få och lättare att förlora, nämligen pengar, och som den unge baronen var ganska medelmåttigt försedd med det, så måste han av nödvändigheten göra en dygd och lova Balduin att inskränka sina efterforskningar till Stockholm, så mycket hellre som, utan att där finna något spår till ledning för en längre färd, denna skulle bli en orimlighet.

Klockan var elva på kvällen. Den gamle Balduin var ensam i sitt rum och hade nyss slutat att skriva ett brev, som han med mycken uppmärksamhet genomläste, innan hän hoplade detsamma.

”Jag tror inte, att jag misstar mig. Flickan kan inte vara långt borta... Han kunde inte ha skrivit till henne... Det är Lena, som varit verksam och ingen annan”, mumlade han sakta och satt sedan en stund tyst och begrundande, innan han förseglade brevet, och dröjande och liksom med ovilja skrev han slutligen adressen på det:

”H. herr Heinrich Grübe. Leipzig.”

Sedan han stoppat det i sin bröstficka, tog han fram ett annat ur sin plånbok, som han utbredde på bordet framför sig. Stilen i detta brev var densamma som i det, vilket han för några dagar sedan visat Hugo, och Balduin stirrade på de sneda raderna med dyster och tankfull uppsyn, utan att egentligen läsa detsamma.

”Om jag skickade Hugo detta brev från den sluga och elaka kvinnan”, mumlade han halvhögt i tankarna, ”kanhända skulle han ändra sig. Det är emellertid troligen för sent, och det skulle vara fegt och oädelt att vädja till hans medlidande; ungdomen är dessutom grym i sin egoism... En fars sista önskan, hans livs tanke och idé, en gammal trogen väns liv och heder, allt, allt blåses bort som dammkorn emot vikten och värdet av en ung flickas småleenden eller tårar och fantasins självkloka föreglingar”, tillade han bittert och steg upp.

”Vad kan hon emellertid mena?” återtog han långsamt, sedan han gått några slag fram och åter på golvet, och vände tillbaka till bordet för att ännu en gång läsa om Lenas brev, som låg kvar. ”Jag har ert liv i mina händer”, säger hon. Vad kan hon väl veta? ... Allt under denna förfärliga natt är liksom insvept i mörker, jag minns ingenting redigt, jag var alltför uppskakad... Om hon skulle anklaga mig, så är mitt öde avgjort! ... Nåväl, jag har inte kunnat motsvara min husbondes förtroende, inte kunnat uppfylla hans käraste önskan, det återstår mig ingenting annat än att dö för honom, om så fordras...”

Den gamle kammartjänaren satt tyst och orörlig, hans huvud hade sjunkit ned emot handen, och då och då darrade hans hopfallna gestalt av en suck. Klockan i domkyrkotornet slog den ena timmen efter den andra, ljuset slocknade, och daggryningen började att sprida sina blekröda strålar genom springorna av fönsterluckan, men ingen sömn tillstöt hans ögonlock, och ingen gryning inträdde i hans mörka tankar.

Slutligen reste han upp huvudet långsamt, och fortsättande strömmen av dessa tankar, på vars tunga vågor han bortfördes, mumlade han åter omedvetet:

”Sällsamma skickelse! Detta halvt ihjälskrämda barn, som klokheten och medlidandet bjöd oss att rädda, skulle då bli det egentliga medlet i ödets hand, att motverka och störta våra framtidsplaner och kanske även upptäcka allt..."

Just som det sista framviskade ordet halkade över hans läppar, hördes ett hårt slag på fönsterluckan utanför.

Balduin spratt till och lyssnade förvånad.

Knackningen upprepades, och sedan han sönderrivit brevet framför sig och kastat bitarna därav i de ännu glimmande kolen i kakelugnen, sköt han undan luckorna och såg en man, som han genast kände igen såsom en av stadens poliskonstaplar, stå utanför.

Kammartjänarens bleka ansikte blev nästan askgrått, och hans röst var osäker, då han, bemödande sig att framkalla ett småleende på sina vita läppar, sade:

"Ah, är det ni, herr Lindkvist, vad kan ni vilja mig så tidigt?"

"Jag har ett viktigt ärende till er, herr Balduin, och som jag märkte, att ni redan var uppe, så tänkte jag, att det var bäst att genast uträtta det."

"Varmed kan jag då vara er till tjänst?" återtog Balduin, som sansat sig och återtagit sitt vanliga utseende.

"Det är, som jag sade, en viktig sak, så att det vore bäst, om ni släppte mig in."

"Ursäkta mig, det är sant, men folket i huset sover ännu. Skulle ni vilja gå genom lilla porten på bakgården, så skall jag komma och öppna för er."

"Det går an", sade polismannen och avlägsnade sig åt andra sidan av huset.

Balduin smög sig tyst och hastigt fram till en skrivbyrå, som stod i ett hörn av rummet, öppnade med häftighet en låda innanför klaffen och tog ut några brev och papper, som han genomögnade. I nästa minut antände han dem alla och kastade de brinnande bladen i kakelugnen, och först då de fullkomligt förkolnat, tog han en nyckel, som hängde på väggen, och gick att öppna porten.

En liten stund därefter återkom han med den tidiga gästen, som satte sig ned och sade smågrinande, i det han vädrande höjde huvudet och såg sig omkring i rummet:

"Det var knaveln vad ni dröjde länge, jag började tro, att ni tagit benen på nacken och givit er i väg."

"Åh, jag har ingen lust att rymma från er, innan ni sagt mig ert ärende åtminstone, det är väl inte så farligt, hoppas jag."

"Hm, farligt nog, minsann", mumlade konstapeln, trevande i bröstfickan av sin rock.

"Jag hittade inte nyckeln genast... baron hade troligen haft den, och han är rest till Stockholm, som ni kanske vet; det var därför ni fick vänta en stund."

"Här osar alldeles förbannat, ni har troligen bränt papper här inne?"

"Ja, jag har suttit uppe och skrivit och även röjt ur en låda med gamla brev och dylikt, som jag bränt upp", svarade Balduin lugnt, "men låt mig höra vad ni har att säga", tillade han och satte sig ned mitt emot sin gäst.

"Nå, jag har inga order om det, det står er fritt tills vidare att osa med vad som helst, men hor nu på!" – återtog denne, drog fram ett styvt, hopvikt papper och tilllade i myndig och högtidlig ton: "Det är på befallning från höglovliga magistraten, som jag får meddela er, herr Patrik Edelbert Balduin, en kallelse från konungens befallningshavande i Östersund till inställelse vid extra ting den 18 oktober med Revsunds tingslag i Jämtland, såsom misstänkt för delaktighet i er forna husbondes, baron Edgard Hastfords, mord vid Bräcke kyrka natten till den 20 juli 1842."

Balduin, som kastat en orolig blick åt ena väggen, innanför vilken värdinnans rum var beläget, och varifrån buller hördes, som antydde, att man nu var vaken där inne och möjligen kunde höra den högtidliga och högljudda deklamationen, sammanpressade läpparna liksom för att tillbakahålla ett utrop av harm och förskräckelse och sammanknäppte händerna hårt och ångestfullt, under det polismannen betraktade honom med dumma och undrande blickar.

"Ni har rätt, det där var en förfärlig anklagelse, framkallad troligen lika mycket av dumhet som illvilja", sade Balduin slutligen och rätade upp sig med stolthet. "Jag skall inte försumma att inställa mig, om det kan ni vara övertygad; men törs jag be herr Lindkvist, eftersom vi är gamla bekanta, att hålla denna sak tyst så länge som möjligt, ty denna hårda och sällsamma anklagelse emot hans gamle vän och ledare skulle djupt smärta och uppreta min unge herre, baron Hugo Hastford."

"Ja, det begrips! Jag skall tiga med alltihop, åtminstone tills ni är rest; för jag kan inte få i min skalle, att ni kan ha någon del i det här", sade poliskonstapeln, godmodigt och reste sig upp.

"Tack för dessa ord och gör mig nu det nöjet att ta emot detta för ert besvär!" återtog kammartjänaren och tryckte en sedel i handen på polismannen, som bugande och helt vänskapligt sinnad gick sin väg.

"Hon har då redan verkställt sin hotelse... och vad skall slutet bli av det?" mumlade Balduin förkrossad och sjönk ned på sin bäddade, men orörda säng.

X.

Hugo Hastford hade mer än fjorton dagar vistats i Stockholm, utan att finna minsta spår efter sin förlorade älskarinna. Han bodde på ett anspråkslöst hotell, och sedan han förgäves studerat passagerarlistorna på alla de avgångna ångbåtar, med vilka han rimligtvis kunde tro att den unga flickan rest, för att återvända till Tyskland, där hon tillbragt sin barndom, så återstod honom ingenting annat än att, planlöst och på vinst och förlust, vandra staden omkring i den svävande och tämligen orimliga förhoppning, att en lycklig händelse skulle låta honom finna hennes tillflyktsort, i fall hon verkligen ännu befann sig i Stockholm.

På detta sätt hade han irrat omkring, undvikande sina bekanta och de avlägsnare släktingar han här ägde, utan egentligt hopp om någon upptäckt och utan styrka att resa och lämna allt förlorat, med sinnet uppfyllt av en enda tanke, en enda orolig längtan, då han en afton sorgsen och modlös långsamt vandrade utefter den oändligt långa och ödsliga Bondegatan på söder, utan att ens tänka på var han befann sig.

Knappt en enda människa syntes till i den avlägsna och folktomma trakten; en eller annan tarvlig kvinna, ett barn eller en hemvandrande arbetare var de enda man här såg, och Hugos uppmärksamhet fästes därvid ovillkorligt för ett ögonblick vid en bättre klädd, äldre karl, som liksom han själv tycktes promenera långsamt och likgiltigt bakom honom på den ödsliga gatan.

Han gav ingen akt på hans anletsdrag, och då han ännu en gång händelsevis vände sig om, såg han honom försvinna i en portgång.

Det var i september månad; kvällsskymningen hade redan inträtt, och fönsterrutorna i de höga husen bakom honom i staden flammade och lyste som guld i den nedgående solen, den tysta melankoliska omgivningen och hans egen trötthet och nedslagenhet lät honom i detta ögonblick helt och hållet förtvivla om sin framgång, då hans blick sorgsen och drömmande föll på en liten flicka om sju eller åtta år, som kom ut från en smutsig och dålig brödbod, med en butelj i ena handen och en bucklig bleckkorg med ett par skorpor i den andra.

Hugo spratt till, och hans ögon livades vid barnets åsyn, ty hos denna lilla fula ovårdade varelse fanns någonting, som livligt återförde hågkomsten av Elina. Med kärlekens snabba och minutiösa uppfattning och minne anmärkte han, att flickan hade på huvudet en liten silkeshalsduk, vars bjärta och tämligen ovanliga mönster fullkomligt liknade en, som han ofta sett omkring Elinas mjuka och vita hals.

En hastig föreställning, att det kunde vara densamma, lät honom med ens glömma sin modlöshet, och närmande sig flickan, som varsamt trippade utmed planket på sidan, frågade han med det mest inställsamma leende vad hon hette, för att inleda ett samtal.

Den lilla, som å sin sida blev nästan lika intagen av den unge elegante herrns vänliga och vackra ansikte, som han av hennes silkeshalsduk, svarade mycket frimodigt, att hon hette Alma Amalia Rosalia Andersson och var åtta år gammal.

”Och nu har du väl hämtat brännvin åt pappa och skorpor åt mamma, förmodar jag?”

”Nej, det är bara dricka, för jag har ingen pappa, och skorporna är inte åt mamma.”

”Åt dig själv då?”

”Nej, mamsell skall ha dem till sitt te.”

”Vilken mamsell?”

”Den, som bor hos oss...”

”Hon är väl mycket gammal och ful, eller hur?”

”Nej, hur kan herrn tro det?”

”Kanske hon är vacker då?”

"Ja, nej... det vet jag inte... Hon är inte lik mamma och inte lik fru Svensson heller", sade flickan begrundande, troligen för första gången försökande att skilja mellan skönhet och fulhet.

"Hur länge har hon då bott hos er?"

"Äh, jag vet inte, det är väl en månad."

"En månad, det är allt för länge", tänkte Hugo nedslagen, "men barnet kunde missta sig", och han fortfor att vandra bredvid henne och sade slutligen, rädd att mista sin sista svävande förhoppning :

"En sådan vacker halsduk du har på huvudet, vem har givit dig den?"

"Den har jag fått av mamsell Emma, hon är rysligt snäll, och jag minns nu, att smedens pojkar sade, att hon också var fasligt vacker."

Hugos hjärta klappade vid smedspojkarnas omdöme, och han återtog ivrigt:

"Heter hon Emma den där mamsellen?"

"Ja", sade flickan och vek i detsamma av på en tvärgata, som slutade med en grön kulle och en väderkvarn.

"Bor du här?" tillade Hugo, som inte kunde helt och hållet skilja sig från det intresse som den brokiga silkeshalsduken ingav honom och därför alltjämt följde med.

"Ja, jag bor här inne på gården", och i detsamma försvann hon inom porten till ett litet tämligen snyggt hus.

Hugo stod stilla ett ögonblick, sedan vände han långsamt tillbaka. Det var ju nästan inte den minsta sannolikhet, att denna "mamsell Emma" kunde vara Elina, han hade så många gånger trott sig finna anledningar till hopp och lika många gånger funnit sig bedragen. Elina var troligen länge sedan rest, hon fanns inte i Stockholm, och likväl kunde han inte besluta sig att gå hem; han måste se den, som smederna funnit så "fasligt vacker", och som varit ägarinna av den lilla brokiga halsduken.

Med raska steg vände han därför om igen, gick in i porten och knackade på den första dörr, som han i skymningen där inne påträffade.

Ingen tycktes emellertid ge akt på det, ty man pratade högljutt innanför, och då han slutligen själv öppnade, kom en äldre, tämligen snygg kvinna emot honom och strax därefter den lilla flickan, som han nyss träffat på gatan.

Hustrun betraktade honom noga, med en överraskad och förlägen min, gick ända inpå honom och sade hastigt:

"Ursäkta, där inne ligger en person illa sjuk i smittkopporna, så att herrn kanske vill stanna här ute." Hon öppnade i detsamma förstugudörren och tvang Hugo att retirera, under det flickan halvhögt viskade :

"Mamma, det är den herrn, som talte vid mig på gatan."

Modern gav henne en sträng och betydelsefull blick, och vändande sig åter till Hugo, då de kommit ut i förstugan, tillade hon snäsigt:

"Vad är det nu frågan om?"

"Jag önskade att få tala vid mamsell Emma."

"Mamsell Emma, kors bevara mig sådan otur, det är omöjligt att tala vid henne, för det är just hon, som är sjuk."

Den lilla flickan betraktade sin mor med stora förvånade ögon, och Hugo ryckte till av smärta och förskräckelse, under det kvinnan hårt fattade om barnets hand och fortfor:

"Ja, det är för beklagligt, ty doktorn säger, att då man får kopporna, när man hunnit till hennes ålder, och dessutom varit sjuklig i all sin dar, sa är inte mycket hopp om livet."

"Vid hennes ålder", upprepade Hugo. "Hur gammal är då denna mamsell Emma?"

"Åh bevars, om herrn känner henne, så vet han väl, att hon blir sina femtio är i draget, efter vad jag tror."

"Åh, jaså", avbröt Hugo på en gång lugnad och nedslagen, "ursäkta mig, jag har då misstagit mig om person."

"Jag kunde tro det; men var så god och gå åt andra sidan, porten är till höger, herrn slipper inte ut på gatan den vägen", tillade hon häftigt, då Hugo i sin tankspriddhet gick ut genom motsatta dörren i förstugan och kom in på en liten grön gård med ett par syrenbuskar och ett gungbräde.

Glädjen att inte återfinna Elina ett rov för en förfärlig sjukdom och smärtan att ännu en gång vara gäckad av sin inbillning gjorde, att han inte märkte sitt misstag förrän han redan gått ett par steg utom dörren och då kvinnans röst äntligen nådde hans öra, och han vände sig om för att gå tillbaka, var han nära att tro sig drömma vid den oväntade syn, som, lik en blixt, slog honom i ögonen.

Han stod alldeles invid ett öppet fönster, knappt två alnar från marken, och där innanför såg han ju Elinas ljuva ansikte; väl något blekt, men strålande av en ännu mera mild och rörande skönhet än någonsin.

Överraskad och utom sig av glädje, lämnande alla antagna seder och bruk å sido, svingade han sig med ett enda hopp över fönsterkarmen in i rummet, rädd att åter förlora sin uppenbarelse, om han gav sig tid att uppsöka en mera passande ingång, och utan att ens märka den uppretade frun, som följt efter honom och nu, harmsen och förbluffad, slog händerna tillsammans och mumlade:

"Se så där ja! Vad tjänade all min fyndighet och knipslughet till? Då olyckan vill vara framme, så rår inte skam därför; nu gäller det, om man kan förtjäna något på den där vildhjärnan i stället, ty med Lenas vänskap är det väl slut."

"Elina!" utropade Hugo emellertid med överströmmande kärlek och lycka och störtade fram till den unga flickan, som, förvirrad och ur stånd att genast samla sina tankar, sjönk ned på en stol nästan medvetslös och betäckte ansiktet med sina händer, under det hennes älskare kastade sig på knä framför henne och utbröt i en storm av utrop, frågor, böner och försäkringar.

Men Elina vände bort sitt ansikte och grät ur djupet av sitt hjärta, utan att med ett enda ord eller ett tecken besvara hans glädjeyrsel och hans frågor.

Slutligen försökte hon att resa sig upp och sade halvhögt och med ansträngning:

"Om ni haft en skymt av medlidande eller heder, herr baron, så hade ni besparat mig denna scen... Ni vet alltför väl, att jag inte vill och inte bör höra er... Lämna mig, lämna mig, Hugo! ..."

"Lämna dig, som jag liksom genom ett underverk återfunnit, lämna dig, då jag för alltid brutit den falska och olyckliga förbindelsen med min kusin, brutit med hela min släkt för att endast leva för dig? Kan du då inte förlåta mig, Elina? Älskar du mig inte mer?"

"Hugo, ni vet inte vad ni säger, ni vet inte allt, som skiljer oss åt."

"Jag vet det, Elina, och jag är nu säker, att det varit Marys intriger och alls inte din förmente far, som förmått dig att fly från mig... Jag känner Lenas hotelser och jag har kommit för att med dig dela allt, till och med de oförtjänta obehag, som dessa hotelser möjligen kunde tillskynda dig."

"Du vet det, och du älskar mig likväl, du ryser inte, du avskyr inte dottern av..."

"Tyst, tyst min älskade, säg inte ut vad som inte är sant eller möjligt, jag tror inte på det, jag vill inte ett ögonblick tänka på detta, jag vill blott säga dig, att jag inte kan leva utan dig, att din kärlek är villkoret for min lycka och tillvaro, allt annat är endast bisaker, som jag nog skall veta att antingen behärska eller underkasta mig."

"Men Hugo, jag kan inte så förstöra din framtid, jag kan inte, jag tål inte se dig förnedrad genom mig... Jag är mycket oerfaren av världen, men jag känner, att jag inte kan bli lycklig att se dig uppoffra allt, som människorna älskar och värderar, rikedom, anseende och..."

Hugo slöt henne i sin famn och avbröt dessa betänkligheter, som i det adertonåriga hjärtat just inte var så djupa eller rotfästade. Hans upprepade försäkringar, hans passionerade böner gjorde Elina allt för lycklig; i sin okunnighet insåg hon inte, hur världen skulle bedöma hennes handlingssätt, en värld, som för henne dessutom var nästan betydelselös, och övertygad och förtröstansfull sjönk hon på nytt i Hugos armar och lovade honom på nytt sin kärlek och tro.

Timme efter timme förgick under de älskandes samtal och planer, och då mörkret redan för länge sedan inbrutit, och Hugo äntligen beslutat sig att gå, sade han orolig och bekymrad:

"Gud giv, att morgondagen redan inträtt, ty jag fruktar att lämna dig här en enda natt ännu. Jag tycker inte om din värdinna, hon är i Lenas, eller rättare i Marys sold, det är tydligt, ty annars skulle hon inte uppdukat den lögn, varmed hon sökte hindra mig från att få se dig, hon var förberedd på min möjliga hitkomst, det inser jag nu fullkomligt, och vem vet, vad hon kan företa vidare?"

"Åh, vad skulle hon kunna göra? Jag vet, att hon är Lenas vän, och denna förfärliga kvinna gör mig stel av förskräckelse, men jag har alltid här blivit vänligt och med tjänstaktighet bemött."

"I morgon skall jag ha skaffat dig en mera passande bostad, tills jag själv kan bjuda dig ett hem; lova mig emellertid att inte lämna ditt rum eller företa något, innan jag är hos dig igen."

"Vilket onödigt löfte!" sade Elina, åter leende med samma glada sorglöshet som förr och glömmande sina tårar och sin smärta, med den första ungdomens förmåga av hastiga övergångar från den ena ytterligheten till den andra.

Och då Hugo hade gått och värdinnan kom in med ljus i Elinas rum, fann denna henne med hopknäppta händer knäböjd vid en stol, och den unga flickans ansikte var så rosigt och skönt, så strålande av lycka och andaktsfull rörelse, att den vresiga och råa kvinnan glömde de stickord och anspelningar, varmed hon ämnat undfägna sin hyresgäst, i förargelsen över sitt misslyckade uppdrag, och i stället framstammade ett slags ursäkt för sitt mottagande av den elegante unge herrn, som hon "aldrig kunde föreställa sig var bekant med mamsell Emma".

Då Hugo trevat sig ut ur den mörka förstugan, och kom på gatan, stötte han nästan emot en karl, som stod strax vid porten. Den främmande vände sig genast om och avlägsnade sig, men Hugo tyckte sig likväl igenkänna honom såsom densamme, vilken han sett bakom sig på gatan, då han gick bredvid den lilla flickan.

Han fäste alls ingen vikt vid honom, det var troligen någon, som bodde i grannskapet och han fortsatte sin väg, välsignande i sitt sinne Elinas lilla halsduk, som, lik en signalflagga eller en fyr, fört honom i den hamn han sökt så länge och förgäves.

Då han återkom till hotellet, fann han likväl även här samma person före sig i förstugan, och då han gick förbi, möttes deras blickar.

Hugo stannade, träffad av det sällsamma uttrycket i den främmandes ögon. Vad låg väl i det? Han kunde inte göra sig reda för det, men han kände en darrning eller rysning genom märg och ben, som var honom helt och hållet oförklarlig. Han ville närma sig, han ville tala, men han stod orörlig, liksom fastväxt, och i nästa minut var främlingen försvunnen inom dörren till ett av de närmaste rummen.

Då uppassaren tänt hans ljus och lovat skaffa honom en hyrvagn till klockan tio dagen därpå, frågade han denne vem som bodde i n:r 12, där den okände gått in.

"N:r 12, låt mig se, det är en utlänning, som heter Grübe. Han har bott här endast ett par dagar; han går sällan ut och tycks vara mycket sjuklig", svarade karlen, i detsamma han gick sin väg.

"Sjuklig, det kan jag inte tro, i fall han kunnat promenera lika fort som jag från Bondegatan och hit", sade Hugo småleende för sig själv och satte sig ned vid bordet, för att skriva till Balduin om framgången av sina efterforskningar, sin glädje och sina planer, ty hans tillgivenhet för sin gamle vän var alltför stark och nödvändig för hans hjärta, för att kunna minskas genom olikheten av deras tänkesätt.

Han hade emellertid ingen aning om, att Balduin redan för flera dagar sedan lämnat Uppsala, för att inställa sig vid tinget i Jämtland.

Det var långt över midnatt, då Hugo äntligen kastade sig halvklädd på sängen och somnade; men oaktat hans sällhet att ha återfunnit Elina, var hans sömn orolig, och i drömmen såg han inte hennes vackra ansikte och milda ögon, utan i stället den resande i rummet näst intill; kände åter den sällsamma rörelse, som dennes blick framkallat, och vaknade, badande i svett och halvkvävd av hjärtklappning, vid några ord, som främlingen viskade i hans öra.

Solen var redan uppe, och Hugo klädde sig hastigt för att genast gå ut och skaffa Elina en annan och mera passande tillflyktsort, men oaktat han tyckte sig ha lyckats särdeles väl häri, kvarlåg ännu i hans sinne det hemlighetsfulla töcken, som nattens dröm framkallat, och orolig och ångestfull steg han upp i vagnen för att avhämta sin väntande fästmö.

Aldrig tyckte den otålige unge mannen, att någon väg varit så lång och aldrig att han åkt så långsamt, och då kusken stannade vid den händelsevis uppdragna slussbron, var Hugo nära att hoppa av och springande fortsätta vägen i hopp att komma fortare.

Äntligen stannade man då vid det lilla trähuset nedanför väderkvarnen, och Hugo sprang ur och knackade på porten, som till hans förvåning var låst ännu, oaktat man just i detsamma klämtade tio i stadens alla kyrktorn.

Den öppnades likväl genast, och den lilla flickan, med de många granna namnen, syntes innanför; utropande, innan han ännu hunnit yttra ett ord:

"Kors så besynnerligt! Det har då väl aldrig förr hänt, att två stora granna vagnar på samma dag kommit hit på gatan och stannat här utanför."

"Har här varit en vagn förut?" sade Hugo och ville gå förbi flickan.

"Ja, det är inte länge sedan mamsell Emma for bort i en alldeles likadan vagn", tillade barnet och följde efter Hugo, som redan hade hunnit till slutet av den lilla förstugan.

Den unge mannen stannade tvärt som slagen av åskan, nattens blytunga aning föll med ens förkrossande över honom, och han utropade ångestfullt:

"Vad säger du, skulle mamsell Emma redan ha åkt bort? Är hon inte hemma?"

"Nej, hon for sin väg med den gamle herrn, som kom och hämtade henne."

"Gud i himlen, jag kan bli tokig! Släpp mig genast in i hennes rum!" fortfor han, alldeles utom sig, och skuffade undan flickan, som tumlade med det skrala och krångliga låsets öppnande.

"Rummet är tomt, var är hon?"

"Ja, jag sade ju det; hon har rest bort", återtog flickan, skrämd av Hugos blick och röst och alltjämt följande efter med skygghet, då denne rusade ut genom den motsatta dörren in i familjens vanliga rum, som även var tomt och ostädat.

"Var är då din mor? Finns ingen människa här?"

"Mamma gick bara ut i kryddboden; men se där kommer hon", svarade barnet glad, då samma kvinna, vilken mottagit Hugo kvällen förut, syntes i porten.

"Är mamsell Elina inte hemma? Säg, min fru, var hon är, och sök inte ännu en gång att narra mig genom historier och lögner", sade Hugo häftigt och sprang emot henne med av vrede och oro blixtrande ögon.

Fruntimmer av den hedervärda fru Anderssons vanor och uppfostran är emellertid inte så lätt bragta ur fattningen, och hon stannade tvärt och beslutsamt, med fötterna långt åtskilda och handen i sidan, beredd att i nödfall kunna med kraft möta ett handgripligt anfall, vilket, enligt hennes erfarenhet, väl kunde väntas följa efter dylika ord och blickar, och sade käckt:

"Mamsell Elina! Vem menar herrn? Jag känner ingen människa med det namnet."

"Ah, jaså förlåt mig, jag menar mamsell Emma, som bor hos er, och som jag i går råkade här."

"Är det på det viset? Jaha, hon bor inte mer här, hon är borta, som herrn ser."

"Nå, men var är hon då? Hon återkommer väl snart?"

"Det tror jag knappt, ty nu är hon väl där hon bör vara, efter vad jag tror", sade kvinnan med en min av skadeglädje och stridslystnad, som ända till ytterlighet retade Hugo. Han sökte emellertid behärska sig, ihågkommande att det enda möjliga hopp att få veta sanningen berodde på att vinna Elinas värdinna, och han sade därför hastigt och så lugnt som möjligt:

"Hör på, min fru! Mamsell Emma är min fästmö, jag är här för att hämta henne och föra henne till en av mina släktingar, och ni kan därför döma om min bestörtning att inte finna henne, då hon lovat att vänta mig vid denna tid."

"Ja bevars, det kan jag visst förstå; men det ser ut, som herrn gjort upp hyran utan husvärden, och att det finns någon, som har bättre rätt till mamsell Emma, än till och med hennes fästman."

"Vad menar ni? Förklara er, och ni kan räkna på min tacksamhet, om ni sanningsenligt säger mig, vem som bortfört henne och var hon är."

"Åh, herre Gud", började fru Andersson i en helt annan ton, då hon äntligen insåg, att saken kunde fredligt avhandlas, "vad det första angår, så är det inte svårt, ty den gamle herrn, som hämtade henne, var ingen annan än hennes far, så att herrn kan vara lugn, att hon är i gott förvar; han betalde mig rätt hederligt, det vore skam att säga annat, för rum och mat och litet smått, som hon var skyldig, och mycket hygglig, och som en riktig herre såg han ut, men inte följde hon gärna med honom, så mycket kan jag säga, ty de hade ett fasligt långt samtal, innan de kom ut, och hon var alldeles övergiven och förgråten, då han hjälpte henne i vagnen."

"Det är då åter denne olycklige far, som är framme och spökar", mumlade Hugo halvhögt och tillade sedan misstroget: "Jag har stort skäl att tvivla på vad ni nu säger, låt mig veta sanningen. Var det inte snarare en kvinna om trettio år, med hyggligt utseende och rödaktigt hår, som kom hit och förmådde henne att följa sig härifrån?"

"Nej, så sant som jag är en ärlig människa, det var, som jag säger, mamsell Emmas egen far; men jag vet vilken kvinna herrn menar, det var det fruntimret, som följde henne hit för nära en månad sedan."

"Hur såg då karlen ut, som ni påstår att Elina följde?"

"Det var en lång, gammal herre med mörka ögon och hy, han talte litet konstigt, alldeles som en utlänning, och han kallade mamsell Emma för sin dotter."

"Och vart tog de då vägen?"

"Omöjligt att jag det kan säga, fast jag ändå försökte lyssna efter, när han sade adressen åt kusken."

"Och Emma?"

"Hon såg ut att vara mera död än levande av sorg och skrämsel och sade aldrig ett ord."

"Har ni någonsin förut sett den där karlen här hos henne, eller i grannskapet?"

'Nej aldrig, han kom åkande hit i morse klockan åtta. Mamsell Emma hade likväl varit tidigt uppe, och jag förstod, att hon väntade någon, ty hon hade allt i ordning till avresan, men da den främmande kom in, blev hon alldeles förskräckt och så vit i synen som ett lakan. Det tycktes inte, som om hon särdeles älskade sin far, fastän han talte mycket vänligt till henne. Han bad mig strax att lämna rummet, och jag gick ut förstås, men som jag hade litet att syssla just utanför dörren i vårt rum, så hörde jag dem tala där inne, trots att jag inte förstod ett ord, ty den främmande talade visst tyska, eftersom jag tror, och Emma svarade så lågt och så litet, att ingen kunde bli klok på vad det var, och slutligen kom de ut och satte sig i vagnen och reste sin väg, som jag sagt."

Det var tydligt, att kvinnan verkligen talat sanning, och Hugo tvivlade så mycket mindre på det, som alla hans egna mörka och obestämda aningar denna natt var bekräftade av hennes ord. Han stod en stund bedövad och villrådig, det återstod ingen vidare upplysning att få, och tröstlös kastade han sig i vagnen och for hem igen.

Han påminde sig den främmande karlen, som troligen följt honom ända från hotellet och spionerat på honom dagen förut, som han sett vid porten till Elinas bostad, och som han fann före sig i förstugan, då han återkom om natten. Det skulle således ha varit minnet, som upprört honom så häftigt, trots att han då inte kunde klart uppfatta det; denne man var då densamme, som varit hans barndoms förskräckelse, hans olycklige faders mördare och nu förstöraren av hans egen sällhet.

Den första fråga han ställde till uppassaren, då han återkom, var efter den resande i n:r 12.

"Han har rest, jag förde åtminstone hans saker till ångbåten, som klockan nio avgick till Stettin; men jag såg inte till honom själv", svarade denne.

"Och vad var det han hette?"

"På hans kappsäck stod Heinrich Grübe."

Hugo förde handen till pannan och sjönk ned på en stol i stum förtvivlan. Vad tjänade väl kunskapen om detta namn till? Han kände inom sig omöjligheten att efterspana eller ens närma sig denna man, som ingav honom en känsla av hemlighetsfull sinnesrörelse och bävan, och tyckte med detsamma, att Elina, hans livs ljuvaste blomma, hjälplöst sjunkit i en avgrund, vartill han inte förmådde nalkas; hon syntes honom nu förlorad för alltid.

XI.

"Jag tillstår, att sällan eller aldrig har jag på samma gång med mera intresse och mera ovilja upptagit till behandling ett brottmål sådant som det, vilket Lenas anklagelse återväckte", sade onkel Benjamin, fortsättande sin berättelse.

"Det första enskilda förhöret med kammartjänaren Balduin, anklagad för delaktighet i mordet på sin husbonde, ställde min moraliska övertygelse och mina handlingar i den skarpaste motsats till varandra, ty slutet därav blev en befallning om hans häktande, oaktat jag ansåg mig nästan fullkomligt säker om hans oskuld; misstankarna mot honom var så svåra, bevisen, som det tycktes, så många och bindande, att den 'juridiska övertygelsen', att jag så må säga, måste bli rådande över den moraliska.

Redan vid det första korta sammanträffandet med mannen, för femton år sedan vid hans husbondes död, fattade jag den föreställningen, att han var en hederlig karl, med en bildning och takt vida över den vanliga i hans samhällsställning, och detta omdöme fann jag nu, åtminstone vad det senare angick, fullkomligt bekräftat.

En viss osäkerhet och hemlighetsfull oro undgick mig likväl inte då i hans sätt och utseende, och även detta återfann jag nu.

Hans uppsyn och tonen i hans röst, den smärta och djupa ovilja han visade över anklagelsen vittnade starkt till hans fördel, men hans tydliga förskräckelse och häftiga överraskning, då jag meddelade honom vad som nu givit anledning till Lenas förnyade misstankar och målets återupptagande, tycktes däremot otvetydigt bevisa åtminstone hans kännedom om mördaren, lika mycket som det samtal jag själv hört om natten i grevinnan Déens trädgård.

Dagen därpå, då han infördes i tingssalen och konfronterades med Lena, syntes han mig också i början mera villrådig och osäker i hållning och svar, än jag väntat, och Lena, som nu fått frihet att tala och ansåg isen bruten, utvecklade även en sådan vältalighet och fintlighet, att hon skulle kunnat bringa vem som helst ur fattningen.

Hon berättade väl och tydligt, utan alla avvikelser och utan den förvirring och oreda i begreppen, som vid dylika tillfällen är vanlig, först hur hon på kyrkogården sett en karl hålla ett lik i sina armar, vilket han i detsamma lade ned på marken och tycktes vara sysselsatt att plundra eller undersöka; att hon genast i denna person trott sig igenkänna kammartjänaren, vilken hon för något mer än en timme sedan sett och talat vid på trappan där hemma vid Mossboda, och som då visat ett bestämt missnöje att finna henne vaken och ute så sent på kvällen; att hon likväl i förskräckelsen, då hon flydde därifrån, inte visste, om inte denne man även kunnat, lika hastigt som hon, ha avlägsnat sig åt ett annat håll och således möjligen vara densamme, som hon en knapp fjärdedels timme därefter såg åka förbi på landsvägen; att hon sedermera antagit detta såsom säkert, när den funna lådan och remmen om den mördades hals låtit misstanken om mordet ensamt falla på den okände kolportören, som aldrig kunnat upptäckas, och vilken hon av beskrivningen och i synnerhet av barnet, som han medförde, med full visshet igenkände såsom mannen i kärran.

Hon glömde således den första obestämda misstanken emot Balduin, då ingenting bekräftade densamma, och skulle troligen aldrig erinrat sig den, om inte en händelse inträffat fem år därefter, som övertygat henne om riktigheten av det. Det var denna händelse, varpå hennes angivelse nu vilade, och som hon därefter berättade.

'Det är tio år sedan', började Lena långsamt och med ögonen oavvänt fästa på Balduin, 'som jag flyttade från Mossboda till min nuvarande matmoder, grevinnan Déen, min forna husbondes syster; jag skulle då, som brukligt är, göra i ordning och skura alla rummen i huset, ty jag var ännu mor Lisas enda piga och hade ingen som hjälpte mig.

Jag skurade då även den så kallade östra kammaren, där vår stackars husbonde skulle bott, men där han som levande aldrig vistades mer än ett par timmar.

Där fanns en garderob, som aldrig begagnats och där dammet legat orubbat, allt sedan gamla Dora gjorde i ordning där, tills baron skulle komma.

Då jag nu sopade en hylla där inne, högt uppe vid taket, föll ett litet paket eller knyte ned därifrån. Jag upptog det och blev bra förundrad att återfinna en handduk, vilken jag genast igenkände.

Det var en fin damasthandduk, som hörde huset till, och av vilken sort aldrig någon varit begagnad, sedan lilla Hugo och Dora hade rest. Den hade blivit inlagd i rummet vid barons ankomst, men kunde inte sedan återfinnas, och jag påminde mig det så mycket bättre, som mor Lisa bannade mig hiskligt för det, att den var bortkommen, och trodde till och med, att jag tagit den.

Nu låg den här, och då jag vecklade upp den, fann jag inlindad i det en väst, så fläckad och genomdränkt av blod, att jag kanske inte skulle ha känt igen den, om jag inte händelsevis påmint mig knapparna i det. Det var en ljus sommarväst, som jag mycket väl erinrade mig att herr Balduin varit klädd uti den första aftonen, då han kom till Mossboda, och bredvid i paketet låg en liten blå silkeshalsduk, som jag sett, att baron hade omkring halsen, då han gick bort om kvällen.

På halsduken syntes emellertid ingen fläck, men handduken såg ut, som om man torkat blodiga händer eller kläder på det.'

'Och vad gjorde du då av allt detta?' frågade jag, då Lena tystnade.

'Handduken lämnade jag till mor Lisa, som inte anmärkte, på vad satt den var smutsad. Jag berättade henne, var jag funnit den, och hon trodde, att Balduin eller kanske baron själv av misstag kastat den på hyllan tillsammans med andra saker, som vid avresan blivit nedtagna.'

'Men västen och halsduken?'

'Dem nämnde jag inte för någon, ty jag anade genast, att Balduin gömt dem med avsikt.'

'Och du har dem kvar ännu?'

'Ja, jag har förvarat dem alltjämt.'

'Och varför har du dröjt så länge att upptäcka detta?'

'Åh, jag hade ingen brådska; det var roligt att så där ha en människas liv i sina händer, dessutom tänkte jag, att jag väl borde ha någon nytta av det, då tillfälle gavs.'

'Och du är fullkomligt säker, att dessa saker verkligen tillhört de personer du uppgivit?'

'Ja, alldeles säker.'

'Skulle du kunna avlägga ed på det?'

'Ja, även det, ty jag lade märke till knapparna i västen, som är av pärlemor, och som jag fann mycket vackra, och lika säker är jag, att baron hade den blå halsduken, då jag sent om kvällen såg honom gå ut genom förstugudörren; dessutom sitter på insidan av halsduken en stämpel i gultryck med fabrikantens och gatans namn, i Paris, och vem, utom baron eller hans kammartjänare, skulle väl ha haft en dylik vid Mossboda?'

'Men du var inte hemma, då man hemförde baron Hastfords lik, den satt kanske ännu kvar om hans hals?'

'Nej, det gjorde den inte; jag såg inte liket förrän dagen därefter, men mor Lisa sade mig, att flera av barons kläder saknades, och att han inte hade någon halsduk.'

Det var också fullkomligt sant, ty jag mindes själv, att vi i protokollet anmärkt de persedlar, som vid påträffandet av den döda kroppen saknades, och att halsduken varit bland dem; om den således återfunnits i hemmet, oaktat Hastford vid tillfället varit klädd i det, så var det svårt att förklara, hur den kommit dit tillbaka.

'Det är tydligt, att du anser Balduin såsom delaktig i mordet, men hur kommer det till, att du redan för femton år sedan, då du vid Bräcke stod framför mig på samma sätt som nu, även ville göra honom misstänkt, trots att du då inte hade dessa anledningar till det?'

'Lagman har glömt, att jag genast tänkte på kammartjänaren, då jag såg den där likplundraren på kyrkogården.'

'Men vad skäl kunde du ha till en, som det tycks, så orimlig tanke?'

'Jag hade strax förut där hemma sett Balduin mycket upprörd av vrede eller sorg, som jag tyckte, då han häftigt samtalade med sin husbonde; jag hade sett dem båda genomgå en hop papper, som säkert var av stort värde eller vikt, och slutligen såg jag, att baron tog mycket pengar med sig i sin plånbok, då han gick ut, och att Balduin följde efter honom; dessutom kände jag igen Balduin på kyrkogården.'

'Men du nämnde ingenting om detta vid Bräcke?'

'Jag vågade ingenting bestämt säga, då jag strax såg, att ni misstrodde mig; jag var om natten så förskrämd, men fastän det var skumt och avståndet tämligen stort, så trodde jag mig likväl känna igen honom, när jag såg honom som en svart skuggbild emot den ljusa natthimmeln, ty ni har väl märkt, att han bär den ena axeln högre än den andra.'

'Det har jag alls inte märkt', inföll jag, överraskad av hennes iakttagelse och blickande på kammartjänaren, som ofrivilligt rätade på sig.

'Det är likväl så, fastän man inte märker det, då han själv erinrar sig detsamma.'

'Du talte då, vid Bräcke, endast om en mördare, men när du hos grevinnan Déen meddelade mig vad du nu berättat, tycktes du misstänka två?'

'Jag såg inte mer än en, men jag trodde alltid, liksom alla andra, att den där främmande karlen med barnet och lådan varit behjälplig vid mordet; han åkte ju förbi mig, och i hans ansikte – fastän jag såg det endast några sekunder – stod tydligt hans ångest och brådska att komma fort från stället.'

'Jag hörde dig även för din fröken där hemma om natten berätta, att du sedan igenkänt det där barnet som en fullvuxen flicka; är detta sanning?'

'Ja, jag är säker om det. Balduin känner henne, hon bor i Uppsala.'

'Helt ensam?'

'Jag tror det, åtminstone vet ingen, om hon har några släktingar; man har sedan flera år betalt för henne hos en änka där i staden.'

Allt vad Lena sagt var nästan detsamma, som hon förut berättat mig hos grevinnan, vid Marys och Hugos förlovning, och jag hade endast med uppmärksamhet iakttagit vad verkan denna berättelse skulle göra på Balduin. Det var emellertid svart att avgöra, om den tydliga överraskning, han visade vid upptäckten av de gömda kläderna, var bevis på hans brottslighet eller tvärtom, ty hans min var mera missnöjd än förskräckt.

Han kunde emellertid inte dölja sin rörelse, då man bar fram de hittade sakerna, och på min fråga, om han igenkände dem, svarade han utan tvekan ett bestämt 'Ja'.

'Den där västen har således tillhört er själv, Balduin, och ni hade den på er samma kväll ni anlände till Mossboda?' sade jag, börjande ett förhör, som jag med avsikt gjorde så oregelbundet och avbrutet som möjligt, för att inte lämna honom tillfälle att i förväg ana mina frågor.

'Ja, jag påminner mig det', sade han långsamt.

'Och ni nyttjade den kanske också dagen därpå, när er husbondes lik hemfördes?'

Balduin teg, och Lena inföll med iver:

'Nej, herr lagman, han hade en svart väst den dagen.'

'Men du kom inte hem förrän mot aftonen, du kan således inte ha sett, om han vid likets hemförande hade västen på sig.'

'Nej, men mor Lisa och även hennes man mindes mycket väl, att han, redan på morgonen, innan man ännu visste, vart baron tagit vägen, och då man gick att söka honom, hade en svart väst på sig, liksom han skulle varit sorgklädd.'

'Men mor Lisas man har ju varit död i flera år; när skulle du ha tänkt på att fråga dem om denna sak?'

'Genast då jag hittade kläderna, frågade jag dem om allt, som kunde leda mig på orsaken, varför de där sakerna blivit gömda.'

'Nåväl, vad säger ni själv, Balduin, minns ni, hur ni var klädd dagen efter er husbondes död?'

'Jag var alltför upprörd för att fästa någon vikt därvid, eller nu kunna minnas något om det.'

'Och halsduken, igenkänner ni den som baron Hastfords?'

'Jag skulle naturligtvis inte kunna avgöra det, men jag kan gärna helt enkelt erkänna, att jag tror, att den tillhört honom.'

'Är Lenas påstående sant, att baron, då han om aftonen gick ut, hade den på sig?'

Balduin tvekade ett par minuter. Svaret på denna fråga var i själva verket ganska viktigt och skulle aldrig kunna vederläggas, ty jag påminde mig, att den framställts och blivit obestämt besvarad redan vid likets besiktning; det överraskade mig därför, då kammartjänaren slutligen svarade ett avgjort och tydligt 'ja'.

'Men den fanns inte hos den döde, som ni vet, och den är inte fläckad eller skrynklad på något sätt.'

'Nej, jag ser det.'

'Men hur skulle den i det fallet ha kommit hem tillbaka, vill ni inte förklara detta?'

Balduin teg och tycktes försjunken i tankar.

'Det förefaller mig emellertid besynnerligt, Lena, att Balduin skulle kunnat hinna före dig till kyrkogården, då du själv erkänt, att du mera sprang än gick hela vägen och dessutom begagnade dig av en genväg, vilken han som främling inte kände till', sade jag, vändande mig till Lena för att möjligen överraska henne.

Hon svarade emellertid helt lugnt:

'Han gick från gården en stund före mig, och dessutom uppehöll jag mig tämligen länge under vägen vid länsgränsen.'

'Varför det?'

'Jag blev rädd, jag såg helt hastigt där i halvmörkret två karlar, som var sysselsatta med någonting, som jag inte kunde se eller förklara.'

'Två karlar, vilka var då de?'

'Jag kände dem inte igen, de var alldeles främmande och såg hemska ut.'

'Vad gjorde de då?'

'De tycktes tvista om något, som de slet emellan sig, de kom slutligen i häftigt slagsmål, men jag hörde dem inte växla ett enda ord, allt var tyst, och detta skrämde mig ännu mer, jag vågade inte röra mig ur stället, och jag vet inte, hur länge jag låg nedkrupen mellan ormbunkarna och lingonriset.'

'Vart tog de då slutligen vägen?'

'Den ene slog den andre till marken och flydde inåt skogen.'

'Och den andre?'

'Han låg kvar en stund, fasligt länge, som jag tyckte, men slutligen reste han sig och följde långsamt sin kamrat, och först en god stund därefter vågade jag mig fram på vägen.'

'Det var således detta uppehåll, som skulle givit Balduin tid att hinna utföra mordet, innan du hann fram till kyrkogården?'

'Ja, jag tror det.'

Jag hade observerat, att Balduin med den yttersta uppmärksamhet och intresse följt varje ord av denna del i Lenas berättelse, och då hon slutat, utropade han halvhögt:

'Ah, se där är då de båda mördarna!'

'Vad säger ni?' sade jag förundrad. 'Tror ni, att dessa båda karlar var de, som begått brottet?'

'Ja, jag tycker det är sannolikt. Vem vet likväl? Det är svårt att kunna tro något i detta fall', återtog han likgiltigt och liksom ångrande sitt ofrivilliga yttrande.

'Lena, varför berättade du inte detta ditt möte i skogen genast då du kom till mig på gästgivaregården?' sade jag förtretad, inseende den vikt och kanske helt olika vändning av saken denna upptäckt skulle kunnat åstadkomma.

'Jag tänkte inte mera på det, vad jag sedan strax därefter fick se på kyrkogården, och även åsynen av mannen med barnet på landsvägen upptog alla mina tankar; jag kunde aldrig ett ögonblick inse något sammanhang därmed och med de båda karlarna långt bort i skogen vid gränsstenen. Bräcke kyrka är långt därifrån.'

'Men likväl inte så långt som från Mossboda.'

'Nej, det är sant.'

'Och ni, Balduin, vid vad tid gick ni om kvällen att möta och uppsöka er herre?'

'Jag tror, att klockan var elva, jag minns inte fullkomligt.'

'Och när återkom ni?'

'Jag påminner mig inte det, men ingen vid gården var då ännu uppe, och det hade nyss börjat dagas.'

'Och ni lade er och somnade sedan?'

'Nej, jag kunde inte somna, jag var mycket orolig för min husbonde.'

'Och ni hade då ingen aning, vartåt han gått?'

'Jag tänkte på, att han först tagit vägen nedåt älven.'

'Och ni fruktade, att han omkommit i det?'

'Jag tänkte mycket på det.'

'Om er väst blev fläckad av liket, som ni sedan återfann? Varför gömde ni den då med så mycken omsorg?'

'Det tycks tvärtom, i fall jag velat gömma den, som om det inte skett med tillräcklig omsorg', sade Balduin småleende.

'Menar ni, att det skulle skett av misstag, som dessa saker blivit lagda i garderoben?'

'Jag var åtminstone mycket sorgsen och förvirrad under de få dagarna, innan vi reste.'

'Och er husbondes halsduk – det återstår alltid att förklara, hur den kunnat finnas tillsammans med er väst, det tycks, som om ingen annan än den, vilken träffat honom, sedan han gått hemifrån, skulle kunna återbära den, då han hade den på sig vid bortgåendet.'

'Det tycks så', sade Balduin tankfull.

'Den är utan fläck; man skulle tro, att den varit borttagen, innan baron mördades.'

Kammartjänaren teg och ryckte på axlarna.

'Balduin, vill ni inte förklara anledningen, varför ni gömt dessa saker?'

'Nej.'

'Ni inser väl emellertid, att om ni nekar att svara, skall misstankarna emot er nästan övergå till visshet.'

'Jag inser det mycket väl.'

'Ni erkänner er då med detsamma skyldig till delaktighet i mordet på er husbonde?'

'Nej, aldrig!'

'Men detta är ju en motsägelse. Om ni är oskyldig, varför då denna hemlighetsfullhet?'

'Finns det då inte annat än brottsliga hemligheter?'

'Ganska sällan åtminstone, och om detta är en, så kommer den kanske att kosta er frihet, om inte ert liv. Besinna detta!'

'Jag är beredd på det', sade Balduin med ett lugn och en sällsam tankspriddhet, som förvånade mig och tycktes bevisa, att hans tankar irrade längre bort, än inom tingssalens väggar och dagens förhör.

Efter ännu några frågor till Lena och beslut om inkallandet av den gamla hushållerskan på Mossboda, såsom vittne, var det första förhöret slut, och rätten skildes åt.

Den halsstarrige kammartjänaren, vars motiv till tystnad jag omöjligen kunde förklara på annat sätt, än såsom delaktighet i brottet eller åtminstone intresse för mördaren, återfördes i häktet; och, missmodig och vid dåligt lynne satte jag mig ned till den sena kvällsvarden.

Aldrig har en sak synts mig mera oåtkomlig än denna, ty det var omöjligt att finna ett enda vittne, eller ens den mest avlägsna vägledning i det. De få personer, som kunnat återfinnas sedan denna tid var läkaren, som besiktigat den döde, den gamla mor Lisa och en av gårdsdrängarna vid Mossboda. De båda sistnämnda visste emellertid inte annat, än att de sett sin husbonde hemföras död, sedan de kvällen förut under några minuter för första gången i sitt liv sett honom levande.

Den misstänkte kolportören med barnet hade visserligen varit synlig på åtskilliga ställen i trakten före mordet, men efter denna natt kunde intet spår av honom upptäckas. Länsmannen, som varit närvarande vid obduktionen, var död och ävenså den gamla amman, som sist talat vid sin husbonde.

Kolportörens förmodade dotter, den omnämnda Elina, var försvunnen, efter all sannolikhet bortskaffad av sin far, som under ett antaget namn tycktes ha några dagar vistats i Stockholm.

På alla de uppmaningar jag kungjorde om meddelandet av varje än så obetydlig omständighet, som kunde äga sammanhang med detta brott, följde intet resultat, och av alla de efterforskningar om den dödes närmare eller avlägsnare förbindelser i livstiden, framgick ingen anledning att förmoda honom ha haft någon varken hemlig eller uppenbar fiende; tvärtom, även utom hovkretsen, där han egentligen tillbragt sin tid, då han vistades i Sverige, var han älskad och värderad och i synnerhet känd för sin egenskap av frikostig mecenat och välgörande husbonde för sina talrika underhavande. Detta, i förening med en kunglig lyx och ett nog lättsinnigt handhavande av sina affärer, ansågs såsom orsaken till den fullkomliga ruin, som upptäcktes efter hans död.

Det fanns emellertid någon hemlig fiende, någon som hade fördel av hans död, och som stod i förbindelse med hans kammartjänare, jag var övertygad om det från det ögonblick jag om natten blev vittne till det hemlighetsfulla samtalet bakom muren.

Jag meddelade Lena denna förmodan, för att möjligen genom hennes fintlighet komma den person på spåren, som haft ett möte med Balduin.

Denna kvinna, som hade en spårhunds väderkorn och en polisspions slughet, meddelade mig också någon tid därefter, att hon verkligen lyckats få reda på, att en främling varit sedd utanför fönstren bland folket, som åskådade dansen om aftonen vid fröken Marys och unga baron Hastfords förlovning, att man då ansett honom vara någon av gästernas domestiker och inte fäst någon synnerlig uppmärksamhet vid honom; men Lena, som nu fullföljt sin efterforskning, trodde honom vara en resande handelsbetjänt, som legat över natten vid den närbelägna gästgivaregården.

Då jag i anledning av det, vid en följande rannsakning, helt plötsligt överraskade Balduin med frågan: vem den person var, som jag hört tala med honom om natten utanför trädgården vid grevinnan Déens egendom, bleknade han, och jag trodde mig få se honom avsvimmad nedfalla till golvet.

Han sansade sig emellertid, men om den stackars kammartjänaren verkligen var brottslig, så hade han denna gång åtminstone inte mycken självbehärskning, ty denna utomordentliga rörelse var ett tämligen tydligt bevis på den främmandes delaktighet i saken.

Denna upptäckt hade emellertid den verkan, att han bestämt förklarade sig inte besvara en enda fråga vidare. Orolig över vad jag möjligen kunnat höra, fruktade han påtagligen att ytterligare kompromettera sig själv, eller den främmande och förblev fullkomligt stum, samt förklarade sig slutligen på förhand nöjd med den dom, jag kunde komma att uttala till följd av de misstankar, som han varken ville eller kunde avskudda sig.

XII.

Så stod denna sak, då målet en längre tid måste uppskjutas genom Balduins häftiga insjuknande och för att söka få några upplysningar om den resande handelsbokhållaren, vars namn, Heinrich Grübe, fanns i dagboken.

Blott på en enda gästgivaregård återfann jag detta namn; sedan var det försvunnet, förmodligen ombytt, och då han troligen i någon av kuststäderna fortsatt resan på ångbåt, var det ganska ringa utsikt att kunna få någon reda på den, som säkert endast för tillfället burit detsamma.

Dagen efter Balduins insjuknande anlände Hugo Hastford. Han hade nu först fått reda på sin så hemlighetsfullt försvunna gamla vän, och den unge mannens häftighet, sorg och vrede rörde mig och ökade obehaget av mitt kall vid detta tillfälle.

Då han återkom, sedan han besökt Balduin, bad han mig enständigt från denne, att inte tillåta några tidningsreferat över det bedrövliga brottmålet; men denna önskan var mig naturligtvis omöjlig att uppfylla, så mycket mer som den enda möjliga och slutliga upplösningen och förklaringen på denna sak tycktes bero av den spridda kännedomen om det.

Ett par månader förgick, och äntligen var Balduin tillfrisknad och skulle från sjukhuset återföras i häktet för att, som det heter, 'sitta på bekännelse', då jag en dag överraskades av min betjänt med ett visitkort och begäran från en resande, som väntade därute, om ett enskilt samtal med mig.

Jag kastade ögonen på kortet och spratt till av förvåning och tillfredsställelse, då jag såg det med blyerts skrivna namnet Heinrich Grübe.

En minut därefter inträdde en lång, mycket mager och blek karl, vars hår var alldeles grått, oaktat han ännu knappt tycktes vara över femtio år, att döma av dragens renhet och ögats eld.

Han bugade sig och sade på något bruten svenska:

'Jag har först helt nyligen genom tidningarna fått underrättelse om ett brottmål, vari ni, herr lagman, är domare, och så fort det var mig möjligt, har jag skyndat hit för att rätta ett grymt misstag, som blivit begånget, i det man på helt och hållet orättvisa misstankar häktat en fullkomligt oskyldig person.'

'Det gläder mig, min herre, om så är, och det skulle för mig vara en stor till-fredsställelse, om ni kunde i denna högst mörka och intrasslade sak lämna några upplysningar', sade jag, darrande av otålighet och glädje på Hugos och Balduins vägnar.

'Det kan jag med så mycket större säkerhet, som det är jag själv, vilken begått detta brott.'

'Vad säger ni? Ni själv skulle vara baron Hastfords mördare?' utropade jag och tog ovillkorligt ett steg baklänges av överraskning, ty aldrig har väl en mördare och rånare presenterat sig på ett mera otroligt sätt.

Han bugade sig emellertid jakande, som om frågan varit om erkännandet av en mankerad bjudning eller något dylikt, och jag återtog med bestörtning, fixerande honom:

'Men, min herre, detta är inte skämt, det är en sak på liv och död; efter denna bekännelse är jag tvungen att låta häkta er...'

'Var övertygad, att jag inte genom natt och dag rest från Leipzig och hit, för att uppföra en komedi med er; jag är villig och beredd att när som helst avlägga samma bekännelse inför domstolen, som jag här uttalat för er.'

'Ni förvånar mig. Vem är ni då, vad är ert namn?'

'Mitt namn vet ni ju redan, och jag är förste bokhållaren på herrar Schlüter och Luttoffs kontor i Leipzig; här ser ni mina papper.'

Han räckte mig dem, de var i fullkomlig ordning, jag hade intet skäl att tvivla eller dröja med hans arrestering, och likväl återtog jag:

'Men en dylik självanklagelse är inte nog, kan ni även bevisa ert brott?'

'Ni fordrar i sanning bra mycket', inföll Grübe med något, som liknade ett små-leende. 'I Tyskland är man inte skyldig att bevisa annat än sin oskuld.'

'Vad har väl kunnat förmå en man som ni att begå ett dylikt brott? Det syns mig orimligt.'

'Herr lagman, ursäkta mig, om ni inte är nöjd med min uppriktiga bekännelse, så får ni själv söka bevisen därför; jag har sagt er allt vad jag i denna sak kan säga.'

'Jag förmodar, att ni känner den anklagade Balduin?'

'Detta är en sak, som inte hör hit; det tycks mig vara nog att förklara, att han, så sant jag lever, är helt och hållet oskyldig.'

'Jag är ledsen att säga, det denna förklaring inte kan ha den vikt ni tror, ty läka-ren, som besiktigade den döde, anser utom allt tvivel, att mördarna varit två.'

'Varför inte så gärna tio?' inföll Grübe, ryckande föraktligt på axlarna. 'Man kan emellertid tro vad jag säger, det är jag, jag ensam, som mördat baron Hastford.'

'Har ni någonsin vandrat omkring som kolportör här i Sverige, och har ni en dotter, som heter Elina, och som för kort tid sedan vistats i Uppsala?'

Grübe gjorde en rörelse, som, fastän obetydlig den var, likväl övertygade mig mera om sanningen av hans oväntade självanklagelse, än allt vad han förut sagt, och jag återtog med mera tillförsikt och säkerhet:

'Om ni genom tidningarna fått kännedom om detta brottmål, så vet ni utan tvivel, att en dylik person, vilken man fåfängt efterspanade strax efter mordet, då var den ende misstänkte, men det är nu all möjlig sannolikhet, att Balduin varit hans medbrottsling, och jag beklagar, att er bekännelse tills vidare inte kan ändra den forna kammartjänarens ställning.'

Grübe tycktes bestört och sökte fåfängt dölja det intryck mina ord gjorde, han teg en lång stund och tycktes försänkt i djupa tankar.

'Jag har varit ensam om brottet, men hur kunna bevisa det, hur kunna befria Balduin, som tvärtom gjorde allt för att kunna rädda sin herre?' mumlade han halvhögt och sänkte huvudet, liksom överväldigad av smärta.

Under helt och hållet exceptionella förhållanden i livet överstiger man ofta sin dagliga, av plikt och ämbete utstakade väg, man uppför då stundom ett intermezzo i livets bedrövliga drama, som inte sällan är den enda tröstande eller tillfredsställande delen av det.

Främlingens ädla utseende och språk, hans oväntade bekännelse och hans smärtsamma missräkning gjorde i detta ögonblick hans olikhet med vanliga brottslingar även så påfallande, som själva händelsen var ovanlig, och jag lydde därför helt enkelt och obetingat min känsla, då jag utbrast:

'Låt oss glömma, min herre, att jag är domare, vilket jag här i mina enskilda rum också i själva verket inte är. Ni har kommit hit för att lämna mig ett förtroende, men inte för att avlägga en offentlig bekännelse; skulle ni inte vilja utsträcka detta förtroende ännu längre och ge mig del av de utan tvivel mycket ovanliga motiv, som kunnat bringa en man, sådan som ni syns mig vara, till det brott ni nyss bekänt? Om ni verkligen begått det under masken av en kringstrykande krämare, så har ni lika litet i själva verket varit detta, som orsaken varit åtkomsten av den mördades ur och plånbok; ni har säkert haft två hemligheter att bevara, och då ni inte kunnat rädda båda, har ni nu uppoffrat den, som varit er minst dyrbar. Emellertid, för att vara fullt uppriktig, så fruktar jag, att ni nu äventyrar bägge; ty då ni offentligen avlagt er bekännelse och denna inte tycks fullt överensstämma med verkliga förhållandet, eller åtminstone lämnar mycket av saken i mörker, så skall jag naturligtvis söka utforska vad ni inte vill yppa, för att kunna fälla den brottslige och fria den verkligt oskyldige. Lyd därför mitt råd, säg mig hela sanningen eller res er väg igen, jag har som domare ännu ingenting hört och skall som enskild man inte missbruka ert förtroende.'

'Jag tackar er, herr lagman', sade han rörd. 'Jag gör rättvisa åt er skarpsinnighet och finner, att ni kanhända har rätt, min hitkomst har inte haft det resultat jag hoppades; jag kan emellertid inte säga er mera av denna sak, än vad ni nu vet, och då jag aldrig skall begå den nedrigheten att låta en annan lida för mitt brott, så återstår mig ingenting annat än att dela hans öde, då jag inte kan rädda honom.'

'Men under rannsakningen om Balduins vetskap om saken, skall man upptäcka, vad ni nu söker dölja.'

'Jag hoppas att kunna förekomma detta', sade han med ett eget småleende.

Jag förstod honom inte, men han ingav mig ett intresse, som nästan ökades för varje av hans ord, och jag ringde hastigt, ty en tanke föll mig in, som jag genast ville verkställa.

'Vad vill ni göra?' sade Grübe oroligt och steg upp.

'Var lugn, ni är här hos mig i en enskild affär, det står er fritt att betänka ert beslut till i morgon.'

Då betjänten kom in, viskade jag honom några ord i örat, och tio minuter därefter införde han Balduin i rummet.

Aldrig i mitt liv skall jag glömma dessa bägge mäns utseende och växlande uttryck i det ögonblick, de så oväntat fick se och igenkände varandra.

Om jag varit målare eller psykolog, skulle den scen, jag hade framför mig, varit ett studium, vartill man inte ofta har tillfälle, men även som människa kände jag det livligaste intresse därför.

Oaktat inte ett ord, inte ett ljud kom över deras läppar, oaktat ingendera rörde sig ur stället, såg jag med fullkomlig tydlighet, att jag så må säga, att de störtade i varandras armar, och jag ångrade nästan den grymma list, som genom överraskningen låtit mig upptäcka deras känslor.

Grübe var emellertid den, som först lyckades behärska sig, han lade fingret på läpparna med en blick av så sträng och absolut befallning, att Balduin, liksom tillintetgjord, dolde ansiktet i händerna; det låg likväl i hela hans framåtböjda ställning, i de sammanknäppta händerna en så gripande smärta och förskräckelse, en så rörande och ödmjuk bön, att jag ovillkorligt kände en oväntad fuktighet i ögonvrån, och närmande mig dörren, sade jag hastigt och allvarsamt:

'Tala fritt, säg vad ni vill, det skall vid min heder ingen höra er', och med detsamma lämnade jag rummet.

Du skrattar kanske åt din gamle onkels romantiska känslor, och jag tillstår, att jag aldrig för någon yppat detta lilla mellanspel i det där brottmålet", fortfor onkel Benjamin.

Kanhända gjorde jag orätt juridiskt betraktat, men jag har sanningen att säga aldrig känt några samvetskval över det, och sakens slutliga utgång blev i alla händelser oförändrad av det."

XIII.

"Jag hade inte sovit mycket under natten, ty jag hölls vaken av tanken på dessa båda män, den ene misstänkt och nästan överbevisad och den andre själv anklagande sig för ett brott, som jag började tro, att ingen av dem i själva verket begått. Det är alls inte roligt att vara domare under dylika förhållanden, men lyckligtvis inträffar de inte ofta i ens levnad.

Lenas berättelse om de båda karlarna vid gränsmärket i skogen och Balduins utrop: 'Se där mördarna!' kom oupphörligt för mig. Jag hade genast sökt att få någon kunskap om vilka dessa personer varit, men alla efterforskningar om det hade varit fåfänga. Då det var så länge sedan och man inte ägde det minsta igenkänningstecken, eller för övrigt visste något anmärkningsvärt om dem, var det omöjligt att finna någon ledtråd i det.

Du kan därför döma om min överraskning och glädje, då man helt tidigt på morgonen lämnar mig en rapport, som från fängelset i Gävle åtföljde en fånge, översänd därifrån för att här vid pågående ting undergå rannsakning angående ett mord, som han erkänt sig ha begått för femton år sedan, natten till den 20 juli, vid Bräcke kyrka.

Om denna uppgift var sann, så måste den stå i det närmaste samband med det mål jag redan hade för händer, då år och datum var de samma.

Jag hade inte tid att reflektera över den sällsamma omständigheten, att då jag under femton år inte kunnat upptäcka minsta spår efter gärningsmannen till detta hemlighetsfulla brott, så hade jag nu med ens inte mindre än tre personer, som alla var beredda att underkasta sig domen för det.

Intagen av det livligaste intresse, begav jag mig genast själv till den nyss anlända fången, vilken var en av dessa olyckliga människovarelser, som tillbragt sin barndom i elände och vanvård, sin ungdom i råhet och fördärv och sin mannaålder i brott, eller inom fängelsemurarna, men var allt detta oaktat ganska munter och sorglös och tycktes ingenting mindre än generad av sin ställning.

'Det skulle då vara du, som mördat baron Hastford på kyrkogården vid Bräcke?' sade jag, sedan han besvarat mina första frågor.

'Ja, nog råkade jag till att åderlåta en karl där på stället, det nekar jag inte för, eftersom jag just kommit hit för den saken, men om det var en baron, det vill jag låta vara osagt; åtminstone hade han knaveln så dåliga stövlar, och rocken var inte bättre den; det var jag, som skulle få den på min lott, men som han var dålig och sönderriven, så var det ingen rättvisa i det; vi kom oss också i ett nappatag for den orsakens skull, kamraten och jag, och till sist så tog jag för min del hela skräpet, och kom också just därför lyckligt över till Norge, men kamraten han blev efter.'

100

'Ni var således två om mordet?'

'Ja, det kan jag gärna erkänna, ty Håkansson, den stackaren, är längesedan död.'

'Men hur såg då den personen ut, som mördades?' sade jag, villrådig och förvånad över karlens besynnerliga yttranden, som bar alla tecken av sanning, men alls inte överensstämde med vad jag själv sett.

'Hur han såg ut, hm, det minns jag inte så noga, det var en lång svartskäggig räkel, med en låda på ryggen; inte trodde vi just, att han kunde ha så mycket att ta, men det var mest för klädernas skull, vi hade nyss rymt och var gråklädda vi förstås och behövde byta om, men stark var han och svår att hantera, och då vi äntligen fått honom spak, så hann vi knappt få av honom hans eländiga trasor, innan en barnunge kom framkrypandes ur buskarna och skrek som en räv, och i detsamma hörde vi en kärra på landsvägen; det var synd om ungen, men vi hade ingen annan råd, än att tysta henne i en hast och bege oss av.'

'Och det var närmare åt Jämtkrogen till, vid gränsmärket, som ni delade den mördades kläder och kom i gräl med varandra?'

'Ja, kors hur kan lagman veta det? Det är sant, det var just där.'

'Vad gjorde ni då av era egna kläder?'

'Dem gömde vi under stenarna på samma ställe, och där ligger de väl ännu om ingen hittat på dem.'

'Och liket av ert offer gömde ni troligen lika väl, efter man inte heller återfunnit detta.'

'Då måste det ha sprungit sin väg, trots att han var paradisklädd, ty vi hann inte gömma honom alls', sade karlen med ett rått skratt.

Jag stod orörlig av överraskning under de sällsamma tankar, som vid hans ord trängde sig på mig, och gick slutligen min väg, sedan jag förmanat honom att noga och sanningsenligt bekänna sitt brott med alla dess detaljer inför rätten, som skulle samlas på eftermiddagen.

Helt förbryllad av de många gärningsmännen till ett mord, som slutligen tycktes endast ha skett 'in effigie',[1] gick jag att ge befallning om eftersökandet av de, enligt fångens uppgift, gömda kläderna vid gränsmärket och ville sedan uppsöka den tyska handelsbokhållaren, för att berätta honom denna nya vändning av saken, och därigenom förmå honom att kanhända med uppriktighet ingå i de enskildheter, som möjligen kunde ådagalägga Balduins oskuld och beriktiga hans egen bekännelse.

Man svarade mig, där han bodde, att den resande ännu inte var uppstigen, men som klockan var tio på förmiddagen, knackade jag på hans dörr, helst det föreföll mig besynnerligt, om han ännu skulle sova.

Som emellertid intet ljud hördes där inne, och alla bemödanden att öppna var

1 Latin, "i avbildning".

fåfänga, skickade jag efter en smed, misstänkande att han begagnat sig av mitt löfte och i hemlighet rest sin väg under natten.

Min aning var på sätt och via också sann; han hade verkligen undandragit sig vanäran av ett personligt framträdande inför mänsklig domstol och vädjat till en högre rätt, ty han låg död i sin säng.

Ett glas på bordet bredvid innehöll ännu en så stor dos gift, att vi allesammans, som inträdde, kunnat haft nog av det, och där bredvid fann jag en skriven bekännelse, som innehöll, att han, Heinrich Grübe, ensam mördat baron Edgard Hastford och för att undgå straffet därför själv berövat sig livet.

Denna bekännelse, som tycktes bevisa, antingen att två personer blivit mördade, eller att Grübe var den nyss anlände fångens för död ansedde kamrat, stoppade jag hastigt i min ficka, utan att meddela de närvarande något annat därav än erkännandet av självmordet.

Det återstod mig nu att ge den stackars Balduin del av denna morgons oväntade och hemska tilldragelse, och jag begav mig genast till det rum, där han förvarades.

Det förekom mig emellertid, som om han varit beredd på Grübes död, och hans stumma och djupa smärta ökades snarare, då jag tillade berättelsen om fångens bekännelse och i följd därav hans egen förmodade frikännelse.

'Jag tillstår emellertid, att denna sak syns mig mera obegriplig än någonsin, och jag är nästan böjd att tro, det er tyske vän, Balduin, har dött med en lögn på läpparna', sade jag sorgset.

'Visst inte, herr lagman, han har tyvärr sagt alltför sant, må Gud vara hans själ nådig! Den enda skillnaden är den, att i stället för att begå detta brott för femton år sedan, som han ämnade, har han verkställt det först denna natt.'

'Ah, Balduin! Denne Heinrich Grübe var således...'

'Min husbonde, baron Edgard Hastford själv, ja... men jag är säker, att ni vördar en hemlighet, som han löst med sitt liv.'

'Men förklara mig likväl...'

'Ja, jag kan gärna göra det, ty jag vet, att ni är en man av heder och skall säkert förstå min olycklige husbonde. Det är nu femton år sedan baron återvände hem till Sverige efter flera års vistande utomlands; han fann då, vid en noggrann och allvarlig granskning av sina affärer, att deras ställning var sådan, att den återstående delen av hans förmögenhet inte motsvarade hälften av hans skulder. En cession var oundviklig, och han ansåg sitt namn vanärat, då han inte kunde uppfylla sina förbindelser.

Han hade emellertid sedan ett par år ett assuransbrev, som försäkrade hans arvingar vid hans död, under alla förhållanden, om en summa ungefär motsvarande beloppet av dessa skulder. Nåväl, tanken att göra slut på ett liv, som han efter sin mening inte kunde uthärda under fattigdom och beroende av sina kreditorer, hade troligen genast uppstått hos honom, men han meddelade mig den först under vägen till Norrland, där hans son vistades på den gamla gården i Jämtland.

Jag behöver inte tala om min förskräckelse och sorg; alla mina böner var fruktlösa, och jag måste delta i planerna för en handling, som var nära att bringa mig från förståndet. Det var då, som himlen ingav mig en tanke att rädda honom, och jag lyckades slutligen att övertala honom till ett bedrägeri, som jag åtminstone ansåg för ett mindre brott. Baron Hastford skulle dö, hans lysande bana var slut, hans roll utspelt, han fanns inte mera bland de levande, hans ära skulle räddas med priset av hans liv, men människan, mannen utan namn och anseende, min vän, min fosterbror och avgud, skulle leva och börja en ny bana av arbete, försakelse och glömska.

Baron gick äntligen in på det, kanhända mest av kärlek till son, men även, jag säger det med stolthet, av vänskap och medlidande med mig.

Vi skulle nu lämna hans hatt och halsduk på älvstranden för att ge utseende av den handling, som baron själv i verkligheten beslutat, man skulle tro honom drunknad i älven, under det han förklädd och okänd reste sin väg för att lämna sitt fädernesland för alltid.

Vi hade ordnat allt för utförandet av denna plan, och då min olycklige herre hade tagit avsked av sin son, som i själva verket nu blev faderlös, begav han sig bort i en landsflykt och till ett levnadssätt, som för honom var värre än döden.

Nära landsvägen, strax vid Bräcke kyrka, skulle en pålitlig skjutskarl vänta honom, men av en sällsam händelse föll det baron in att, innan han reste, gå in på kyrkogården, för att besöka en gammal grav, där en av hans förfäder vilar.

Vi hade emellertid knappt gått några steg på den gamla övergivna kyrkogården, innan vi med förskräckelse finner det helt och hållet nakna liket av en nyss mördad karl, som låg utsträckt mellan gravkullarna. Vår första bestörtning och fasa vid denna syn efterträddes av samma tanke hos oss båda; om vi kunde lyckas att göra troligt, det denna döda kropp var baron Hastfords, så skulle alla de svårigheter försvinna, vilka troligen kom att uppstå vid assuransbrevets inlösande, då hans lik i älven inte kunde återfinnas.

Den döde var nästan av samma längd, hans hår och skägg var även svarta liksom barons, och som han tydligen länge försvarat sig och dukat under först efter en häftig strid, och man slutligen tycktes ha strypt honom med en läderrem, som han ännu hade omkring halsen, så var ansiktet uppsvällt, blånat och oigenkännligt, liksom händerna.

Allt detta hade vi inom ett ögonblick uppfattat. Jag åtog mig det svåraste av allt, att dra på barons kläder på det nakna liket; vi ämnade just skynda till den väntande kärran, där han hade allt vad han behövde för sin flykt, då vi med ens såg något röra sig i nässlorna helt nära den döde och fann med förskräckelse, att det var ett litet barn, som helt tyst satt och betraktade oss med stora förvirrade ögon i nattskymningen.

Det var en liten ovanligt vacker flicka, som tycktes vara fånig av skrämsel, och som med häftiga snyftningar och skrik besvarade vara frågor.

Vad skulle vi göra? Antingen måste vi lämna hela planen eller också ta barnet med. Jag rådde till det första, men baron ville hellre det senare; han ansåg likets påträffande, som en så lycklig händelse för konstaterandet av hans förmenta död, att vi borde begagna oss av det, och att barnets medförande skulle öka hans egen oigenkännlighet under resan, det var dessutom inte lång tid till överläggning, ty det var redan över midnatt, och vi medtog således flickan, vilken troligen tillhört den mördade.

Då baron var omklädd och färdig för avresan, skildes vi åt. Vilket smärtsamt avsked det var! Jag hade aldrig förr varit skild från honom och tyckte, att han inte skulle kunna leva utan mina omsorger och min tillgivenhet; men det var på hans son han nu ålade mig att överflytta dessa. Tio minuter därefter hade jag hunnit tillbaka till kyrkogården med hans kläder.

Himlen vet, hur högt jag älskat min husbonde, och jag tackade Gud, att jag förmått honom att leva, men det arbete, jag denna natt åtagit mig för honom, var det svåraste i mitt liv. Äntligen hade jag någorlunda lyckats därmed, och slutligen satte jag barons dyrbara signetring, som han själv alltid brukade bära, på den dödes grova och blodiga hand, trots att den måste sitta på lillfingret, vilket ni vet, att Dora också genast anmärkte.

Alltsammans lyckades också fullkomligt. Baron hade aldrig varit där i trakten och var alldeles okänd för alla utom Dora och mig; ingen, utom den döende hunden, vars instinkt inte kunde missledas, och som därför igenkände sin fiende, misstänkte, att det var den kringstrykande tiggarens lik, vilket fördes hem och begrovs såsom baron Hastfords.

Mördarna upptäcktes lyckligtvis aldrig, eftersom misstankarna för brottet föll på den mördade själv, och om jag inte i min oro och förvirring begått den tanklösheten att glömma dessa olyckliga kläder – den blå halsduken, vilken vi förut lämnat på älvstranden och som jag tog med på hemvägen, och den nedfläckade västen, som vittnade om min nattliga liksvepning – så skulle troligen allt ännu vara en hemlighet, trots att min stackars husbonde, som genom mina brev var underrättad om sin sons förlovning, inte kunde motstå sin önskan att ännu en gång återse denne son, vilken då tycktes efter sin fars förhoppning gå en lysande och lycklig framtid till mötes.

Baron återkom därför under sitt antagna namn, övertygad att fjorton års frånvaro och ett mödosamt levnadssätt skulle ha förändrat honom tillräckligt för att inte något igenkännande kunde befaras; det var med honom ni hörde mig samtala i grevinnans trädgård, och samma natt reste han igen, sedan han osedd och okänd bland folket utanför fönstren dröjt en halv timme och återsett dem han älskade.

Då ni i går lämnade oss, räckte han mig handen och sade sorgset:

'Du ser nu, Balduin, att en ädling inte kan överleva sitt namn; varje bedrägeri medför sin egen bestraffning; dessa femton år var ett bedrövligt lån av livet, vartill jag inte ägde rättighet, jag återbär det nu med ånger och ber himlen, att mitt fördröjda offer inte måtte komma för sent för att skydda mitt namn, det gamla Hastfordska vapnet för fläck. Detta vapen, för vilket jag med glädje dör, och som varit mitt livs ledstjärna, är nu i själva verket krossat, ty det har intet värde för min son; mellan oss båda har ödet uppritat sin gränslinje för den nya och den gamla tiden, men även han skall inse, att individen är intet, idén allt, om också denna idé växlar färg och form och för honom blir en annan än för mig; hjärtats ärliga mening är guldet i det, ty det verkligt sköna är alltid gott och det verkligt goda är alltid skönt.'"

XIV.

"Balduin blev frikänd, och den tyske handelsbokhållarens namn inblandades aldrig i det brottmål, där den verklige gärningsmannen blev dömd för mordet på den förmente baron Hastford.

Ingen utom jag och den gamla kammartjänaren anade, vem den mördade verkligen varit, och Balduin var den ende, som följde främlingens, självspillingen Heinrich Grübes lik till Bräcke kyrkogård, där det blev insatt i den murade och halvt igenrasade grav, där den gamle Hastford av Mossboda vilade.

Hugo Hastford ägnade den sista vördnaden åt sitt gamla adliga namn, då han lät det försvinna och utbytte det emot Pettersson eller Lundström eller något dylikt, innan han gifte sig med kolportörens dotter, den vackra Elina, vars adress funnits i Grübes plånbok och som Balduin lämnat honom. Strax därefter reste de unga och glada människorna, utan att ägna den friherrliga värdigheten en skymt av saknad, till New York, där Hugos skicklighet som mekaniker och hans friska ungdomsmod efter endast några år lät honom förvärva förmögenhet; men Balduin, vars karaktär och hela personlighet var ett, för nutiden kanske obegripligt, prov på en försvunnen tids dygder och åskådningssätt, kunde inte förmås att följa sin unge herre, vars 'förnedring' gick honom allt för djupt till sinnes, för att han på nära håll skulle vilja bevittna den. Han stannade vid den gamla förfallna gården i Jämtland och dog for blott ett år sedan, strax efter det han i all tysthet lyckats praktisera det neddammade, urblekta och halvt sönderfallna vapnet, som suttit under åratal i Bräcke kyrka, till gravvalvet utanför och fäste det på Grübes namnlösa likkista."

105

En gubbes minnen

"Ni måste nu uppfylla ert löfte och berätta oss något om den familj, vari ni tillbringat hela er levnad. Det är ett så passande tillfälle just nu, då er kaffekopp är urdrucken och er pipa nyss stoppad", sade Konrad, då eftermiddagen åter församlat oss i den gamla bersån.

"Jag försäkrar er, att jag känner samma otålighet att höra er, som då jag i min barndom fått löfte om en saga", tillade jag, och småleende biföll gubben vår begäran.

"Jag fruktar emellertid att ni kommer finna er bedragna, ty det är alls ingenting underbart och sagolikt jag kan berätta er; det är endast de ömsom dunkla, ömsom klara minnena ifrån forna dagar; några scener, några fragmentariska drag ur några varelsers liv, som redan länge varit stoft.

Det första minne, som jag äger, rörande dessa personer", fortfor han efter några minuters tystnad, "är det av en söndagsafton. Jag hade fått komma hem till min mor, som var husföreståndarska här, på besök. Jag var då tio år. Jag satt vid hennes öppna kammarfönster och såg ut åt den terrass, som ligger framför glasdörrarna. Hela familjen var församlad där. Jag ser dem ännu efter nära sjuttio år så klart och tydligt allesammans. Det är besynnerligt, att ens äldsta minnen är de bäst bibehållna. Kanhända därför att grunden, varpå dessa ljusbilder fasttrycks, då är renast.

Mitt framför mig på en trädgårdssoffa satt patron själv, 'gamle herrn', som han sedan blev kallad; han var då mycket fet, och de många berlockerna i hans urkedja, vilken hängde över hans stora mage, var i mina ögon det anmärkningsvärdaste på hans person; han läste på ett mycket litet tidningsblad, och höll den stora sjöskumspipan fastbiten mellan tänderna. Emellertid vände han ögonen mycket ofta därifrån och bort till andra sidan, där hennes nåd satt. Hon var då, i mitt barnsliga tycke, det vackraste fruntimmer jag hade sett, ehuru hon säkert var närmare fyrtio än trettio år. Hennes himmelsblå klänning var mycket urringad, och hennes hals var alldeles bar och dess vithet föll ännu mer i ögonen genom de nedfallande snibbarna av en liten svart spetshalsduk, som låg över hennes frisyr och var knuten under hakan. Den vida kjolen var litet uppdragen och lät mig se hennes runda och fina smalben, med den glänsande silkesstrumpan över, och hennes fot i en spetsig ljusblå sko med hög svart klack; hon höll en liten tjock bok uppslagen i handen, men såg aldrig däri, utan lutade sig baklänges emot stolsryggen och höll sina ögon halvslutna och orörliga framför sig.

En mycket lång och mager karl, djupt nedlutad över en bok, satt på en bänk strax vid trappan och framför honom red på en käpp en liten gosse av min ålder fram och tillbaka i sanden. Det var herrskapets äldsta barn och hans informator. Just som jag med livligt intresse följde den lilla gossens bemödanden att likna en stegrande häst, hördes bandhundens grova skall på gården, och en kammarjungfru, som höll en liten ljuslocklig flicka i handen, kom ut på trappan för att säga, att en vagn syntes i allén.

Jag skyndade mig in i köket, för att genom dess fönster, vilka låg åt gården, få bevittna de främmandes ankomst; men jag hann likväl att se, att hennes nåd såg missnöjd ut, och i det hon reste sig upp, kastade en blick på sångaren i gräset vid hennes fötter, som syntes mig besynnerlig.

Det var inte underligt att hon ville höra den vackra visan till slut, tänkte jag, och klängde mig upp på bordet vid fönstret, just då en klumpig täckvagn körde fram till trappan.

Ett mycket blekt, sorgklätt fruntimmer steg ur, då betjänten öppnat vagnsdörren, och strax därefter lyfte han ned en liten flicka, vars vita hy och himmelsblå ögon syntes mig likna en ängels. Ack, hon blev också mitt livs ängel, arma Malin; aldrig har en livstidsfånge inträtt i ett säkrare, mera tryckande fängelse, än det hon nu, med så leende läppar, inträdde uti.

Den främmande damen var hennes nåds syster, som varit gift med en dålig man, vilken nyss dött med förstörda affärer, och lämnande sin hustru och sitt enda barn i den djupaste fattigdom.

Jag såg den lilla flickan ännu ett ögonblick, då hon hoppande följde sin mor uppför trappan. Jag drömde om henne om natten; det var den första gången, men ej den sista hon var föremålet för mina drömmar.

Sommaren därpå fick jag återkomma på några dagar. Hennes nåd var då bortrest, hennes hälsa hade varit klen, hon skulle besöka någon brunn.

Den lilla flickan återfann jag, hon hade stannat kvar hos sin moster, för att uppfostras tillsammans med mamsell Laura. Patron själv var mycket förändrad, han hade haft ett anfall av slag, och gick endast med möda och stödd emot en käpp, och då hans fru hemkom, tycktes mig även hennes utseende ha undergått mycken förändring. Hon var mycket blek och hennes sätt hade blivit mera strängt och befallande än någonsin. Därför, när den stora lyckan förkunnades mig av min tacksamma mor, att jag blivit utsedd att dela unge herr Klaes lekar och studier, för att med mitt sällskap möjligen uppliva hans klena lärdomshåg och uppväcka hans tävlan, så blev jag mera förskräckt än förtjust.

Några år förgick, varunder lusten och nöjet att lära, i förening med Malins och Lauras vänskap, ersatte mig de många bittra förödmjukelser jag led genom den underordnade plats, varpå den stränga frun ständigt visste att ställa mig; genom den roll av 'souffre-douleur'[1] för min lekkamrat, som pålades mig, och genom hans högmod och dåliga hjärta.

Jag var intet bortklemat barn, född av en fattig mor, och uppfostrad hos ett fattigt folk; den hårdhet och stränghet, som drabbade mig själv, gick tämligen lätt att fördra, men Malins många tårar och ständiga förskräckelse för sin hårda moster, sönderslet mitt hjärta.

Hur ofta har jag inte, inkrupen i häcken under sängkammarfönstret, lyssnat till hennes snyftningar och den stränga fruns bannor och till och med slag. Hur ofta har jag inte vid källan i parken badat hennes rödgråtna ögon, och sökt trösta och inge det stackars barnet något mod. Likheten i vår ställning och våra barnsliga sorger förenade våra hjärtan, redan innan vi själva gjorde oss reda därför. Dessa år var visst rika på tårar, men också på fröjd; de är ännu min levnads strålande tid, ty barndomen fattar glädjen i flykten och njuter därav, utan att ens behöva vänta tills tårarna efter den sista smärtan ännu har torkat.

Herr Klaes hade rest till universitetet, mamsell Laura var skickad i en pension i Stockholm för att fullända sin uppfostran, men Malin stannade kvar i sin fångenskap såsom lektris och sällskap åt hennes nåd, och som den gamle bokhållaren dött, hade jag efterträtt honom, likväl med vida mera vidsträckt befattning. Här fördes under dessa år ett mycket bullersamt och lysande liv; här var ständigt främmande, eller var herrskapet på resor vid brunnar eller bad, varvid Malin antingen medföljde, eller skickades in till staden till några gamla tanter, där hon tillbringade ett lika tvunget och beroende liv som under mosterns uppsikt.

Gamle herrn, som blivit allt svagare – han var också nära åttio år – tycktes emellertid inte vara särdeles belåten med detta levnadssätt, och vi förundrade oss därför alla i huset när hennes nåd förkunnade, att läkaren ordinerat ett utländskt bad för honom och att resan skulle genast företas.

Malin skulle i den tredubbla egenskapen av sällskap, systerdotter och kammarjungfru medfölja. För övrigt skulle endast patrons gamla betjänt medtagas.

Kvällen förut hade Malin smugit sig ut i parken och vi tog avsked av varandra; vi lovade varandra en evig trohet; vad mig angår så... Dock, stackars Malin, jag har aldrig tillräknat dig ditt brutna löfte; det anade mig, att jag aldrig skulle återse henne, och i själva verket gjorde jag det inte heller. Det var inte hon som återkom.

Jag trodde jag skulle dö av sorg och saknad när de var resta – den tiden var också en sådan resa ansedd för långt mera än nu – och hade inte min mor funnits för att trösta och intala mig mod och hopp, så hade jag väl aldrig stannat kvar här på detta ställe där allt påminde om henne, och som syntes mig så tomt och dystert; men jag var endast nitton år, och efter någon tid började jag hoppas på deras återkomst. Något brev var inte att tänka på, och i de brev, som med långa mellantider ankom till

1 Franskt begrepp, motsvarar svenskans "syndabock".

inspektören, var Malin naturligtvis aldrig nämnd. Det var bestämt att resan skulle räcka ett helt år, men det dröjde till andra hösten, således flera månader längre, innan brev om återkomsten anlände.

Vad jag tydligt minns den kväll de kom! Det var just vid denna tiden. Godsets folk hade vid alla grindar rest upp äreportar av löv och blommor. Hela stora trappan var som en enda ofantlig blomsterbukett. Som vi förmodade att det skulle bli mörkt innan de var komna, hade vi anbragt marschaller utåt hela allén och runtomkring gården.

Alla rummen var eklärerade som till den största fest, och i Malins lilla kammare hade jag själv satt de vackraste blommor som fanns.

Vi var alla högtidsklädda, allt folket var samlat på gården för att mottaga dem och mitt hjärta slog allt hårdare för varje minut som förgick.

Äntligen hördes buller av vagnar, och med detsamma intog mig en ångest, som jag inte kan förklara. All glädje var flydd, det förekom mig, som om jag önskat fly undan, men benen ville inte bära mig; jag var nära att kvävas och för att hålla mig uppe måste jag fatta tag i dörrkarmen, vid vilken jag stod.

Min mor, i spetsen för hela tjänstepersonalen, kom i detsamma ut och ställde upp sig nedanför trappan; aldrig hade det synts så tungt att rangera mig till denna löntagande skara; jag sansade mig likväl och när vagnarna körde fram och folkets inlärda välkomstrop ljöd, hade jag återkommit i min förra sinnesförfattning.

I den första vagnen åkte hennes nåd och Malin. Hennes nåd steg först ur, hon var sig fullkomligt lik. De sista åren hade hon liksom föryngrats och nu, i den utländska något ovanliga dräkt hon bar, skulle man knappt ha tagit henne för mer än trettiofem år, ehuru hon var tio år äldre. Hon vände sig genast om, då hon kommit ned ur vagnen och räckte handen med ett slags omsorgsfull ömhet, som jag aldrig sett hos henne, åt det unga fruntimmer, som suttit bredvid henne. Kunde den vara åt Malin, vilken hon alltid behandlat som ett tjänstehjon, denna artighet? Jag hade också svårt att igenkänna denna blomstrande unga flicka, ifrån vilken jag gråtande skilts för mer än ett år sedan, i den bleka, tynande varelse, som långsamt och liksom halvsovande steg ur vagnen.

Hon stödde sig emot sin moster under gåendet uppför trappan, och då det starka skenet ifrån marschallerna runtomkring upplyste hennes ansikte, syntes hon som en vaxbild, så genomskinligt och orörligt var hennes ansikte, så stela och mekaniska hennes rörelser. Ingen rörelse hos henne utvisade varken att hon såg eller igenkände mig. Min häpnad och bedrövelse måtte emellertid varit alltför synliga, ty hennes nåd sade hastigt med sin vanliga högdragna ton;

'Nåväl! Min kära Jakob, vår ankomst tycks ha förvånat dig mera än som är passande', och därpå vändande sig till min mor, fortfor hon: 'Malin har varit sjuk, som ni ser, hon är ännu mycket svag, men jag hoppas att hon snart skall vara återställd;

låt nu Beata ta vård om henne och föra henne till sitt rum, det vill säga till blå gäst-kammaren, så att hon är mig nära', tillade hon hastigt, då kammarpigan ämnade föra Malin till hennes vanliga lilla kammare på nedre botten.

Jag var så förvånad både över Malins besynnerliga utseende och över min matmors ovanliga omsorg och uppförande emot henne, att jag nästan inte givit akt på att Anton, den gamle betjänten, hoppat ned ifrån kuskbocken på den andra vagnen och nu hjälpte sin herre ur. Patron däremot tycktes ovanligt rask; han hälsade vänligt och glatt på oss alla, som aldrig trott oss få återse honom, och gick med tämlig lätthet uppför trappan. Jag ämnade slå igen vagnsdörren, då i detsamma ännu en person hoppade ur vagnen.

Det var en man om trettio eller trettiofem år, lång och mager, med mörk hy, svarta ögon och hår; men jag kan inte beskriva honom, ty i varje hans drag, i hela hans figur fanns någonting så sällsamt och eget att han på alla gjorde samma intryck som på mig, ehuru kanske inte i lika hög grad. Jag kände en motvilja blandad med rädsla, som jag inte kan beskriva, och då hans glindrande ögon mönstrande vilade på mig, och han uttalade några för mig obegripliga ord, så tog jag ovillkorligt ett steg baklänges.

Han grinade så att hans vita tänder lyste i eldskenet och sprang upp för trappan så lätt och tyst, som om han svävat.

Soupén var serverad och herrskapet gick nästan strax ut i matsalen, men gamle herrn var mycket trött, han åt nästan ingenting, talade några ord med inspektören och mig och avlägsnade sig strax. Den främmande herrn däremot åt och talade med en livlighet, som alldeles satte mig i förvåning. Ehuru jag inte förstod franska så mycket, att jag begrep vad han sade, fann jag likväl att det var detta språk, på vilket han och hennes nåd samtalade; allting på bordet och i rummen, möbler, tavlor och lyxartiklar, allt tycktes vara föremål för hans uppmärksamhet, ingenting undgick hans kvicka kringflygande blickar; han gestikulerade och pratade med en iver, som var verkligt tröttsam att åse.

Innan hennes nåd gick in i sina rum, tycktes hon fråga honom om någonting, och hon nämnde ett par gånger Malins namn. Han sänkte då rösten något och svarade med några mera långsamma och sansade ord, som jag velat ge allt i världen för att förstå.

Om aftonen fick jag av Anton, som – sedan han först någorlunda tillfredsställt det övriga tjänstefolkets nyfikenhet – följt mig till mitt rum, veta att den besynnerlige herrn var en italiensk doktor, som hette Testa, vilken åtföljt herrskapet nästan under hela tiden de varit borta. Han hade mycket hastigt och lyckligt botat gamle herrn, som återigen fått ett slaganfall och låg som död, strax efter sedan han kommit till det bad han skulle begagna. Både hennes nåd och patron hade då fattat så mycket förtroende och vänskap för honom, att han som deras läkare följt dem överallt.

Vad Malin angick, tycktes Anton vara besvärad av mina frågor. Han visste inte om någon egentlig sjukdom, som hon haft; hon hade länge varit blek och mycket svag, men ibland var hon alldeles frisk. Jag fick med ett ord ingen upplysning om just den person, som låg mig närmast om hjärtat, och jag märkte tydligt, att Anton i allmänhet visste mera än han ville säga mig. Så mycket fann jag emellertid, att den besynnerlige doktorn inte behagade honom mera än mig.

Några dagar förgick, varunder jag väl sett Malin promenerande i trädgården tillsammans med sin moster och doktor Testa, men jag hade aldrig haft tillfälle att tala med henne. Hon syntes friskare, men hade likväl ännu inte synts vid bordet. Mattiderna var de enda tillfällen jag hade att beträda övre våningen eller träffa någon av familjen, och mitt hopp att då få se henne hade hittills alltid varit fåfängt. Emellertid hemkom Klaes och Laura, och ett stort kalas, till vilket ortens alla ståndspersoner var bjudna, skulle fira familjens hemkomst.

Klaes, en lång och spenslig yngling, var stel och tyst, bemötte mig hövligt och kallt, som sina föräldrars bokhållare, men tycktes helt och hållet ha glömt vår barndoms kamratskap och de många hårluggar och stutar, jag fått för hans skull. Hans syster däremot, yr och glad som fordom, hade ingenting bortlagt av den vänliga och förtroliga ton hon nyttjat emot mig. Hon var nu sexton år och av den mest blomstrande och ljuva skönhet.

Då jag såg de båda flickorna gå bredvid varandra eller sitta i en liten berså, som låg alldeles under kontorets fönster, där jag arbetade, tänkte jag ofta att Malin skulle vara lika vacker, om hon inte vore så blek och såg så sorgsen ut.

Dessa stunder var det mig omöjligt att arbeta, dagsverksjournaler och räkningar sköts åt sidan, och gömd bakom gardinen stod jag orörlig för att lyssna till deras prat och åtminstone få betrakta den som var mig kär. Lauras högljudda och glättiga joller var lätt att urskilja, men Malins tysta enstaviga svar var nästan omöjliga att uppfatta. En gång sade Laura: 'Jag tycker det är synd om den stackars Jakob, som ständigt skall sitta instängd på kontoret däruppe, ty jag ser på honom, att han skulle lika gärna nu som förr vill vara hos oss... Men du Malin tycks alldeles ha' glömt den stackars gossen, som ägnade dig en sådan öm och trofast hyllning i er barndom', tillade hon och fäste sina skalkaktiga ögon på Malins ansikte.

Då såg jag liksom en svag färgskiftning på Malins kind, och hon upprepade tankspridd och liksom drömmande: 'Den stackars Jakob.'

Några minuter därefter, mitt under Lauras barnsliga prat om den tillämnade festen som skulle bli dagen därpå, reste Malin sig häftigt upp, tryckte händerna emot hjärtat och en mörk rodnad strömmade över hennes ansikte och hals.

'Vad fattas dig? Mår du illa?' sade Laura orolig, då Malin med en suck sjönk ned på bänken igen.

'Ja! Min Gud, känner du inte, hur kvävande och tung luften är? Låt oss gå in', svarade Malin med häftighet, helt olik hennes förra slöhet.

'Ja, du är verkligen sjuk, kom, kom!' Laura tog hennes arm och förde henne med sig åt bersåns utgång.

'Nej, inte den vägen; låt oss gå ut häråt', fortfor Malin och drog Laura med feberaktig brådska genom häcken utåt en liten bakgård, där de båda flickorna försvann.

Jag stod kvar, förundrad över Malins ständigt besynnerligare uppförande. Vad kunde det vara för en sällsam sjukdom, som ömsom uppenbarade sig i en sorgbunden likgiltighet för allt, ömsom i ett dylikt feberanfall? Just som jag bedrövad ämnade sätta mig ned vid pulpeten igen, hörde jag steg knarra på sandgången, och doktor Testa inträdde i bersån. Han såg sig omkring liksom han sökt någon, smålog, eller rättare, grinade på ett otrevligt sätt och nickade bortåt häcken, där flickorna försvunnit, höjde därpå fingret upp emot mitt fönster och gjorde en grimas, som lät mig ovillkorligt ta ett steg tillbaka, ty aldrig har jag sett en så blixtsnabb och fullkomlig förvandling. Det var ingen människa, det var en apa som stod därutanför. Han sköt huvudsvålen över pannan, förlängde hela sitt ansikte, krökte ryggen och lät sina vita långa tänder framlysa ur den neddragna munnen; med ett ord, hans utseende var så vederstyggligt, att jag kände en rysning löpa över min rygg, ehuru jag visste att han omöjligt kunde se mig, ty själva fönstret till och med var fullkomligt dolt av träden utanför.

Strax därefter hörde jag middagsklockan ringa och skyndade upp i matsalen. Där uppe stod doktorn, artigt lutad över Lauras stol, sysselsatt att visa henne några kopparstick, som han höll i handen, och då jag nu för första gången hörde honom tala svenska, tyckte jag att det låg ett verkligt behag i hans främmande uttal och till och med i hans sätt och utseende; jag vet inte, om det kom av kontrasten emellan hans person, sådan jag nyss sett den framför mitt fönster, och den jag nu såg, eller om han verkligen ägde konsten att anta alla skepnader. Jag fick emellertid övertygelse om det senare kvällen därpå.

Det var den omtalade festen, varåt Laura så mycket glatt sig. Jag hade tagit min plats på en stol mellan skänken och kakelugnen, varifrån det roade mig att observera både de ankommande och familjens medlemmar. Jag minns ännu så väl denna kväll, ty hela detta gamla hus och alla dess invånare visade sig då i sin högsta glans. Hennes nåd var så grann och så ståtlig, Laura så glad och förtjusande, och den främmande doktorn i sin eleganta dräkt, den vackraste karl, med det mest fina och angenäma sätt, jag någonsin sett. Det fanns, i mitt tycke, visserligen i hans ansikte någonting, som föreföll mig obehagligt och misstänkt, en ögonblicklig grimas, en blinkning, en min, som for däröver och liksom visade det verkliga ansiktet under den vackra masken, men jag tror, att ingen såg det mera än jag; han var föremål för allas uppmärksamhet och var utan fråga aftonens 'lejon', som man nu för tiden säger. Och Malin, ack vad hon var vacker; aldrig hade jag sett henne sådan. Då hon inträdde i salen, bredvid sin kusin, tycktes mig att hon helt och hållet fördunklade Laura, ehuru hon var mycket enklare klädd.

Hon var som förvandlad. Jag igenkände varken den rädda, förtryckta unga flickan, med sin lutande ställning, sina nedslagna blickar och osäkra hållning, som jag förr älskat så högt, och vars trohetseder jag mottagit; och inte heller den besynnerliga, bleka och avtynade varelse jag sett sedan hennes hemkomst. Hennes kinder var åter blomstrande, hennes blickar strålade och hennes hållning var så rak och ledig, så full av behag, att jag nu för första gången beundrade hennes höga och smärta växt. Men vem hade framtrollat denna förvandling, vad var orsaken därtill? En aning, en dödande smärta genomfor min själ. Ack, man behöver ingen världserfarenhet, ingen finare bildning, intet djupt förstånd för att bedöma den man älskar; uppenbarelsen av denna hittills dolda skönhet sade mig att Malin var förlorad för mig; och då jag följde hennes irriga, spanande ögon omkring salen, såg henne liksom förbländad tillsluta dem, då de funnit sitt mål, såg hennes häftiga och djupa andetag, och den darrning, som genomfor hela hennes varelse... O, då tyckte jag att det mörknade för mina blickar, för att aldrig ljusna mer.

Och detta mål, denna varelse, som så förtrollat, så förändrat min blyga älskarinna, det var doktorn, den vedervärdige grimaserande italienaren. Jag trodde mig drömma, och likväl var intet tvivel därom.

Jag såg ju hennes ögon oupphörligt liksom fasthängande vid hans ansikte, såg henne ständigt i hans närhet, följande honom såsom skuggan överallt, och detta uppförande, så olikt Malins, väckte lika mycken harm som sorg inom mig; jag beslöt att närma mig henne, att tala med henne, trots alla dessa granna herrar och damer. Det var ju också ganska lätt; man skulle just nu göra en promenad i den eklärerade parken, och där i skymningen av någon häck eller någon avlägsen gång borde jag väl kunna träffa henne obemärkt och allena. Men jag hade med allt hastigare steg, alltmera blossande kinder och bultande hjärta snart genomvandrat hela parken, mönstrande varje kvinnlig varelse, utan att kunna finna henne, och inte heller den förhatlige doktorn.

Jag tyckte mig nära att kvävas; de färgade lyktorna i träden dansade runtomkring för mina ögon, jag måste stanna och stödja mig emot ett träd för att inte falla. Det förekommer mig nu nästan såsom en saga vad jag berättar, så onaturlig och dåraktig förefaller denna ungdomens hetta och själsspänning de sjuttio årens tunna och kyliga blod. Ögonblickets barn, instinktens, naturens arma slavar, djur, intet annat än djur är vi, som försöker att bedra oss själva med en inbillad självständighet, en fri vilja; lika omöjligt som det då, vid nitton år, var mig att behärska, att bortkasta den smärta, varav jag led, lika omöjligt är det mig idag att återkalla densamma; jag beskriver den blott med minnets hjälp såsom ett genomgånget sjukdomsfall.

Nåväl! Jag hade knappt stannat, förrän ett prassel i buskarna bredvid mig väckte min uppmärksamhet, och strax därefter hörde jag några ord häftigt uttalas.

Jag förstod dem ej, det var italienska, och då jag sakta böjde undan grenarna av albuskarna bredvid mig, såg jag doktorn, som stod alldeles ensam, helt tydligt belyst av lyktskenet strax bredvid. Han såg orolig och missnöjd ut och såg sig noga omkring, liksom han fruktat att någon av de promenerande skulle komma. Emellertid hade han talat till någon, och darrande av sinnesrörelse vågade jag smyga mig fram några steg, och såg ett stycke ifrån honom på gräsvallen Malins rosenröda styvkjol framskymta. Hon stod så i skuggan att jag inte tydligt kunde se hennes ansikte, men hon sträckte armarna emot doktorn på ett bönfallande sätt och böjde sig framåt, ehuru hon inte rörde sig ur stället. I detsamma gick hon fram ett par steg och gjorde några besynnerliga rörelser med händerna i luften, tog åter några steg och upprepade samma åtbörder, i det hans läppar rörde sig liksom han framviskat någon hemlig besvärjelse, vilken inte nådde mitt lyssnande öra.

En djup suck ifrån Malin kom mig att spritta till; hon vacklade, famlade med händerna liksom efter något stöd, och sjönk ned på knä. Doktorn gick hastigt ända fram till henne, strök med händerna ett par gånger över hennes ansikte och skyndade därefter med brådskande steg därifrån.

Jag hade stått såsom fastnaglad, men nu skyndade jag fram. Malin låg nedböjd, såsom det tycktes alldeles känslolös, på gräset, och glömmande alla de stridiga känslorna inom mig, upplyfte jag henne, tog henne i min famn, stödjande hennes huvud mot mitt bröst och slösande på henne alla de deltagande och kärleksfulla ord, som så ofta i hennes barndom hämmat hennes tårar.

Efter några ögonblick uppslog hon ögonen matt och tryckte sakta min hand. Jag var alltför överväldigad av förundran, vrede och förskräckelse för att ge mig tid till besinning, eller kunna vänta på en förklaring över den sällsamma scen jag sett, utan överhopade henne genast med den massa av frågor, som svävade på mina läppar.

Men hon såg sig blott omkring med förundran, tycktes i början alls inte förstå mitt i sanning också orediga tal och mindes ingenting av allt som tilldragit sig hela denna afton. Då jag förebrådde henne den kärlek hon visat för den besynnerlige främlingen, gjorde hon en rörelse av förskräckelse och avsky, som var så sann och naturlig, att jag mindre än någonsin visste vad jag skulle tänka. Då jag full av harm och smärta talade om hennes uppförande emot honom, dolde hon ansiktet i sina händer och snyftade konvulsiviskt. Alla mina frågor, mina ångestfulla böner besvarade hon blott med suckar, och resande sig slutligen upp från stenen där vi suttit, torkade hon tårarna från de åter bleka kinderna, bad mig lämna henne, aldrig mera tänka på henne, utan anse henne som död och inte begära en förklaring, som hon aldrig skulle kunna ge mig.

Förgäves var mina tårar och min smärta, förgäves mina bemödanden att kvarhålla henne; jag såg henne nu åter, lutad och svag, sjuk och tynande; min enträgenhet plågade henne endast, och full av förtvivlan slet jag mig därifrån och sprang upp på mitt rum.

Emellertid sken ljusen ifrån fönsterna i stora byggningen i mina ögon, sorlet och musiken därifrån ljöd i mina öron och väckte en feberaktig vild åtrå att liksom ännu mera öka den plåga jag kände; jag måste åter dit, jag måste se och höra vad som tilldrog sig därnere.

Då jag gick igenom rummen för att obemärkt skaffa mig en plats i stora förmaket, där hela sällskapet var församlat, stannade jag vid ljudet av Malins namn, som hennes nåd nämnde i kabinettet.

'Jag har gjort som ni befallt', sade doktor Testas röst strax därefter helt sakta, liksom till svar på någon fråga av hennes nåd.

'Det var nödvändigt; hon komprometterade både er och sig själv', svarade hon åter lika sakta.

Doktorn sade några ord på italienska, och hennes nåd svarade: 'Det var högst oförsiktigt av er'; varpå jag såg dem båda gå ut genom dörren framför mig till det övriga sällskapet.

Som jag inte hade mer än ett enda intresse, en enda tanke i detta ögonblick, så hänförde jag ofrivilligt dessa ord till den scen jag nyss sett i parken, utan att likväl kunna det ringaste reda mina tankar därom.

Den tiden spelade pantlekar en stor roll i sällskapslivet. Man hade börjat en sådan, och just som doktorn inträdde, kom Laura, röd och varm, med barnslig livlighet emot honom och utropade:

'Åh! Det var förträffligt att ni kom, doktor Testa. Det är jag som är domare, och jag vet inte, hur jag skall hitta på något rätt svårt uppdrag åt den här övermodige herrn, som påstår sig komma att fullgöra vad jag än må ålägga honom.' Skrattande fattade hon den unga herrns hand, som stod bredvid henne, vars förälskade blickar jag förut hela aftonen sett följa henne och som sedan också blev hennes man, 'Ni måste hjälpa mig, doktor', tillade hon ivrigt.

'Hur kan ni vara så obetänksam, herr baron; vet ni inte att vi arma dödliga inte kan disponera varken över vår vilja eller vår förmåga. Jag är fullt övertygad att vad än mamsell Laura dömer er till, skall ni inte kunna verkställa det', sade doktorn skämtsamt.

'Akta er, herr doktor, jag kunde ta er övertygelse såsom en förolämpning', sade den unga baronen rodnande.

'Ja, inte sant, vi skall hitta på någonting, som kommer hans övermod på skäm, men det måste emellertid inte vara något fullkomligt omöjligt, så lyder regeln', återtog Laura.

'Förlåt mig, men det är inte någon annans dom än *er* jag underkastar mig', återtog baronen, synbarligen förargad över doktorns inblandning i leken.

'Det är rätt. Mamsell Laura dömer helt ensam, och jag ber henne till och med ålägga er någonting mycket lätt att utföra, och jag vill likväl, om ni behagar, hålla vad, hur högt som helst med er alla, mitt herrskap, att baron inte skall uppfylla hennes önskan', sade doktorn med samma skämtsamma och något försmädliga ton, i det han såg sig omkring i rummet.

'Låt vadet bli oss emellan, om ni behagar', återtog baronen, med ungdomens lätt antända och illa behärskade vrede i sin röst.

Nästan hela sällskapet hade samlats omkring dem, intresserat av doktorns ord, och skrattande uppmanade man Laura, ömsom att hitta på något mycket lätt, för att ge doktorn dementi, ömsom motsatsen, för att bevisa riktigheten av hans första anmärkning.

Baronen viskade några ord helt sakta till doktorn, som bugade sig och sade, också helt sakta:

'Jag är inte rik, men, som ni behagar, jag går in därpå.'

Jag tyckte mig se en blixt av glädje i doktorns ansikte, som helt och hållet kontrasterade mot hans ord, i vilka snarare låg ett tveksamt och tvunget medgivande till det troligen höga vadet.

Att baronen också uppfattade dem så, kunde jag se av hans triumferande min, då han förde Laura fram till den stol, vilken man framsatt mitt på golvet.

'Nåväl! Nåväl! Låt höra!' upprepades i korus omkring henne, men den unga flickan sänkte huvudet i handen, och jag såg på hennes min, att det var sin unge beundrare hon ämnade gynna.

'Jag tycker nästan, att i doktorns vad ligger mera övermod än i baronens, och därför dömer och ålägger jag er, herr baron, att helt enkelt *bjuda mig ett glas vatten*', sade Laura slutligen, upplyftande huvudet och talande med komisk värdighet, i det hennes skälmska blickar flög ifrån doktorn till baronen.

Den senare flög glädjestrålande över golvet, för att slå i ett glas vatten ur karaffinen, som stod på spiselkransen.

'Akta er nu, herr baron. Jag fruktar att just lättheten av ert uppdrag kommer er att misslyckas däri', sade doktorn allvarsamt, just i samma ögonblick, som glaset halkade av brickan och klingande föll i golvet, då baronen med iver skyndade fram till Laura.

Ett allmänt skratt blev följden, och baronen ropade förtretad på en betjänt, som skyndsamt hopsamlade bitarna, under det han själv slog vatten i ett nytt glas.

'Ni har vunnit ert vad, om ni så vill, men jag anhåller, att nu få mera varsamt bjuda mamsell Laura vatten', sade han.

Jag hade alldeles obemärkt stannat strax innanför dörren, och observerade allt med den sysslolöse åskådarens noggrannhet. Doktorn stod helt nära mig och jag märkte att han höll sina ögon fästade ömsom på baronens ansikte, ömsom på den fläck på golvet där vattenglaset nyss fallit, med en skarphet och ihärdighet, som gjorde hans ögon liksom gnistrande, och att i hela hans ansikte låg en spänning, som likväl för ögonblicket försvann och lämnade rum för det vanliga glättiga och likgiltiga uttrycket, då han svarade:

'Mycket gärna, det var er häftighet som hindrade er nyss.'

I detsamma hade baronen, som nu mycket aktsamt höll brickan med glaset framför sig, hunnit mitt under ljuskronan på samma ställe som nyss, då han halkade på det våta golvet och släppte glaset ännu en gång.

'Bravo, herr doktor! Bravo!' ljöd det runtomkring, och skrattande trängde man sig omkring den olyckliga baronen, som röd av harm utropade:

'Ert vad är längesedan vunnet, ni hade fullkomligt rätt, man är inte herre över alla tillfälligheter, men mamsell Lauras befallning hoppas jag likväl kunna fullgöra, om jag också misslyckats två gånger.' Baronen gick bort och slog i ännu ett glas.

'Och ni skall misslyckas även nu', sade doktorn lugnt.

'Ännu ett vad, kanhända?'

'Ännu ett vad, om ni så vill.'

Alla steg åter tillbaka för att lämna baronen rum; det blev alldeles tyst i rummet, leken hade antagit ett besynnerligt allvar och man betraktade baronen, vilken nu med ena handen fasthöll glaset, under det han långsamt gick över golvet med en viss högtidlighet. Jag såg på doktorn, han hade närmat sig några steg, hans läppar var hårt hoptryckta, han fixerade åter den stackars vattenbäraren på samma sätt, och jag tyckte att han hade samma uttryck i sitt ansikte som jag föreställde mig en passionerad spelare, vilken riskerar en ofantlig summa på det kort som dras, borde ha.

Lauras blossande ansikte visade tydligt, hur gärna hon skulle velat springa fram, för att mottaga det ominösa vattenglaset, som nu var blott några alnar ifrån henne.

Baronen hade försiktigt undvikit den våta fläcken på golvet, och ämnade just med ett par steg skynda förbi doktorn, vilken han därigenom närmat sig, då hastigt någonting föll ned framför hans fötter, han intrasslade sig däri och föll nästan framstupa, ännu fasthållande en bit av det tredje sönderslagna glaset.

'Jag ser att jag måste vika för er, min allvetande herr doktor; men det är emellertid en besynnerlig tillfällighet, att en näsduk faller för mina fötter just då jag skall gå fram', sade baronen och kastade en vredgad blick på doktorn, i det han upptog och lindade den nedfallna näsduken om sitt av glasbitarna sårade finger.

'Ni tappar er egen näsduk, jag finner det inte alls besynnerligt', sade doktorn leende, och vändande sig till hela sällskapet, vars prat och anmärkningar om saken sammanblandade sig till ett fullkomligt sorl, tillade han:

'Ni finner det alla oväntat, att jag kunde säkert förutsäga baronens missöde, men ingenting är mera naturligt, ty just därför att jag profeterade därom, att han blev ond och upprörd, var han inte fullt herre över sina rörelser, och detta gällde naturligtvis i ännu högre grad om de sista, än om det första försöket.'

Man gav doktorn skrattande rätt, och han fortfor: 'Till vilken grad föreställningen, inbillningen verkar, har kanhända ingen ibland er, mitt herrskap, givit akt på, men jag kan försäkra er att det är ofantligt.'

'Åh, men vänta likväl något med ert påstående, eller gör några inskränkningar däri för olika personer; jag tror inte att *jag* till exempel skulle delat baronens öde, ty jag har en helt obetydlig portion av fantasi', sade Klaes skrattande.

'Tillräcklig likväl för att ibland behärska er.'

'Då måtte ett sådant tillfälle inte ofta inträffa i mitt liv.'

'Möjligen inte ofta, ty jag påstår inte att man alltid är lika disponerad därför, men troligen skulle det kunna inträffa i afton.'

'Herr doktor, ni frestar mig verkligen att liksom baronen ingå ett vad med er.'

'För att tappa det liksom han.'

'Jag har svårt att tro det; men på vad sätt skall jag kunna bevisa er att jag har rätt?'

'Ingenting är lättare; om man får ålägga er ett lika enkelt uppdrag, som det vari baronen nyss misslyckats, och ni riktigt fullgör detsamma, så skall jag anse mig överbevisad.'

'Ni är i sanning inte svår att tillfredsställa', sade ett ungt fruntimmer, vars livlighet och eleganta toilett förut fäst min uppmärksamhet.

'Tycker ni det? Nåväl! Vilken som helst av er, mina damer, må nu hitta på någonting, varigenom herr Klaes kan visa oriktigheten av mitt påstående, att tillfälligheterna och inbillningen alltid kan vara oss övermäktiga.'

'Ni går för långt i er djärvhet, doktor', sade den vackra damen, hotande honom med sin solfjäder. 'Hur kan ni påstå, att just nu en tillfällighet skall inträffa, som hindrar honom i bruket av sin fria vilja? I sanning, om ni får rätt, så skall jag likväl proklamera ert nederlag, ty i så fall vore man frestad att tro, att ni just känner konsten att befalla dessa makter.'

'Om *jag* verkligen skulle synas göra det, så kullkastar det inte min sats, angående andra människor', sade doktorn.

'Seså, mina damer, jag längtar att visa er min hörsamhet', sade Klaes.

Alla fruntimmerna bildade en grupp, och man hörde endast deras halvhöga prat och skratt under några ögonblick. Man tycktes emellertid inte komma till något beslut, och äntligen utropade den unga frun, som nyss talat:

'Vi äger ingen uppfinningsförmåga alls i afton, utan beslutar, att ni, herr doktor, må själv ålägga honom något, likväl med rättighet för oss, att modifiera eller förkasta detsamma.'

'Är ni nöjd därmed?' sade doktorn, vändande sig till Klaes, som just nu bugade sig mycket djupt för en högväxt herre om fyrtio år, vilken i detsamma inkommit med hans mor, och för vilken hon presenterade honom.

Den främmande sade honom några ord och bad honom sedan inte avbryta den lek, varmed man var sysselsatt.

Klaes gick tillbaka fram till doktorn, som med låtsad högtidlighet sade:

'Nåväl, djärve unge man, jag ålägger er det svåra värvet att gå ut i biljardsalen, uppför trappan till övre våningen, genom förstugan och in genom första dörren till vänster; där inne hänger en stor spegel, ni går fram och räcker handen åt den figur ni däri ser; jag tillägger min övertygelse, att ni *inte* skall fullgöra detta.'

'Men det är ju sig själv han får se i spegeln?' sade den unga damen frågande.

'Naturligtvis, ja', svarade doktorn leende.

'Nå, men min Gud, vad för svårt ligger väl häruti?' upprepade alla fruntimmerna om varandra.

'Ni bifaller således? Och ni även?' sade doktorn, vändande sig till Klaes.

'Ja, utan tvivel. Det är ju till ert eget rum jag skall gå; men hur skall ni alla här nere kunna veta, att jag uppfyllt denna befallning?'

'Man utser någon att följa med; ni, baron Gösta', sade den unga frun livligt till den unga herrn, som nyss hållit vad med doktorn.

'Och ni Jakob!' tillade Laura, vars ögon i detsamma föll på mig i min vrå invid dörren.

'En skål för er lyckliga färd, herr riddare!' sade doktorn, tog ett glas ifrån brickan, som en betjänt i detsamma kringbar, räckte det åt Klaes och drack själv ur ett annat.

Helt förlägen över att bli så där plötsligt framropad, följde jag efter Klaes och baronen, som pratande med varandra avlägsnade sig, sedan de gjort en ceremoniös avskedshälsning.

Under det vi gick genom den långa raden av upplysta rum, funderade jag på vem den främmande herrn kunde vara, vilken min stolta matmor visade en artighet, som gränsade till vördnad.

Hela hans utseende visade också hans överlägsenhet; jag tyckte att en konung kunde knappt se annorlunda ut; jag ser honom ännu i minnet så väl, det var den vackraste och ståtligaste herre man kunde tänka sig. Just då jag gick förbi honom, hörde jag hennes nåd kalla honom 'ers excellens'. Jag hade inte sett honom anlända och förmodade att han kommit med det förnäma herrskapet ifrån Lövstad, som kommit senare.

Vad som emellertid ännu mera än hans utseende fäste min uppmärksamhet, var att han vid åsynen av doktor Testa, som inte tycktes ha varseblivit honom, visade en bestörtning eller rörelse, som, ehuru den genast behärskades, likväl var omisskännlig, och då han strax därefter satte sig i en fåtölj helt nära mig, hörde jag honom säga till hennes nåd:

'Vem är den där herrn?' i det han med blicken visade på doktorn, som stod mitt på golvet.

Han tycktes emellertid inte igenkänna hans namn, ty han ryckte blott på axlarna och sade halvhögt: 'Jag trodde mig ha sett honom för flera år sedan i Paris; hans utseende väckte myckte sorgliga minnen', och i detsamma ombytte han samtalsämne.

Vi var nu uti biljardsalen, och jag öppnade dörren till trappan, som för upp till översta våningen eller rättare vinden, ty det finns endast fyra gästrum däruppe, varav doktorn då bebodde de två till vänster. Där uppe var alldeles mörkt, och bländade av ljusskenet ifrån rummen, som vi lämnat, kunde vi knappt urskilja trappstegen.

'Men medge likväl, att detta är bra barnsligt; om någonting skall avhålla mig ifrån att räcka handen åt min egen spegelbild, så är det då det löjliga i saken', sade Klaes famlande framför sig.

'Ja verkligen, och doktorn är en odräglig pratmakare, som jag tror har förhäxat alla fruntimmerna; apropos, var har din kusin, den vackra mamsell Malin, tagit vägen?' sade baronen.

'Jag hörde av en betjänt att hon blivit illamående i parken och gått in i sitt rum. Aj! Fan jag stöter emot överallt; det var bra dumt att inte medtaga ett ljus. Jakob, du, som bättre än jag är hemmastadd här, gå förut och öppna dörren till den dumma doktorns rum, och återvänd sedan efter ljus; ty för att se något måste jag väl ha ljus.'

Jag gjorde som Klaes bad och famlade mig fram till dörren, som jag öppnade; därinne var emellertid inte mörkt, i det inre rummet brann en liten lampa med en blek blåaktig låga, som upplyste det tillräckligt för att kunna se att det verkligen hängde en stor spegel mittför på väggen, ett stort polerat schatull stod öppet på golvet och fäste min uppmärksamhet, därför att det var fullsatt med flaskor och burkar av olika storlek.

Vi hade alla tre stannat i yttre rummet och såg oss omkring.

'Här luktar någonting mycket starkt, man blir yr i huvudet därav', sade Klaes, i det han vände på en kappa som låg kastad över en stol.

'Nå, skynda dig då, jag känner ingenting', sade baronen, otålig att komma tillbaka, under det jag tände ett par vaxljus, som stod på bordet vid lampan, och ställde dem vid spegeln.

'Seså, nu kan man spegla sig så väl, som om man ville göra den sorgfälligaste toilett', sade jag, under det jag drog mig tillbaka. Emellertid var jag fullkomligt övertygad att någonting skulle inträffa, vilket skulle hindra Klaes att spegla sig; hela min sinnesstämning var denna afton så överretad och förvirrad, att jag skulle ha kunnat tro vilken orimlighet som helst, angående doktorn åtminstone. Det var mig därför alls ingen surpris, när jag såg Klaes – som framgått till spegeln, under det vi båda stannade bakom honom vid dörren – stanna och vända huvudet tillbaka, därpå åter fästande sina blickar på spegeln, sedan stryka sig långsamt över pannan, utan att närma sig vidare.

'Nåväl! Gå då fram och räck honom din hand, som du lovat?' sade baronen, förundrad över Klaes tvekan.

Klaes tog liksom med ansträngning handen ifrån ögonen och stirrade framför sig, men vacklade i detsamma åt sidan, under det han med kvävd och onaturlig röst utropade:

'Nej, nej! För Guds skull, låt oss gå härifrån', och störtade tillbaka emot oss med omisskännelig fasa och förskräckelse i sitt ansikte.

'Vad felas dig? Vad är det? Är du tokig?' sade baronen förvirrad och bestört.

'Jag vet inte, jag vet inte; såg du ingenting?' stammade Klaes och drog oss båda med sig utom dörren och nedför trappan med en sådan styrka att vi befann oss åter i den upplysta biljardsalen, innan vi tänkt på att hejda honom. Nedkommen sjönk han nästan avsvimmad i mina armar.

'Men vad vill detta säga', sade baronen alldeles förbluffad, under det jag ropade på Anton, som gick förbi, och bad honom ledsaga Klaes till sina rum.

'Jag tror, att den där vedervärdige doktorn är djävulen själv', svarade jag förvirrad och förbittrad, under det vi gick in tillsammans.

'Vad skall man nu säga? Klaes olyckliga illamående skall ge doktorns prat om "inbillning" och vad det allt var en vikt och ett värde inför hela sällskapet, som förskaffar honom en verklig triumf.'

'Det är sant, men vi skall åtminstone försöka att ge det så liten betydelse som möjligt.'

Vi gjorde det också verkligen, men man såg på varandra och viskade. Doktorn hade i alla fall haft rätt, och då han med glättig och likgiltig ton sade:

'Jag såg att den unge herrn var echaufferad;[1] man behövde alldeles inte äga mycken observationsförmåga för att inse att han inom några minuter skulle få en lätt övergående svindel, som i alla fall skulle hindra honom att utföra vilken obetydlighet som helst', så minskade detta inte intresset för doktorn och beundran för hans skarpsinnighet.

'Klaes kunde väl inte ha druckit för mycket?' frågade Laura mig helt sakta och bekymrad.

'Jag har inte sett honom dricka ett enda glas mer än det som doktorn gav honom nyss', sade jag, och med detsamma tillstår jag, att det föll mig in, att det kunnat vara något i vinet, som förvirrat hans hjärna. Jag hade ett sådant misstroende till doktorn, att ingenting syntes mig omöjligt.

Just som Laura avlägsnat sig för att dansa med baron Gösta en 'fransysk menuett', som hon sade, och nästan hela sällskapet samlat sig i salen för att åse densamma, hörde jag bakom mig någon med halvhög röst säga:

'God afton, herr Lucifer, Cagliostro, Mesmer, Testa, eller vad ni för närvarande vill kallas.'

Jag vände mig om och såg genom den öppna dörren in i andra rummet den förnäma herrn, som lade sin hand på doktor Testas axel, och såg på honom med ett föraktligt leende.

Doktorn tycktes mig ett ögonblick se litet generad ut, men svarade strax därpå i obesvärad ton:

---

1 Äldre franskt låneord, betyder generad etc.

'Herr greve, ni gör mig för mycken ära med alla dessa stora namn; den stackars ofullkomliga lärjungen förtjänar inte mästarens anseende. Vad tillskyndar mig emellertid äran av herr grevens återseende här långt uppe i björnarnas land?'

'Åhja! Det må väl förundra er, herr profet; ty mitt ömkliga slut borde ju längesen ha inträffat', sade greven högdraget och hånfullt, 'akta er emellertid, herr charlatan, ty här i 'björnarnas land' är man inte så lättrogen, som i Paris och Neapel, men lika hårdhänt som där.' Han vände doktorn ryggen med ett förkrossande förakt och gick ut i salen, varifrån menuettens långsamma och släpande toner hördes.

Doktorn gjorde samma aplika grimas som jag sett förvandla hans utseende så sällsamt förut i trädgården, hotade med fingret efter den bortgående och mumlade:

'Tålamod, excellenza! Tålamod', därpå knäppte han med fingrarna och gjorde ett hopp, som jagade sista skymten av den eleganta kavaljeren, vilken nyss förtjusat damerna, på flykten och lät mig se en så fullkomlig apskepnad, som det var möjligt, klädd i balkostym; han tycktes ha fått en mycket lycklig ingivelse, att döma av hans glada luftsprång. Emellertid inträdde han i nästa ögonblick i salen med den fina och belevade hållning och min, som jag sett honom hela denna afton förut anta. Jag såg honom gå rakt fram till greven, med vilken han nyss talat och stanna tätt bakom honom. Greven sade några artiga och förbindliga ord åt Laura för hennes dans, och tycktes inte märka doktorns närvaro.

Efter några ögonblick förlorade jag honom ur sikte och förmodade att han lämnat rummet, men återfann honom stående bakom baron Göstas stol, vilken satt och pratade med en annan herre. Han tycktes inte deltaga i deras samtal och gick helt tyst ut genom dörren efter några ögonblick.

Jag vet inte varför, men jag kände mig orolig, när jag inte såg honom, och när jag stått en stund på samma ställe utan att se honom återkomma, ämnade jag följa efter honom. Som sagt är, jag var denna afton så upprörd och besynnerlig till sinnes, att jag gav allting betydelse och vikt. Jag hade stannat vid ett fönster i salen; dess fönster ligger, som ni vet, utåt terrassen; det är inte mycket långt till marken; jag stödde armbågen emot fönsterposten och beskådade helt tanklöst de främmande, som stod i grupper där och var på golvet; då erfor jag hastigt en sällsam känsla i nacken, liksom om man vidrört mig med ett kallt och spetsigt järn, eller snarare som om man kunde föreställa sig beröringen av en fin vattenstråle, vilken inte spridde sig vidare.

Jag vände mig hastigt om och såg doktor Testa, stående med ryggen vänd åt mig och på så långt avstånd, att han omöjligt tycktes kunna ha någon gemenskap med den blixtsnabba stöten i mitt huvud. Emellertid hann jag inte göra några vidare reflektioner däröver, ty ett dovt besynnerligt buller, som jag varken visste varifrån det kom, eller varav det härrörde, nådde mina öron.

Jag såg att alla i salen hörde detsamma, ty man såg sig omkring och växlade undrande blickar; snart antog detta buller ett mera bestämt ljud; det liknade en otalig människomassas förvirrade rop, skrik, hurrande, svordomar, det oavbrutna trampet på en stengata och kom ifrån trädgården utanför.

Jag hade naturligtvis aldrig hört det hemska ljud, varmed en uppretad, vildsint pöbel fyller luften, men likväl var jag med ens säker om att det var detta vi hörde.

En isande förskräckelse genomfor mina ådror, jag kände benen svikta under mig, ty ni bör veta, att detta förfärliga ljud, som tio år förut ifrån Frankrikes huvudstad genljöd över halva världen, hade genom böcker och tidningar även hunnit mig, ehuru ung jag var och undangömd i denna skogsbygd.

Besynnerligt, när jag nu tänker tillbaka på denna kväll, ligger det ett sällsamt ljus däröver, men ett ljus, som liknar månens; vissa detaljer är klara, andra drömlika och dunkla. Ja, minnet är ju inte annat än vår hjärnas måne, som får sitt sken ifrån den förgångna verklighetens sol.

Nåväl! Alla trängde sig fram till fönstret, och i deras ansikten läste jag samma tanke som bemäktigat sig mig. Främst stod den högväxta förnäma herrn, han var mycket blek, hans näsborrar vidgades och han höjde huvudet med ett trotsigt och föraktfullt drag kring sina fina sammantryckta läppar. Han lutade sig emot rutan, och vi alla, som stod närmast, gjorde detsamma. Åh! Aldrig skall jag glömma vad jag såg därute; en böljande massa av människor, sammanpackad, rörande sig i vågor, varelser med av rus och vildhet förvridna drag, liksom komna ifrån avgrunden, och ibland det förvirrade skrålet och bullret urskilde jag namnet 'Fersen! Fersen!' blandat med svordomar och förbannelser; i samma ögonblick höjdes upp på ytan av detta förfärliga hav en varelse, blodig och vanställd, med sönderslitna kläder, och sjönk på ögonblicket därefter ned igen, gripen av otaliga mordiska händer; men i denna döende varelses bleka fina drag, ännu i döden ädla och stolta, igenkände jag den främmande grevens, som stod bredvid mig, och vars namn jag för första gången hörde därutanför, skrålad av folkhopen.

Förfärad vände jag mig om. Han stod ju kvar mitt ibland oss, med ett sällsamt drömmande uttryck, stirrande på fönsterrutan.

Jag vände åter mina blickar till fönstret; månen sken på terrassens blommor, natt-vinden böjde trädens toppar och den vita daggen låg som ett flor över gräset. För-svunnet var allt vad jag nyss med så förskräcklig klarhet sett, intet spår fanns till den avskyvärda scenen, allt var lugnt och tyst.

Emellertid hade vi alla, som stod närmast fönstret, sett detsamma; jag såg det på deras förfärade utseende och de blickar vi växlade med varandra, ehuru intet ord kom över våra läppar.

Alla de andra, som var längre bort i salen, hade emellertid skockat sig emot dör-ren, och då den i detsamma öppnades och Anton syntes, bestormades han med frågor om det buller man hört.

'Det är endast vagnarna, som körde fram', svarade han bugande.

Alla, som ingenting sett, var fullt belåtna med detta svar, men mig förekom alltsammans såsom en infernalisk dröm. Jag tyckte att ljusens lågor spred ett så blekt och flämtande sken, att jag hade möda att andas, och alla dessa utstyrda människor, som trängdes om varandra för att ta avsked, förekom mig såsom vålnader. Jag hade förlorat all förmåga att mäta tiden, jag visste inte om en timme eller en minut förgått ifrån det ögonblick jag kände den besynnerliga stöten i mitt huvud, tills detta ögonblick, liksom då man överraskats av sömn för några minuter, men tror sig sovit i flera timmar, ty så fullkomlig har ens känslolöshet likväl varit under dessa minuter.

Det måtte emellertid endast ha förgått en kvarts timme, ty det stora vägguret slog i detsamma kvarten över midnatt. Salen var nästan tom, men greven stod ännu kvar på samma ställe, liksom jag själv. Slutligen for han med handen över pannan, drog ett djupt andetag och vände sig om. I detsamma stod doktor Testa framför honom och bugade sig mycket djupt med en illparig min.

'Avskyvärda häxmästare! Laga att jag aldrig mera får återse er', mumlade greven med hotande röst.

'Ni skall det heller aldrig, ers excellens; men jag hoppas, att ni nog en gång skall påminna er häxmästaren och charlatanen', sade doktorn halvhögt, men troligen utan att höras av greven som vänt sig ifrån honom och lämnat salen.

Tio år därefter såg jag i verkligheten på Stockholms gator det förfärliga uppträde, som den mystiska doktorn denna kväll framkallat för våra blickar. Jag glömmer det aldrig. Jag var där med min matmor för första och sista gången i mitt liv."

Gubben tystnade och lutade huvudet i händerna; minnets makt tycktes överväldiga honom, och även vi var alltför intresserade av hans berättelse, för att avbryta den med någon fråga.

"Ja!" fortfor han efter en stund. "Den där italienska doktorn föreföll mig då såsom ett verkligt sändebud ifrån avgrunden; jag hade ännu ingen kunskap om det andeskåderi, de häxmästare, magnetisörer, det ordensvurmeri och i allmänhet den utomordentliga lutning åt mysticism, som den tiden var rådande. Jag hörde sedan både i tal och tryck, att klokare och förnämare personer än jag och min omgivning, varit till en ytterlig grad behärskade därav. Det var tidens lynne, och det vill en utomordentlig överlägsenhet till, för att helt och hållet göra sig oberoende av sin tid.

Nu förekommer mig doktorns hela uppträdande här helt annorlunda. Han hade mycket rätt, att inbillningen och tillfälligheterna tillsammans kan spela en ganska stor roll i mänskliga livet, och mycket av vad jag då ansåg underbart och oförklarligt finner jag nu förklarat av min egen sinnesstämning.

Denna fest med de många olika sinnesrörelser jag känt därunder, har ständigt stått livligt för mitt minne, och de grymma ord, vilka liksom avslutade densamma, var refrängen av den då så ofta omtalda marseillersången, vilken doktorn gnolade, under det han gick uppför trappan till sitt rum.

Q'un sang impur abreuve nos sillons![1] Jag upprepade dem mekaniskt ända till dess jag somnade med denna omedvetna envishet, som ofta av en melodi eller några rim skapar ett enformigt ackompanjemang till våra mest sorgliga eller oroliga tankar."

*   *   *

"Två månader var förflutna, sedan den afton jag trott mig upptäcka Malins kärlek till doktor Testa, och oaktat all min ansträngda uppmärksamhet hade jag aldrig mera sett en skymt därav. Malin var numera alltid inne ibland familjen; hon var väl ännu mera blek och tyst än före den olyckliga utländska resan, men tycktes likväl ännu mera stark och frisk än vid sin hemkomst. Doktorn syntes mig också mera likna andra människor, jag hade varken sett honom göra apgrimaser eller något annat av hans besynnerligheter. Kanhända att jag också mera vant mig vid honom, eller att han nu, i fullkomligt vardagslag, suspenderat sina konster. Laura var förlovad med unga baron Gösta, vars föräldrar var våra närmaste grannar, och både han och hans syster var mycket ofta här.

Vi var i november månad. Det var en kall och ruskig kväll; jag hade som vanligt gått upp för att visa patron några räkningar, klockan var endast fem på kvällen, och hela familjen brukade då vara församlad i stora förmaket kring eldbrasan, innan ljusen tändes. Dessa aftonstunder var för mig den lyckligaste tid på hela dagen, ty jag hade då ledighet och tillåtelse att vistas däruppe, där hon, som jag ännu alltjämt älskade lika högt, åtminstone dröjde i min närhet.

Baron och hans syster, fröken Ebba, var här denna afton. Då jag helt tyst och blygsamt inträdde, satt de båda förlovade bredvid varandra i en liten soffa vid kakelugnen. Hennes nåd satt i en länstol mitt på golvet och Anton var sysselsatt att flytta eldskärmen, så att den skuggade hennes ansikte. Vid ett hörnbord, upplysta av eldskenet, satt patron och doktorn och spelade schack, och Ebba och Malin stod småpratande vid ett fönster.

'För tredje gången matt; jag har inte på flera dagar kunnat vinna ett parti på er, doktor', sade patron missnöjd, just då jag satt mig ned i min vanliga vrå invid dörren. 'Kom hit, Jakob, dig kan jag då ännu någon gång besegra', tillade han, vändande sig till mig, och ställde pjäserna ånyo i ordning.

Doktorn steg upp och lämnade mig sin plats, under det han själv upptog sin gitarr ifrån soffan, och sättande sig på en kullerstol med ena knäet emot golvet, började han en av de många italienska visor eller sånger, vilka han sjöng med en livlighet

---

1 Denna fras liksom senare i texten "Allons enfant de la patrie" kommer från *Marseljäsen*, Frankrikes nationalsång och historiskt intimt förknippad med franska revolutionen. Axel von Fersen var nära vän med Frankrikes drottning Marie Antoinette och var uttalat kritisk mot franska revolutionen; han ville dessutom bevara den svenska enväldiga monarkin. Allt detta retade politiskt radikala orostiftare. Han lynchades av en folksamling i Stockholm 1810.

och ett uttryck, som i början syntes mig alltför överdrivna för att vara behagliga, men som både Laura och hennes nåd var så förtjusta uti.

Brasan i den stora kaminen var halvt nedbrunnen, doktorn hade tystnat och satt med ögonen stirrande i elden, försänkt, som det tycktes, i sina egna minnen eller tankar, liksom vi andra. Hastigt slog han några häftiga ackord, reste sig upp och sjöng: *'Allons enfant de la patrie.'* Ännu efter sextio år genljuder den stundom i mina öron, och jag ser framför mig denna kraftfulla mörka gestalt, dessa brinnande ögon, dessa passionerade, vilda åtbörder, som för varje vers av den blodiga sången stegrades allt mer. Jag tyckte mig ovillkorligt förflyttad till Medelhavets strand, under Marseilles solheta himmel, till dess solheta befolkning, och jag förstod vilken förfärlig inspiration dessa ord, sjungna på detta sätt, borde väcka. Det var såsom om jag hört revolutionens tema sjunget högt upp i Norden, under det novemberstormen rörde de första snöflingorna emot rutorna, och alla detta temas hiskliga och grymma variationer låg med detsamma för min fantasi.

Doktorn hade synbarligen givit vika för minnet, det var fortsättningen av sina egna tankar; det var för sig själv, inte för oss han sjöng. Vi lugna nordbor åhörde honom också med en bävande och andlös uppmärksamhet, och själva den gamle lugne patronen glömde sitt drag och betraktade med halvöppen mun den livlige italienaren, belyst av det fladdrande eldskenet.

Han slutade lika tvärt som han börjat; kastade gitarren ifrån sig och sjönk ned i en soffa. Patron gned sig i ögonen, liksom yrvaken, och satt länge med upplyftad hand och utsträckt finger, innan han kunde återfinna sina planer och flytta sin pjäs.

'Men här är ju alldeles mörkt, ring efter ljus', sade han, sedan vi suttit en stund utan att någon med ett enda ord av brutit tystnaden.

Just som jag reste mig upp för att efterkomma hans befallning, öppnades dörren och Anton inträdde med postväskan, åtföljd av en annan betjänt med ljus.

Alla samlades nu omkring bordet. Patron öppnade väskan, uttog tidningarna, de var varken så många eller så stora den tiden, samt flera brev. Ett ibland dessa lämnade han åt sin fru. Hon bröt det genast; men sedan hon läst några rader, såg jag henne skifta färg samt hastigt stiga upp och lämna rummet. Jag tror inte att detta märktes av någon mera än mig och doktorn, vars livliga ögon var uppmärksamma på allt, oaktat han, tillika med de unga flickorna och baronen, var sysselsatt att bläddra i några böcker som ankommit.

En lång stund därefter inkom hennes nåd. Jag tyckte att hon såg blek och tankspridd ut. Hon bad mig gå ned och tillsäga att supén skulle serveras så tidigt som möjligt, ty baronens ville resa snart.

Då jag gick tillbaka och passerade förbi dörren till patrons rum, såg jag att den stod på glänt, att det lyste därinne och hörde att någon talade. Jag ämnade stänga dörren och fortsätta min väg; men jag hörde då att det var hennes nåd som talade därinne. Jag kunde inte höra hennes ord, ty hon talade mycket lågt, men jag förstod att hon var mycket ond. Jag vågade därför inte låta märka min närvaro, utan avlägsnade mig helt sakta, i det jag hörde patron med bestämd ton säga:

'Nej, min vän, det blir inga penningar av.'"

*   *   *

"Om aftonen, sedan baronen och hans syster var resta, då var och en gått till sina rum och jag kommitt in i min kammare i flygeln, märkte jag att ett av de papper jag haft med mig upp, fattades. Jag hade troligen tappat det i förmaket, och som jag såg att ljusen inte ännu var släckta, gick jag tillbaka för att söka detsamma. Jag hittade det också genast då jag inkom; men som jag såg Malins stickning ligga kvar där hon suttit vid fönstret, kände jag en oemotståndlig lust att se på den, ta den i min hand och föra den till mina läppar. Jag hade så nyss sett den mellan hennes små vita händer. Just som jag så stod, hörde jag personer komma både ifrån rummen utanför och ifrån lilla kabinettet bredvid.

Innan jag hann att besinna mig, gav jag vika för den blyghet och motvilja jag kände att bli överraskad med Malins arbete, tryckt till mitt hjärta, och insvepande mig i den tjocka nedfallande gardinen höll jag mig tyst och orörlig.

Det var hennes nåd och doktor Testa, som kom ifrån var sitt håll.

'Varmed kan jag tjäna er?' sade doktorn gäspande och satte sig ned i en stol vid bordet.

'Jo, doktor! Ni måste skaffa mig penningar', svarade hennes nåd med allvarsam röst och ställde sig framför honom.

'Min Gud! Det är ju alldeles samma ord jag brukar ställa till er, ehuru med något mera artighet', återtog doktorn leende.

'Nu har vi ingen tid med artigheter! Jag måste ha penningar ännu i afton. Posten går ju så långsamt, det brev jag fick i kväll är redan gammalt, jag måste kunna skicka penningar i morgon. Ännu en gång, ni måste hjälpa mig, doktor.'

'Men på vad sätt?'

'Och det frågar ni? På samma sätt som förut.'

'Malin?'

'Javisst! Genom Malin.'

Jag trodde mig inte ha hört rätt och var nära att förråda min närvaro genom den sinnesrörelse och förvåning, som Malins namn väckte hos mig. Jag hade förut velat ge mycket för att obemärkt kunna komma därifrån, nu däremot ville jag inte för allt i världen förlora en bokstav av vad som sades.

'Men har ni talt med er man?' sade doktorn liksom motvillig.

'Naturligtvis, men förgäves; och jag måste ha penningar. Jag vet att han har ganska mycket inne; men jag vet inte med visshet var han förvarar dem.'

127

'Vet ni vad, min fru. Jag känner mig inte det ringaste disponerad för att hjälpa er; till vad ämnar ni använda dessa penningar?'

'Det är min sak', sade hon med stolthet. 'Jag behöver dem, det är nog; ni hjälper mig att utan strid och bråk erhålla vad som endast är min rättighet och ni skall själv inte förlora därpå.'

Doktorn bugade sig, men svarade inte.

'Nåväl! Vad säger ni?'

'Nej!'

'Nej! Vad vill det säga?' utropade hon med vredgad röst och hennes svarta ögon blixtrade, men doktorn svarade helt lugnt:

'Det vill säga, först att jag i sanning inte är disponerad för dylikt i afton och sedan att... att jag älskar Malin.'

'Ni älskar Malin? Bah! Ni älskar henne kanhända på samma sätt som ni älskar er övriga häxmästarattiralj', sade hennes nåd med ett skratt, så obehagligt att jag fann henne avskyvärd i detta ögonblick.

Doktorn fingrade på sitt krås och teg.

'Vartill tjänar detta krångel vänner emellan? Säg vad ni önskar; ni vet att jag bifaller om det står i min makt; det skulle vara mig rent av omöjligt, att utan er hjälp få vad jag behöver med den skyndsamhet som är nödvändig; min tacksamhet skall motsvara den tjänst ni gör mig.'

Doktorn gick fram och tillbaka på golvet liksom överläggande med sig själv.

'Nåväl! Jag vill försöka, men är det alldeles nödvändigt att det sker i afton; jag säger er ännu en gång, jag är nästan säker att misslyckas.'

'Vi har idag torsdag; posten går om lördag morgon; ni inser att jag i morgon måste ha allt i ordning för att fara in själv till staden, ty jag kan inte skicka någon i denna affär.'

'Ni skulle likväl kunna fara tidigt om lördag?'

'Men en så tidig resa skulle väcka hela husets förvåning och dessutom att så dröja till yttersta tiden?'

'Det är likväl nödvändigt, om ni med säkerhet vill räkna på mitt bistånd.'

Hennes nåd teg några minuter.

'Nåväl! Jag har intet val, jag skall vänta.'

'Ännu en sak, om er man saknar dessa pengar, om...'

'Min Gud, vad ni blivit samvetsgrann och försiktig, doktor', avbröt hon och ryckte på axlarna. 'Laga ni blott att jag får dem; det övriga skall jag nog själv rangera. Godnatt!'

Hennes nåd försvann genom kabinettsdörren och doktorn blev ensam.

Han satt kvar några ögonblick försänkt i tankar och mumlade några ord, som jag inte förstod, därpå reste han sig upp, släckte ut ljusen, som brann på bordet, och smög sig ut så tyst att jag med yttersta ansträngning knappt kunde höra honom.

Jag stod kvar i mörkret nästan osäker om jag var ensam eller ej; med en villervalla i mina tankar, som jag inte kan beskriva, och ständigt återkommande till den frågan, som gäckade min oskyldiga och oerfarna slutkonst: vad skulle Malin kunna göra vid denna sak?

Allt mer och mer ängslig och orolig för den jag älskade, fördjupade jag mig i de mest barnsliga och förvirrade tankar och sjönk suckande ned på stolen bredvid. Gud vet, hur länge jag skulle kunnat sitta här, om inte bullret av farstuporten, som Anton stängde, väckt mig därur; förskräckt sprang jag upp, skyndade ned för trappan och lyckades träffa Anton, som helt förvånad över min sena härvaro, öppnade åt mig.

Morgonen därpå vaknade jag med det fasta beslut, att på vad villkor som helst skaffa mig ett samtal med Malin, och berätta henne vad jag hört.

Hon skulle inte kunna neka mig den upplysning jag begärde. Hon skulle förklara för mig det besynnerliga inflytande denne främmande hemlighetsfulle doktor utövade på henne; jag var i min ungdomliga iver övertygad därom.

Emellertid räckte denna tillit inte länge; jag påminde mig hennes tystnad och förvåning över mina frågor i parken, och min förhoppning sjönk allt som dagen skred fram, utan att jag ännu sett henne. Min ångest tilltog; jag måste likväl tala vid henne, och övervinnande min blyghet och motvilja att ens nämna hennes namn, för att inte förråda min kärlek, frågade jag äntligen Anton, om hon var inne i sitt rum, men fick till svar att både hon och Laura gått ut att promenera.

Litet förundrad över en promenad i det kalla vädret, satte jag mig i biljardsalen, föresättande mig att invänta dem. Jag hade emellertid knappt satt mig, innan Anton hastigt kom tillbaka och bad mig följa med för att hjälpa honom upplyfta patronen, som fallit över mattan i sitt eget rum och troligen vrickat foten; ty han kunde inte alls stödja sig därpå, och Anton mäktade inte ensam resa honom.

Så snart vi lyft upp honom och lagt honom på soffan, skyndade Anton efter doktor Testa, som förklarade att det alls inte var någon vrickning, endast förskräckelse och kraftlöshet, anbefallde honom stillhet och gav några droppar.

Då doktorn hade gått och jag även ville avlägsna mig, sade patron:

’Nej, stanna Jakob, jag ville tala några ord vid dig.’

Litet misslynt att bli hindrad i min bevakning av Malin, stannade jag orörlig vid dörren.

’Kom hit och sätt dig bredvid soffan’, fortfor han i en ovanligt faderlig och vänlig ton.

’Du är en bra gosse, Jakob; jag har med glädje märkt hur troget och förståndigt du skött mina räkenskaper; inspektorn berömmer dig också mycket. Det är även en annan sak, jag tyckt mig märka, att du fattat en stor tillgivenhet för Malin; nå, du behöver inte ursäkta dig, jag finner intet ont däri. Om du fortfar att sköta dina åligganden lika väl som hittills, så bör du kunna begära hennes hand om en fem sex år; jag har i mitt testamente ihågkommit både dig och henne och även uttryckt min önskan att ni båda blir ett äkta par.'

Den hederlige gamle herrn teg och jag böjde mig ned över hans hand, ur stånd att säga ett enda ord, överväldigad av tacksamhet, glädje och sorg på samma gång. Ack! Jag kände väl att oaktat hans godhet skulle Malin aldrig bli min hustru.

'Hör på, Anton, du kan ta mina nycklar här och öppna min pulpet; i lådan till vänster ligger ett papper, ta hit det', sade patron efter några ögonblicks tystnad.

Anton, som sedan han lindat ylle om sin herres fötter och bäddat kuddar under hans huvud, varit sysselsatt att tömma snus ur en burk i en annan fram vid fönstret, gjorde nu som han befalldes och bar fram papperet.

Patron uppvek det och försökte att läsa; men det var skumt där han låg, och lämnande det till mig, befallde han mig att uppläsa det för honom.

Det var hans testamente, varuti han förordnade att hela hans stora förmögenhet skulle delas i tre lika delar mellan hans fru och hans två barn.

Lagman B, en av hans gamla vänner, var utsedd till Lauras förmyndare; för övrigt hade han gjort flera ganska stora dispositioner, däribland till Anton och mig samt en ansenlig hemgift åt Malin, med den uttryckta önskan att hon med mig måtte bli förenad, ifall det överensstämde med hennes eget tycke.

Då jag hade slutat läsningen av detta papper, som för mig var av så mycket större värde, var jag så rörd och överraskad av min husbondes ädelmod mot mig, en fattig obetydlig yngling, att jag knappt märkte att han, under det han återtog och sammanvek det, sade:

'Detta är skrivet innan vi reste utrikes och bevittnat av lagman B. Jag vill ingen ändring göra däruti, ehuru Laura väl snart gifter sig och således ingen förmyndare behöver. Lägg in det igen, Anton, i innersta lådan, innanför den lilla skåpdörren i mitten; så där, giv mig nycklarna igen. Du kan stanna kvar och läsa något för mig, Jakob', fortfor han vändande sig med möda på andra sidan.

I detsamma inkom hennes nåd och Laura, för att höra hur han mådde, men gick snart sin väg, då patron försäkrat dem, att han mådde fullkomligt väl, men kände sig litet matt och ville stanna i sitt rum hela aftonen.

Anton hade tänt ljuset i en stor ljusstake med skärm och jag började att läsa. Jag hade emellertid inte läst många sidor, innan jag hörde att patron andades tungt och märkte att han sov. Jag fortfor likväl en stund, men tystnade sedan och försjönk i mina egna tankar. Då Anton, som varit ute ett par timmar, återkom, tillbjöd jag mig att stanna över natten inne hos patron, i synnerhet som vi båda, under det vi avklädde och förde honom till sängs, fann honom i en feberaktig dvala, varur han endast för några ögonblick emellanåt uppvaknade. Anton tackade mig och gick till sitt rum.

Klockan var tio på kvällen, en mycket sen timme på landet. Allt var tyst i huset och jag hörde porten stängas därnere. Jag var ej det minsta sömnig, jag putsade ljuset, tog en gammal bok för att läsa och flyttade ljuset närmare intill mig, sedan jag väl igendragit gardinerna kring sängen, varifrån de jämnare andetagen antydde, att den gamle nu sov lugnare.

Vad en natt kan vara lång, då man vakar ensam. Hur många tankar dessa timmar kan inrymma och hur bisarra dessa tankar kan vara. Det är då, som pulsens slag och hjärnans förnimmelser är i en oupphörlig växelverkan, som fantasin regerar vår varelse och, oberoende av alla yttre företeelser, låter oss genomflyga dagar och år, och till och med överstiga jordlivets gräns.

Med huvudet lutat i handen, lyssnande till det stora silverurets höga taktmässiga knäppningar och den sovandes andedräkt, hade jag suttit, jag vet inte hur länge, ty boken hade längesedan fallit ur min hand och det oputsade ljuset brann dunkelt och rökigt med en stor svart lilja på veken, då ett lätt buller, som jag liksom mera kände än hörde, kom mig att upplyfta huvudet.

Aldrig skall jag glömma vad jag såg och den obeskrivliga verkan denna syn gjorde på mig.

Strax innanför dörren stod tyst och orörlig en smärt vit skepnad; den lutade sig åt dörren, liksom den lyssnat utåt. Jag visste inte rätt om jag var vaken eller ej och stirrade, förlamad av en blytyngd i hela min kropp, oavvänt på den sällsamma uppenbarelsen.

Äntligen reste den långsamt upp huvudet, skakade det sakta, förde händerna till hjärtat och suckade djupt.

I detsamma nedföll branden ifrån ljusveken, ett klarare sken upplyste det stora rummet, och jag igenkände Malins drag.

Ja, det var verkligen Malin, men sådan som jag skulle föreställa mig henne som död. Hennes ögon var öppna, men glanslösa och orörliga, hon var blek som snö och över hennes ansikte låg ett så främmande och underligt uttryck, att jag oupphörligt tvekade om det verkligen kunde vara den varelse jag högst älskade, vilken stod framför mig.

Hon var klädd endast i sin nattdräkt och hennes långa ljusbruna hår föll oordnat nedåt ryggen. Ingenting antydde att hon såg mig och jag kunde inte förmoda annat än att hon gick i sömnen; så var det väl också, ehuru denna olyckliga sömn var framkallad och behärskad av djävulens konster.

Efter några ögonblicks tvekan, såsom det tycktes, svävade hon fram långsamt och ohörbart till nattduksbordet vid sängen, tog hastigt nycklarna, som Anton, då han avklädde sin herre, lagt där och gick rakt fram till pulpeten.

Hastigt begrep jag allt; hon var hitsänd av doktorn och sin tant, ehuru jag då inte förstod vad medel de begagnat. Jag ville resa mig upp, jag ville tala till henne, ville hindra henne, men jag var som förlamad, och innan jag hunnit besegra denna domning och den mängd av olika intryck, som med ens rusat över mig, hade hon tyst och hastigt öppnat klaffen, utvalt en annan nyckel, öppnat ännu ett lås innanför, utdragit en låda och framtagit en pappers- eller sedelbunt, igenlåst pulpeten, lagt nycklarna på sitt ställe och återvänt till dörren.

Alltsammans hade skett med en säkerhet och vana, som om hon fullkomligt väl hade känt varje vrå i den stora gamla byrån, och med en hastighet och ljudlöshet, som syntes mig onaturliga.

Hon försvann. Dörren var stängd. Allt hade varit några minuters verk. Jag förde handen till min brännande panna, osäker om jag inte varit ett rov för min egen inbillning.

Patronen hostade i detsamma, öppnade på sänggardinerna och ropade 'Anton'.

'Jaså, är det du, Jakob; hur kommer det till att du är här?' sade han vid min åsyn.

'Jag tyckte det var någon, som gick över golvet bort till min byrå; det var väl du?'

'Nej! Ja, kanhända', svarade jag tvekande.

'Hm! Kanske jag drömde', mumlade han, vände sig om och somnade igen.

En förfärligt smärtsam tanke genomfor mig. Om dessa penningar saknades, vem hade stulit dem? Malin eller jag själv... Skulle, jag säga patron allt? Skulle han väl tro mig? Förvirrad, ett rov för de mest olika tankar, sjönk jag ned på stolen igen och betäckte ansiktet med händerna. Ack! Vilken olycklig ingivelse hade förmått mig att vaka här denna natt? Och likväl välsignade jag denna ingivelse. Om någon annan i mitt ställe hade sett Malin?

Jag vet inte om sömnen slutligen överväldigade mig, men helt yrvaken sprang jag upp vid ljudet av vagnshjul. Klockan var inte mer än fem på morgonen, det var ännu mörkt, men jag hörde tydligt en vagn, som rullade bort. Det var bekräftelsen på min nattliga syn; Malins beskickning hade lyckats, det var hennes tant, som nu for bort med den stackars somnambulens rov.

Åter förgick ett par långsamma timmar av denna natt, som ännu med alla dess detaljer står så livligt för mitt minne. Det var redan dager, då Anton åtföljd av doktorn inkom. Jag hade inte under denna tid hört något, som antydde att patronen var vaken; han tycktes mig sova lugnt och stilla. På doktorns fråga kunde jag likväl inte avhålla mig från att berätta honom, att patronen under natten varit vaken, ropat på Anton, och trott sig se någon inne i rummet, som öppnat hans pulpet, men att jag själv varit inslumrad och ingenting märkt.

Doktorn kunde inte dölja en hastig min av bestörtning och sade liksom för sig själv:

'Han har varit vaken!' Därpå gick han fram och drog sakta undan gardinen; jag såg honom hastigt luta sig ned över den sovande och med iver lägga handen på hans bröst. Han dröjde i denna ställning i flera minuter, därpå reste han sig upp, drog väl igen omhänget kring sängen och sade:

'Han sover så lugnt och andas så sakta, att jag fruktade han var död; emellertid är denna sömn av största nytta för hans svaga krafter, ju längre den räcker desto bättre. Jag skall själv sätta mig härinne för att vara till hands när han vaknar. Ni kan gärna avlägsna er, mina vänner, det är alls ingen fara för er gamle husbonde.'

Doktorn slog sig ned i länstolen vid fönstret och fortfor med samma viskande röst:

'Ni, herr Jakob, kan nu behöva vila er, efter ni vakat här i natt; och ni, Anton, var god och bär hit choklad.'

Anton och jag gick ut, men jag tror att vi båda gjorde det med lika motvilja, så stort var vårt misstroende till den förmente läkaren.

Ack! Jag såg aldrig mer den gode gamle herrn. Flera gånger under dagens lopp frågade jag Anton hur patronen befann sig och fick ständigt samma svar. Han sover alltjämt, och doktorn sitter inne hos honom.

Vid middagsbordet var jag ensam med inspektoren. Laura åt på sitt rum och Malin mådde inte väl, svarade betjänten på mina frågor efter dem.

I skymningen återkom hennes nåd. Så snart vagnen stannat utanför trappan, hörde jag doktorn komma ut ur patronens rum, och i hopp att få se hur patronen verkligen befann sig, skyndade jag mig dit medan doktorn var ute, men dörren var stängd och nyckeln urtagen. Ängslig och förvånad, ville jag vända om, då jag hörde doktorn och hennes nåd komma uppför trappan; jag vet inte varför, men liksom instinktlikt drog jag mig undan mot väggen i korridorens mörker för att inte möta dem.

Jag hörde då doktorn säga med mycket låg röst, under det han satte nyckeln i dörren för att öppna:

'Ingen i huset vet det ännu.'

'Min Gud, doktor, era droppar kunde väl inte...' svarade hennes nåd lika sakta med darrande röst.

'Var lugn; de gjorde inte ens åsyftad verkan ty Jakob som...' Mera hörde jag inte, ty dörren slöts i detsamma efter dem.

Det dröjde flera timmar, innan varken doktorn eller hennes nåd syntes till. Emellertid härskade i hela huset en ängslig och dyster spänning. Varken Anton eller jag hade egentligen talat om patrons tillstånd såsom oroande, och likväl tror jag att var och en ansåg honom döende, kanhända att våra oroliga och sorgsna ansikten ingav denna tro emot vår vilja.

Slutligen kom hennes nåd ut; hon var mycket blek och upprörd, och befallde att en vagn genast skulle förspännas, för att hämta prosten i församlingen, en gammal beskedlig gubbe, för vilken patron hade mycken vänskap. Patron var mycket svag och önskade tala med honom, tillade hon, och förde näsduken till ögonen.

Jag skyndade ut att verkställa hennes befallning, och en timme därefter ankom prosten. Hennes nåd mottog honom själv i förstugan och förde honom in, i det hon tillsade mig att uppkalla inspektoren och själv medfölja honom in i patrons rum.

Den scen jag nu deltog uti har alltid synts mig så hemsk och spöklik, och tillika så oförklarlig, att jag aldrig kunnat fatta någon bestämd mening därom; kanhända bidrog min egen upprörda sinnesstämning att öka dess dystra effekt; emellertid har varken åren eller eftertanken kunnat sprida mer ljus däröver. I alla händelser ber jag er ihågkomma, att jag berättar detta, liksom allt övrigt, helt enkelt sådant det förekommit mig, utan att vilja påstå att mitt uppfattningssätt varit det rätta. Ni må själva möjligen dra andra slutsatser av de fragment jag visar er.

Då vi inkom i rummet, dit varken jag eller någon annan fått inträda, sedan Anton och jag på morgonen lämnat det, satt doktorn vid sängen i en länstol. Bakom honom stod ett litet bord, varpå ljuset stod och där bredvid låg patronens gamla bibel, några andra andliga böcker, som han ofta brukade läsa, samt ett hopviket papper.

Rummet, som var stort, upplystes mycket illa av det enda ljuset, så att inspektören, Anton och jag, som stannat vid dörren, måste några minuter vänja våra ögon vid den skymning, som härskade, innan vi kunde urskilja, att sänggardinerna var något bortdragna, och patron satt uppe i sängen med huvudet understött av kuddar.

Just som vi inkom, vinkade han matt med handen åt prosten, som stod mitt på golvet, samt sade några ord så sakta att jag inte alls kunde urskilja dem, men jag tyckte att hans röst var mycket förändrad.

Prosten höll ett litet tal av deltagande och uppmuntran, varpå patronen endast nickade med huvudet till svar, samt tecknade med handen och sade några otydliga ord åt hennes nåd, vilken stod bredvid sängen. Hon lutade sig ned för att höra bättre, och sade därpå vänd till prosten:

'Min man önskar att få det testamente uppläst för sig, som han senast skrivit, och att ni, herr prost, och alla tillstädesvarande måtte bevittna hans underskrift.' Prosten bugade sig, och hennes nåd vinkade åt mig att komma fram.

'Sätt dig där vid bordet och uppläs högt och tydligt det papper du ser därpå', sade hon.

Jag lydde, men då jag kom närmare sängen och kastade en blick på patronens ansikte, i det jag gick förbi, blev jag förfärad över hans stirrande ögon och hemska utseende; jag tycker mig kunna svära på, att det var ett lik och inte en levande människa, som satt där.

Jag var så upprörd att papperet darrade i min hand, då jag uppvek det, och orden dansade omkring, så att jag inte på flera minuter kunde läsa dem. Jag var emellertid så övertygad om att jag redan läst det aftonen förut, att jag, då jag började, läste det till hälften utantill. Det var också i början lika, men snart fann jag att detta likväl var ett helt annat. Intet ord nämdes här, varken om mig själv, Anton, Malin eller någon annan disposition, allt sådant var lämnat åt hennes nåds godycke, vilken i sin livstid skulle bibehålla hela förmögenheten, odelad och ensam; jag tror att något, jämförelsevis obetydligt, skulle tillfalla Laura i hemgift, och även Claes fick något motsvarande, men jag minns inte detta; jag var så ung, oerfaren och ointresserad av dylika saker, att jag endast uppfattade, att testamentet var fullkomligt olikt det jag dagen förut uppläst, och att *detta* var ensamt till hennes nåds fördel.

Emellertid var det skrivet med patronens grova svenska, eller som vi nu kallar det *tyska* stil, och daterat för några månader sedan.

Jag kunde inte avhålla mig från att kasta en frågande och förundrad blick bort till Anton, som stod orörlig vid dörren.

Hennes nåd hade fallit på knä bredvid sängen och dolde ansiktet i sin näsduk. Jag trodde nästan att hon var avsvimmad, ty ehuru doktorn gick fram och frågade patronen om han önskade underskriva vad jag uppläst, och han ganska tydligt svarat *ja*, och doktorn framburit papperet, reste hon sig likväl inte upp, förrän doktorn upplyfte henne och förde henne till soffan.

Han doppade därefter en penna och lämnade åt patronen, men handen, varuti han satte den, syntes stel och doktorn måste hjälpa honom att skriva.

Då han sedan lade papperet på bordet, såg jag likväl att det liknade patronens namnteckning, ehuru den var mycket darrande.

Prosten och inspektorn skrev därefter sina namn, men jag anmärkte att doktorn drog till sänggardinen något mer, innan inspektören kom närmare, så att, efter vad jag sedan hörde, han inte kunnat urskilja om patronens ansikte var förändrat. Att prosten inte anmärkt det, förundrade mig inte, ty han var gammal och såg mycket illa, och det var mycket skumt inne i rummet.

Strax därefter tackade patronen oss med matt, men tydlig röst, tog avsked av prosten och sade sig vara mycket trött och önskade vara allena.

Vi gick alla ut, endast doktorn blev kvar.

Hennes nåd komplimenterade prosten för hans störda nattro, men jag hade aldrig sett den stolta frun så medtagen och blek som denna natt; hon tycktes knappt kunna hålla sig uppe, vi hade alla inte väntat att se så mycken kärlek av henne till sin man.

Klockan slog tolv, då vagnen rullade bort med prosten, och jag smög mig med ned i min kammare; men ehuru trött jag var, hade jag svårt att somna, ty patronens slocknade ögon och förställda drag stod ständigt för mig i inbillningen ävensom jag inte kunde återkomma ifrån min förvåning, att han skulle låta mig läsa dagen förut och förklara sig nöjd med ett testamente, som genom ett senare var helt och hållet ogiltigt.

Den förste jag mötte morgonen därpå berättade mig att patronen var död. Då jag uppkom i stora byggningen, bekräftades det av Anton och den gråtande Laura, som jag fann i matsalen. Just som jag helt bedrövad tänkte vända om ned till kontoret, rullade en schäs fram till trappan och en herre steg ur. Jag igenkände honom genast, det var den gamle doktor Aller, som egentligen var herrskapets husläkare innan de reste utrikes.

Anton mottog honom och berättade honom sin husbondes död. Doktorn, som varit på något sjukbesök i trakten, hade endast ämnat hälsa på och såg helt sorgsen och bestört ut vid den oväntade underrättelsen. Emellertid ville han se sin gamle vän och Anton följde honom till den dödes rum. Även jag följde med, men stannade vid dörren, medan den gamle doktorn gick fram till sängen, under det Anton berättade honom de närmare omständigheterna vid sin herres korta sjukdom.

Doktorn tog med synbar rörelse den dödes hand och sade halvt för sig själv:

'Han har varit död mer än ett dygn.'

'Nej, bevars! Han dog i morse klockan tre. Ännu igår kväll satt han uppe och underskrev sitt testamente', sade Anton.

Doktor Aller vände sig om, spärrade upp ögonen och fixerade Anton; därpå tog han åter likets hand i sin, skakade med mycken bestämdhet på huvudet, men sade ingenting.

Då han åter kommit ned för trappan, kom hennes nåds kammarpiga hastigt springande och bad honom stiga upp till hennes matmor. Doktorn dröjde därinne ganska länge och när han kom ut, såg han mycket allvarsam och tankfull ut.

Emellertid hade de ord jag hörde honom säga i likrummet: "Han har varit död mer än ett dygn", gjort på mig ett outplånligt intryck och gav mig ett ämne till ständigt återkommande grubbel, och ännu idag är jag stundom färdig att tro att han redan var död, då testamentet underskrevs, oaktat jag likväl inte kan neka, att jag såg honom röra sig och hörde honom tala; men jag tänker ännu ibland, liksom jag tänkte då, att det blott var en synvilla, tillställd genom doktor Testas konster, liksom det uppträde jag såg utanför fönstret vid festen."

*　*　*

"Det var ett halvt år efter sedan gamle herrn var död. Klaes, som kommit hem till begravningen och dröjt över julen, var längesedan återrest till Uppsala. Doktor Testa hade även varit borta ett par månader, jag vet inte var, och fruntimmerna hade i anledning av sorgen mottagit mycket litet främmande och gjort endast få besök.

Lauras fästman och hans familj var nästan de enda, som varit här. Vi var i april månad, då doktor Testa en dag helt oförmodat, som jag tror, hemkom åkande i en simpel skjutskärra.

Jag hade under den tid doktorn varit borta njutit av ett välbefinnande, som jag inte kan beskriva. Inte därför att Malins och mitt förhållande till varandra åter blivit vad det en gång var; men hon hade blivit mera fri och vänlig i sitt sätt emot mig, hennes kinder var mindre bleka och hon såg mindre rädd och sjuk ut.

136

Vi satt just vid middagsbordet, då betjänten anmälde doktorns hemkomst. Jag kastade ovillkorligt ögonen på Malin och såg med hjärtat fullt av bittra känslor, hur hon först rodnade som en ros och sedan blev blek som döden.

'Nå det var rätt väl, att doktorn återkommer en gång, och med sitt prat, sina upptåg och sånger ger litet liv åt våra tysta aftonstunder!' utropade Laura helt glad, under det vi sköt stolarna ifrån bordet. Jag mumlade en förbannelse över honom och gick min väg.

Nedkommen hörde jag en piga och en betjänt, som var sysselsatta med att inbära doktorns saker, nämna Malins namn under ett opassande skratt. Jag stannade och hörde dem småskrattande växla några ord om doktor Testa och Malin, som kom mig att rodna av harm. Jag vinkade åt betjänten att följa med mig i mitt rum, och djärv genom den uppbrusande vreden, frågade jag honom, sedan jag stängt dörren, på vad grund han kunde tillåta sig sådana yttranden om någon av sitt herrskap.

Förlägen och rädd svarade han, att Malins och doktorns kärlekshandel var ett allmänt samtalsämne mellan tjänstefolket, och att då vem som helst kunde få se mamsell Malin helt sent om kvällarna i doktorns rum, så trodde han sig ursäktad.

Överväldigad av sorg och vrede, kastade jag mig på min soffa, då jag blev ensam. Så långt var det då kommet. Den arma flickans rykte skulle bli förstört genom denne tvetydige äventyrares konster, ty jag trodde numera verkligen inte på någon kärlek dem emellan, och hennes tant, som skulle vara henne i moders ställe, gynnade och föranledde detta. Förbittrad välvde jag i mitt huvud det ena förslaget orimligare än det andra, men stannade slutligen därvid att tvinga doktorn till en bekännelse om sitt verkliga förhållande till henne och ett löfte att för framtiden lämna henne i fred.

Jag kan inte annat än skratta åt min orimliga dårskap. Jag, en fattig beroende yngling, en tjänare i det hus, där han tydligen utövade det största inflytande! I sanning, då hade mitt första förslag att gå till hennes tant, säga allt vad jag sett och hört och bönfalla hos henne om Malins bortskickande, varit långt klokare, ehuru troligen lika fruktlöst. Emellertid var den fruktan, som jag bar för min matmor, så stor och inrotad ifrån barndomen, att jag föredrog att söka besegra doktorn.

Jag kunde naturligtvis inte föreställa mig annat än att med handkraft skaffa mig gehör; och jag var stor och stark, jag tyckte mig kunna mörda honom, vreden och kärleken gjorde mig förtvivlad. Ruvande på denna tanke, njöt jag redan i förväg av att tillklämma hans strupe. Ungdomen är alltid fallen för sangviniska förhoppningar; vad mig angick glömde jag helt och hållet att, om jag i kroppsstyrka var den spenslige italienaren överlägsen, så var han hundra gånger framför mig i fintlighet och konster. Och jag kan sannerligen inte fatta hur jag kunde glömma detta.

Som det var mig omöjligt att träffa honom ensam, oaktat jag i flera dagar oupphörligt sökte tillfälle därtill, beslöt jag äntligen att gå till honom på hans rum. Den första häftiga vreden hade lämnat rum för ett slags romantiskt hjältemod; jag insåg att jag kanhända för alltid skulle utestänga mig ifrån den familj, som uppfostrat mig och som jag ansåg mig tillhöra; men genom att eftertryckligt skrämma min hatade rival, trodde jag mig i alla fall tjäna den jag älskade. Alltsammans förefaller mig nu högst barnsligt och dumdristigt, men jag var i ett slags exalterad sinnesstämning, som inte tillät någon förnuftig eftertanke.

Nåväl, en afton sedan var och en gått till sina rum, gömde jag mig i förstugan, i stället för att gå ned till mig. Då jag hört porten stängas och allt var tyst i huset, smög jag upp till doktorns rum. Vad jag inte betänkt, men som var högst naturligt, var att nyckeln var urtagen; jag slapp inte in. Jag knackade halvt obeslutsam på dörren, den öppnades genast. Kanhända att min rädda knackning lät doktorn förmoda ett kärare besök! Denna tanke satte mig med ens in i en passande sinnesstämning. Jag steg hastigt in i rummet, slog dörren i lås efter mig och stoppade nyckeln i fickan.

Förundrad över min åsyn, tänkte han alls inte på att hindra mig, och sade blott:

'Vad står på? Har ni något bud ifrån er matmor?'

Jag svarade honom med en i början tämligen lugn förklaring över mitt besök, men mina egna ord ökade min svartsjuka och min vrede, och inom några minuter hade jag överöst honom med ett ordsvall, som borde varit i hans egen smak. Emellertid förblev han fullkomligt lugn och sade slutligen när jag äntligen tystnade:

'Med vad rätt kommer ni hit för att moralisera mig, er matmors gäst och vän?'

'Med den rätt, som kärleken till Malin ger mig.'

'Nåväl, på vad sätt tänker ni förmå mig att respektera denna tvetydiga rätt?'

'På detta sätt!' utropade jag ursinnig över hans försmädliga lugn och störtade över honom.

Doktorn var emellertid även i brottning mera erfaren än jag förmodat, och det fordrades hela min ansträngda kraft för att slutligen fälla honom till golvet. Upphetsad av striden och utan annan tanke än att hämnas Malin, omfattade jag redan hans strupe och skulle kanhända i mitt ursinne strypt honom, om han inte med en förtvivlad ansträngning fått loss sin ena hand, som han förut stuckit in mellan västen och som jag fasttryckte, då jag låg med knäet emot hans bröst.

Hastigt strök han ett par gånger helt sakta över mitt ansikte; det var ett ögonblicks verk, jag kunde inte hindra det och tänkte inte heller därpå.

Ögonblickligt kände jag en iskyla genomlöpa hela min kropp, mina fingrar släppte maktlösa sitt tag, det svartnade för mina ögon, jag kände att jag i min tur kastades till golvet och förlorade med detsamma allt medvetande.

Den första känsla jag därefter kan påminna mig, var den ljuvaste mitt hela långa liv skänkt mig. Ack, för mycket ljuv att vara jordisk, flydde den, på samma gång mitt medvetande återförde mig till jorden. Man talar om att röna en försmak av himlens sällhet; om man verkligen kan tillåta sig ett sådant uttryck, så är det utan tvivel då man vaknar ur en lång sjukdom eller en djup vanmakt, då alla grumliga minnen och passioner flytt, då själen inte ännu känner kroppens band, utan stilla och heligt njuter av dens åsyn och närhet som den älskar, då dess bild speglar sig i vårt öppna öga, för att sprida sin ljuvhet genom hela vår varelse, liksom det gyllne molnet speglar sig i källan och genomdränker dess lugna vatten med sitt guld.

Jag kände varma tårar på mitt ansikte, jag öppnade mina ögon och Malins ögon såg in i mina; jag tänkte och mindes ingenting, jag kände blott hennes närvaro så som man känner solstrålarna en vårdag. Ännu några ögonblick och hon var försvunnen, och minnet, smärtan, verkligheten stod framför mig; jag var fullkomligt vaken och försökte resa mig upp.

'Ligg stilla, kära Jakob', sade min mor, som satt bredvid mig; jag suckade och föll tillbaka emot kudden, under det mina blickar långsamt och mekaniskt överfor mitt tarvliga rum och stannade på några medikamentsflaskor på ett bord vid sängen.

'Ack! Jag tyckte Malin var härinne?' mumlade jag omedvetet och tillslöt ögonen.

'Ja, hon var så också, stackars barn; hon ville se dig ännu en gång innan...'

'Vad? Var det sant? Drömde jag inte? Var hon verkligen här? Åh? Jag minns nu, jag var hos doktorn, berätta mig nu allt; hur har jag kommit hit, säg?'

Jag hade åter rest mig upp, och den arma gumman, förskräckt över min häftighet och ångrande sin egen oförsiktighet, visste inte vad hon skulle svara.

'Det var i natt och nu är det full dager.'

'Det var för tjugo nätter sedan, min stackars gosse, fast du inte haft ett redigt ögonblick sedan dess; men lägg dig nu ned igen, så lovar jag berätta dig vad som passerat sedan dess.'

Alldeles utmattad, med svettpärlorna på pannan föll jag ned igen och fäste så bedjande ögon på min mor, att hon ansåg klokast att hålla sitt löfte.

'Jag var i doktorns rum', började jag själv för att påskynda henne, då hon tycktes besinna sig.

'Ja, herre Gud, det var du visst; jag ville inte nu banna dig, men hur i herrans namn kunde du komma dit mitt i natten?' vidog hon, men fortfor, då hon såg min otålighet: 'Nå, det kan du säga mig när du blir frisk. Jag låg den natten i min djupa sömn, då jag hastigt kände någon ruska på mig och hade så när fått slag av förskräckelse, när jag ser en vit gestalt stå vid min säng; men i detsamma igenkände jag hennes nåd i nattkläder, som mycket brådskande sade till mig:

"Kära fru Svensson, kasta hastigt på sig några kläder och följ med mig." – "Herre Gud", sade jag, "är det hennes nåd, vad står på?" Då berättade hon mig, medan jag klädde på mig helt hastigt, att hon länge hört ett besynnerligt buller ovanpå i doktorns rum, och att det slutligen tyckts, som om någon fallit i golvet.

Du vet, att vi alla är liksom litet rädda för doktorn, och folket tror att han trollar och har "kompakt" med hin håle; det är jag då för upplyst att tro, men i alla fall blev jag litet illa vid och bad hennes nåd att få väcka Anton. Men hon sade, att hon alls inte ville att någon mer än jag skulle följa henne, hon hade inte velat ringa en gång, för att inte väcka någon, utan själv gått ut till mig. Jag kunde inte göra flera invändningar och måste följa med, fastän hjärtat satt mig upp i halsgropen av förskräckelse.

När vi kom upp, så var dörren låst, och det var alldeles tyst innanför, men hennes nåd knackade ändå på, och då doktorn igenkände hennes röst öppnade han slutligen:

Men du min Gud och skapare, vad jag blev bestört, när jag kom in och såg dig ligga utsträckt på golvet såsom död; det var nära att benen svikit mig och jag fallit över dig där du låg. Doktorn hade en handduk lindad om sin ena arm och höll den vilande i andra handen, under det han länge och ivrigt talade med hennes nåd på sådant där språk, som de brukar ibland och som en kristen människa inte kan begripa. Hennes nåd såg mycket ond och förvånad ut, samt vände sig till mig och sade, att du kommit upp och överfallit doktorn, som slutligen lyckats kasta dig i golvet, varvid du förlorat sansningen; men doktorn själv var illa sårad i vänstra armen. Jag tyckte allt detta lät bra besynnerligt; men jag såg nu att det var blodfläckar på golvet, och då vi hjälpte doktorn av med rocken, var hans arm så illa åtgången, att jag tror aldrig den blir annat än ofärdig, ty senorna var alldeles avskurna, tyckte jag. Jag kan ändå inte begripa hur härmed tillgått, ty i rockärmen satt en lång smal kniv, som jag då aldrig sett dig begagna och som doktorn sade var hans egen. Först sedan vi förbundit doktorn efter hur han själv sade och visade oss, fick jag ta hand om dig. Även du var blodig, men jag tror att det var doktorns blod, ty jag kunde inte finna att du fått en enda skråma.

Doktorn gav oss flera små flaskor att låta dig lukta på, men ingenting kunde bringa dig till sans och slutligen måste jag dock väcka Anton, för att hjälpa mig bära dig ned på mitt rum. Att hennes nåd var mycket ond på dig, är säkert; hon sade mig till och med att du skulle lämna huset genast, så snart du återkommit till sans; men som du inte förrän nu varit redig, och tre veckor snart är förgångna sedan denna natt, samt hennes nåd nu fått bröllopen att tänka på, så hoppas jag att hon förlåter dig, så mycket mer som jag genast anade, att denna oreda och olycka hade något avseende på Malin, efter hennes giftermål blev så hastigt beslutat några dar därefter.'

'Malins giftermål? Vad säger ni? Med vem skall hon gifta sig?' utropade jag förvirrad.

'Med doktor Testa. Nå, du måtte väl ha hört vad folket pratat om dem? Jag tycker ändock att det är synd om Malin, för jag kan inte få i mitt huvud, att hon tycker om den svartbruna fulingen. Jag tänkte till och med på hur mycket hon höll av dig i er barndom, när hon nu var inne hos dig och grät så mycket. Det lyser andra gången idag för henne och mamsell Laura; hör du hur klockorna ringer så vackert, det är söndag, men du vet om ingenting, min stackars gosse! Det måtte varit ett hiskligt slag du fått, för du låg hela dagen såsom död och när du vaknade upp, så yrade du och har allt sedan varit sjuk.'

Hon kunde ha talat hur länge som helst, jag tänkte inte mera på att avbryta henne, jag hade ingenting mera att fråga; vad intresserade mig vidare! Min obetänksamhet, min dåraktiga ömhet, som ville gagna Malin, hade utan tvivel i stället framkallat hennes slutliga olycka och skilt oss åt för alltid.

Vad skall jag säga mer; det ligger som ett töcken över mitt minne sedan denna dag, varur endast några scener framskymtar.

Härifrån räknar jag min ålderdom, det tycks mig som jag idag inte är äldre än jag då med ens blev; jag har sedan levt här på samma ställe som ett murmeldjur i dvala; jag har rört mig och handlat som en automat, lydig min matmors vilja och rätt nöjd att aldrig, så länge hon levde, behöva någon egen vilja, tanke eller handling. Det är rätt bekvämt detta liv, då ens hjärta är stelnat.

Besynnerligt nog var den sista kraftyttringen av min vilja, den att besegra kroppens svaghet, för att ännu en gång se den jag älskat.

Jag såg henne vigas vid Testa, vars arm ännu uppehölls av ett band, såg henne blek och maktlös stiga upp i den vagn som bortförde dem, och sedan – sedan såg jag henne aldrig mer.

Det blev ingen fråga om att avskeda mig, jag fruktade det inte mera, men likgiltig för allt stannade jag kvar. Malins namn nämdes aldrig mera, hon var snart glömd av alla och blott i djupet av mitt hjärta levde och lever ännu lika klart hennes bild och hennes minne."

Harolds skugga

”Det givs utan tvivel människor, som är alldeles enkom skapade för stadslivet, som lever i dess buller, kvalm och feberaktiga brådska såsom fisken i vattnet, men vad mig angår, så är jag lika säkert skapad och ämnad att leva i enslighet på landet. Det är i skogens dunkel jag först riktigt känner mig leva, det är först under inandandet av dess friska doft, som själ och tanke får sin spänstighet, sitt verkliga liv.” Så tänkte jag helt högt för mig själv, under det jag vandrade framåt med bössan på axeln under de höga mörkgröna furornas valv en varm och vacker eftermiddag i augusti, och lät mina tjusta och drömmande blickar smekas av den gröna mattan under mina fötter och den ljusblå himlen med sina små silvermoln uppöver mig.

Jag hade också för endast åtta dagar sedan återkommit till Sverige och mitt älskade hem.

Halvkvävd av dammet, uttröttad av bullret och bråket i Paris, gav jag vika för den längtan efter våra svala, friska skogar, som förtärde mig, och flydde med de sista förtorkade löven på boulevardernas träd; så mycket mera som jag med varje dag kände mig av hemsjukan bli alltmera grälaktig, obehaglig och stötande för de älskvärda vänner jag förvärvat i denna Europas huvudstad, där jag ämnat att dröja mycket längre.

”Härliga, tjusande nordiska natur! ... Gudomliga känsla av hemmets företräden! ...” deklamerade jag högt i utbrottet av den fulla, glada livskraften inom mig, men fortfor strax därpå helt prosaiskt med lägre röst: ”Det var fan vad jag är törstig!”

Det var också en ovanlig värme och jag hade gått långt. Jag såg mig omkring, det fanns ingen källa, inte ens en pöl i närheten och jag beslöt att gå ut till landsvägen, som jag borde ha tämligen nära till höger om mig, och sedan söka upp T–s gästgivaregård, som inte kunde vara långt borta.

En halv timme därefter hade jag också hunnit dit. Den otrevliga gården, med sitt uppkörda mjöllika damm, sitt halmboss och sina förtroliga svin, samt själva byggningens solstekta och ruskiga utseende syntes mig visst inte inbjudande, men man borde väl finna något att släcka törsten med därinne, och jag övervann min tvekan och gick in, i det jag helt tankspridd kastade ögonen på en tom resvagn, som stod utanför dörren.

En jungfru, bärande en bricka med glas och buteljer, mötte mig genast i förstugan. Jag kunde inte önska mig bättre och utropade helt förtjust:

"Ack, det var skönt, ta hit, min vän!" Men hon skyndade förbi mig uppför en skral och brant trappa, under försäkran att två herrar väntade däruppe på henne, och att jag strax skulle få allt vad jag ville, om jag följde henne och väntade ett ögonblick.

Hon pekade på en dörr bredvid den, där hon själv ingick, och jag hade intet annat val än att gå in och invänta det utlovade ögonblicket.

Förargad att på en gång stöta foten emot den höga tröskeln och huvudet emot den låga dörrkarmen, störtade jag in med en alldeles ofrivillig fart över det sneda sluttande golvet ända fram till ett bord, som endast hade tre ben, och stödde sig emot väggen för att kunna stå. Bordet ramlade nu över ända, och i min orättvisa harm gav jag det ytterligare en spark, under det jag helt varsamt satte mig ned på en stol, vars ryggstöd, oaktat min försiktighet, genast föll ned på golvet.

"Eländiga kyffe", mumlade jag, överväldigad av den uppbrusande vrede, som dylika löjliga småsaker ofta uppväcker, och stötte med detsamma, för att minska hettan därinne, upp det lilla smutsiga fönstret, där en svärm av stora flugor surrade om varandra.

Det blev emellertid ett mycket långt "ögonblick" att vänta, och jag ämnade gå ut igen för att uppsöka min förrädiska Hebe,[1] då några ord, uttalade helt högt i rummet nästintill, kom mig att stanna.

Det var det utomordentliga välljudet i den röst jag hörde, som frapperade mig och lät mig helt och hållet glömma orden.

Jag lutade mig ofrivilligt ned emot den otäta dörren, och hörde nu en hes basstämma med ett komiskt uttryck besvara de ord, som nyss väckt min uppmärksamhet.

"Hur kan du säga något så dumt, i samma ögonblick som du ser *mig* framför dig... Du har känt mig sedan min barndom, och, ehuru lyckan varit ganska njugg emot mig, så trotsar jag dig att någonsin ha sett mig annat än belåten och nöjd; och det endast därför att jag inte, såsom du, tråkat och gjort mig något onödigt omak. Världen är sådan man tar den, min bror, och sällheten är visst ingen dröm, som du säger."

"Just du, min kära Thure, syns mig likväl vara ett bevis därför", återtog den klangfulla rösten skrattande, "ty hela din levnad är en oavbruten sömn, och som du troligen aldrig vaknar, så har du förträffliga garantier för varaktigheten av din sällhetsdröm."

"Mjuka tjänare, jag anar att du med det där vill säga mig en malice, men det rör mig föga. Du är rik, du är lärd, efter vad man påstår, ty själv förstår jag inte dylikt, och ändå vill jag inte byta med dig, ty med alltsammans är du en förbannat olycklig

1 Grekisk mytologi, gudinna som serverade Olympens gudar magisk dryck som höll dem evigt unga.

galning, som aldrig har någon ro, som tror på ingenting, njuter av ingenting och har fördömt ledsamt, utan att räkna alla de fiender du gjort dig, då jag däremot är nöjd med mig själv och med hela världen och vän med alla människor."

"Du har rätt. Jag är inte lycklig", inföll den första stämman med ett lågt och sorgset uttryck.

"Och det endast genom dina dumma känslor", återtog basstämman, docerande. "Jag lider aldrig av dylikt; jag är egoistisk; lat, tanklös och har en högst medelmåttig portion av förstånd och människokärlek, och likväl anses jag för en högst aktningsvärd karl, då du däremot, som är eller åtminstone varit en entusiast för dygd och rättvisa och dylika högtravande barnsligheter, du har, så vitt jag vet, ingen enda vän utom mig, och ditt rykte såsom hederlig karl är ganska tvetydigt; också uppför du dig i sanning bra besynnerligt: den ena tiden av året uppträder du i världen på ett sätt, som rätt ofta ådrar dig obehagligheter av allvarsam art, och den andra tiden försvinner du, såsom om jorden uppslukade dig med hull och hår."

"Det är sant, och som tiden för mitt *försvinnande* just nu inträffar, så tror jag vi söker att påskynda den långsamma hållkarlen", avbröt den melodiska rösten skämtsamt.

Jag hörde de båda herrarna därinne resa sig upp och samtalet avbröts.

Just i detsamma nådde bullret av vagnshjul mina öron. Jag närmade mig det öppna fönstret och såg en dålig bondvagn, fullpackad av illa klädda personer av båda könen. En gevaldiger med vaxduksmössa och sabel mellan knäna satt bakom på det sista sätet och visade mig att det var en transport av fångar, som stannat på gården.

De båda herrarna, vilkas röster jag hört, hade i detsamma kommit ned i porten, och, nyfiken att se hur dessa bägge resande, vilkas karaktäristik jag nyss åhört, såg ut, drog jag mina blickar genast ifrån de nyss ankomna.

Jag kunde inte ett ögonblick tvivla på att basstämman tillhörde *den*, som nu närmade sig resvagnen. Det var en fet, rödlätt karl om trettiofem eller fyrtio år, med glest, ljust hår, tunna röda mustascher och ett oföränderligt drag av belåtenhet, godlynthet och flegma på sitt skinande ansikte. Han var klädd i en fullständig dräkt av nankin och hans utstående ljusblå ögon var försedda med blå glasögon.

Hans kamrat motsvarade däremot inte alls den föreställning jag redan fattat om honom. Han tycktes vara emellan fyrtio och femtio år, med en mager och spenslig kroppsbyggnad. Hans djupt liggande ögon, som satt ovanligt nära varandra, gulbruna hy och blåsvarta, mycket kortklippta hår, som högt uppringat vid tinningarna liknade en kalott av svart schagg, gjorde honom ingenting mindre än behaglig.

Hur hade denna milda, ungdomliga och klangfulla röst, som jag beundrat, kunnat utgå ifrån dessa tunna, hårda läppar, överskuggade av korta, styva, sotsvarta mustascher! Jag väntade att få se en tredje person utkomma, ty omöjligt kunde denna hårda, torra, gamla man ha ägt en så musikalisk stämma.

Det var likväl så, ty nu yttrade han några ord till sin reskamrat, och ehuru jag inte uppfattade vad han sade, igenkände jag likväl hans röst. De båda herrarna tycktes med synnerlig uppmärksamhet betrakta den nyss ankomna vagnen, och jag följde ovillkorligen riktningen av deras blickar.

Gevaldigern och skjutsbonden hade stigit ned från vagnen, och på dess baksäte satt nu ensam en mager, gulblek trashank, vars dumma och slöa blick tycktes utvisa att hans belägenhet inte särdeles generade honom. Det främsta sätet däremot intogs av en stor och utomordentligt grovlemmad karl, vars nya kläder var, såsom det tycktes, genom hans egen eller andras våldsamhet, på flera ställen sönderslitna, hans ena axel var naken, och den tämligen rena skjortan var blodig. Hans korta och tjocka hals, hans stora huvud, som saknade all annan betäckning än ett lurvigt svart hår som i oordning nedföll över hans låga panna, och varigenom hans inflammerade, oroliga och ilskna ögon framlyste, hans vilda och kraftfulla drag, hans herkuliska växt, allt ingav mig samma hemska intresse, som han tycktes ha väckt hos de båda resande.

Det var ett obestämt obehag, ett ofrivilligt medlidande jag kände vid hans åsyn; ty en stor moralisk eller fysisk kraft som är kuvad, väcker ofta i första ögonblicket, innan man hunnit reflektera över nyttan eller nödvändigheten därav, en instinktlik känsla av ovilja och medlidande.

Åtminstone tyckte jag mig finna i den äldre av de båda herrarnas ansikte någonting, som liknade dessa känslor, då hans svarta ögon vilade på den fångna och vanmäktiga tigern i vagnen.

Den feta herrn däremot tycktes helt och hållet upptagen av att betrakta den tredje innehavaren av det obekväma sätet i fångvagnen, och pekande med käppen sade han leende och helt högt:

"I sanning, man behöver intet bättre bevis på att rättvisan är blind, än då man ser en sådan varelse placerad på en fångkärra, och till på köpet mitt i armarna på en dylik galgkandidat."

Och jag gav inom mig den jovialiske herrn rätt, ty den varelse, som nästan låg i armarna på sin förfärliga granne, var en ung kvinna eller rättare ett barn om femton eller sexton år, vars huvud, vilande emot hans bröst, utgjorde den skarpaste kontrast till hennes beskyddares.

Hennes ansiktes fina oval, hennes rena panna, de långa svarta ögonhåren, som skuggade en kind, vars djupa blekhet sken igenom den jämna gulaktiga hyn, och de fina röda halvöppnade läpparna förenade sig att göra henne till det mest behagliga föremål jag någonsin skådat, ett föremål, vars skönhet och ömtålighet syntes ännu mera utmärkt genom dess avskyvärda omgivning. Hennes ljusbruna hår, fint och lent såsom silke, hängde hoptrasslat ned över hennes välbildade nacke och hals, som ofullständigt skyldes av en grov halsduk, vars snibbar den fångne mannen sökte sammanhålla under det järn, som fängslade hans båda händer.

Flickan hade slagit sina armar omkring hans kolossala liv, och höll sig fast med sina små magra solbrända händer i hans vadmalsjacka, och sov så djupt och lugnt som om hon legat i sin mors famn.

I detsamma kom gevaldigern och hållkarlen fram med nya hästar. Den förre, en kort och tjockhalsad karl, med en obehaglig uppsyn, gick fram till vagnen och sade med en ton av gäckeri och övermod, i det han slog fången tämligen hårt i huvudet med skaftet av den läderpiska han höll i handen:

"Nå, min gubbe, har du hunnit skaka ilskan ur dig ännu? Va' sa'?"

Den tilltalade vände inte på sig och kastade endast en blick av hat och vanmäktigt raseri på sin retsamme fiende.

"De känns väl de här armbanden, förmodar jag", fortfor gevaldigern, i det han undersökte järnet, som omgav fångens handleder, och lyfte på kedjan, som hängde ned därifrån, och var fäst i det trästycke, vari hans fötter var fastsatta, varvid han tämligen omilt stötte undan den sovande flickan.

Hon vaknade likväl inte; endast ett drag av smärta sammandrog hennes fina ögonbryn, och hennes huvud föll tungt tillbaka på sin förra plats.

Men hennes herkuliska beskyddare, vars vrede inte längre tycktes kunna undertryckas, gav i detsamma den nedlutade gevaldigern en knuff för bröstet, som, ehuru den syntes ganska lindrig, kom denne att ragla ett par steg baklänges.

Rodnande av harm och under en ström av ovett och förbannelser, störtade han åter fram och gav fången ett slag i ansiktet med flatsidan av den sabel han bar vid sidan.

Ett brett, blårött märke flammade upp i den slagnes ansikte; raseriet, som tydligen sedan en stund sjudit inom honom, var bragt till sin höjd; i ett nu kastade han den yrvakna flickan ifrån sig ned på marken, reste sig upp i vagnen, som brakade under hans tyngd och tycktes vilja falla över ända med den resliga gestalten, som blott en sekund stod upprätt däri, i den nästa hade han hoppat ned och kastat sig över den häpna gevaldigern, som nästan krossades under hans tunga kropp.

Allt detta hade skett inom några ögonblick. De förskräckta skjutsbönderna och hållkarlen stod i en flock och betraktade uppträdet med gapande munnar och uppspärrade ögon, utan att röra sig ur fläcken, och intet tvivel fanns att den beväpnade och fria fångföraren skulle duka under för denna fängslade man, som med sitt av raseri och ansträngning vanställda ansikte, sina blodsprängda ögon och fradgade läppar mer liknade ett vilddjur än en människa.

Hela denna scen, upplyst av den blekgrå och kalla färgton, som en himmel full av åskmoln ger åt föremålen, och framställd på skådeplatsen av den otrevliga gästgivaregården, bland svin och gödselhögar, föreföll mig lika hemsk och upprörande som vämjelig.

De båda stridande, som tysta och ursinniga endast flåsade och stånkade som djur och uppsparkade ett moln av damm och jord omkring sig, och den stackars förskrämda flickan, som, nedsjunken på knä bredvid vagnen, höll händerna över ögonen för att inte se vad som föregick, luftens kvävande stillhet och himlen som, mörk och hotande, tycktes sjunka allt djupare och djupare ned för att i sina tjocka molnfläckar skyla människornas skam och förnedring, alltsammans hopade sig att liksom betaga mig rörelseförmågan och andedräkten, där jag stod uppe i fönstret, ett tyst och obemärkt vittne till scenen nedanför.

Den stackars fångföraren skulle ofelbart med sitt liv fått plikta för sin kitslighet, om inte den resande med mörka håret skyndat fram och i samma ögonblick, som fångens båda hoplänkade knytnävar, dubbelt fruktansvärda genom att den lösryckta kedjan höjdes över gevaldigerns huvud, fattat den ursinnige bakifrån i kragen och därigenom brutit de förbluffade böndernas förtrollning och givit dem signal till anfall.

Tio eller tolv piskor, käppar och andra tillfälliga vapen höjdes över den olyckliges huvud, och likväl tycktes den lugna och milda blick, som från den resandes mörka ögon strålade rakt in i den uppretade mannens, förlama och förbrylla honom mer, än hela denna hop av ivriga angripare, och ge den halvt ihjälklämda gevaldigern tid att komma på fötter igen.

Jag såg den resande tyst dra sig tillbaka, utan att fången sökte hindra honom, och strax därefter den uppretade mannens arm blodig nedsjunka för ett hugg av gevaldigerns sabel, och bönderna, i sin uppväckta iver och dumma grymhet, fortfor ännu att slå och knuffa den redan övervunne och bundne mannen, som, nedsölad av blod, svett och damm, kastades på botten av vagnen.

Den unga flickan, som inte rört sig ur stället och inte yttrat ett ljud, rycktes upp från marken av den vredgade fångföraren, sattes upp på sätet bredvid honom, och under böndernas svordomar, prat och skrik rullade vagnen bort i ett moln av damm.

De båda resandes hästar hade nu också anlänt och blivit förspända, den ljushårige herrn satt redan i vagnen insvept i en uniformskappa, rökande sin cigarr och betraktande den åskdigra himlen med bekymrade blickar, under det att hans kamrat med ett sällsamt uttryck lutade sig emot vagnsdynorna, liksom han lidit av ett häftigt illamående; han var blek ända till likfärg, hans läppar darrade spasmodiskt och han syntes nära att svimma, hela hans utseende var så förändrat att jag skulle haft svårt att igenkänna honom såsom samma trotsiga, hårda och kalla man jag nyss sett utkomma från gästgivaregården.

I detsamma for vagnen därifrån, men detta ansikte med sitt växlande och stridiga uttryck, sina hemlighetsfulla ögon och sitt korta hår, som inte gav det någon skugga, inpräglade sig i mitt minne för att aldrig lämna det.

”Det var näcken te argsinter krabat”, utbrast den bonden, vars flämtande hästar nyss spänts ifrån fångskjutsen, och som själv måst deltaga i striden.

"Ja, nog såg han ut till som han gjort gärningen; men så fick han också så mycket han tålde", inföll hållkarlen, seende efter de båda vagnarna, som nu försvann bakom skogen.

"Åh, det var för ofantligt vad han fick stryk. Men tro han kände det mer än stallväggen därborta?" återtog den andre, i det han, mindre yr och upprymd av slagsmålet än de andra, som ännu pratade och svor om varann, torkade sina hästar tanklöst och drumligt mitt i ögonen med det styva hårtäcket, som han upptagit från marken.

I detsamma öppnades dörren till min kammare, jag vände mig om ifrån fönstret och såg nu äntligen flickan inträda med det utlovade sockerdrickat, under många ursäkter för det hon "alldeles glömt bort herrn".

Jag hade nämligen själv glömt både henne och min häftiga törst, under intresset för det uppträde, som nyss ägt rum, och ursäktade henne därför helt beskedligt.

"Vet du vad han heter och vad han gjort, den där vildsinta fången?" frågade jag nyfiket.

"Ah, de kallar honom Stora Jan, men han heter egentligen Jan Kyller", svarade flickan. "Gevaldigern, som var inne för att få en sup att svalka sig med, sade att han under vägen så illa slagit den fångföraren, som först for av med honom, att han därför måste sitta fängslad så där."

"Men den unga flickan, som var med?"

"Ja, se hon skulle visst vara hans dotter eller syster, och gevaldigern trodde att hon var oskyldig, men Stora Jan påstod att hon också varit med att bryta sig in hos prästens, och då tog de henne med så länge, för hon hängde fast vid far sin som en kardborre på en bagge."

"Kan du nu skaffa mig en häst och en vagn så fort som möjligt, ty det ser ut att bli regn och jag är verkligen för trött att gå hem", avbröt jag, som såg himlen mörkna allt mer och mer och fruktade ett åskväder efter den heta och kvalmiga dagen.

"Ja bevars! Gästgivarens trilla och häst går nog än att få; jag tycker just att herrn ser bra trött och dammig ut. Jag kan inte begripa varför herrn går till fots i värmen, när han kan få åka", fortfor hon helt förtroligt och vänskapligt.

Som jag misströstade att kunna förklara den saken för henne, bad jag i stället henne skynda sig att tillsäga om hästen och strax återkomma med dagboken.

Jag ville se vilka de båda herrarna var, vilka jag nyss sett bortfara.

"Löjtnant Thure Linz och herr Harold" läste jag då flickan återkom.

Herr Harold, det var således namnet på den bleka främlingen, vars utseende och röst i så hög grad hade väckt mitt intresse.

Jag hade i detta ögonblick velat ge bra mycket för att veta något mera om honom än detta enstaka, intetsägande namn. Jag kunde inte själv förklara den sällsamma nyfikenhet, som intagit mig, och helt förtretad suckade jag: "Troligen skall jag aldrig mer återse varken honom eller hans visa och flegmatiska vän, den självbelåtna feta löjtnanten." En kvarts timma därefter satt jag i vagnen för att möjligen kunna hinna hem innan natten.

Det var emellertid inte mitt öde att hinna hem denna natt och att inte ens förrän långt efter midnatt finna tak över huvudet.

Jag hade över tre mil till mitt hem och borde passera ännu en gästgivaregård. Då vi hunnit ungefär halvägs till denna, gick vagnsaxeln tvärt av; vi färdades utför en backe och både skjutsgossen och jag var nära att bryta halsen av oss, då vi helt oväntat kom på huvudet i diket.

Vad var att göra? Klockan var åtta på kvällen och stora enstaka regndroppar började nu falla. Den stackars pojken, som först var alldeles tröstlös och yr av fallet, lugnades äntligen och tillbjöd sig rida tillbaka efter en annan vagn, men som jag gående kunde hinna lika fort till nästa gästgivaregård, så bad jag honom inte vidare bekymra sig om mig, utan föra vagnen tillbaka till en smedja, som vi kort förut passerat, och lämna honom där.

Jag fick således fortsätta vägen till fots i mörkret genom skogen, som hela detta skjutshåll var ovanligt djup och vild, och detta hade inte varit särdeles anmärkningsvärt, om inte regnet tilltagit allt mer och mer och gjort min nattliga promenad allt annat än behaglig.

Jag såg mig omkring efter något skydd, ty regnet strömmade nu ned och förvandlade landsvägen till en fullkomlig sandvälling, där vattenbäckarna korsade varandra. Gossen med vagnen var redan försvunnen för längesedan. Jag skyndade framåt, halkande i slasket, och, då jag vid vägens krökning såg framför mig, alldeles vid vägkanten, två stora täta enbuskar, förenade till en enda rundsvarvad pyramid, med en tillräcklig öppning emellan sig för att kunna rymma en människa, tog jag hastigt mitt parti att söka skydd därinne och kröp ihop på marken som en igelkott.

Då jag väl satt mig i ordning under mitt provisoriska tak, upptäckte jag att en vagn stannat helt nära kanten av vägen strax bredvid busken där jag låg. Jag hade inte givit akt därpå i min brådska att undkomma störtregnet, och, då jag nogare betraktade den, trodde jag mig igenkänna att det var de båda resande herrarnas, som jag för en timme sedan sett på gästgivaregården.

Jag bedrog mig inte, ty till min innerliga glädje såg jag ögonblicket därefter löjtnant Thures godmodiga fysionomi titta ut från den uppslagna suffletten.

Jag säger till min glädje, ehuru jag inte kan ge det ringaste skäl till den belåtenhet jag kände, som likväl var så stor att jag lyckönskade mig till det missöde, som bragt mig att söka skydd i enbusken. Det vissa är, att man stundom behärskas av intryck, som är lika så svävande, oklara och obegripliga för oss själva, som de är starka och gripande. Jag hade med en slags sällsam instinkt fattat aningen om en hemlighet, ett äventyr, förenat med denne främling, och min fantasi följde omedvetet den magnetiska och fängslande kraften av denna aning, liksom jakthunden ofrivilligt och blint följer villebrådets spår, som hans väderkorn upptäckt.

”Jag försäkrar dig att det endast var åskan, som jag länge hört mullra”, sade löjtnanten, då han tittat ut, liksom till svar på någon fråga eller förmodan av hans kamrat inne i vagnen.

”Nej, hör du inte nu igen? Det är inte åskan”, sade i detsamma den andre resanden, och jag såg Harolds magra, gulbleka ansikte hastigt skymta fram mellan de nedsläppta lädergardinerna.

”Jag hör ingenting annat än suset i grantopparna och regnets plaskande”, återtog Thure med en skymt av otålighet i rösten. ”Hur länge vill du att vi skall sitta här och lyssna därpå?”

”Då är du också döv. Det är ju rop, såsom av människor i någon fara”, fortfor Harold och reste sig med häftighet upp i vagnen, lyssnande med örat vänt emot vinden.

”Ja, på min ära, jag tror du har rätt, jag hörde verkligen något buller”, sade Thure uppmärksam, och i själva verket hörde även jag nu, då jag lyssnade, ljud, som liknade otydliga rop och svordomar av flera människor, ehuru på långt avstånd.

Regnet fortfor ännu, ehuru mindre häftigt, och som skogen omgav oss runtomkring, var skymningen så djup att, även om jag velat lämna mitt gömställe, jag inte kunnat upptäcka vad som tycktes passera så långt därifrån.

Den enda fria plats jag kunde upptäcka på andra sidan i skogen var en stor sandgrop, där den tunna undergrävda jordskorpan på flera ställen var nedrasad och i fallet hade blottat en mängd trädrötter och stubbar, vilkas fantastiska former såg sällsamma ut i skymningen.

”Fördöme mig, tror jag inte att ropen närmar sig. Det felas bara att vi skulle bli kallade till vittnen i något bondgräl. Det är som jag sagt: om man nödvändigt vill skaffa sig mödor och obehag, så bör man bege sig ut att resa”, knotade löjtnanten.

En blixt, så klar att den tycktes sätta hela himlen i låga, avbröt honom i detsamma och en knall, som kom hästarna att segna ned till jorden av förskräckelse, brakade genom skogen och upprepades av ekot. I samma ögonblick lossnade en stor sten, som hängt fast vid kanten av sandgropen, och rullade, följd av en mängd sand och småsten, ända ned till diket vid landsvägen.

De små skjutshästarna, alldeles bedövade av åskan, ryckte endast på sig till tecken av sin förskräckelse.

”Men se! Vad är det som flyger där?” utropade kusken med häpen röst i detsamma och pekade med piskan uppåt skogen.

De båda herrarna i vagnen och även jag vände på samma gång våra ögon dithåt, men mörkret tillät inte att urskilja annat än att något syntes röra sig uppe vid kanten av gropen, på samma ställe där stenen lossnat.

En ny blixt upplyste för en sekund trakten runt omkring, och jag såg nu ett vitt, oredigt föremål, varom jag inte kunde fatta något begrepp, som tycktes sväva i luften över bråddjupet.

Harold hoppade i detsamma ned från vagnen, vars dörr han slog igen efter sig.

"Ämnar du gå att förvilla dig i skogen, så får vi väl sitta här hela natten", sade Thure förtretad.

"Jag vill endast se vad det är, jag kommer strax tillbaka", sade hastigt Harold, som redan steg över det forsande diket för att gå omkring gropen och komma upp på höjden, där det sällsamma föremålet för vår gemensamma nyfikenhet ännu syntes skymta i halvmörkret.

"Kanhända jag skall följa dig?" ropade löjtnanten och stack ut huvudet igenom vagnsgardinerna, men liksom flat över sin egen ovanliga propos, drog han sig genast, utan att vänta på svar, in i vagnen igen och beredde sig på att med tålamod vänta på utgången av sin väns äventyr.

Åskan, som dragit längre bort, hördes emellertid ännu, och efter långa mellanstunder lyste det bleka och osäkra skenet av avlägsna blixtar. De rop som hörts hade helt och hållet upphört, och endast regnets smattrande emot grenarna störde tystnaden i skogen.

Några minuter förgick och kusken, vars mössa och kappa dröp av vatten, vände sig inåt vagnen och sade med bekymrad ton: "Det var märkvärdigt vad herrn dröjer länge, tycker inte löjtnanten det?"

"Åhja! Är han inte igenkommen ännu?" frågade Thure, som tydligen fallit in i en liten slummer och nu väcktes av kuskens ord. "Det regnar ännu, ser jag", fortfor han gäspande, "fördöme mig om jag begriper hur man kan vilja gå omkring och kliva i mörkret bland stubbar och ris, riskera att bryta benen av sig i denna otillgängliga mark och bli våt om fötterna, som är det ohälsosammaste och obehagligaste i världen, och detta allt för det att en sten rullar ned i en grop."

"Men jag tycker det vore bäst att jag gick och sökte rätt på herrn, jag fruktar han råkat i någon olycka", återtog den gamle kusken. "Jag tordes ingenting säga när han gick, men jag är nästan säker, att det där spöket vi såg där uppe inte var något annat än skogsrået eller sådant där sattyg, som alltid hålls i skogen och syns i åskväder."

"Du är ett nöt, min kära Berglund", sade löjtnanten, helt lakoniskt avbrytande hans prat, "och vad det angår att gå och söka din herre, så tjänar det till ingenting; för det första skulle jag då få hålla hästarna, som nu tröttnat att stå stilla, och sedan så skulle du inte finna honom, utan endast förvilla dig själv och låta oss vänta även på dig."

Berglund mumlade någonting, som säkert inte var smickrande för löjtnanten, drog ned sin mössa och ruskade av sig regnet.

Båda förblev tysta några minuter och löjtnanten ämnade åter överlämna sig åt sin böjelse för halvslummer, då han väcktes av en blixt, klarare än de föregående, vid vars sken jag tyckte mig se Harolds resliga gestalt lutad över bråddjupet, på vilket jag alltjämt hållit mina ögon riktade.

I nästa ögonblick var allt åter insvept i mörker, så mycket ogenomträngligare som jag ännu var bländad av det starka skenet.

Jag hörde emellertid en mängd sten och grus rasa utför branten i flera repriser, samt ett buller såsom av avbrutna trädgrenar och slutligen ett kort genomträngande skrik och därefter var allt tyst.

Jag lyssnade ångestfullt och beredde mig nu i min ordning att lämna mitt göm-ställe, för att uppträda såsom handlande person i den mystiska scen, som troligen spelades där borta bakom granarnas täta och mörka kulisser.

Till och med löjtnanten stack fram sitt huvud med ett uttryck av oro, och Berglund, vars kärlek till sin herre, nu då han trodde honom i verklig fara, övervann hans klena mod, steg ned ifrån kuskbocken.

”Ja, nu skall jag säga att löjtnanten får svara för sig själv, men jag kan inte sitta här och låta min herre mördas”, sade han beslutsamt och närmade sig vagnsdörren, liksom i hopp att få Thures sällskap.

”Hör på, kära Berglund”, sade denne, sedan han besinnat sig ett ögonblick, ”det var tydligen inte din herres röst vi hörde; efter min övertygelse var det en gris eller en barnunge som skrek så där otäckt; en karl piper inte på det viset. Jag stannar där jag är, men gå du, om du behagar, jag åtar mig att hålla hästarna.”

”Nå, det besväret är måttligt efter de står som stolpar”, mumlade Berglund, tog ett raskt beslut och hoppade över diket, som skilde landsvägen ifrån skogen, och, under oupphörligt ropande av sin herres namn, klättrade över stubbar och stenar fram åt det håll varifrån skriket hörts.

Som löjtnant Thures ansikte ännu syntes utom vagnen i det hans blickar följde den försvinnande kusken, dröjde jag att avlägsna mig, för att inte väcka hans för-våning och misstankar genom åsynen av min genomblötta figur, framkrypande ur busken.

Jag hann emellertid inte komma ur fläcken, ty just som jag ämnade resa mig upp, hördes tunga steg på landsvägen bakom mig, och jag såg en person långsamt och med ansträngning nalkas, bärande på armarna någonting, vars tyngd tycktes alldeles utmattat honom.

Det var först då han kommit alldeles intill vägkanten där jag låg, som jag igen-kände Harold, som nu helt varsamt nedlade sin börda på vägen och stödde sig själv ett ögonblick emot vagnen.

”Kommer du då äntligen! Jag började tro att du gått vilse i skogen. Men vad fan för du med dig? En säck, tror jag... du är ju alldeles utmattad”, sade löjtnanten för-vånad och deltagande.

”Tyst”, svarade Harold, som hämtat sig och såg sig uppmärksamt omkring. ”Var är Berglund? Jag ser inte till honom.”

”Han gick att söka dig.”

”Så mycket bättre. Stig ur, Thure, och hjälp mig att lyfta detta upp i vagnen.”

”Upp i vagnen? Var tusan tänker du att det skall få rum?”

”Jag tänker be dig ta plats bredvid Berglund.”

”Hör på, Harold”, började löjtnanten i patetisk ton, ”ehuru man sitter förbannat illa på kuskbocken, ty där är intet ryggstöd, så skulle jag likväl...”

”Kära Thure, spara alla anmärkningar, jag ber dig därom, ty vi har inte tid att resonera. Jag vill komma in i vagnen med min börda innan Berglund kommer tillbaka; vill du hjälpa mig eller ej?”

Dessa ord uttalades i en ton, som inte tålde någon tvekan. Löjtnanten suckade och klev makligt ur, sedan hans vän öppnat vagnsdörren och slagit ned fotsteget för honom.

Harold hade redan åter till hälften upplyft det föremål han burit, då Thure nalkades och ämnade hjälpa honom, men studsade i detsamma ett steg tillbaka och utropade med verkligt deltagande: ”Min Gud, Harold, du är sårad, du blöder, ditt ansikte är blodigt, vad har då hänt?”

”Tyst då, och hjälp mig i stället! Vi är ju mitt på landsvägen, här kan komma folk och jag vill inte ge anledning till uppseende och spektakel; du ser ju dessutom att jag mår väl.”

Löjtnanten tycktes finna att det inte var värt att fråga vidare, han böjde sig ned och tog tag i denna hemlighetsfulla börda, som väckte även min nyfikenhet, men träffad av ännu en överraskning, släppte han den hastigt och sade med ett uttryck av ovilja och förskräckelse:

”Vad i himlens namn är detta? En människa! Ett lik insvept i din kappa och denna kappa är nedsölad av smuts och blod. Vad har hänt? Tala! Säg, Harold! Dina begrepp om brott har alltid varit besynnerliga... skulle du? ...”

”Tyst då för djävulen, din galning, du skriker som du vore besatt och jag ber dig ju vara tyst. Där har vi nu Berglund, jag hör hans röst”, sade Harold i harmsen och brådskande ton, under det han med ansträngning fattade det insvepta föremålet, som verkligen föreföll mig såsom ett lik, och lyfte det ensam upp i vagnen, där det nedsjönk stelt och orörligt på botten och steg själv upp efter, i det han höll näsduken för sitt ansikte, som i själva verket var blekt och vanställt av blod.

I detsamma syntes Berglund vid skogskanten och ropade redan på avstånd med bekymrad röst: ”Är inte herr Harold återkommen?”

”Jo bevars, jag sitter redan i vagnen, skynda dig blott”, svarade Harold, men hans röst, vars melodiska klang jag förut beundrat, var nu matt och upprörd.

”Antingen är detta ett brott eller en galenskap”, mumlade löjtnanten, under det han med resignation uppsteg på sin anvisade plats, och jag instämde nästan i hans mening, där jag låg och bespejade hela uppträdet.

"Kors, ska' löjtnanten sitta här?" sade kusken förvånad, under det han fattade tömmarna och piskan för att väcka upp de nästan insomnade skjutshästarna.

"Ja, herr Harold har råkat ut för ett litet äventyr i skogen, han är trött och vill sträcka ut sig för att kunna sova", svarade löjtnanten med mycket allvar.

"Vi kommer inte att stanna i Jönköping i natt såsom det var ämnat, utan fortsätta resan tills vi skiljs åt vid Artala. Ursäkta mig, kära Thure, och väck mig inte när vi byter om hästar vid gästgivaregården", sade Harold.

Gardinerna drogs igen och vagnen rullade bort.

Jag satt kvar ännu i några minuter, funderande på det äventyr jag så oförmodat bevittnat. Skulle jag någonsin få förklaring däröver? Jag hoppades det verkligen, hur orimligt det än kunde synas, genom min sällsamma tur och förmåga att "förstå endels och profetera endels", [1] alldeles som den helige Paulus.

Två timmar därefter kom jag, genomvåt och uttröttad, fram till gästgivaregården, vilken de resande redan för längesedan passerat.

Man hade där inte sett någon annan än löjtnanten, som betalt dubbla skjutspenningar för att få hästar genast under natten.

*   *   *

Två år förflöt utan att jag fick den ringaste påminnelse eller förklaring på den händelse, vartill jag osedd varit vittne den där regniga kvällen i skogen. Den tillfällighet varpå jag hoppats, och som fantaster sällan behöver sakna, tycktes inte vilja infinna sig. Jag hade nästan glömt mitt äventyr och endast någon gång i ensliga skymningsstunder skymtade den mörka främlingens sällsamma ansikte fram ur den dunkla bakgrunden av mitt minne.

Det var emot sensommaren, ungefär vid samma tid som jag för två år sedan hade befunnit mig på T–s gästgivaregård, då jag en afton vandrade framåt en liten skogsstig i en alldeles okänd trakt, i varje ögonblick väntande att möta en skogvaktare, som borde ledsaga mig till sin stuga, där jag skulle bo under några dagars förrättning i den skog, där jag nu befann mig.

Jag hade lämnat min vagn vid ett ställe, dit vägen ännu var farbar och hade nu gått till fots ett långt stycke, allt för långt till och med, ty det började redan skymma och ingen skogvaktare syntes till.

Jag såg mig omkring; den omgivande skogens vildhet och enslighet förtjuste mig, på samma gång jag inte utan en obehaglig känsla övertygades att jag gått alldeles vilse och troligen längesedan passerat den utsatta mötesplatsen. Den lilla stig, jag i min tankspriddhet följt, var endast trampad av kreatur, och då jag närmare granskade

1 *Nya Testamentet*, Första Korinthierbrevet 14:9.

154

spåren, som där och var i den mjuka marken var synliga, så kunde jag inte tvivla att det var älgar som gått fram. Jag var således troligen långt ifrån människoboningar.

Jag sköt av min bössa i luften, ropade ett par gånger och lyssnade en stund efter svar, men allt var tyst, och jag ägde inte annat val än att fortsätta min vandring i den riktning, varåt jag trodde skogvaktarens stuga vara belägen.

Trakten blev emellertid alltmera eländig, vindfällen och mossa gjorde det nästan omöjligt att komma vidare och mörkret hindrade mig dessutom att se särdeles långt omkring.

Oförutsedda händelser och äventyr är visserligen mycket i min smak, men denna afton kände jag mig trött och illamående, och utsikten att få tillbringa natten i ett kärr – ty i ett sådant befann jag mig nu – var ingalunda angenäm.

Jag stannade villrådig, fasthållande mig i en halvmurken alstam, och funderade över sättet att åtminstone komma ur detta vidsträckta moras, där jag sedan en hel timma alltjämt fördjupat mig. Det skarpa ljudet av en hackspetts näbb emot en trädstam hördes i detsamma till vänster om mig; jag lät detta gälla för en vink att vända mig åt detta håll, och verkligen, sedan jag hoppat på de mjuka, svamplika tuvorna ännu en stund, nådde jag kärrets slut och befann mig vid en av dessa sällsamma och i mitt tycke hemska ställen, som man stundom påträffar, där hela trakten framställer ett kaos av idel stora kullerstenar, den ena invid och över den andra, kastade huller om buller, liksom ditvräkta av en jättes hand. Inte ett träd eller en buske hade funnit plats för att slå rot, endast ofantliga stenar, hopade ovanpå varandra, ofta liggande så löst, liksom svävande i luften, att man fruktade att ett ljud eller en vindfläkt skulle bringa dem ur jämvikt och komma dem att rulla ned; och likväl hade de legat så i årtusenden och mossan hade brett sitt gröna mjuka täcke över dem.

Glad att vara befriad ifrån kärrets förrädiska dy, klättrade jag över dessa ofantliga stenblock, utan annat hopp än att uppnå skogens fasta mark och varma skydd emot nattens kyla.

Äntligen avtog stenarna i storlek och mängd, en och amnan odonrisbuske tittade redan fram emellan dem, och snart sänkte sig marken och några krokiga och mossiga björkar sträckte sina spöklika armar emot mig.

Jag gick ännu några steg och stannade sedan liksom förtrollad av den syn, som nedanför den steniga sluttningen utbredde sig framför mig.

Månen hade just nu framträtt och lyste över den mest förtjusande lilla dal jag någonsin sett. Mitt framför mig låg ett litet hus eller eremitage, en pittoresk och fantastisk liten koja, stödd emot bergsväggen, omslingrad av kaprifolium och vilda vinrankor. En bäck störtade ned utför en bergskreva, glindrade i månljuset och mottogs nedanför i en bassin av mossiga stenar samt slingrade sig sedan fram genom en liten trädgård, där små broar av konstnärligt sammanfogade grenar, grupper av blommor och buskar, gräsplaner och sandgångar bildade en tavla så intagande att jag satte mig ned, uttröttad som jag var, för att betrakta och beundra densamma.

Jag är säker att Astolf, då han sänktes ned på "Lycksalighetens ö",[1] aldrig kunnat finna den mera förtjusande än jag i detta ögonblick fann den lilla dalen framför mig.

Vi äger stundom en benägenhet att finna skönheter, att beundra saker, som vid andra tillfällen och under andra förhållanden skulle synas oss föga anmärkningsvärda; orsaken är kanske vår egen själs stämning, våra egna ögons tillfälliga uppfattning av föremålen, eller vilken annan som helst; det vissa är att jag i denna stund kände mig hänförd av det stilla, sköna landskapet nedanför mig, åt vilket månskenet gav en magisk silverglans. Ju längre jag betraktade dessa rosenbuskar, dessa rankor, svävande i festonger[2] från det ena trädet till det andra, eller hängande i kransar utför bergets sidor och den lilla stugans väggar, detta glittrande vatten och detta fina sammetslena gräs, ju mera kände jag mig intagen av en sällsam och barnslig känsla, som jag skulle ha svårt att beskriva.

Denna lilla instängda dal väckte hos mig minnet av de sagor jag hört i min barndom om älvornas hemvist, om förtrollade ställen i skogen där féer och troll uppslagit sina bopålar, och den underbara tjusning, den oemotståndliga dragningskraft dessa ställen utövar på de människor, som händelsevis råkar att få se dem.

Jag hade suttit stilla i flera minuter och njutit av dessa halvt omedvetna föreställningar, då dörren till hyddan öppnades och en karl kom ut med en spade i handen.

Han gick framåt sandgången och stannade vid kanten av den lilla trädgården helt nära under den bergsluttning där jag satt.

Här låg en mängd stora stenar, sammanförda utan ordning, tydligen bortröjda från den lilla trädgården, och nu, som det syntes, ämnade till fortsättning av den mur, som var påbörjad till stängsel från skogen på denna sida.

Mannen ställde ifrån sig spaden, lade armarna i kors över bröstet och tycktes beskåda det halvfärdiga arbetet med betänksamma blickar. Som han nu stod, med ansiktet vänt emot månljuset, igenkände jag honom genast: det var den mörkhyade främlingen, vars minne så länge förföljt mig, det var herr Harold. Hans resliga växt, hans dystra och hemlighetsfulla utseende, hans korta och svarta ögon, allt var detsamma, utom dräkten, som nu mera liknade en bonddrängs än en fin och elegant herres. Det var mig i alla fall fullkomligt säkert att det var samma man jag sett på gästgivaregården och på landsvägen för två år sedan.

Emellertid fanns med all denna likhet en stor olikhet som förbryllade mig, och det var ansiktets uttryck. Det anmärkningsvärda hos Harold, och som just fäst sig i mitt minne, var livligheten, växlingen i hans utseende, hans utomordentligt rörliga fysionomi, och denna person, som nu stod framför mig, hade i hela sitt ansikte

---

1 Det romantiska sagospelet *Lycksalighetens ö* (1824) av P.D.A. Atterbom.
2 Festong, i båge vågformigt hängande kedja eller band av sammanflätade blad eller blommor.

något dött, förstelnat och själlöst, som hos mig uppväckte en rysning. Jag skulle kunnat påstå att jag såg Harolds kropp utan hans själ.

Just som jag inom mig gjorde dessa anmärkningar, lutade mannen sig ned, vek upp sina skjortärmar och fattade omkring en av de stora stenarna framför sig.

Jag begrep inte genast hans avsikt, ty stenen var så ofantlig att dess tyngd skulle ha varit för stor för två karlar, och då jag det oaktat såg honom lyfta den upp ifrån marken, var jag nära att förråda min närvaro genom ett utrop av överraskning; det liknade ett av dessa tvivelaktiga konstgrepp, som tillhör akrobaternas prestationer.

Jag gned mig i ögonen, jag trodde mig dårad av någon synvilla; men nej, mannen därnere bar verkligen långsamt, utan särdeles ansträngning, såsom det tycktes, detta stenblock, som efter alla naturens lagar borde ha förkrossat honom under sin tyngd, bar det över trettio steg och lade det slutligen med mycken omsorg, för att få det att passa, bredvid den sista stenen i den påbörjade muren, som jag nu anmärkte till största delen bestod av dylika stenar, vilka inte tycktes ha kunnat passas tillsammans utan sex eller åtta karlars förenade krafter.

Han reste sig åter upp, granskade mycket noggrant från alla sidor stenens läge och böjde sig ånyo ned för att jämka och rätta den med samma lätthet, som en annan jämkar en vanlig tegelsten.

Det händer oss ofta, då vi ser något som tycks avvika ifrån de allmänna lagar, vilka vår instinkt uppfattat innan vårt förstånd reflekterat däröver, att den första känsla vi röner är ett slags ofrivillig bävan; vi känner oss liksom rubbade i vårt vanliga föreställningssätt och vacklande på den lugna vardagliga grunden, där vi trott oss stå så säkert; vi blir helt villrådiga och ivriga att få fotfäste igen inom den lilla kretsen av vår fattningsförmåga, och låter oss inte nöja förrän vi anser oss ha funnit skäl och orsak till vad vi sett.

Så var det åtminstone nu med mig. Detta prov på en alldeles övermänsklig styrka, som här helt tyst och utan vittnen i nattens stillhet och dunkel utfördes av samma man, som jag för två år sedan sett svikta och blekna under en börda, som jag själv jämförelsevis skulle ha funnit mycket lätt, syntes mig så obegripligt, att jag strök mig över pannan för att försäkra mig om att jag var fullt vaken.

Jag blev emellertid inte säker därpå; en sällsam matthet förlamade mig och smög sig såsom en domning genom alla mina leder, trädgården, det lilla huset, vattenfallet utför berget och den jättestarka mannen därnere med sitt stela ansikte, allt syntes mig så underligt och spöklikt, och då jag nu såg honom långsamt vända tillbaka, böja sig ned och utvälja en annan sten, knappt mindre än den förra, blev alla dessa föremål, som jag redan en stund betraktat, dunkla och svävande om varandra; min tankekraft stannade och övergick i drömmens omotiverade och lösryckta förnimmelser, jag somnade, eller kanhända svimmade jag, utmattad av ansträngning och fastande sedan tidigt på morgonen.

Hur länge den vanmakt eller sömn, som överväldigat mig, hade räckt, vet jag inte, den var så djup att jag endast med våld kunde ryckas därur av någon som ruskade mig och slutligen sökte att resa mig upp.

Jag öppnade ögonen och fann mig halvt liggande i den väntade skogvaktarens armar.

"Kors bevare mig, vad herrn kan sova hårt; jag började bli riktigt ängslig att han fått slag, när jag äntligen fick se honom liggande här i skogen", yttrade mannen välvilligt, under det jag, helt yrvaken och ur stånd att genast reda mina tankar, satte mig upp och gned mina ögon.

Efter några utbytta frågor och svar klarnade äntligen mitt minne; jag såg mig omkring, men platsen där jag befann mig var inte den, där jag somnat in om natten.

Förmiddagssolen sken nu klar och varm över alla föremål omkring mig, men dessa föremål var inte desamma, som jag med en så sällsam tjusning sett månen försilvra, jag sökte fåfängt upptäcka den steniga höjden, på vilken jag suttit, och den lilla dalen nedanför.

"Nåväl, det är naturligt, jag har av trötthet drömt alltsammans; men det var i alla fall en underbart livlig dröm", mumlade jag för mig själv och sade sedan högt i det jag reste mig upp: "Det var besynnerligt att Kjellman fann mig här; det förefaller mig att jag somnade in på ett helt annat ställe i skogen."

"Ja det förundrar mig också, att jag inte igår kväll, sedan jag fåfängt väntat vid mötesplatsen, fann herrn här, då jag gick tillbaka, ty vi är mitt på vägen; men herrn har väl kommit hit senare, ty klockan var väl inte mera än tio då jag återvände."

Jag såg mig omkring, vi stod verkligen på den tämligen breda, fast steniga skogsvägen, som jag borde ha följt, men vilken jag med säkerhet visste mig aldrig ha sett eller passerat.

"Jag måtte ha gått i sömnen och lyckats bättre finna vägen än då jag var vaken", sade jag skrattande, "ty det är säkert, att jag passerade med rätt mycken svårighet ett vidsträckt kärr och kom till en stenig höjd, där jag satte mig ned och somnade."

"Åh fan! Den höjden ligger på västra sidan om kärret och vi är nu på den östra sidan därom."

"Jag skulle då ha gått tillbaka tvärs över kärret för att vara här?"

"Hm, det hade väl fallit sig litet svårt i mörkret; det är gungfly mitt uti kärret, som förresten är nära en halv fjärdingsväg brett", sade skogvaktaren leende.

"Men hur har jag då kommit hit?"

"Det må väl herrn själv bäst veta."

"Jag klättrade bland kullerstenarna och såg en liten dal, det vackraste ställe jag någonsin sett."

"Åh kors, då har herrn tagit av till vänster i stället för till höger, när han var vid

Logtorpet och kommit på den sidan, som en inte gärna går åt", sade Kjellman med förvånad uppsyn.

"Den där dalen med den lilla vackra stugan finns då verkligen? Jag trodde mig ha drömt."

"Ja, nog finns den alltid. Det var väl Harolds stunga kan jag tro, som herrn såg, och då är det inte underligt om han blivit litet kollrig och inte vet vart han sedan gick", sade skogvaktaren mumlande och tog upp sin bössa, som han lagt ifrån sig på marken.

"Harolds stuga?" upprepade jag studsande vid namnet. "Det var således verkligen Harold, som jag såg", tänkte jag och fortfor, under det jag följde efter min vägvisare, som hunnit några steg framför mig: "Varför skulle jag bli *kollrig*, som ni säger?"

"Åh, det är detsamma, jag mente bara att herrn kommit alldeles vilse."

"Jag tyckte att ni sade att ägaren till det lilla vackra eremitaget hette Harold?"

"Ja, de kallar honom så här i trakten."

"Känner ni honom?"

"Nej. Den, som säger sig känna *honom*, den skulle då säga en ren osanning efter min tro."

"Varför det?" frågade jag nyfiken och intresserad.

"Åh, det är inte gott att känna folk riktigt", sade Kjellman undvikande.

"Har han bott här i trakten länge", återtog jag, fullt besluten att nu söka få reda på denne man, som redan för längesedan väckt min livliga nyfikenhet.

"Åhja, det är väl ett par somrar, kan jag tro."

"Somrar? Han flyttar då härifrån om vintrarna.?"

"Ja, inte vet jag. De säger också att han ligger där inne kvar, fast ingen ser till honom, och stället tycks stå öde."

"Men det där låter rätt besynnerligt. Berätta mig vad ni vet om denne man."

"Det är platt ingenting, det", sade Kjellman bestämt, synbarligen med stor motvilja för ämnet, och påskyndade sina steg, så att jag hade svårt att följa honom.

"Hör på, Kjellman, ni tycks inte vilja tala om den där herr Harold, men jag skulle verkligen visa mig tacksam, om ni kunde ge mig några upplysningar om honom", sade jag med en vältalig gest åt min bröstficka.

"Hm, ja, om jag kan tjäna herrn så... Men se, jag vet ingenting för säkert, förstås", återtog Kjellman mera förtroligt, under det han såg sig rädd omkring.

"Jag tror ni fruktar, att han skall gripa er i håret om ni talar om honom", sade jag skrattande.

"Säg inte så", sade skogvaktaren rysande och med ängslig röst, i det han nästan sprang ifrån mig och stannade sedan tvärt en tjugo steg framför mig.

"Jag skall säga herrn", började han i en helt trygg ton, då jag hunnit fram till honom, "att de påstår den där herr Harold stå i kompakt med hin håle, och en vill inte gärna tala om honom så länge en är på hans egna ägor, vilka går ända till den där rishögen, men här inne i lövdungen kan jag gärna säga sanningen.”

”Åh bevars, var det hemligheten?” sade jag, förtretad över hans dumhet. ”Nå, vad är då orsaken till denna tro?”

”Ack, vet herrn, det är många orsaker det. Först så vill jag väl fråga om någon kristen människa kan vara dubbel, eller ’vända syn’ för en, som han gör, så att på samma gång som jag ser honom på ena stället, så har en annan sett honom långt därifrån, och sen så kan väl herrn förstå att en fin och sjuklig herre, som han tycks vara, inte ensam kan odla och bygga hus och plantera och välta sten och arbeta som tio karlar; och likväl så har allt det där blivit gjort vid ’Drömmen’, som hans stuga kallas, utan att någon människa hjälpt honom därmed. Men om man går dit en natt, så får man se hur det går till, fast en kan få plikta för sin nyfikenhet med livet, som Kalle i Brostugan fick, och därför så får han allt vara i fred sedan dess.”

Skogvaktaren tystnade, och hur barnslig hans berättelse syntes och överensstämde med de hundra mer eller mindre fantastiska bevis jag fått på folkets sällsamma, ofta poetiska vidskepelse, så återförde hans ord likväl minnet av min egen nattliga syn och sällsamma försvinnande från stället; jag kunde ju alls inte förklara varken vad jag sett, eller hur jag själv kommit en halv fjärdingsväg därifrån över det djupa, försåtliga kärret.

”Har ni själv någonsin varit där?” frågade jag tankfull.

”Ja, en enda gång, ett ärende från vår patron; men jag vrickade min fot så illa, när jag snavade över en sten på hemvägen, att jag ännu har ont därav och aldrig kan bli bra, efter vad doktorn säger, och jag skulle inte gå dit mera för någon betalning, hur stor som helst. Pojken min, stackare, gick och plockade bär och kom oförvarandes dit åt, och han blev alldeles bedårad av ett spel och en sång, som var så vacker, att han måste sätta sig ned och blev alldeles som förlamad därav. Det kom ifrån ’Drömmen’, sade han, som låg framför honom, när han tittade upp, och först en stund sedan sången tystnat kunde han resa sig upp och gå hem.”

”Ja, troligen kom det ifrån hans egen dröm”, mumlade jag leende och tillade högt: ”Men ni talte om någon som tillsatt livet för sin nyfikenhet?”

”Ja, det var en dräng det, som nödvändigt ville se hur hin håle drog plogen på Harolds åker, och det fick han också, men tre dagar därefter var han ett lik.”

”Men han kunde väl dö, utan att hans besök vid Harolds åker hade del däri?”

”Javisst, men han dog så hastigt, och nog tror jag och alla andra här omkring att han levt ännu, om han styrt sin förvetenhet och aldrig gått dit.”

Jag log åt hans inbillning, men beslöt inom mig att nästa natt med mera noggrannhet undersöka det hemlighetsfulla stället, som även på mig utövat en så magisk verkan.

Då kvällen kom, hade jag vilat ut i skogvaktarens stuga och, sedan jag lyckligen överstått alla hans varningar och olycksprofetior, tog jag bössan på axeln och begav mig den genaste vägen till dalen med det mystiska namnet.

Det var alls inte långt ifrån skogvaktarebostället, och jag kunde inte ta miste om vägen nu, då jag fått litet reda på belägenheten och trakten, där jag befann mig.

Solen var ännu inte nedgången. Jag var nu varken utsvulten, eller trött, eller nervös, som jag förmodade mig ha varit den föregående aftonen; jag skulle nu med vakna och lugna blickar betrakta stället och dess ägare.

Denna gång behövde jag varken plumsa i kärret, eller klättra på kullerstenarna; den lilla gångstig jag följde var den behagligaste promenad i världen.

Emellertid hade jag inte gått mera än en halv timma, då stigen plötsligen upphörde vid ett snår av hagtorn. Av skogvaktaren visste jag likväl att det var en knapp timmas väg jag borde gå; jag kunde således inte vara långt ifrån mitt mål och fortsatte därför att gå framåt mellan de avbrända stubbar och de unga björkbuskar, som uppvuxit i askan på den avsvedjade marken.

Hastigt träffades mitt öra av sorlet från en liten bäck; det måste vara densamma, som jag sett hoppa ned utför berget vid stugan, jag behövde endast följa den för att finna vad jag sökte; och min beräkning visade sig också riktig; inom några minuter låg den lilla dalen framför mig.

Jag stod nu på motsatta sidan därav, men även här, ifrån den mycket lägre bergsluttningen, föreföll den mig lika tjusande.

Solen hade gått ned innan jag hann fram, och skymningen i dalen stred med aftonrodnaden över skogstopparna. Fruktan att bli sedd, innan jag själv observerat allt på stället, förmådde mig att avvika från bäcken och välja en annan väg, litet mera brant men övervuxen av träd och buskar, och sakta nedstigande närmade jag mig det lilla grönklädda huset ända till kanten av trädgården, varifrån jag kunde se blomsterrabatterna däromkring och de öppna fönsterna.

Ingen mänsklig varelse syntes, och jag funderade redan på om jag skulle hitta på någon förevändning för att gå fram och gå in, eller om jag skulle söka smyga mig dit, för att osedd kasta en blick genom det öppna fönstret, då några klara, fulla toner från ett piano och strax därefter ljudet av den mest rena och ljuva röst jag någonsin hört, fängslade mig kvar där jag stod bakom buskarna nedanför berget.

Aldrig tyckte jag mig ha hört något dylikt, det förekom mig som en andes sång; jag *hörde* den inte, jag *kände* den bäva genom min själ, liksom de änglalika melodier man såsom barn hör i drömmen.

Dessa toner, som blev alltmera smältande och vemodiga, sövde och tjusade mig på en gång; min besinning flydde, hela min varelse var liksom upplöst, jag njöt och led på samma gång, jag var som förtrollad.

Då de sista ljuden äntligen förklingat, vaknade jag som ur en dröm och påminde mig med möda varför jag var här och vad jag ville.

Jag tänkte på den beskedlige Kjellmans berättelse och fann nu gossens hänförelse, åt vilken jag skrattat, helt förklarlig; jag tyckte ju själv att jag hört en trollsång och påminde mig med detsamma den musikaliska klangen av Harolds röst, som jag anmärkt, då jag på gästgivaregården hörde honom tala med sin reskamrat.

Kunde det vara honom jag hört sjunga? Nej, det var en kvinna, därom kunde jag inte misstaga mig. Inte ens en manlig ängel, ifall en sådan finns, kunde sjunga så.

Det måtte vara en kvinna, en ung och skön kvinna, som fanns i detta hus, och jag måste se henne på vad villkor som helst.

Det tycktes mig också alls inte svårt, skymningen var nu tämligen djup och de höga bergen omkring huset gjorde den ännu djupare. Jag smög allt närmare i skydd av en hög hallonhäck, som gick ända fram till väggen av byggningen, och stod om några minuter ända invid det öppna fönstret, som var så lågt ned till marken, att jag utan möda kunde se in.

Den scen jag nu såg skall jag aldrig kunna glömma; den tycktes mig framställd ur Irvings sagor[1] och, troligen förhöjd av min egen, då unga fantasi, har den kvarstått i mitt minne med samma varma och rika färger vari jag såg den.

Ehuru det var i augusti månad, brann några risgrenar på en låg, vit spishäll och upplyste delvis ett tämligen stort rum, vars väggar var av en mörk purpurröd färg, och kastade sitt sken på en gestalt, som, insvept i en blus av nankin, låg halvslumrande på en låg soffa mittför fönstret. Detta bleka ansikte med sina regelmässiga drag, sitt korta svarta hår och mustascher igenkände jag genast; det var Harold, som jag sett för två år sedan och sist kvällen förut i trädgården. Hans fina, vita hand hängde ned emot soffdynan och kom mig ovillkorligt att tänka på den herkuliska styrka jag då sett honom utveckla.

Han låg alldeles orörlig, och jag anmärkte nu, liksom kvällen förut, den sällsamma stelheten och orörligheten i hans ansikte. Han liknade inte en sovande människa och inte heller ett lik; man skulle trott honom fängslad av någon magisk dvala, liksom trollkarlen i Alhambras sagor.[2]

Från den slumrande vandrade mina blickar hastigt kring rummet, som mitt på golvet hade en bassin, där vattnet – troligen inlett från den lilla bäcken – sorlade sakta, kringkransat av blommande vattenväxter, som doppade sina stänglar däri, liksom för att undkomma det onaturliga rödgula skenet av eldkolen från spiseln, som allt emellanåt lyste på dem.

Intagen av det sällsamma i denna anordning hade jag glömt min åtrå att få se den förmodade sångerskan, då ett svagt buller vid ena väggen kom mig att hastigt dra

---

1 Washington Irving (1783-1859), amerikansk författare ihågkommen för *The Legend of Sleepy Hollow*, *Rip van Winkle* och andra fabulösa berättelser med starka naturromantiska drag.

2 Washington Irving skrev en samling essäer och sagor mot spansk bakgrund i *Tales of the Alhambra* (1832, reviderad 1851).

mig tillbaka mellan löven utanför, och nu framträdde sakta, liksom rädd att väcka den sovande mannen, en luftig och ljus varelse, som först lutade sig ned emot bassinen och sedan svävade fram till fönstret där jag stod, alldeles invid mig.

Jag hade, hänförd av hennes röst, föreställt mig henne skön; men denna unga flicka överträffade likväl min inbillningsförmåga. Den outsägliga finheten och änglalika renheten i hennes ansikte, vars oskuldsfulla, lugna uttryck gjorde ett så underbart intryck på mig, väckte minnen, som jag inte genast kunde reda, men som inom en minut hade klarnat till full visshet. Denna eleganta dam, som stod framför mig, klädd som en prinsessa, var samma stackars barn, som, höljt i grova trasor, låg sovande i den vildsinte fångens famn på fångkärran vid T–s gästgivaregård för två år sedan.

Mitt hjärta slog så hastigt och hårt av överraskning och beundran, att jag tyckte att hon skulle höra det där hon stod med pannan stödd emot fönsterkarmen och blickade drömmande framför sig ut i kvällens skymning.

Ju längre jag betraktade henne, ju mera olik alla andra kvinnor jag sett syntes hon mig, ju mera liknade hon en ljuv och fantastisk drömbild, med sin enkla dräkt, som tycktes så dyrbar och ändock utan alla prydnader. Det silkesfina mjuka tyget i hennes klänning, som låg lik en klar rosenfärgad sky omkring henne och lät mig tydligt se armens vithet och rundning därunder, den milda färgen i hennes skärp, vars breda band nedföll över kjolens veck och fasthölls kring livet av ett spänne, som liknade en liten slät blank plåt av guld; alltsammans stod i en sådan harmoni med hennes ansikte och glänsande ljusbruna hår, vars tjocka flätor var lindade kring huvudet, att hennes skönhet fördubblades och fick en underbar tjusning därav.

Jag vet inte hur länge jag hade stått försjunken i hennes betraktande, då hastigt en arm lades kring den unga flickans liv och Harolds mörka ansikte syntes bakom henne.

Jag spratt till av överraskning och ovilja; det föreföll mig såsom ett ohelgande att vidröra denna gudomliga varelse.

Hon tycktes emellertid alls inte fästa någon vikt vid hans förtrolighet, ty hon vände sig helt sakta till hälften om och sade några ord, vilkas betydelse jag inte uppfattade.

Det besynnerliga uttrycket i Harolds ansikte var nu helt och hållet försvunnet. Han var sig åter lik, sådan jag sett honom den första gången; han syntes mig yngre och behagligare till och med, och då han nu böjde sig ned och kysste den unga flickans panna, var han nästan vacker.

Båda två avlägsnade sig ifrån fönstret, och jag stod kvar ännu en stund orörlig, liksom fängslad av minnet från den scen jag nyss sett och sökande förklaringen däröver.

”Kan det väl vara hon? Hur har hon kommit hit? Är hon hans älskarinna, hans hustru eller blott hans fosterdotter?" frågade jag mig själv i tankarna. "Ack, kanhända blott det senare, ty det låg ingen eld, ingen kärlek i uttrycket av någonderas ansikte", fortfor jag, under det jag tyst och långsamt drog mig tillbaka och satte mig ned under en stor fläderbuske på sidan av trädgården.

Det ligger alltid ett lockande behag uti att betrakta en vacker kvinna i hemlighet, då hon tror sig obemärkt, och detta behag hade nu av omständigheterna ökats. Jag var ung, jag kände mig upprörd och förvirrad av en känsla, som jag förr aldrig erfarit. Det var inte en vanlig kvinna jag sett, det var ett mystiskt tjusande väsende, tyckte jag, som bragt mitt sinne fullkomligt ur jämnvikt. Jag gjorde mig ingen reda för mina tankar och känslor, jag gav endast vika för en oemotståndlig naturlag, då jag kände mig sakna styrka att avlägsna mig från detta ställe och stannade därför en stund orörlig på samma plats.

Det var redan mörkt och månen hade hunnit över skogstopparna, då jag såg dörren till huset långsamt öppnas och Harold komma ut.

Han gick framåt på den lilla sandgången, rakt fram ditåt där jag satt; ungefär tjugo alnar ifrån mig vek han av och gick in några steg på gräsvallen, fattade en spade, som stod där, och började gräva.

Jag kunde nu inte se honom själv för buskarna som skymde honom, men jag hörde ljudet av hans spade och såg den jord och de stenar, som han kastade på sidan.

Även nu måste jag beundra den styrka och den lätthet, med vilka det tunga arbetet utfördes. Stenar, som det tycktes att ingen spade skulle kunna röra, kastades upp och rullade omkring i gräset som bollar, och snart hade den nattlige arbetaren fördjupat sig så i jorden, att endast hans huvud syntes över kanten av den öppning han gjort.

Nyfikenheten drev mig att på närmare håll granska denne sällsamme man, som man med rätt mycket skäl tillade övernaturliga krafter.

Jag steg upp och närmade mig långsamt. Marken var här våt och slipprig och av växterna däromkring förmodade jag att här fanns ett källsprång, och att det var en brunn han ämnade gräva.

Emellertid hade jag nu kommit honom på tio steg nära, alltjämt i skuggan av de buskar som skilde oss åt, då han med ett raskt hopp sprang upp på kanten av gropen, och lade armarna i kors över bröstet. Liksom kvällen förut såg jag månen belysa hans ansikte och liksom då var uttrycket däri hemskt och dött. Jag skulle kunnat tro att det inte var samme man, jag nyss sett i fönstret tillsammans med den unga flickan, så olika syntes han mig, och dock kunde jag inte tvivla på att det var Harold; hans utseende var allt för originellt, för att man skulle kunna förblanda honom med någon annan; jag igenkände ju till och med samma kläder jag nyss sett honom bära.

Liksom förra aftonen överföll mig även nu en ofrivillig rysning, då jag betraktade detta levande lik, och då han hastigt reste upp huvudet och ryckte till, då han blev mig varse, genomfor mig en obeskrivlig känsla av obehag, och jag skulle velat ge bra mycket, om jag kunnat undkomma den sällsamma på en gång döda och brinnande blick, som liksom banade sig in i mina ögon.

Det var likväl omöjligt; han hade upptäckt mig, och min åsyn behagade honom inte, det var tydligt. Jag ville gå fram för att förklara och ursäkta min närvaro, men dessa genomträngande, orörliga ögon, med sitt stela och hemska uttryck, kom mitt blod att stelna; jag ville emotstå deras trollkraft, ville stålsätta mina förrädiska nerver. Förgäves, blodet stockade sig kring hjärtat, en svindel grep mig, jag gjorde ett försök att bekämpa min sällsamma förstening, men fötterna var som fastgrodda vid marken; detta ansikte, dessa ögon, som trängde in i mina, måtte haft Medusas makt; jag kände mig vackla ooh falla, hjälplös som en kvinna, utan att harmen över min svaghet – som var den sista känsla jag uppfattade – kunde hålla mig uppe.

*　　*　　*

”Jag sade ju herrn, att det skulle gå illa på något vis. Han kan tacka sin Gud, att han sluppit ifrån med livet”, sade Kjellman tröstande, då jag om aftonen, dagen efter mitt äventyr vid det mystiska lilla eremitaget, låg på en knölig spjälsoffa i hans såkallade ”anderstuga”, det vill säga gästrum och utfor i häftiga anatemer över mitt olycksöde, som låtit mig befinnas sanslös och full av skråmor och blånader, liggande på andra sidan av bergsluttningen, som omgav den lilla dalen åt skogvaktarebostället, då Kjellman, som blivit orolig över min långa bortavaro, gått ut att söka mig.

”Det är nu andra gången som jag fört hem herrn, sedan han kommit hit, och jag kan inte tro att han ännu en gång sätter sitt liv på spel, efter han av Harolds gunst och nåd fått behålla det ännu”, fortfor han förmanande.

”Jo, det kan du vara säker på, att jag går dit igen, så fort min fördömda fot blir bra”, sade jag förargad.

”Men då får herrn gå därifrån själv så gott han kan också, ty jag befattar mig inte mera med att gå och söka herrn.”

”Det kan också vara detsamma, men berätta mig hur och på vad sätt du fann mig.”

”Jo, som jag sagt, när morgonen kom och herrn inte syntes till, så tänkte jag som så: få se om han inte ligger där död eller vingskjuten i skogen, och det dröjde inte länge innan jag också fann herrn liggande som död. En skulle kunnat tro att *han* tagit er som en kattunge i luven och låtit er rulla utför berget som en fjärding; ty ni var sönderskrapad i ansiktet av stenar oeh törne, full av stötar och blånader, och när jag fått liv i er och skulle resa er upp, så kunde ni ju knappt släpa er hem, så illa var ert ben medfaret.”

”Besynnerligt i alla fall”, mumlade jag för mig själv, ”det var ju i trädgården strax invid huset, som jag förlorade sansningen.”

”Se här är herrns klockkedja, den var lössliten och hängde fast vid en knapp i

165

rocken, jag tog den till vara när jag fick se den", fortfor Kjellman och räckte mig en bit av en konstigt arbetad urkedja av silver, utan särdeles värde, med en liten vidhängande urnyckel.

"Den är inte min", sade jag förvånad, och påminnande mig att jag sett en dylik blänka i månskenet på Harolds väst, fann jag däri en anledning att anta skogvaktarens mening om mitt bortförande.

Funderande hit och dit över anledningen till den våldsamma medfart jag måtte ha rönt och varom jag var alldeles okunnig, vände jag den lilla kedjan mekaniskt i handen och såg då att urnyckeln väl även var av silver eller mycket blekt guld, men hade överst en sten infattad, som utan tvivel var en briljant av ganska högt värde.

Denna upptäckt försatte mig åter i gott lynne och lät mig glömma ömheten och styvheten i min mörbultade lekamen; ty återlämnandet av denna dyrbarhet skulle bli en förträfflig förevändning att komma in i huset, och dit skulle jag, det var mitt fasta beslut.

Jag skulle veta vilken den sköna flickan och hennes hemlighetsfulle väktare var, om den senare var en dåre, en sömngångare eller en skurk, och hon själv ett förrymt korrektionshjon.[1] Åh, hur kunde jag, om ock blott i tankarna, nyttja ett sådant ord om denna ängel! Jag måste emellertid ha denna hemlighet upptäckt, jag skulle inte vika härifrån förr, skulle jag än i åratal belägra det hemlighetsfulla huset.

Styvheten i mitt ben tilltog emellertid till min förtvivlan. Det fordrades två dagar innan jag kunde gå längre än tvärs över rummet. Denna väntan och sysslolösheten, som stegrade min otålighet och nyfikenhet, blev mig till slut odrägliga. Två dagar är vid några och tjugo års ålder en lång tid, man kan därunder hinna övergå från väntan till oro, från oro till otålighet och slutligen bli rent av förtvivlad. Jag hade hunnit till detta stadium, då jag på tredje dagen beslöt att pröva min förmåga och följa med min värd, skogvaktaren, då han gick ut för att efterse orsaken till det misstänkta ljud av yxhugg, som han kvällen förut trodde sig ha hört någonstans i skogen.

Det föll sig visserligen tämligen svårt att hålla jämna steg med den hederlige Kjellman, vars prat under vägen påtagligen var ämnat till min uppmuntran, och det förfelade inte heller helt och hållet den åsyftade verkan.

Han var en rätt klok och klipsk karl, en typ för smålänningarna, med sin spetsiga näsa och sina smala ben i blå ullstrumpor, där han gick framför mig med bössan på ryggen och ett litet knyte dinglande på yxskaftet över axeln, oupphörligt berättande historier med den mest godsinta och gnällande dialekt i världen.

Oaktat hans välvilja och mina egna osparade bemödanden, så måste jag likväl, efter en halv timmas mödosam vandring, medge att det var mig omöjligt att komma vidare. Jag satte mig ned på en sten och beslöt att vänta tills min följeslagare

1 Person (lösdrivare, tiggare, tjuv e.dyl.) intagen på ett "korrektionshus", d.v.s. en tvångsarbetsanstalt.

återkom ifrån sin förrättning eller, om det dröjde alltför länge, att ensam vända om hem, sedan jag vilat mig tillräckligt.

Jag lade mig ned på mossan, otålig över mitt värkande ben, och mumlade åtskilliga eder och mindre välvilliga önskningar, över den hårdhänte Harold, som inte ens tålde att man såg på honom eller fanns i hans grannskap.

Jag hade legat så ungefär en halv timma, då ljudet av steg, rasslande mellan riset och stenarna på något avstånd ifrån stället där jag låg, kom mig att lyssna, och helt ofrivilligt, utan avsikt, lutade jag ned huvudet bland mossan och lingonriset där jag låg, för att inte bli sedd.

Strax därefter framträdde sakta mellan björkbuskarna en man, som stannade och såg sig omkring, lyssnade och hukade sig genast ned bakom lövet, för att några sekunder därefter förnya samma manöver och slutligen kvarstanna, gömd mellan de höga ormbunkarna omkring honom.

Jag lyckönskade mig själv att vara dold, ty både hans misstänkta beteende och ännu mera hans utseende rättfärdigade min fruktan för den roll av spejare, vari jag helt obetänkt inkommit.

Jag hade vid första ögonkastet igenkänt honom, ty hans vilda fysionomi och herkuliska gestalt hade livligt fäst sig i mitt minne; det var "Stora Jan", den våldsamme fången, som överföll gevaldigern vid gästgivaregården, och vars minne stod i så nära samband med de två personer, vilka redan upptog alla mina tankar och hela mitt intresse: Harold och den unga flickan i skogshyddan.

Jag igenkände honom oaktat han jämförelsevis hade ett hyggligare utseende på fångkärran än nu. De två år som förflutit syntes ha fört honom till randen av brottets och olyckans avgrund, och det avtärda ansiktet, de dystra, djupt liggande ögonen vittnade lika tydligt som den grova, smutsiga grå tröjan, varifrån han kom och hur han tillbringat dessa år.

"Kan det vara möjligt att Harold står i någon förbindelse till denna arma, samhällets förkastade son, liksom jag funnit dennes skyddsling under hans tak, skulle alla dessa tre personer, som då jag såg dem första gången, tycktes ha ingenting gemensamt, nu finnas förenade här?" frågade jag mig själv i tankarna, under det att den förrymde fångens tunga andedräkt då och då nådde mitt öra från buskarna där han låg gömd, okunnig om att två nyfikna ögon sökte genomtränga hans gömställe.

Det var tydligt att han väntade på någon antingen i fientlig eller vänlig avsikt, och jag beslöt att orörlig och tyst avvakta vad som möjligen skulle förklara hans närvaro.

Minuterna skred långsamt, solen sjönk nedom skogen; min tvungna ställning började i hög grad genera mig, och jag fruktade varje ögonblick skogvaktarens återkomst; han skulle säkert av vänskaplig omtanke för mig skynda sig tillbaka allt vad han kunde och beröva mig nöjet av den upptäckt, på vilken jag hoppades.

Ja, nu hörde jag också ljudet av steg som närmade sig, men de kom för långt väster ifrån; det kunde inte vara Kjellman; de kom ifrån det håll där Harold bodde; det var kanske ändock honom, som fången väntade. Jag andades knappt av väntan och spänt intresse.

Min aning var riktig; det var verkligen Harolds smärta och långa figur, som framträdde, följande en liten gångstig mellan stenarna, som gick alldeles förbi där jag låg, mellan den gömde mannen och mig.

Harold var klädd i en ljus sommarrock och halmhatt, höll en liten smal käpp i handen, som han tankspridd svängde fram och åter, och hade den andra handen instucken mellan västen. Han gick med lutat huvud, och hur allvarsamt och blekt hans ansikte var, bar det dock intet spår av den dödsdvala, som jag under de båda nätterna anmärkt och som väckt min fasa.

Jag kunde inte längre vara oviss om att, ifall fångens närvaro angick Harold, den varken var väntad eller angenäm för den senare; ty jag hade sett det lurviga huvudet höja sig över buskarna vid bullret av den ankommandes steg, och hans ögon lysa av en fruktansvärd eld, i detsamma han åter dök ned mellan stenarna och lät vandraren ostörd passera förbi det ställe där han låg.

Denna blick hade förberett mig på vad som skulle komma, och instinktmässigt lade jag handen på bössan, som låg bredvid mig i mossan.

Harold hade nu hunnit ungefär fyra steg framom sin lurande fiende, då denne hastigt tog ett språng, kastade sig vig som en tiger, framför den oförberedde vandraren och ställde sig i vägen för honom.

Jag hade rest mig upp till hälften, viss att ingendera av de båda männen framför mig skulle märka min närvaro.

Harold studsade, tog ett steg tillbaka och stannade orörlig, bevakad av den andres brinnande, hatfulla blickar, vilka han återgav med en blandning av förvåning och medlidande, men utan ett drag av oro eller förskräckelse.

”Jag har skrivit till er två gånger; jag har talt vid er och påmint er vad ni sade om natten för två år sedan, då jag samtyckte att lämna henne åt er... det var nöden som drev mig därtill. Jag har hotat er att med våld återtaga mitt barn, men ni tror väl att en förrymd livstidsfånge ingenting förmår! För sista gången frågar jag er därför, vill ni låta henne följa mig eller ej?”

Stora Jan hade brådskande, med hes och rosslig röst uttalat dessa ord, under det hans ena stora knutna näve hängde ned längs sidan, och den andra var instucken under tröjan på ett misstänkt sätt.

”Hör på, Kyller”, svarade Harold lugnt, med denna milda och klangfulla röst, som jag förr anmärkt, ”släpp kniven, som ni håller under tröjan, ni skall ändå inte komma att begagna den, och hör vad jag säger. Ni minns nog själv den där natten, ni hade slagit fångföraren nästan till döds, skrämt skjutsgossen sanslös och ämnade fly med er dotter, som ni kallade henne; men då jag kom till er, var ni själv nära medvetslös av det slag ni fått, då ni med era fängslade ben i mörkret skulle hoppa över de branta klipporna i skogen. Gerdas klagan och er egen belägenhet rörde mig, jag hjälpte er själv och tog barnet med mig."

"Ja, men ni lovade och svor att ge mig henne åter, då jag fordrade det", avbröt Stora Jan häftigt.

"Jag lovade, det är sant, att låta henne återvända till er; men ni glömmer villkoret därför, och det var att *hon själv* skulle *vilja* komma till er. Tror ni att jag så illa skulle ha använt dessa två år till hennes uppfostran, att hon självvilligt skulle kasta sig tillbaka i den avgrund, varifrån jag ryckt henne?"

"Ack, ni eländige förrädare, är det så ni tänker krångla bort ert löfte?" sade Kyller väsande. "För sista gången, vill ni lämna henne åt mig eller ej?"

"Aldrig! Jag kunde lika gärna döda henne."

Harold hade inte ännu uttalat det sista ordet, innan Stora Jans kniv blixtrade över hans huvud och skulle sjunkit i hans bröst, om han inte hastigt hade kastat sig åt sidan, men i nästa ögonblick gripen och fasthållen av Kyllers jättelika näve.

Min första instinktlika rörelse var att skynda fram, men i nästa ögonblick påminde jag mig de prov av en alldeles övernaturlig styrka jag sett Harold utveckla, och viss att han med en enda stöt skulle kasta sin kolossale angripare till marken, hejdade jag mig ett ögonblick.

Till min förvåning syntes denna ovanliga kraft nu vara alldeles försvunnen. Harold sviktade genast för den andres tag och segnade maktlös och bleknande ned framför den ursinnige mannen, parerande endast med sin promenadkäpp det hugg, som den andre måttade åt honom.

Min hotande röst och bösspipan, som var honom på tio steg nära, hejdade emellertid hastigt den upplyfta armen, och då i samma ögonblick skogvaktarens ljudliga "Po-oh" hördes helt nära, släppte den överraskade förbrytaren sitt tag, kastade ännu en ursinnig och hotande blick på sin fiende, tog ett skutt in ibland buskarna och försvann.

Jag ämnade förfölja honom och ropade åt skogvaktaren att hjälpa mig, men Harolds röst återhöll mig, och ihågkommande mitt styva ben och Kjellmans ringa mod och styrka, insåg jag även fruktlösheten därav.

"Det ser ut som ni hade räddat mitt liv, min herre", sade Harold, som blek och med ett utseende av matthet stödde sig emot en trädstam.

"Ja, det ser verkligen så ut", sade jag leende och förvånad över hans obegripliga likgiltighet för en hjälp, som han tycktes ha varit i det allra största behov av. "Man skall äga ovanlig skicklighet eller mycken styrka, om man obeväpnad, som ni var, skall kunna försvara sig emot en sådan där krabats kniv", fortfor jag, närmande mig till Harold, som sökte att återhämta sig.

"Javisst, och jag är en smula nervös, som ni ser."

"Jag ser det, till min förundran, ty jag har förut sett och även själv, som jag tror – jag pekade härvid på mitt sårade ben – rönt de mest förvånande prov på er utomordentliga styrka."

Jag fäste mina ögon forskande på Harolds ansikte, men han tycktes inte alls förstå mig, utan svarade med en min av förvåning, som gjorde mig villrådig: "Jag är mycket tacksam för er mellankomst vid detta obehagliga tillfälle, men jag är säker, att jag *nu* ser er för första gången."

"Är det verkligen så? Jag däremot är fullt säker att vi sammanträffat förr. Om ni tillåter att jag följer er hem till ert förtjusande lilla eremitage, så skall jag bevisa er det."

Den stackars skogvaktaren – som inte ville lämna mig allena med sin fruktade granne, vilken i denna stund i sanning såg ingenting mindre än fruktansvärd ut – var under hela tiden oändligt generad och gjorde oupphörliga tecken och vinkar för att få mig hem med sig, och hade visat mycket litet deltagande för den fara vari Harold svävat.

Då jag nu bad honom gå ensam och uttalade min önskan att följa Harold, tog han likväl mod till sig och sade helt käckt: "Vet herrn, att jag tycker han just kunde låta bli att gå åt det hållet mer... jag har ingen lust att gå och söka honom sedan, och finna honom halvdöd igen."

"Det har ingen fara, jag ställer mig denna gång under herr Harolds speciella beskydd, för att kunna nalkas hans förtrollade borg, utan fara att få mina ben krossade", sade jag skrattande och nickade till avsked åt den missnöjde och mumlande Kjellman.

Harold syntes under allt detta förvånad och villrådig, liksom han inte förstod ett ord, och sade slutligen tvekande och liksom efter någon överläggning: "Jag är en gammal enstöring, som aldrig får något besök. Mitt hus skulle också troligen inte vara behagligt för någon, men om det roar er att följa mig, så är ni välkommen."

Jag utbredde mig i tacksägelser och beskrev för honom, med ungdomens öppenhjärtighet och värme, den sällsamma förtjusning, varmed jag redan beskådat detta hem. Han såg på mig med ett leende av faderlig överlägsenhet, men svarade ingenting.

Samma underbara växling i hans ansikte, från uttrycket av hård och torr likgiltighet och trotsig moralisk kraft till melankolisk vekhet och nervös svaghet, som jag märkt första gången jag såg honom, frapperade mig även nu under det vi vandrade tillsammans och jag, dels med beräkning, för att möjligen lära känna denne mystiske man, dels av lynnets livlighet, förde samtalet hit och dit i alla ämnen, med den barnsliga regellöshet och ringa djupsinne, som är vanliga vid tjugo år.

Jag glömde plågan i mitt ben för hoppet att genomtränga den hemlighet, som förvarades i den lilla dalen och i full förtjusning över den vänlighet, som Harold visade mig, ankom vi slutligen till hans hem.

I aftonrodnadens sken, under valvet av den gröna verandan återsåg jag den sköna Gerda, jag visste att hon hette så, innan Harold presenterat sin "fosterdotter", och några minuter därefter kom en gammal gumma – som varit Harolds amma och nu var hans hushållerska – ut ur huset och bjöd oss, med någon förvåning vid min åsyn, att äta kvällsvard vid ett litet bord, dukat under träden vid husets gavel.

Vi satte oss ned och den timma som nu följde, medan Gerda satt mitt emot mig, vad vi sade, vad som passerade, ända tills hon och den gamla Lena bjöd oss godnatt och försvann inom husets dörr, har helt och hållet försvunnit ur mitt minne. Jag var så förvirrad, så tjusad av hennes närvaro, att jag liksom först då vaknade upp till medvetande och besinning, när hon var borta.

Jag vet inte om Harold hade märkt min yrsel, men han såg på sin klocka och syntes orolig över mitt dröjsmål. Jag skyndade därför att ta avsked, och glad att han inte tvärt avslagit min anhållan att få återkomma, ämnade jag avlägsna mig.

Då jag reste mig upp från bänken där jag suttit, var smärtan i mitt ben nästan outhärdlig, och jag fann att den långa promenaden hade låtit det svullna till en oerhörd grad. Jag ansträngde mig emellertid till det yttersta, för att hinna ut från den lilla trädgården, och sedan tillbringa natten i skogen; men efter några steg, som jag släpat mig fram, var det omöjligt att komma vidare; jag måste stödja mig vid ett träd, för att inte falla till marken, och jag var nära att skrika av smärta.

Harold skyndade fram till mig, med någonting i sin blick, som påminde mig om hans ögon den där natten, då jag såg honom gräva i brunnen, och förtvivlad över att genom min oförmåga att lämna stället uppväcka hans vrede, bönföll jag att han måtte hjälpa mig ett stycke på hemvägen.

Emellertid försvann det missnöjda draget i hans ansikte genast, då han övertygat sig om mitt tillstånd; och, sedan han rätt faderligt och milt klandrat min oförsiktighet att anstränga det sjuka benet, tog han mig under armen och sade, under det att han med oro såg sig omkring: "Ni kan inte stanna härute, försök att gå in, jag har en liten kammare där ni kan ligga över natten, den är inte bekväm, men ni får åtnöja er därmed." Och stödjande mig så gott han kunde, förde han mig med synbar iver och brådska in i huset.

Det var mörkt och smärtan gjorde mig föga iakttagsam; jag kände som i en dröm, att han lade mig ned på en tämligen hård madrass och urskilde gamla Lenas figur i rummets skymning, samt hur hon uppskar min stövel och baddade det svullna benet. Jag framstammade mina tacksägelser, såg dörren slutas efter min gamla vårdarinna, kände den välgörande lindringen av vilan och de kompresser hon omlindat och somnade slutligen, intagen av förundran över att höra dörren sättas i lås utanför, och det angenäma medvetandet av att vila under samma tak med den sköna

Gerda, här i det lilla hemlighetsfulla huset, kring vilket alla mina tankar sedan flera dagar vänt sig.

Jag sov emellertid inte tungt, smärtan i det värkande benet väckte mig snart. Jag visste inte vad klockan var, men det var ännu mörkt och som jag inte kunde somna, återkom mina fantasier och gissningar rörande min besynnerliga värd, som tycktes förändra natur sedan solen gått ned.

Hundra sällsamma idéer kom i mitt huvud, och jag stannade vid den, som jag tyckte mest sannolik, att han var sömngångare. Troligen hade han själv ingen aning om vad han då företog sig, och möjligen var det för att inte under detta tillstånd kunna inkomma i mitt rum, som han stängt dörren, så att jag var inlåst.

Jag fann denna gissning högst trolig, och liksom för att bekräfta densamma hörde jag hastigt tunga och långsamma steg utanför.

Jag satte mig upp med en tämligen obehaglig känsla och hörde med återhållen andedräkt att man utanför famlade på min dörr. Detta släpande ljud kom mig att svettas; kanske att han skulle öppna och komma in. Nej, jag andades åter, stegen avlägsnade sig; men några minuter därefter hörde jag att någon vidrörde fönstret. Jag befann mig till mods som en råtta inkommen i fällan, då hon ser katten utanför gallret.

Det var inte ännu något tecken till dagning; men natten var likväl tillräckligt ljus, för att låta mig urskilja att en person stod utanför det låga fönstret, och att denna person var Harold kunde jag ganska väl uppfatta.

Det var nattens mörka, hemlighetsfulla Harold, med sitt orörliga ansikte och sina stela likväl brinnande ögon. Jag ryste och sjönk tillbaka på kudden, väntande varje sekund att se honom inkomma genom fönstret, varifrån det tycktes mig att ingenting borde hindra honom.

Men antingen såg han ingenting i det mörka rummet eller hade han något annat skäl att lämna mig ostörd; han avlägsnade sig efter några minuter och jag beslöt inom mig att inte ännu en natt ta hans gästfrihet i anspråk.

När morgonen kom och jag skulle försöka att stiga upp, fann jag emellertid att det var omöjligt; ingen ansträngning förmådde besegra den olyckliga svullnaden och smärtan i benet, jag måste ligga stilla, och den gamla Lena, som kom in till mig, lade nya kompresser och bandage däromkring, under vänlig försäkran, att om jag bara höll mig stilla skulle jag nog dagen därpå kunna stiga upp, helst hon skulle koka några kryddor att lägga på.

En stund därefter kom även Harold in, och ovillkorligt ryste jag till vid hans åsyn; men han talade så vänligt, frågade hur jag mådde, rättade min kudde och öppnade fönstret, så att den friska morgonluften strömmade in, och nu såg jag att fönstret utanför hade ett grönmålat galler, troligen av järn.

Han satte sig bredvid mig och gjorde några skämtsamma anmärkningar över min arrestering, och jag kände mig därvid i hög grad frestad att berätta honom vad jag sett om natten och begära en förklaring däröver; men vid den första anspelningen därpå återtog hans ansikte sitt allvarsamma och stränga uttryck, och strax därefter lämnade han mig, anbefallande lugn och tålamod och förtroende till gamla Lenas läkedom.

"Besynnerligt", tänkte jag då han gått. "Säkert delar denna överlägsna och sällsamma man andra vanliga människors motvilja att erkänna och höra talas om en ofullkomlighet eller ett lyte."

Emellertid beslöt jag att söka få någon underrättelse av Lena, och i alla händelser ville jag återlämna Harold sin kedja och säga honom hur jag först sett honom både på gästgivaregården och på landsvägen, då han förde den sanslösa flickan i sin vagn och hur jag sedan hört hans samtal med den förrymda fången. Tiden blev mig emellertid lång; jag granskade för tionde gången det lilla enkla rummet där jag låg, med sina ljusblå väggar, sin enda stol av flätad säv och målad ståltråd, högst sinnrikt och nätt sammansatt, och ett litet bord av samma slag, utan att upptäcka något anmärkningsvärt, som min inbillning och sysslolöshet så gärna ville finna.

"Hur mår ni, herr arrestant?" ljöd en mild och glättig röst från det öppnade fönstret, och Gerdas ljuva ansikte skymtade fram mellan kaprifoliebladen utanför.

Jag spratt till och framstammade några ord, knappt hörbara för den häftiga rörelse jag kände vid hennes åsyn.

"Om ni är tålig och ligger stilla, så får ni i morgon komma ut till oss. Här har ni emellertid att roa er med", tillade hon skrattande och kastade en hand full av blommorna utanför in till mig.

Jag mottog dem i min famn, kysste dem och tryckte dem till mitt hjärta, och jag är säker att de bidrog till mitt botande långt mera än Lenas alla omslag och kryddor.

Nu föreföll mig tiden inte mera lång, jag tillslöt ögonen och framkallade åter den sköna bild jag nyss sett, och berusad av doften från dessa blommor, som hon givit mig, sjönk jag i ett lycksalighetsrus, som man endast kan känna vid tjugo år och som minnet sedan inte ens kan återkalla eller själen fatta.

Jag begriper inte varför man lever längre än man är ung. Och man skulle inte heller *kunna* leva, om inte ungdomens illusioner, denna varma gnistrande stjärna – som från vårt eget hjärta har strålat ut och målat världen så grann, och sedan höjt sig allt mer tills hon försvunnit en tid från våra sorgsna blickar, och lämnat oss ensamma och förtvivlade på den mulna, torra jorden – slutligen når över molnen och klarare och varmare än någonsin strålar emot oss från himlen, där vi igenkänner och återfinner henne.

Äntligen kom aftonen av denna dag och med den den välvilliga Lena med min supé. Jag sökte kvarhålla henne så länge som möjligt och frågade henne slutligen, då hon tillslöt gallret för fönstret, varför man stängde in mig?

”Åh, det har blivit en vana här i huset, efter vi bor så ensligt, och ni kan ju inte gå upp och stänga själv.”

”Jag vet inte om jag hörde rätt, men jag tyckte att någon famlade på min dörr i natt, och sedan syntes någon stå utanför fönstret”, tillade jag och fixerade Lena.

”Åh, det har ni väl drömt; ni tycktes också ha litet feber igår kväll, och då föreställer man sig mycket saker.”

”Men säg mig, Lena, jag fruktar att jag generar er herre och väcker hans misshag med mitt ofrivilliga kvardröjande här! Om det funnes en vagn eller endast en häst...”

”Åh nej, oroa er inte. Herr Harold tar aldrig emot någon här, det är sant, men ni är säkert en hederlig och god yngling, som han fattat tycke för, ty jag har aldrig sett honom visa så mycken välvilja för någon främmande. Vad det angår att skaffa er åkande härifrån, så vore det omöjligt, ty vägen är ju knappt sådan att man gående kan komma hit.”

Gumman gick och mötte Harold i dörren. Han kom för att fråga hur jag befann mig och satte sig ned bredvid min säng med en så godlynt och välvillig uppsyn, att han syntes mig riktigt behaglig. De sista solstrålarna skimrade på väggen och över hans blekbruna ansikte och gav hans korta, slätliggande hår, styvt och glänsande som håret på en utter, en metallisk glans. Detta hår, som tydligen aldrig varit klippt och aldrig växte, var ett ständigt föremål för min förundran, ty jag inbillade mig alltid att han hade ett stycke häst- eller hundhud fastsmetat på huvudet.

Han frågade efter min släkt och mina familjeförhållanden, mina framtidsplaner och min närvarande ställning, med en så okonstlad grannlagenhet och ett så vänligt intresse, att jag – som dessutom ingenting hade att dölja – berättade honom hela min enkla historia med fullkomlig öppenhjärtighet.

Vi pratade slutligen i andra ämnen och aldrig har jag lyssnat till ett mera fängslande resonemang, mera djupsinniga anmärkningar, mera genialiska och originella idéer, mera poetiska och sublima tankar och slutsatser, framställda med den mildaste och mest melodiska röst i världen. Hela min själ och mitt intresse följde varje hans ord, och jag sade honom vad jag tänkte, att sedan han en gång talat med mig, så hade han för hela livet bundit mina sympatier vid sig.

”Om så är”, sade han med ett melankoliskt leende, ”så skall jag kanske en dag påminna er om era ord och om denna afton. Men det är sent, jag har suttit här alltför länge; godnatt!” Han sade de sista orden med låg röst och mycket långsamt liksom i sömnen, räckte mig sin hand och då jag fattade den, grep han om min hand med en konvulsivisk styrka i det han gjorde ett bemödande att resa sig upp. ”God natt”, upprepade han ännu en gång, och tillslutande ögonen tycktes han falla i sömn.

Jag gjorde några lindriga försök att väcka honom, sedan jag väntat i några minuter, men utan framgång; och även då jag rätt hårt ruskade hans arm, medförde det ingen verkan, han tycktes sova så djupt och tungt, att jag slutligen lämnade honom i fred, väntande att han skulle vakna om en stund.

Det hade blivit nästan mörkt i rummet och endast ett svagt skimmer från fönstret upplyste Harolds maktlösa figur, utsträckt på stolen, med huvudet bakåtlutat emot kanten av min säng.

Då jag fann alla bemödanden att väcka honom fruktlösa, ville jag försöka att somna själv, men det var mig omöjligt. Övertygelsen att han snart skulle resa sig upp i somnambulisk dvala och fasan för honom i detta tillstånd höll mig vaken och fäste mina ögon med ett slags förtrollning vid hans orörliga ansikte, som syntes mig i det bleka månskenet, vilket nu genomträngde lövverket utanför fönstret, lika dött och hemskt som då jag natten förut sett det. Varje ögonblick väntade jag att se hans slutna ögon öppnas och fästas på mig med detta djurlika, gnistrande och ilskna uttryck, som hade berövat mig sansningen, då han nalkades mig i trädgården. Minuterna växte till timmar, jag vågade inte röra mig och hade redan övergivit min första tanke att söka släpa mig till dörren och ropa på Lena, vilket dessutom troligen inte skulle tjänat till något, då jag hört att de båda fruntimren låg i två små rum ovanpå och således inte skulle hört mig.

Harold sov alltjämt, och jag började redan hoppas att morgongryningen skulle finna min fruktade sängkamrat i samma ställning, då jag tyckte mig höra steg utanför, liksom förra natten. De blev allt tydligare, jag lyssnade; kunde det vara Lena, som saknat sin husbonde och kom att befria mig ifrån min hemska gäst? Nej, det var inte Lena; dessa tunga, långsamma, släpande steg var desamma jag hört natten förut, de var nu utanför dörren, man famlade därpå liksom då, men dörren var nu olåst.

En sällsam förfäran intog mig, ty jag visste inte själv om jag drömde eller var vaken; nu sköts dörren långsamt upp och Harold inträdde...

Harold! Ja, Harold själv... Men han låg ju där bredvid mig... Mina stirrande blickar vandrade från den ena Harold till den andra. Vad var detta? Var jag ett rov för en vild och orimlig feberfantasi?

Jag hade i min förfäran satt mig upp och dragit mig tillbaka emot väggen så mycket som möjligt; men var likväl helt ofullkomligt dold av sänggardinerna. Emellertid hade min paniska förfäran hunnit det stadium, då man liksom förlorat all besinning och reflektionsförmåga. Jag stirrade endast helt förlamad på denna gestalt, med sitt döda utseende och sina spöklika ögon, som närmade sig helt långsamt till sin egen spegelbild och, helt och hållet ignorerande mig, lutade sig ned över honom.

Aldrig skall jag kunna glömma denna natt och det sällsamma intryck, den känsla av hemskhet och onaturlighet som jag erfor, då jag såg denna dubbelvarelse framför mig i månskenet, såg honom med den fabelaktiga styrka, som jag förut beundrat, upplyfta sin sovande eller döda avbild, sin andra kropp, och bära den ut med sig genom dörren med samma lätthet som jag skulle burit min rock.

Jag vet inte om jag kom på två eller ett ben till dörren, men i ett nu var jag där och omvred nyckeln i låset. Jag skulle kunnat komma dit om jag varit alldeles utan ben tror jag, ty förskräckelsen gav mig vingar, och nästan sanslös kastade jag mig tillbaka på sängen, med den enda bestämda tanken att på intet villkor stanna ännu en natt i detta hus.

Men kärleken övervinner både gastar och spöken, och ännu en tredje natt skulle jag tillbringa här, på det att den skulle avgöra över hela mitt livs lycka.

Jag vaknade om morgonen vid solens klara sken, och då nattens sällsamma skuggor framstod för mitt minne, var jag nästan övertygad att jag drömt alltsammans, så mycket mera som nyckeln, vilken jag trott mig vrida om innanför i låset, alls inte fanns där, och om jag verkligen stängt dörren själv, så skulle ju ingen kunnat öppna och borttaga densamma. Just som jag funderade på detta, hörde jag Lenas röst utanför, och strax därpå hur hon isatte nyckeln och öppnade. Jag hade således verkligen varit instängd även denna natt. Förvånad och villrådig frågade jag den inkommande gumman om hon haft nyckeln hos sig.

"Nej, herr Harold låste själv dörren då han gick ut från er igår kväll", svarade hon fryntligt, bjudande mig kaffet som hon medfört.

"Harolds besök var således ingen dröm åtminstone", tänkte jag och tillade högt: "Det är besynnerligt, jag minns inte alls när herr Harold skildes från mig."

"Det tror jag nog, ty ni sov som ett gott barn, då han gick."

"Nej, min gumma, det inbillar du mig inte", mumlade jag förtretad, men hon hörde ingenting och fortfor helt förtroligt:

"Försök nu att böja ert ben; ser ni, det går för sig, nu skall jag lägga omkring det ännu en gång, och i morgon svarar jag för att ni går så raskt som jag."

"Det var inte mycket lovat", menade jag skrattande, helt förnöjd att verkligen kunna stödja på foten utan smärta.

Det var idag jag skulle få återse Gerda. Jag kunde åter stå på mina ben, kunde gå omkring i rummet, och, under oupphörliga förslag till det tal jag ville hålla, för att, med anledning av den upphittade urnyckeln, förmå Harold till en förklaring över allt det mystiska och obegripliga i hans person och handlingar, tillbringade jag tiden ända till middagen.

Ack, vilken middag! Jag fick åter sitta under de skuggande träden mitt emot Gerda, och jag var åter nästan lika förvirrad och upprörd därav som förra gången. Solen sken så varmt och klart, vem kunde nu tänka på nattens fantastiska skuggor. Jag tyckte mig sväva i ett paradis, i ett rus av sällhet och blomsterdoft, och Harold, som läsande i en bok satt bredvid mig på gräsbänken, tycktes inte märka eller åminstone inte visa missnöje med min troligen föga beslöjade förtjusning.

Timmarna flög bort, skuggorna blev allt längre och Harold bad Gerda sjunga för oss; han följde henne in i huset och sade leende i det han gick: "Jag återkommer strax för att hämta er, min stackars invalid."

Jag blev ensam och njöt nästan därav, ty mitt hjärta var allt för överfullt; den första vaknande kärlekens styrka nästan överväldigade mig. Jag lutade huvudet i handen och försjönk i dessa ljuva, obestämda drömmar, som det varma blodet för till hjärnan.

Den gamla Lena kom i detsamma ut ur huset; hon var stadd i något hushållsgöromål, med sitt stora vita förkläde och en korg med grönsaker på armen. Jag vinkade henne till mig, och visande henne den avslitna kedjan, som jag förvarade i västfickan, sade jag sakta: "Säg mig, Lena, om inte denna tillhör er husbonde? Om så är, så ta den, ty det tycks vara en vacker och dyrbar sten som han förlorat."

"Var har ni hittat den?" frågade Lena med synbar förundran.

"Fasthängande vid mina egna kläder den natten då jag fick mitt ben så illa medfaret."

Lena tycktes mycket brydd; hon teg en stund, liksom besinnande sig, men sade därefter med låg röst: "Ni gjorde mycket rätt, som gav den åt mig. Det är vissa saker som herr Harold inte vill tala om. Varje människa har sitt kors här i världen. Om ni vill behålla hans vänskap, så visa ingen barnslig nyfikenhet för det som inte rör er." Gumman nickade vänligt åt mig och avlägsnade sig, under det hon stoppade den avslitna urkedjan i sin kjortelsäck.

"Hm, det tycks minsann röra mig, då det nära kostat mig livet", mumlade jag halvt leende och halvt förargad.

Det var således givet: Harold led av denna obehagliga sjukdom, som gör människor till sömngångare, och berövar dem nattens ro och vila, jag var nu säker därpå, men, men... Jag hann inte vidare i mina tankar. Harold kom nu ut, gav mig sin arm till stöd och förde mig in i den salong, där jag i hemlighet första gången sett Gerda. Jag uttryckte min förvåning över dess sällsamma möblering, eller rättare brist på all sådan.

"Ja, ni finner den besynnerlig, den har ju varken stolar eller bord, men de behövs inte här. Gerdas plats är antingen vid pianot eller på golvet vid bassinen, och min på soffan där, då vi är härinne. Jag älskar vattnets sorl så högt, att jag fört den lilla bäcken hit in till mig", sade han leende, under det han förde mig till den låga mjuka soffan och satte sig själv bredvid.

"Men vem har lärt er att sjunga på detta sätt", sade jag hänryckt, då Gerda tystnat och satt drömmande sedan hon sjungit en liten förtrollande romans, vars ord var lika ljuva som dess melodi.

"Harold, naturligtvis", sade hon naivt.

"Men det tycks mig, som om ni haft en ängel till lärare."

"Åhja, han är också min goda ängel. Han har lärt min själ att tänka och mitt hjärta att älska... han har lärt mig att leva", återtog Gerda entusiastiskt, steg upp ifrån pianot och lade sig sakta på knä vid Harolds sida.

”Se så, sjung nu den där gamla visan, vars melodi du själv komponerat”, sade Harold, under det han smekande strök hennes hår och reste henne upp.

Gerda gick tillbaka, och hennes ljuva och vemodiga röst fyllde åter min själ med denna tjusande melankoli, som är angenämare än den mest strålande glädje. Den sista versen hade förklingat:

Hav tack, du älvadrottning – det glömmer jag ej mer –
Ej heller fruktar jag att hemåt vandra.
Se där, i månens strimma min rätta väg jag ser
Farväl! Vi glömmer inte brått varandra.
Väl är jag mycket ringa, ej har jag gods och guld,
Men Herren vill jag lova att aldrig för min skull,
Det suckar skall så tungt uti skogen.[1]

Och jag upprepade rörd med tårfyllda ögon, hänryckt av stundens tjusning, de sista orden i djupet av mitt hjärta: ”Men Herren vill jag lova, att aldrig för min skull, det suckar skall så tungt uti skogen”. Det var ett löfte, gjort i en själens sabbatsstund, vars enda behållning blev det *för sena* och förödmjukande minnet därav.

Gerda hade avlägsnat sig, Harold och jag var ensamma och ehuru det ännu inte var mörkt, ämnade även jag återgå till mitt rum, ty minnet av den föregående natten oroade mig; men Harolds samtal var nu som då så fängslande, att det hänförde mig mot min vilja.

Slutligen sade han hastigt, sedan han suttit tyst och tankfull en stund: ”Ni, som är ung, ni tror säkert på aningar. Och jag vet inte, varför man någonsin skulle misstro dessa själens dallringar före den annalkande stormen; jag har ganska ofta erfarit dem, men aldrig så tydligt, som i detta ögonblick... någonting nalkas oss... *mig*, men jag vet inte vad namn det har.” Han tystnade och lät huvudet sjunka emot bröstet för några minuter, och jag kände en underlig beklämning vid hans låga och högtidliga röst.

Vattnet sorlade framför oss så ljuvt och musikaliskt i kvällens tystnad, och den svala vinden fläktade genom de öppna fönstren, men jag njöt inte därav, jag endast bevakade Harolds ansikte med oro och bävan.

”Hör på, min unge vän”, återtog han med mera livlighet, ”det tycks som jag inte skulle kunna efter en så kort sammanvaro känna er, men likväl tror jag er inte i stånd att svika ett givet förtroende. Jag har här ingen vän, som kunde beskydda den ljuva varelse, som nyss lämnade oss. Gerda skulle vara alldeles värnlös, om jag dog innan jag kunnat anförtro henne åt en broderlig eller faderlig vän. Vill ni mottager detta brev och, om något skulle hända mig, sänder det till sin ägare, det är en

---

1 Dikten *Hvi suckar det så tungt uti skogen?* (1839) av Bernhard Elis Malmström (1816-65), författare och professor i estetik, ledamot av Svenska Akademien.

gammal vän, som skall bli Gerdas förmyndare. Ni för henne och den gamla Lena antingen genast till honom, eller också stannar ni här, tills han hinner att komma hit. Ni vet inte vilken förfärlig olycka Gerda skulle kunna bli utsatt för, om..."

"Förlåt mig, jag hörde ert samtal med den förrymde fången i skogen och jag vet därför vad ni fruktar."

"Nåväl, så mycket bättre! I detta fall känner ni vikten av att det arma barnet ställs under säkert beskydd."

"Jag lovar det heligt, och..."

"Jag tror er. Kom ihåg att en döende man har lämnat henne åt er heder och ert beskydd. Ifall jag skulle bedragit mig, och molnet som nu svävar omkring mig skulle skingras, så är vad vi nu talat gömt emellan oss, ni förstår. Ni sade igår, att ni kände er fäst vid mig med en olöslig sympati. Jag trodde mig inte behöva vädja därtill så snart. Men, vi måste skiljas, det är sent, god natt!"

Harold tog hastigt och liksom med en nervös iver min arm och förde mig genom den lilla förstugan till mitt rum; men då han ville stänga dörren, hejdade jag honom och sade leende: "Med er tillåtelse, så vill jag nu stänga själv, då jag kan gå vart jag vill."

"Nåväl, gör det då. Men lova mig vid er heder att inte gå ut ur ert rum i natt, av vad anledning som helst."

"En besynnerlig begäran, men jag lovar det."

"God natt!"

Harold gick och jag kände mig helt tillfreds då jag undersökte låsen och ansåg mig vara i ro, och för att ytterligare öka min trygghet, släppte jag ned rullgardinen; jag ville inte se hans hemska ögon utanför, jag var trött av två nätters vaka och orolig sömn och kastade mig genast på sängen.

Den ro på vilken jag hoppats, blev emellertid inte långvarig. Jag vaknade hastigt uppfarande vid ett ångestfullt rop. Yrvaken såg jag mig omkring, allt var lugnt i mitt rum, den nedsläppta gardinen gjorde det nästan mörkt, jag hörde ingenting och trodde nästan att jag endast drömt, då i detsamma ett dovt buller uppöver mig kom mig att skynda ur sängen och lyssna.

Lyckligtvis hade jag, ledd av någon oöverlagd instinkt, inte avklätt mig. Jag rullade upp gardinen, det var över midnatt, månen höll på att gå ned, men jag urskilde tydligt allt i den lilla trädgården omkring huset, och ingenting ovanligt mötte mitt spejande öga. Bullret som jag hört förnyades inte. Allt var fullkomligt tyst under några minuter.

Plötsligt hördes åter ett rop, men svagare och hastigt dämpat; det var uppöver mitt rum och med blixtens hastighet insåg jag, att det måste komma från Gerdas kammare.

Harolds samtal om kvällen, hans aning om någon olycka, hans omsorgsfulla stängande av fönster och dörrar, den förrymde fångens hotelser och uppsåt: allt föll över mig i samma ögonblick med en ström av fruktansvärda tankar.

Strax efter nödropet hörde jag några tunga steg, som kom taket att darra uppöver mig, därefter ett knarrande ljud, liksom om ett fönster öppnats och ett knakande, som om någon begivit sig ut därigenom nedåt väggen, vilket i själva verket också var mycket lätt, då huset var lågt och hela väggen klädd med en tät spaljé, som ännu mera förstärktes genom de sega och knotiga grenarna av de vilda vinrankorna däromkring.

Dessa iakttagelser var alla gjorda i ett ögonblick, och i det nästa fattade jag bösssan, som jag haft med på min promenad ifrån skogvaktarestugan och som stod i ett hörn av rummet, och försökte att öppna fönstret för att hoppa ut. Mitt löfte att inte lämna rummet ansåg jag helt och hållet omöjligt att hålla, det hade tydligen avseende på andra förhållanden.

Men antingen att ivern gjorde mig så oskicklig eller att fönstret hade någon hemlig fjäder, som öppnade det, nog av, jag var inte i stånd att komma ut. Jag slog sönder glaset, men järngallret kunde inte besegras. Jag ruskade det förgäves i min förtvivlan, då jag hörde den person, som klättrat utför väggen, nu helt tungt hoppa ned på marken, på sidan om fönstret, så att jag hindrad av gallret inte kunde se någonting.

Jag ropade och bullrade för att möjligen skrämma våldsverkaren och skyndade med detsamma ut genom dörren. Utkommen såg jag farstudörren öppen och hörde ropen av den gamla Lena, som kom i nattkläder, springande så fort hon förmådde utför trappan.

”Tjuvar! Mördare! Gerda! Gerda!” skrek hon överljutt, och dessa rop behövdes inte för att låta mig störta utför trappan och ut i trädgården, i det jag ropade åt henne att skyndsamt väcka Harold, vars rum jag visste låg på andra gaveln av huset, och som kanske ingenting hört.

Då jag kom ut och skulle vika om en häck för att följa Gerdas förmodade rövare, hejdades jag likväl hastigt mitt i min väg av en mörk massa, som jag inte genast kunde urskilja. I nästa ögonblick igenkände jag Harold, kämpande i en fruktansvärd omfamning med den kolossale Jan Kyller.

Det var en brottning på liv och död, jag såg den förrymde förbrytarens arm lyft i höjden med en kniv i handen, blänkande i det bleka månskenet, men denna arm omfattad av Harolds vita hand, vars muskler var spända och hårda som stålfjädrar, såg Harolds gnistrande och hemska ögon genomborra sin motståndare, vilken, oberedd på det motstånd han nu mötte, troligen helt och hållet obekant med *nattens* förfärlige Harold, sviktade och föll, besegrad lika mycket av sin motståndares herkuliska krafter, som av den paniska skräck denne troligen ingav honom.

Jag såg allt detta i ett ögonblick, men Gerda såg jag inte. Var var hon väl?

Jag ropade hennes namn förgäves, jag sprang framåt med förtvivlans hastighet, förföljd av de båda brottandes dova, flämtande andetag och tunga, flåsande suckar.

Ah, där borta, endast hundra steg framför mig, ser jag en mörk figur skynda undan. Det var således inte Jan som varit uppe i Gerdas rum. De hade varit två, och den ene hade tydligen stått på vakt, för att skydda den andres flykt med det dyrbara rovet.

Jag ropade åter Gerdas namn, blandat med hotelser och förbannelser över hennes rövare, och med mina rop förenade sig snart den förskräckta Lenas.

Det var tydligt att karlen framför mig hade en tung börda, han skulle annars längesedan undkommit. Det var nu inte mera än femtio steg emellan mig och honom, då jag hastigt såg honom snava och falla till marken, samt strax därefter, lämnande sitt byte – för vilket han troligen mycket litet intresserade sig för egen del – springa sin väg med obehindrad fart ofch försvinna i skogen.

Det var utan tvivel Jans kamrat, övertalad till detta dåd, som båda troligen ansåg mycket lätt att utföra i den lilla ensliga stugan, bebodd endast av den svaga och nervösa Harold, den gamla kvinnan och flickan; ty om min tillfälliga närvaro hade de tydligen ingen aning, lika litet som om Harolds sällsamma periodiska styrka.

Jag skyndade fram, andlös av den förfärligaste ovisshet, om jag skulle finna den unga flickan levande eller död. Och då jag äntligen fann henne liggande på marken, insvept i en stor schal, halvkvävd av det kläde man bundit för hennes mun, blek och avsvimmad, fruktade jag verkligen det senare.

Jag hade inte hunnit mer än borttaga klädet och resa upp hennes huvud innan den gamla Lena kom. Hon skyndade till bäcken efter vatten, men våra förenade bemödanden kunde inte bringa henne till sans, och villrådig om jag inte borde lämna henne i Lenas vård för att återvända och hjälpa Harold, frågade jag Lena om hon sett de båda stridande.

Lena suckade blott; hon var så förskrämd, att hon troligen inte förstod vad jag sade, och som Gerda nu långsamt öppnade ögonen och efter några minuter själv kunde resa sig upp, så förde vi henne sakta till en bänk för att lugna sig något innan hon återvände till huset, där troligen en syn skulle möta henne, som väl kunde fresta mera härdade nerver.

Emellertid oroades jag av att ha lämnat Harold ensam med sin fruktansvärde motståndare, vilken likväl troligtvis, då han såg sig upptäckt och sitt företag misslyckat, endast skulle söka att undkomma. Jag återförde därför de båda fruntimren så snart den stackars flickan hämtat sig tillräckligt.

Det förvånade mig likväl under vägen att, på Gerdas oroliga frågor efter Harold, Lena svarade med mycket lugn att han sov och visste om ingenting, men att han kanske vaknat och kommit ut sedan vi avlägsnat oss.

”Hon har således gått en annan väg och inte sett eller hört de båda stridande”, tänkte jag, och undvikande gaveln på huset, där jag sett de båda männen, förde jag Gerda upp i Lenas rum och återvände själv till stället där jag lämnat Harold.

Förvånad blickade jag omkring mig, jag såg ingenting. Den uppsparkade sanden och de avslitna kvistarna på buskarna bredvid visade mig likväl stället, där de båda männen kämpat. Men vem hade segern tillfallit? Jag sökte med ängslan omkring för att upptäcka detta.

Gryningen började nu sprida sitt klara ljus över föremålen, och vid den täta hallonhäcken, som gömt mig själv den aftonen då jag osedd beskådade det lilla husets invånare, såg jag nu en varelse ligga undankrupen, som det tycktes för att likt det vilda djuret dö osedd och i hemlighet.

Spår av blod ledde mig till stället, jag gick närmare, tvekande och med rysning, böjande undan grenarna, som dolde honom endast till hälften. Det var Harold jag såg, med sönderslitna kläder och död.

Ur ett djupt och brett knivstygn i halsen framträngde blodet ännu. Jag lutade mig ned, uppskakad av den hemska synen och den smärta jag kände och betraktade den dödes ansikte, som nu syntes mig mindre stelt och onaturligt än jag nyss sett det under striden med hans mördare.

Hans aning hade således varit riktig, det var *dödens* mörka moln, vars annalkande han känt och fruktat kvällen förut.

Jag påminde mig varje av hans ord; det löfte jag givit honom med avseende på hans fosterdotter, och sällheten att genom uppfyllandet därav, få bli Gerdas beskyddare, blandade sig, mot min vilja, i rörelsen vid den förfärliga utgången av detta äventyr och sorgen över en man, vars originella hemlighetsfullhet ökade det intresse och den vänskap jag fattat för honom.

Lutande mig över honom upplyfte jag hans huvud, i hopp att ännu finna något tecken till liv, och lyssnande lade jag mitt öra till hans bröst och läppar, sökande med min näsduk avtorka det mörka, levrade blodet, som genomdränkt hans skjorta och väst och spritt sig i sanden där han låg.

Allt hopp om räddning var emellertid förbi; den arm jag fattat föll stel och tung tillbaka, och den bleka pannan, på vilken jag lade min hand, kändes redan kall.

Just i detsamma såg jag Lena utkomma genom farstudörren och nalkas åt det håll där jag stod, bredvid hennes döda husbonde; så snart hon fick se mig ropade hon med glad röst, utan att ana vad som hänt:

"Gudskelov, att allt slutade med blotta förskräckelsen! Gerda är redan återställd och Harold, som inte lämnat sitt rum, vet troligen om ingenting."

Jag reste mig upp, gick mot henne och visade tyst och med bortvänt ansikte på liket. Jag hade inga ord för att upplysa den stackars gamla amman om hennes misstag.

Hon ryckte till, uppgav ett rop och störtade fram, men till min förvåning övergick hennes första häftiga förskräckelse så småningom till ett uttryck av vemodigt lugn och nästan tillfredsställelse, då även hon, som knäböjt bredvid den döde, övertygat sig att de pulsar, efter vars slag hon med oro lyssnade, för alltid stannat.

"Han är död! Han är död, den arma varelsen!" utropade hon sakta. "Död under det han, likt en trogen hund, försvarade sin herres boning..."

Jag var i detta ögonblick så upprörd och förvirrad av alla de gåtfulla händelser, som tilldragit sig omkring mig sedan några dagar, att jag stirrade på den gamla kvinnan utan att förstå, eller ens göra någon reflexion över hennes besynnerliga ord, och då hon, kyssande den mördades kind, slutligen reste sig upp, fattade min hand och drog mig med sig, följde jag henne in i huset helt tyst, utan någon anmärkning.

Morgonsolen lyste nu in genom fönsterna i salongen, vattensprånget plaskade i bassängen och blommorna stod lika friska däromkring, allt var sig likt, som kvällen förut och med en ovillkorlig känsla av fasa såg jag även Harold ligga som då på soffan.

Jag förde handen till pannan, övertygad att jag yrade; Harold, som jag nyss lämnat därute i trädgården, som ett blodigt och stelnat lik! Denna orimlighet, att se honom dubbel, vilken nu för andra gången mötte mig, kunde endast genom en febers fantasier eller vansinne förklaras, och lät ett hastigt och förfärligt misstroende till mitt eget förstånd isa igenom mina ådror.

Harold reste sig i detsamma upp, räckte mig handen och mottog den gråtande Lena i sin famn.

"Han är död!" viskade amman snyftande.

"Ja, han är död, jag känner det", sade Harold med strålande ansikte och rörda och tårfulla blickar. "Han är död, denna arma varelse, mitt hela livs fasa och förbannelse. Jag är fri; tyngden för min arma själ att bära bojan av två kroppar är borttagen. Jag tackar dig, min Gud", fortfor han med högtidligt allvar och sträckte sina hopknäppta händer med hänförelse emot höjden.

"Arme broder! Olyckliga fantom av mig själv, den bleka gnista av min själ, som jag måste låna dig, är då slocknad eller återförenad med min egen; jag rår *ensam* om den själ, som hittills varit delad och du är befriad ifrån ditt hemska skenliv!"

"Och ni, min unge vän", tillade han, vändande sig till mig, "ni har räddat min stackars Gerda, då jag själv inte förmådde det; men hädanefter skall min sömn inte mera bli en maktlös dvala, jag skall våga att överlämna mig åt vilan utan fruktan att förlora mig själv, utan den förfärliga ängslan, att varje natt känna min själ flytta i en annan kropp; min egen arm skall kunna skydda vad mitt hjärta älskar; jag känner det med ny och underbar förtjusning."

Harold tystnade, och jag trodde mig ännu drömma; jag förstod ingenting, mina tankar kunde endast med möda klarna och reda sig, och då Harold gått in i sina rum, sade jag tvekande till Lena, som sakta gråtande satt kvar på soffan:

"De var således *två?*"

"Ja, de var tvillingbröder, som båda legat vid mitt bröst, jag har uppfostrat dem båda", sade amman torkande sina ögon.

"Men..."

"Denna hemlighet var Harolds förtvivlan och olycka..."

"En sådan likhet är likväl underbar."

"Den var likväl inte det mest besynnerliga; om likheten varit fullkomlig, hade vi inte haft skäl att sörja däröver; men då de båda barnen växte till och Harold blev kvick och livlig, blev den stackars Henning en idiot, som endast tycktes äga en enda känsla, en enda instinkt, den av en blind och passionerad tillgivenhet för brodern, vilken denne å sin sida inte kunde återgälda med annat, än en sällsam fasa för sin egen förnuftslösa spegelbild, en oövervinnelig leda och ett plågsamt medlidande; man skulle kunna säga att den stackars Hennings hela liv blott var en svag reflex av Harolds, ett slags spöklik uppenbarelse av dennes orediga och vilda drömmar, ty han uträttade ofta under natten, då Harold sov, vad denne tänkt och velat göra under dagen, och förekom därför denne som en gengångare av honom själv, en regellös mekanik, verkande i en kropp utan ande och förnuft."

"Då den ena brodern vaknade somnade nästan alltid den andra i en djup och dödlik dvala, och om Harold någon gång kunde motstå denna domning och med Henning liksom kämpa om besittningen av sin egen själ, så förlorade han likväl snart sitt omdöme och sin kraft, och föll innan kort i den sömn, som ensam tycktes skänka hans arma vanlottade bror det torftiga liv, varav han njöt; allt förenade sig i sanning att ge stöd åt den föreställning, som förbittrade Harolds liv, att de båda olyckliga bröderna för alltid var fastkedjade vid varandra och att möjligen en dag rollerna kunde ombytas; det irrande förnuftet kunde stanna i Hennings hjärna, och Harold bli idioten, utan annan kraft och förmåga än det vilda djurets.

Ni kan nu fatta varför vi prisar Gud för den stackars sinneslöes död, om den också skett på ett våldsamt och onaturligt sätt", tillade amman suckande.

Den sällsamma berättelse, Lena meddelat mig, hade nu äntligen för mig förklarat den besynnerliga nattvandrarens hemlighet och grannfolkets vidskepliga tro därom, men den hade också med ens kastat mig in i metafysikens förledande spekulationer; ifrån det speciella intresset för Harolds och Hennings mystiska samband flög min tanke till tusen sällsamma frändskaper och företeelser i naturen, som jag aldrig skulle få förklarade, och först ljudet av Gerdas röst väckte mig ur min tankspriddhet.

*   *   *

Om aftonen kom Kjellman, den hederliga skogvaktaren, för att uppsöka mig, som han så länge förgäves väntat, och om vars öde han tycktes ha gjort sig de mest besynnerliga föreställningar.

184

För att vara mera trygg i det vågsamma företaget att nalkas den fruktade dalen, där Harolds skugga injagat förskräckelse hos alla som kommit däråt, hade han fått två andra karlar med sig, och under vägen hade de, inte långt från eremitaget, funnit den förrymde och för länge sedan efterlyste fästningsfången Jan Kyller, eller "Stora Jan", död i skogen; han hade ansiktet sönderrivet och de trodde honom ha fått bröstet krossat, ty en ström av blod hade runnit ur hans mun, där han låg.

"Man skulle trott honom ha råkat ut för en björn och blivit klämd och riven av denne", sade skogvaktaren, som i själva verket med denna förmodan kom sanningen närmare än han själv anade.

Dagen därpå reste Harold med Gerda ifrån sin romantiska sommarboning, vilken efter denna natts hemska äventyr i hans ögon förlorat allt behag; den gamla Lena skulle förena sig med dem, så snart han bestyrt om den stackars Hennings begravning och även jag fick tillåtelse att besöka dem, då de bestämt sin blivande bostad.

Ett helt år förgick innan jag fick den efterlängtade underrättelsen därom. Jag hade blivit "dödligt kär", som man blir vid ett par och tjugo år, jag hade väntat och längtat och hoppats och brunnit; minnet av den lilla tjusande dalen och de tre nätter jag tillbringat i det ensliga skogshuset, vars hemlighet varit nära att kosta mig livet, vek aldrig ur mina tankar, och det var med en slags vild hänförelse jag slutligen mottog ett brev från dess forna ägare.

Jag uppslet förseglingen, vad innehöll det väl? Jo, underrättelsen att den vackra artonåriga Gerda älskade sin fyrtioåriga fosterfar och helt nyligen blivit hans maka.

O! De kvinnorna! De kvinnorna! Vem har någonsin blivit klok på dem?

Behöver jag väl tillägga, att jag uppsköt min tillärnade visit.

Jättegrytan

Det var just i skymningen. Justitierådet, som satt i en gungstol framför eldbrasan, hade fallit i en stilla slummer, insövd genom den långdragna och enformiga sonat, vilken Eva med beundransvärt tålamod och precision utfört på pianot, och vars upprepade kraftfulla slutackord äntligen lät honom vakna och ackompanjera dem med en tämligen ogenerad gäspning, i vilken fru Jenner med mera återhållsamhet instämde.

Både Albert och doktor Manfred, som satt med ett tidningsblad vid fönstret, tycktes emellertid ha undgått verkan av Evas musik, och doktorn utbrast småskrattande, just som Eva steg upp:

"En fru, som etablerat rakstuga! Det är ju alldeles förträffligt! De kvinnorna, de har då i alla tider dragit oss vid näsan, och nu tvålar de till oss också. Det var i sanning en superb idé, jag riktigt gratulerar den värda frun."

"Vad säger du?" sade justitierådet. "Ett fruntimmer med en rakkniv i handen! Himlen bevare oss! Förr finge då mitt skägg växa som på en patriark."

"Och jag, morbror, jag vore nästan färdig att släppa till mina nyss komna mustascher, med förbehåll likväl, att hon vore ung och vacker", inföll Albert.

"Och vilka ledsamma rykten från Warschau!" återtog doktorn, som alltjämt läste i tidningen, vilken han höll framför sig. "Lyckligtvis kan man anse hälften för osanning", tillade han likgiltigt.

"O, ja! Är det inte upprörande! Hur länge skall vi tåla alla dessa nedrigheter? Jag vågar inte läsa därom", inföll Albert, med hetta besvarande doktorns lugna anmärkning. "Är det då så ont om män med hjärta i bröstet, är de hederliga människorna så få, att de ingenting kan uträtta?"

"Vad menar du med 'hederligt folk', med 'hjärta i bröstet'? Entusiaster, barn, liksom du själv, förmodligen, utan erfarenhet och vett?" sade justitierådet långsamt och lutade sig sakta tillbaka i gungstolen.

"Jag ber om förlåtelse, morbror, utan erfarenhet kanhända, men inte utan vett."

"Såå, vet du vad verkligt vett är? Det är att vara praktisk, att följa med strömmen, men alltid laga så, att man flyter ovanpå."

"Morbror, skall vi nu komma i strid igen, skall ni åter komma fram med dessa lumpna och egennyttiga resonemang, som bringar mitt blod i jäsning?" sade Albert med stigande färg på kinderna.

"Nå, det vill då inte mycket till för att få en nittonårig pojkes blod i jäsning", återtog morbrodern skrattande. "Men även med fara att bringa det därhän så skulle jag vilja säga dig, att det just är egennyttans breda och stadiga basis, varpå hela världen vilar."

"Ni har kanske rätt uti, att denna basis är bred, men att den är stadig, det vill säga trygg, det vill jag i evighet bestrida, ty det är just egennyttan, den avgrundsmaran, som verkar all denna osäkerhet, dessa lumpenheter, skojerier, olyckor och orättvisor, som upprör oss både i politiken, affärerna och det enskilda livet."

"Du har till en del rätt, men som nu emellertid egennyttan, det egna intresset regerar världen, så gör vi klokast uti att böja oss för denna stormakt, det vill säga likna alla andra. Ser du, jag har vandrat min värld fram, nöjd och belåten med mig själv och andra, alltid varit hederlig karl och haft anseende därför, men egennyttan har alltid på närmare eller fjärmare håll styrt mina egna handlingar, och jag har alltid antagit dem såsom utgångspunkt för andras; det har gjort, att jag aldrig misstagit mig på folk, alltid vetat att ta dem på rätta sättet och nästan ständigt genomfört mina planer och beräkningar."

"Men ni skulle i det fallet blivit bra lurad, om ni fått med mig att göra."

"Åh, min vän, det finns inte många lammungar av den ullen som du, och alls inga gamla baggar; och lyckligtvis gäller vi för hederligt folk ändå", sade gubben storskrattande.

"Men jag, morbror, jag blir aldrig hederlig karl på detta sätt", utropade Albert med blixtrande ögon och steg häftigt upp.

"Hm, hm, enfaldigt, barnsligt prat", sade justitierådet, vinkande på ett medlidsamt sätt med sin stora, feta hand bortåt systersonen.

"Se så, Albert, kom hit och läs litet för oss!" inföll hans mor avbrytande, i det hon tog den första bok hon fick tag uti på divansbordet framför henne och sköt den till sin son.

"*Föreläsningar om magnetismen*",[1] läste Albert med tankspridd min. "Åh, det är ju bara dumheter."

"Ja, jag har läst litet däri, och det förefaller mig alldeles orimligt att tillmäta *inbillningen* en sådan kraft, att vilja anta den ensam såsom orsaken till alla de sällsamma verkningar här förekommer", sade fru Jenner i den tydliga avsikten att byta om samtalsämne.

"Ni skulle inte säga så, om ni själv vore läkare liksom den, som skrivit detta", sade doktorn, som med en melankolisk välvilja betraktat Alberts blossande ansikte och genast fattade moderns avsikt att förekomma en strid emellan de båda ytterligheterna, som representerades av den unge mannen och hans grandonkel.

---

1 Syftar på "animal magnetism" eller mesmerismen, det vi idag kallar hypnos. Jämf. med "magnetisören" Testa i *En gubbes minnen*.

"Ni kan emellertid tro mig", fortfor han, "då jag säger er, att inbillningen är för oss på en gång den mäktigaste bundsförvant och den svåraste motståndare, en motståndare, som vi nästan aldrig kan helt och hållet besegra."

"Ni tror då, att alla dessa absurda påståenden är riktiga?"

"Ja, till största delen, och jag försvarar alltid forntidens stackars förkastade charlataner; de kände människorna bättre än vi, eller rättare, de leddes av en *instinkt*, som vi nu med vetenskapens grunder kan försvara, de visste, att *tron* är det bästa både läke- och förstöringsmedel."

"*Vantron* menar ni, kanhända?"

"Det är fullkomligt synonyma ord. Vad som är *tro* för den ena är vantro för den andra, bådas verkan är densamma, och varje god läkare bör vara en smula charlatan."

"Doktor, doktor!" sade fru Jenner, hotande med fingret. "Nu gör ni er skyldig till ert vanliga fel igen, att inte tala om vad ni verkligen tänker."

Den gamle doktorn plirade skälmskt med ögonen och sade, i det han drog sin stol närmare intill värdinnans:

"Jag tänker det verkligen långt mera, än ni kan förestäla er, ty erfarenheten har visat mig, att några hoppfulla ord, sagda helt och hållet emot min övertygelse, ofta verkat vad mina medikamenter inte förmått och just genom den sensation, de väckt hos den sjuke, framkallat en förbättring, som jag inte kunde hoppas, och ni skulle inte förundra er däröver, om ni kände den utomordentligt stora makt, som *hjärnans* sensationer utövar på den övriga kroppen. Ja, kände vi blott lagarna för själens och kroppens växelverkan, så skulle läkarkonsten befinna sig på en helt annan ståndpunkt. Det har roat mig att speciellt studera detta sällsamma samband, och jag har kommit till den övertygelsen, att en läkare för kroppen inte får glömma att göra själen till sin bundsförvant."

"Ni menar inbillningen?"

"Just så. Jag skall berätta er en liten händelse, som hade ett avgörande inflytande på uppfattningen av mitt kall."

Albert och Eva flyttade sig hastigt fram till bordet, och till och med justitierådet, som gick fram och åter på golvet, stannade då och då för att lyssna till doktorns berättelse, ty gubben hade en egenskap, som troligen aldrig någon annan människa ägt, den att aldrig berätta sina historier mer än *en* gång.

"Nåväl, doktor, vad var det, varmed ni ville bidra till inbillningens auktoritet?"

"Jo, jag skall berätta er det."

"För fyrtio år sedan var jag ungefär vid den där muntergökens ålder", började doktorn, pekande på Albert med tummen och pekfingret, mellan vilka han höll en pris snus, som han just upptagit ur sin dyrbara gulddosa. "Jag var då i den lyckliga belägenhet att för ett mycket måttligt arvode ha fått i uppdrag, att plugga kunskap och vett i tre lata och dumma pojkar på en stor vacker egendom i Östergötland, men ehuru jag, liksom Albert, hade ofantligt högtsvävande ord och tankar om plikt och heder, så hyllade jag likväl de facto helt oskyldigt Silverknopps egennyttiga instinkter, och gjorde därför gemensam sak med mina glada och hurtiga elever, för att lämna läsningen åsido och i stället muntra oss med jakt och fiske, promenader, ridpartier och dylikt.

Deras far, en hedersman, som tyckte, att hans gossar fått den gladaste och raskaste kamrat han kunde önska, hade inte heller stora pretentioner på vår flit, och jag tillbragte därför min tid på det angenämaste sätt.

Det var naturligt, att med detta levnadssätt blev ingen enda av godsets underhavande obekant för mig, och våra ströverier gav mig tillfälle att till och med lära känna hela traktens befolkning.

Allt sedan jag kom till stället, hade jag hört talas om 'mor Maja i Kärret', och det sätt, på vilket detta namn alltid nämndes, hade givit det ett visst intresse för mig.

Om ett barn var sjukt, om en oxe fick benet ur led, om någonting var bortkommet, som inte kunde återfinnas, om en tvist eller otrohet störde ett älskande pars lycka, alltid skulle mor Maja ställa saken till rätta eller åtminstone rådfrågas.

Hon var således en så kallad 'klok gumma', och jag hörde hennes namn figurera med utmärkelse i så mystiska berättelser, att jag många gånger ämnat göra hennes personliga bekantskap, men det hade aldrig blivit av.

Bland husets tjänstepersonal fanns en ung flicka, vilken bland sina övriga plikter även hade den, att städa mitt rum och borsta mina kläder.

Den vackra Märta var förlovad med en av drängarna på stället, och som hennes val fallit på en hygglig och rask karl, som hade förhoppning att bli rättare på en närbelägen gård, så fann jag hennes kärlek och belåtenhet fullt berättigade.

Emellertid hade jag sedan någon tid märkt, att Märta inte mera var sig lik; hon visade sig tyst och surmulen, med bleka kinder och ofta förgråtna ögon.

'Hur är det med dig, Märta?' sade jag en morgon, då hon kom in med damborsten. 'Du är inte glad och trevlig som förr, du är illa klädd, med okammat hår, och dina vackra örhängen, som klädde dig så väl, är till och med försvunna.'

'Ja, jag har inte sovit i natt, och örhängena de är borta.'

'Har du tappat dem?'

'Nej, men jag hoppas till Gud, att jag aldrig får se dem mera.'

'Vad vill det säga? Har det kommit någon misshällighet mellan dig och Lars kanhända?' frågade jag, hastigt misstänkande någon ogrundad svartsjuka vara orsaken till Märtas bekymmer, ty örhängena hade jag själv i ett anfall av generositet skänkt henne, då jag en dag händelsevis gick förbi kökstrappan och fann nästan hela husets kvinnliga tjänstepersonal församlad omkring en vandrande dalkullas utbredda kram, och Märta alldeles hänförd av beundran över de ifrågavarande grannlåterna.

'Kanhända att din fästman inte ville du skulle bära dem?' fortfor jag ännu mera styrkt i min förmodan, då jag såg Märta gömma ansiktet i förklädet och utbrista i tårar.

'Nej, han bryr sig minsann inte mera om vad jag har på mig', snyftade hon, med lika mycken harm som sorg i rösten.

Mina deltagande frågor lockade snart fram den bedrövliga hemligheten, att den lättsinnige älskaren, vilken i själva verket ansågs såsom en oemotståndlig Don Juan, sedan någon tid låtit locka sig ifrån ömheten för sin trolovade av hushållerskans något åldrade behag, troligen understödda av skafferiets läckerheter, och detta förhållande var så mycket betänkligare, som den stackars Märta hade alla möjliga pretentioner på hans trohet.

'Men, Gudskelov, det intrikata stycket ska inte länge få rå om honom, för jag var i går kväll hos Maja i Kärret', sade Märta slutligen och torkade sina ögon.

Där hade jag nu återigen Maja i Kärret.

'Vad! Tror du, att den där gumman kan återge dig din fästman?' sade jag leende.

'Ja, det är säkert, hon vet råd för allting. Men ser herrn, jag ville vänta i det längsta. Jag tänkte, att Lars nog skulle ångra sig ändå, för sådana där trolltyg är nog svåra att vara med om, men nu har jag burit sorgmodigheten så länge, att jag inte stod ut längre, och så gick jag dit i går kväll.'

'Nå, vad sade Maja i Kärret dig?'

Märta teg och såg generad ut.

'Inte kunde hon ändra din fästmans tycke?'

'Nej, inte hon själv förstås...'

'Men vem då?'

'Ja, inte vet jag. De, som hon känner till, kan jag tro.'

'Och vilka skulle det vara?'

'Ja, det bryr jag mig inte om. Det är väl de, som bor i skogen. Jag gjorde bara, som Maja sade.'

'Vad sade hon då?'

'Det får jag inte uppdaga.'

'Men, Märta, kom ihåg, att jag skall bli läkare med tiden, och då kunde det vara mig till stor nytta, om jag liksom Maja "visste råd för allting"', sade jag, knappt i stånd att kunna hålla mig allvarsam.

'Ja, det är nog sant, och jag kan väl omtala det också, om herrn svär en dyr ed att tiga och aldrig säga det för någon, som inte i sin tur svär på samma sätt.'

'Åh, är det inte annat än det, så lovar jag allt vad du vill.'

'Ja, ser herrn, Maja sa', att det var en svår sak att bota, och att ingen annan hjälp fanns än att gå till jättegrytan och offra.'

'Vad vill det säga?'

'Jo, en ska själv helt ensam vid midnatten, under nymånen, gå dit och kasta ned det dyrbaraste en äger, eller det man mest tycker om, och därunder säga några ord, som Maja lärde mig.'

'Nå, vilka var då dessa ord?'

'Ja, det är just hemligheten, som herrn får svära på att förtiga.'

Jag svor, som Märta begärde, och hon viskade nu till mig några ord, som jag även utan ed och löfte visst aldrig skulle låtit komma över mina läppar, och som på en gång lät mig finna mor Majas trolldom lika avskyvärd, som jag förut fann den löjlig, och ingav mig en oemotståndlig lust att demaskera bedragerskan och bevisa den dumma flickan, att hon blivit narrad.

'Nåväl, och du upprepade verkligen dessa ord?' sade jag, utan att dölja min ovilja.

'Ja, det var stygga ord, men jag gjorde det likväl. Jag tog mina örringar, som var det jag mest tyckte om, och så gick jag dit i natt, för det är just nu nymåne. Maja följde mig ända till gångstigen men längre kunde hon inte få gå med. Jag trodde, jag skulle dö av skrämsel och ångest, när jag kom in i mörkret i skogen och klättrade uppför berget, men för Lars' skull tog jag mod till mig. Äntligen var jag då där, och månen glittrade litet på vattnet i hålan. Jag lade ringarna tillsammans med en liten sten, för att de genast skulle sjunka, i den lilla silkesduken, som Lars gav mig i julas, och som var mig ännu kärare, och så kastade jag alltsammans ned i vattnet och utsade de hemska orden. Det lät, som om någon hade skrattat eller pratat uppe i granarna över mig och upprepat vad jag sagt, men jag tumlade utför berget, för jag var alldeles yr i huvudet av rädsla, och sedan sprang jag över stenar och stockar som en galning. Gud vet, hur jag kom hem, och Gudskelov att det är över', slöt Märta som blivit alldeles gråblek vid minnet av sin utståndna fasa och sjunkit ned på en stol.

För första gången hade jag haft tillfälle att studera inbillningens makt, och i min oerfarenhet och mitt ungdomliga övermod ansåg jag det för lika lätt som prisvärt och nödvändigt, att söka besegra densamma. Det vill säga, jag föresatte mig att överbevisa Märta om orimligheten i mor Majas trolldom.

'Och nu har du förlorat dina örhängen för ingenting, det kan du lita på', sade jag föraktligt.

'Så herrn pratar', svarade Märta stött och inlade i sin ton fullt ut lika mycket förakt för min dumhet som jag för hennes. 'Det hörs, att herrn inte känner mor Maja; hon har väl botat så många sjuka och hjälpt så många andra förargelser och ledsamheter, så man aldrig kan tvivla på henne. Och får jag bara aldrig se ringarna mera för mina ögon, så blir nog allt bra. För ser herrn, om man någonsin skulle vilja ta tillbaka, eller ens bara komma att få se vad man offrat, så skulle allt vara förbi, och olyckan eller sjukdomen komma över en igen.

'Åh, för den saken kan du nog vara lugn; mor Maja lagar nog så, att du aldrig mera får återse dina saker.'

'Vad kan hon göra däråt? Det är inte hon, som tar dem.'

'Nej, det förstås', sade jag skrattande.

Märta gick sin väg, synbarligen ångrande att ha meddelat mig sitt äventyr. Och jag föresatte mig, att redan samma dag besöka den så kallade jättegrytan.

Jag hade förut en gång varit vid denna förmenta trollkittel, som inte var något annat än ett ovanligt djupt och trångt hål i själva släta klipphällen av ett högt, vilt och skogbevuxet berg i en hage, tämligen långt ifrån herrgården.

Som denna håla inte ägde något avlopp, ty berghällen runt omkring var alldeles utan rämnor, så samlade sig regn och snövatten däri, och då den var djup och fullkomligt i skuggan, så hann aldrig detta vatten att avdunsta mellan regnskurarna. Det var en av dessa ganska vanliga urholkningar, svarvade av någon lös sten i de avlägsna tider, då vattnet betäckte hela berget.

Jag var på förhand övertygad, att den kloka gumman inte skickade sina patienter och klienter att kasta sina 'offer' i vattnet, utan att ha tagit något försiktighetsmått för att kunna få upp dem igen, men för att fullt förvissa mig, hade jag medtagit en liten fin och stark håv, som jag utvalt bland fiskredskapen vid gården.

Som jag visste, att hela traktens befolkning i mer eller mindre grad delade Märtas vidskepelse, så medtog jag ingen av mina elever, på det att mitt vanvördiga och djärva tilltag inte måtte bli känt, innan jag själv berättat det.

Det var en varm eftermiddag i augusti, och jag behövde inte frukta att bli överraskad.

Uppkommen till hålan, fann jag, att vattnet betydligt förminskats, men att den var alltför djup, för att jag med håven skulle kunna nå dess botten. En stake måste uppsökas för att förlänga skaftet, och som hålet var lodrätt, blev det vida svårare, än jag föreställt mig, att få någon visshet om vad som möjligen fanns där nere.

Emellertid, då jag lyckats fästa skaftet på håven på annat sätt, uppdrog jag verkligen till min stora förvåning, bland grus och torv, ur det uppgrumlade vattnet Märtas silkesduk, väl hopfäst omkring de värderade bronsringarna.

Gumman hade således, säker om sitt byte, ännu inte hämtat det eller kanske ansett det alltför värdelöst att eftersöka.

Jag sänkte ned min håv ännu en gång, och bland granbarr, dy och mossa fann jag några silvermynt, en förrostad kniv och ett spänne, som tycktes ha legat där mycket länge.

Den oväntade fångsten ingav mig nu ett helt nytt intresse, och nästan för varje gång jag uppdrog håven, medförde den något, som tydligen med avsikt blivit ditkastat.

Bland alla dessa saker av ringa värde, fanns även en bucklad och nött guldring, bitar av silverbeslag omkring en tobakspipa, stycken av en silverkedja och slutligen en tesked och några ringar av silver.

Alla dessa fragment av en gång högt värderade föremål, dessa torftiga dyrbarheter, som varit sina ägares käraste skatter och därför offrats åt den mystiska auktoritet, vars sällsamma makt jag började ana, ingav mig på en gång ett slags vördnad; det låg en hel historia i var och en av dessa småsaker, de berättade mig om tårar och lidanden, önskningar, hopp och vantro, det låg något rörande i dessa vanmäktiga försök att blidka plågornas, sorgens och dödens makt. Jag kände obehag och nästan ånger över min pojkaktiga nyfikenhet och kastade hastigt alltsamman tillbaka igen, utom Märtas silkesduk med ringarna, vilken jag gömde.

Den gamla Maja var således åtminstone inte en uppsåtlig bedragerska, som jag hade trott, utan förmodligen själv fullt övertygad om kraften av offren i jättegrytan.

Emellertid förgick hela veckan, utan att jag talade mera vid Märta om denna sak eller lät henne ana mitt besök vid den förmenta trollkitteln.

På söndagsmorgonen var det likväl omöjligt att inte genast, vid hennes inträde i rummet med mina glänsande, nyborstade stövlar, märka hennes glada och triumferande utseende.

'Nå, Märta, vad har hänt, du ser så belåten ut?' sade jag, som ännu stod i skjortärmarna och kammade mitt hår.

'Jag må väl det. Lars har idag gått med trädgårdsmästaren för att ta ut lysning för oss', sade hon, glad att få ge luft åt sin tillfredsställelse och förtjusning.

'Nå, jag gratulerar dig. Trollet vid jättegrytan har då värdigats mottaga offret av dina vackra örringar och skänka dig åter din fästman', sade jag spefullt.

'Ja, herrn må gärna skratta, det kvittar mig lika nu, när Lars håller mig kär igen', sade Märta, som var alltför lycklig för att kunna bli ond.

Jag hade längesedan glömt det hastiga och ofrivilliga intryck, som offren i jättegrytan gjort på mig, och var allt för lättsinnig och tanklös för att bli rörd över den tillgivenhet och sällhet, som röjdes i den stackars flickans ord; lusten att överbevisa henne om löjligheten av hennes inbillning och att spela överlägsen kom mig att hastigt framdraga de uppfiskade örringarna, under det jag med ett mycket triumferande leende sade:

'Och du tror verkligen ännu, att det är örhängena och silkesduken, som förmått Lars att gifta sig med dig?'

'Ja, vad skulle det annars vara? Jag har alltsedan inte sagt ett enda ord åt honom, utan bara tåligt väntat, att hans sinne skulle vända sig till mig igen, som Maja befallde mig att göra, och så har det också gått', sade hon oskyldigt och aldrig anande, att troligen just hennes tystnad och ödmjukhet verkat, vad hennes tårar och förebråelser förut inte åstadkommit, och att hela kraften av Majas trolldom låg i denna befallning.

'Nåväl, nu skall jag på din lysningsdag ge dig ringarna igen och med detsamma visa dig, att hela det där dumma upptåget att kasta dem i vattnet inte verkat det allra minsta', sade jag med låtsad högtidlighet och höll i detsamma den urblekta och skrynklade silkesduken och örhängena framför henne.

Men knappt hade jag verkställt denna obetänksamhet, än jag ångrade mig, ty aldrig hade jag dittills sett en så hastig och fruktansvärd förändring i en människas ansikte.

Den stackars Märta blev alldeles likblek, hon stirrade på de olyckliga ringarna, som om hon sett ett spöke, och sjönk nästan sanslös ned på en stol.

'O, herre min skapare, så usel och obarmhärtig herrn kan vara! Nu är allt förbi', utropade hon med en röst, som lät mig frukta, att hon rent av kunde mista förståndet.

Alla mina förnuftsskäl, bevis och tröstegrunder verkade inte det ringaste. Den föreställning, som fått makt med den arma flickan, var allt för häftig att kunna besegras, i synnerhet som hennes belägenhet ökade inbillningens välde.

Hon hade återsett de uppoffrade dyrbarheterna, och priset där för kunde inte längre tillfalla henne, trolldomen var bruten och hennes lycka åter förstörd, efter hennes tanke; ingenting kunde övertyga henne om motsatsen, och först efter en lång stund lugnade hon sig så mycket, att hon, ehuru blek och gråtande, kunde återvända till sitt rum för att invänta fästmannens återkomst, sedan jag lovat henne att inte för någon människa, och allra minst för honom, nämna hela saken.

Jag hade verkligen inte föreställt mig att finna mina argument så fullkomligt kraftlösa, och den triumf jag påräknat över Märtas inbillning, då jag visade henne att hon kunde, även med de ominösa örringarna i behåll, bli Lars' lyckliga hustru, kunde åtminstone inte genast tillfalla mig.

Vid tjugo år är man på en gång mycket lättrörd och mycket självisk. Jag hade alls inte gjort mig besvär att söka uppfatta den stackars Märtas föreställningssätt eller betänka, att det var hela hennes levnadslycka, som hon trodde stå på spel och vari hon nu ansåg mig på ett så fruktansvärt sätt ha ingripit; men jag kunde likväl inte besegra en känsla av ledsnad och ånger vid den förskräckelse och ångest jag framkallat, och jag skulle gärna sett, att jag lämnat mitt experiment med hennes omvändelse ogjort.

Emellertid var denna känsla endast ögonblicklig, vi var allesammans bjudna till en av grannarna på eftermiddagen. Jag följde med, dansade och roade mig av hjärtans lust och glömde alldeles den vackra Märta och hennes trolovade.

Det var långt efter midnatt, då vi kom hem och stannade vid slutet av allén, där trädgårdsmästarens stuga låg alldeles invid vägen.

Då betjänten hoppade ned av vagnen för att öppna grinden, såg vi med förvåning, att ljus lyste genom fönstren, och flera personer stod samlade utanför dörren. En av dem nalkades betjänten och började ett samtal, som kom denne att stanna orörlig och låta grinden förbli stängd.

Jag lutade mig ut för att fråga om orsaken till hans dröjsmål och varför man var uppe hos trädgårdsmästarens.

'Ah, det är Märta och Larsson som väl har sitt lysningsgille där', sade en av gossarna inne i vagnen.

’Nej, bevars’, svarade betjänten. ’Den stackars Larsson lär vara död.’

’Vad säger du?’ utropade jag genombävad av en obeskrivlig rysning vid minnet av den vedervärdiga besvärjelse, som Märta viskat i mitt öra, och kännande, att jag blev alldeles kall i ansiktet.

Flera av de andra drängarna, som stod utanför stugan, kom i detsamma fram till vagnen och berättade händelsen på sitt vanliga osammanhängande och förvirrade sätt.

Den stackars Märta hade hela förmiddagen varit sorgsen och orolig, och slutligen hade denna oro stegrats till den grad, att hon övertalat en av de hemmavarande drängarna, att ro sig över en liten insjö, som låg strax vid gården och varöver man brukade färdas för att förkorta vägen till kyrkan; hon ville möta och följa fästmannen hem.

Man kom också mycket riktigt fram till kyrkan, innan ännu gudstjänsten var slut, hon fick höra det lysas till äktenskap för sig, och man anträdde hemfärden tillsammans med trädgårdsmästaren och ännu en annan av gårdens folk.

De båda förlovade och den karlen, som följde Märta, var tillsammans, och de båda andra följde efter i den andra båten.

Sjön var lugn som en spegel; Lars rodde den ena åran, och då han ett ögonblick släppte den, föll den i vattnet. Han sträckte sig oförsiktigt ut över båten för att fatta tag i åran och föll själv i sjön; som han kunde simma, hade troligen ingen fara varit för handen, om inte Märta, gripen av en panisk förskräckelse, hastigt utropat: ’Se där! Jag visste det väl, trollen vill ha igen sitt offer’, och i detsamma kastat sig själv efter. Hon hade klivit på kanten, den platta ekstocken kantrade, och alla tre var nu i vattnet. Den andra båten, som var ett stycke efter, kom emellertid fram, man såg Lars flera gånger över vattenbrynet, men den sanslösa Märta, som hängt sig fast vid honom, drog honom ned igen; och då man äntligen fick upp dem alla, var den olycklige fästmannen död.

Knappt hade de slutat den många gånger avbrutna berättelsen, innan en spöklik varelse kom ut ifrån stugan och gick uppåt allén.

Det var den arma Märta. Hon gick med vacklande steg som en drucken, och då hon kom mitt för vår vagn, stannade hon ett ögonblick, upplyfte handen och pekade med utsträckt finger på mig med en blick så vild och hotande, att jag omöjligt kunde missförstå den, och fortsatte sedan tyst och långsamt sin väg upp till gården.

Denna blick och detta utsträckta finger sade så tydligt: ’Där är mördaren!’ att jag tyckte mig höra de fruktansvärda orden i mitt öra. Hon hade på sätt och vis rätt. Och ännu ibland i drömmen ser jag den arma, bleka, förvirrade kvinnan stå anklagande framför mig.”

Den dödas bikt

Denna kvinna var en besynnerlig varelse, tänkte prosten, som levde här instängd och nästan osynlig, långt ifrån sin släkt och sitt fädernesland, år efter år tyst och ensam, utan att göra sig bekant med någon och utan att tyckas älska eller intressera sig ens för sitt eget barn. Astley besökte henne visserligen regelmässigt, då han var hemma, men han talade sällan om henne, och hon tycktes bäst trivas i ensamheten med en katt och en gammal piga, utan annan förströelse än läsningen av några engelska tidningar, som regelbundet varje vecka skickades till henne ifrån Ystad.

Han påminde sig, att han hört, det hon sedan några dagar vore sjuk, och detta vore en tillräcklig anledning att besöka den ogästvänliga frun, som själv under vintern aldrig gick ut ur sitt rum.

Det hade blivit sent, under det gubbens tankar genomgått alla dessa detaljer, han lyssnade till vindens tjut, sände en orolig önskan om eldens bevarande till invånarna i den andra flygeln, makade om den halvslocknade torven i spiseln och beredde sig att påtaga en gammal kamlottskappa, som hängde i ett hörn av rummet, för att över gården begiva sig till sin sängkammare i manbyggnaden.

Det var också hög tid, ty det gamla brunmålade vägguret, med sin svartnade mässingstavla, slog nu tolv, men just som dess sista surrande ljud förklingat, ljöd två hårda slag emot fönstret och kom gubben att spritta till av överraskning.

Vad kunde man vilja honom mitt i natten? Var det blåsten kanhända, som slitit fönsterblecket löst, eller en förirrad nattfågel, som, lockad av ljusskenet, farit emot rutan.

Gubben vände sig om och lyssnade; han var en mycket lärd och klok man, men det hindrade inte, att han kände en besynnerlig och alldeles omotiverad kyla över ryggen i det ögonblick, då han hastigt putsade sitt enda långvekade ljus i den stora flata mässingsstaken och lyfte upp gardinen.

Där utanför fönstret, omgivet av det djupa mörkret, syntes nämligen tätt invid rutan ett skrynkligt, hopfallet och blåblekt ansikte, infattat i en ram av grånade orediga hårtestar, våta av regnet, fladdrande för blåsten, med dunkla brinnande ögon och en av smärta eller vanvett förvriden mun.

Den ofrivilliga rysning, prosten kände, syntes verkligen ganska berättigad, ty en mera gastlik och hemsk uppenbarelse kunde knappt den mest fantastiska saga framställa, ack, det fordrades ett par minuters besinning, varunder han helt bestört och orolig stirrade därpå, innan han förmådde igenkänna den engelska frun, Astleys mor, på vilken han nyss tänkt.

I samma ögonblick han uppfattade, att det verkligen var hon, som stod utanför och begärde att bli insläppt, tog prosten naturligtvis sitt ljus och gick ut, för att öppna dörren för henne.

Man hade stängt förstugudörren, och för att inte få ljuset utsläckt av draget och regnet, satte prosten det på golvet innanför salsdörren, medan han öppnade.

"Bevara mig, min bästa fru Cameron, vad kan vara anledningen till ett så sent besök och i ett sådant väder?" sade prosten vänligt, i detsamma han öppnade dörren och den främmande kvinnan inträdde. – "Hur har ni kommit hit? Jag ser ingen vagn", tillade han, strävande att hålla dörren öppen, för att titta ut i mörkret, under det regnet slog honom i ansiktet och blåsten var nära att bortföra hans kalott.

Den bleka och vanställda kvinnan svarade ingenting, hon steg in i salen och tog vägen till prostens rum, under det denne upptog ljusstaken och, i det han följde henne, såg hennes långa svarta klänning släpa på golvet och lämna ett brett spår av smuts och vatten efter sig.

Då de inkommit i kammaren, ställde han ljuset på bordet och närmade sig sin sällsamma gäst, vilken stannat framför spiseln, med de mörka våta kläderna tungt hängande omkring sin smala och kantiga kropp, tyst och orörlig som en ande, och så avtärt var hennes ansikte, så slö och ihålig var hennes blick ur de djupa ögongroparna, att prosten trodde sig snarare se hennes vålnad än henne själv.

"Låt mig avtaga er kappa, den dryper ju av vatten. Se så, sätt er nu här framför elden och säg ert ärende, min fru! Jag hade hört, att ni var sjuk, jag hade ämnat mig till er i morgon, varmed kan jag nu tjäna er?" tillade han, skjutande en länstol fram till henne och sättande sig själv bredvid.

Den främmande sjönk ned i stolen så lätt och ljudlöst, som om hon upplösts till en askhög, eller som om man kastat en tom liksvepning på dynorna däri.

Hon teg alltjämt, och ingenting utom de brinnande orörliga ögonen, som lyste likt två eldkol i en hög av svartnad aska, visade, att det var ett levande väsende.

Gubben kände sig slutligen underlig till mods vid denna ihärdiga tystnad; och då han länge förgäves väntat på ett svar, återtog han äntligen med en röst, så fast och högtidlig, som om han velat besvärja en ande:

"Vad vill ni mig?"

Kvinnan ryckte till, liksom hon vaknat ur en djup sömn, reste sig häftigt, vände sina hemska ögon emot honom och sade med en hes, rosslig stämma och tydlig ansträngning, i det hon genast föll tillbaka ned i stolen igen:

"Jag vill bikta mig för er."

"I denna natt? Just nu?"

"Ja, i denna natt."

"Nåväl, jag hör er, min fru", sade prosten, överraskad, och tillade, då han såg henne återfalla i sitt förra dvallika tillstånd: "Och måtte jag kunna visa er det deltagande och ge er den tröst, varav ni verkligen syns vara i behov."

Hon svarade ingenting, men förde de långa knotiga händerna över ansiktet och andades tungt och med svårighet.

Den gamle prosten framtog emellertid ur sin bordslåda ett vaxljus, som han tände, och ersatte därmed den nedbrunna och flämtande veken i staken, tog en flaska vin, som han hade förvarad i ett hörnskåp, och hällde därav i glaset, som stod bredvid ölstånkan av trä på bordet.

"Drick litet, jag tror det skall göra er gott, ni ser alldeles medtagen ut", fortfor han vänligt, i det han försökte föra glaset till hennes läppar.

Dessa läppar var torra och fasttryckta vid tandraden som på ett lik, och han förvånades, att några dagars sjukdom kunnat så förhärja hennes ansikte.

Hon drack och tycktes känna sig något upplivad, ty hon sträckte på sina styva lemmar, lutade sig emot stolens ryggstöd och sade långsamt:

"Ha den godheten att noggrant uppteckna varje ord, som jag vill säga er; men tiden skyndar, jag har endast några timmar, som tillhör mig, och min berättelse är lång."

"Men, min fru, ni ser mycket sjuk ut, jag fruktar, att ni inte skall uthärda denna ansträngning, vill ni inte vänta?"

"Vänta!" sade kvinnan, med någonting liknande ett leende. "Vänta! Ha, det är just det jag gör. Ser ni inte att döden redan håller mig omsluten, och att själen genom viljans makt dröjer kvar på gränsen mellan två världar, för att låta en redan stelnad tunga frambära sitt vittnesmål om den levnad, som redan är förbi, på vars skuldregister den första gryningen från en annan sol redan börjat falla, men skriv... skriv och låt mig ännu en gång begagna minnets hemlighetsfulla makt, för att genomflyga dessa flydda år, där kärlekens luftiga rosenfärgade molnflockar jagas och betäcks av brottets och kvalens tunga mörker! Ja brottet och kvalen, ty de följs åt, båda har inrymts i mitt hjärta, men upptäckten att kvalen är brottets ovillkorliga följder, att de härflutit därav, har jag gjort blott för några timmar sedan, det är denna upptäckt, detta slutliga medgivande, som fört mig hit, inte för att urskulda mig eller begära förlåtelse av människor, men för att ett ögonblick skingra mörkret och lyfta tystnadens tunga slöja ifrån min själ, innan döden gör denna tystnad och detta mörker ännu djupare, för att låta den sjunkande anden uttala sin förkastelsedom över det liv, som redan är slut, över det misstag, som låtit mig tro, att sällheten någonsin kan köpas genom brottet... Ah, vi undgår människors dom och rättvisa, men den eviga rättvisan reser inom oss en långt fruktansvärdare schavott, där vi varje dag lider dödens ångest, i den hemlighetsfulla skymningen av vår egen själ..."

En hastig onaturlig rodnad, hemsk som skenet ifrån glödgat järn, brände på den sjukas kinder i detta ögonblick, och den stackars prosten, intagen av en sällsam bävan och kuvad av ögonblickets makt, gjorde inte flera invändningar och hade inte annat val, än att sätta sig ned vid bordet och doppa sin penna, för att nedskriva detta dödens orubbliga protokoll över en förfluten levnad.

”Jag är färdig, min fru”, viskade han, förvirrad och passiv, som i en dröm.

Han hörde intet svar, men det susade för hans öron, svettpärlorna ifrån hans panna droppade ned på papperet framför honom; det var som om orden, vilka äntligen med en utomordentlig klarhet nådde hans öra, även satt hans penna i en fart, som var helt och hållet onaturlig.

*　*　*

”Jag heter Agnes Leihtinton”, började den främmande långsamt och högtidligt, som om hon ur en bok uppläst sin egen bekännelse, under det hon upplyfte huvudet och slutligen satt rak och stel som en upprest mumie, ”min far var överste Robert Leihtinton, bosatt i norra delen av England.

Det var en vårdag för trettio år sedan, som jag stod med min kappsäck bredvid mig utanför gallerportarna till en vacker park, långt bort ifrån det ställe, där jag blev född, som varit mitt hem, och där jag hittills levt.

Jag bar sorgdräkt efter mina föräldrar, som båda var döda, och allt vad jag ägde i världen, sedan husets skulder och begravningsomkostnaderna var betalda, inneslöts i den lilla kappsäcken vid mina fötter.

Jag var nitton år och hade under vägen fått en aning om, att jag inte såg så illa ut, ehuru min sorgsna och skygga min och tarvliga dräkt just inte kunde förhöja mitt utseende.

Det var en sval och frisk afton, fåglarna kvittrade i de vilda törnbuskarna, vilkas blekröda blommor doftade i luften omkring mig, och solen sänkte sig bakom det höga svarta skiffertaket av ett stort gammalt hus i fonden av den långa raka allén, mitt framför mig inom grindarna.

Jag kände en känsla av välbehag över att ha kommit ur det gamla rankiga åkdon, som från Falmouth fört mig hit, och som jag nu såg långsamt vända om till den by, vi nyss passerat, och likväl skickade jag det en blick liksom av oro och saknad, ty det föreföll mig, som om med det mitt sista skydd och tillflykt i denna främmande trakt försvann.

Vägen var tyst och enslig, ingen mänsklig varelse syntes till, och den lilla vitrappade fyrkantiga grindstugan låg alldeles skyld av jasminer och syrener inom parkens inhägnad.

Jag satte mig ned på en av de huggna stenarna vid grinden och framtog ett brev, som jag mycket långsamt genomläste, innan jag kunde besluta mig att röra vid klocksträngen bredvid mig.

Detta brev var mycket kort, och ehuru jag många gånger förut fåfängt sökt, att

199

under de kärva kalla orden däri kunna upptäcka en skymt av vänlighet eller släkt-kärlek, så ville jag göra ännu ett bemödande, men lyckades nu lika litet som förut.

Det var likväl skrivet av min mormor, den högförnäma lady Emmelina Hawer-field, som, efter erhållen kännedom om min övergivna och torftiga belägenhet, er-bjöd mig ett hem i sitt, eller rättare sin sonsons, den unge lord Percy Hawerfields, hus.

Det var denna ståtliga gamla byggnad, jag nu såg framför mig, och mitt hjärta klappade av ängslan och oro, av denna paniska skräck, som det blyga och stolta sin-net ofta erfar vid den väntade beröringen med alldeles främmande personer.

Min mor, som gift sig emot sin familjs vilja, hade aldrig fullkomligt blivit för-sonad med min högmodiga och stränga mormor, och den kalla tonen i det brev, jag höll framför mig, tycktes antyda, att missnöjet och oviljan emot den olydiga dottern även överflyttats på hennes barn.

Jag hoplade brevet suckande och såg mig omkring med denna pinsamma villrådig-het och bävan, som stundom låter oss välja den *säkra* olyckan, för att undkomma den *förmodade*; och så stark var min motvilja i detta ögonblick för det ståtliga hem, man erbjöd mig, att jag ämnade upptaga min kappsäck och vandra vidare utan mål eller redig besinning, då i detsamma bullret av en galopperande häst nådde mina öron, och nästan i detsamma stannade en ryttare bredvid mig utanför parkens järngrindar.

En stor raggig hund, med hängande tunga, våt och smutsig, kastade sig flämtan-de ned vid hästens fötter, under det hans herre ett ögonblick betraktade mig med tämligen djärva och förvånade blickar.

Han var en grov och axelbred karl, om trettio eller trettiofem år, med tjockt röd-brunt hår, små gråa ögon, stora läppar och klumpiga händer och fötter, men oaktat dessa föga intagande detaljer kunde man likväl inte kalla honom ful.

Det låg en något vild och rå, men tillika frimodig och överlägsen kraft i hans hela person, som påminde om en zigenar- eller rövarhövding i de gamla romaner, jag läst, och tonen i hans muntra, högljudda röst och raskheten av hans rörelser, då han svängde sig ur sadeln och avtog sin filthatt, överensstämde även därmed.

'För tusan, min vackra miss, varifrån kommer ni? Ni liknar en förskrämd fågel, som höken jagat in på en alldeles främmande mark, dit han aldrig ämnat sig. Tän-ker ni er hit till Oukwoodhouse, så låt mig ledsaga er, ty jag är gammal bekant här,' sade han skämtsamt, då han kommit ned på marken.

Jag gjorde av nödvändigheten en dygd, besegrade min ängslan och blyghet och sade honom mitt namn och mitt ärende.

'Aha! Jaså, nå då bör ni bli som barn i huset, jag gratulerar er, miss, lady Hawer-field är, fördömme mig, en mormor, som man kan ha heder av, om också inte trev-nad och glädje, ha ha...'

Hans skratt föreföll mig så olycksbådande och rått, att jag kände mig blekna och drog mig ovillkorligt tillbaka.

’Ursäkta mig, miss Agnes – var det inte så ert namn var? – jag tror, jag skrämmer er... bevars, min mening var, att ladyn är en präktig fru, och att ni kan anse er för alltid befriad ifrån allt bryderi för er egen person, sedan ni inträtt inom hennes område.’

’Ah, David, din gamla skälm, kommer du då aldrig och öppnar åt oss?’ tillade han, ännu mera höjande rösten, och ryckande i klocksträngen med en kraft, som lät den stora metallklockans ljud skalla vitt omkring i den lugna, stilla kvällsluften.

Dörren till grindstugan förblev emellertid stängd, och i stället hördes tunga ojämna och brådskande steg innanför häcken, och i detsamma syntes en karl i grön klädesjacka och skinnbyxor komma haltande, så fort han förmådde.

’Ursäkta, mr Merton! Jag såg en flock rapphöns ute på fältet, och jag ville titta efter, att inte vallbarnen på heden här nedanför skrämde de små kräken; kycklingarna är ännu så små, och lord Percy är så rädd, att de skall oroas den här tiden, ser ni’, pustade mannen andfådd, under det han öppnade den tunga grinden för oss.

’Jo, jo, din skälm, den gamla kloka ladyn visste nog vad hon gjorde, då hon satte den värsta tjuvskytten till väktare av sin park, hon kunde inte få behålla sitt villebråd eller få bukt på dig på annat sätt’, sade ryttaren och skrattade, så att det genljöd i skogen.

’Tag nu den här unga damens kappsäck i förvar så länge, tills man hämtar den’, fortfor han, då mannen förlägen och grinande sköt sin mössa fram och åter på huvudet.

’Se så, min unga duva, kom nu, så skall jag ledsaga er till er vördnadsvärda mormor, men först måste jag presentera mig själv för er. Jag heter Harry Merton, är den störste godsägare och rävjägare i trakten och för resten den muntraste och trevligaste karl i hela Cornwall, det kan jag försäkra er, det skall ni också snart själv komma underfund med: er gamla mormor här till exempel, stel, tyst och bister som stenlejonen vid hennes port, er kusin Percy, en vekhjärtad, spinkig och rosenkindad gosse, och den stackars miss Spencer, sällskapsdamen, som ursprungligen var linfärgad, men nu blivit citrongul av ledsnad, skulle säkert allesammans dött av spleen,[1] om inte Harry Merton ibland kom till Oukwoodhouse och ruskade upp dem, och därför är jag alltid välkommen – det vill säga likväl, som en oundviklig och hälsosam medicin för deras välbefinnande.’

Den grovlemmade mr Merton hade lindat sin hästs tygel omkring armen och promenerade nu uppför allén vid min sida, betraktande mig med tämligen oförställd välvilja och pratande oupphörligt, utan att känna sig generad av min tystnad.

Hastigt stannade vi båda två, överraskade av en helt egen händelse, vilkens beskaffenhet jag ensam i början uppfattade.

Jag hade nämligen, då jag kom in i parken, observerat två stora, svarta fåglar,

---

1 Melankoli eller ”mjältsjuka”.

stridande i toppen av ett träd. Skrämda av vår ankomst, hade de flugit upp, men fortsatt sin kamp i luften och störtade nu i stridens hetta, med klor och näbbar fasthuggna i varandra, ned på marken framför våra fötter.

Jag hörde slagen av deras stora vingar omkring mitt huvud; i nästa ögonblick snavade jag över dem och kände de mjuka, varma kropparna under mina fötter."

Kvinnan tystnade plötsligt i sin berättelse, sänkte huvudet och andades tungt.

"Det är sällsamt", började hon åter med låg röst, liksom hon talat endast för sig själv, och det låg en underlig dimma över hennes ögon. "Jag ville göra min historia mycket kort, men jag genomlever åter varje känsla, ser varje den minsta detalj, hör varje ljud och minns varje tanke. Jag tycker mig i detta ögonblick erfara samma obeskrivliga fasa, som dessa döende fåglar under min fot då ingav mig. Det var ett slags känd, men oförstådd, hemlighetsfull profetia, som isade mitt blod, och jag hade ännu inte bortjagat denna orimliga rysning, då mr Merton, som hade svårt att hålla sin skrämda häst, med en ed sparkade undan de båda korparna, varav den ena, äntligen lossande sig ur sin fiendes klor, på matta vingar höjde sig upp i luften, under det den andra, som var död, blev den stora framrusande hundens rov.

Mr Merton skrattade åt äventyret och skämtade över min förskräckelse, men jag kände mig matt och nedslagen, och var ur stånd att ens med ett leende deltaga i hans munterhet.

Nu var vi uppe på gården, där jag betraktade med ett slags oro de båda fula lejonbilderna vid stora trappan, varvid Merton med sin grova skämtsamhet liknat min mormor; och då vi äntligen kom in i den höga kyliga förstugan, prydd med hjorthuvuden och porträtt av utmärkta jakthundar, så var jag nästan glad att i den levnadsfriska främlingen åtminstone äga ett sällskap, som, trots sin tydliga råhet, dock tycktes äga en viss uppriktig och godlynt hjärtlighet.

Vi blev införda genom en stor, mörk och dyster matsal och flera praktfulla, men ödsliga och tomma rum till en salong, där en brasa, oaktat den ljumma vårluften, brann i spiseln, och varest en smula mindre köld och otrevnad tycktes råda.

Den jovialiske mr Merton presenterade mig och berättade vårt sammanträffande vid parkgrindarna, under det jag gick fram för att hälsa på den gamla damen, som satt i soffan.

Ah, vad jag ser henne tydligt framför mig! Där sitter hon... där, alldeles sådan jag såg henne!" utropade den sjuka, övergående ifrån den lugna, berättande tonen till monologens häftiga, avbrutna tonfall, till hälften resande sig upp och stirrande framför sig, under det hennes utsträckta hand pekade med en bestämdhet, som ovillkorligen lät den gamle prosten kasta en skygg blick till den skumma vrån hon utvisade.

"Jag ser henne med sitt fina bleka ansikte, sin skarpa, genomträngande blick, sina tunna, hoptryckta läppar och sin ännu släta panna under de vida veckiga spetsarna av hennes vita mössa, jag känner mjukheten och kylan av den hand, hon räckte mig att kyssa, och hör den ofrivilliga darrningen av den röst, som uttalade de första orden:

'Ah, hon liknar sin farfar.'

Och sedan, liksom ångrade hon sig och harmades över denna ögonblickliga rörelse, tillade hon skarpt:

'Det skulle varit passande, miss Leihtinton, om ni avlagt er resdräkt, innan ni visade er. Spencer', tillade hon, vändande sig till ett fruntimmer, som jag i min förvirring ännu inte märkt, 'för miss Leihtinton till sitt rum, så att hon får hämta sig efter resan.'

Vilken stor betydelse kan inte betydelselösa ord stundom ha! Denna tillrättavisning, uttalad, som jag tyckte, i den tydliga avsikten att såra och dekontenancera mig redan i första ögonblicket, att ännu mera öka den pinsamma förlägenheten och ängslan hos en varelse, som ensam och övergiven kom för att finna en mor och ett hem, skulle möjligen i ett mjukare sinne endast förorsakat en övergående smärta; hos mig däremot blev den det första lilla fröet till ett hat, vars gift spred sig i hela min varelse.

Jag vände mig om, bekämpande de första och sista tårar, som den hårda gamla frun någonsin lyckades få se i mina ögon, och såg en lång mager person, med rödgult friserat hår över en grågul och finnig panna, framträda tyst och högtidligt ur skuggan av det tjocka draperiet framför ett fönster, och vinka mig att följa sig tillbaka ut samma väg, som jag nyss kommit.

Vi gick sedan uppför en bred trappa, passerade ännu en förstuga och en korridor, innan miss Spencer öppnade en dörr och förde mig in i ett stort, mycket gammalmodigt rum, där alla de mörka möblerna var genom sin tyngd nästan orörliga, och där den låga och breda dörren hade stora, konstigt utsirade gångjärn och ett lås, så tungt och stort som till ett fängelse, och en tröskel, så hög som en ofantlig timmerstock.

Utsikten genom fönstren försonade mig emellertid med det övrigas dystra klumpighet, ty över parkens träd och den klippiga ljungheden nedanför såg jag havet, det omätliga havet, som jag aldrig förr sett och som i detta ögonblick lyste som en ofantlig polerad sköld i skenet av den sjunkande solen.

'Min kära lilla miss Agnes', började miss Spencer vänligt, 'ursäkta, att jag kallar er så, men mylady har befallt, att ingen inom huset får nämna er vid ert familjenamn. Ni vet, eller har väl åtminstone en aning om, att er mor genom sitt giftermål grymt sårade er mormor. Nå nå, den saken är nu längesedan passerad, den borde visst vara glömd och förlåten, men emellertid...'

Miss Spencer tystnade en minut, avbruten genom den min av obehag hon troligen upptäckte på mitt ansikte, och fortfor sedan, med ens lämnande det ämne hon vidrört:

'Ni kommer visst att finna det mycket ensligt här. Emellertid har jag mitt rum strax bredvid ert, så att ni är inte alldeles ensam i denna våning, och Polly, kammarpigan, bor på andra sidan. Men var har ni era saker? Ah, jaså, hos David, nå då skall jag skicka Tom efter dem och emellertid skaffa er en bit fågel och ett glas vin, medan vi väntar på téet, som sällan dricks före klockan tio.'

Jag tackade henne, men försäkrade, att jag inte var hungrig, och satte mig ned, helt förbryllad över alla de olika känslor, som växlat inom mig, sedan jag lämnat mitt forna hem, där jag levt i ett lugn och en enformighet, som inte medgav någon sinnesrörelse eller frestelse av vad slag som helst.

Miss Spencer gick, förmodligen finnande mig särdeles tafatt och otillgänglig; men den instinktlika visshet, som genast vid min mormors åsyn intog mig, att jag, så att säga, kommit i ett fientligt läger, gjorde mig misstänksam och orättvis emot den stackars sällskapsdamen, som i mig såg en medfånge inom de murar, varinom hon så länge dvalts i tryckande ensamhet, och därför var beredd att genast skänka mig sin passiva välvilja.

Jag var ensam. Ack, om denna stund i mitt liv varit den sista, om jag kunde utplåna varje skugga av de händelser, som ifrån detta ögonblick väckte alla de böjelser i min själ, varom jag hittills varit okunnig!

Jag trodde mig vara god och oskyldig, renhjärtad och uppfostrad efter ädla grundsatser. Ack, jag var helt enkelt en ännu sovande varelse, min själ var en källa, vars yta ännu aldrig krusats av någon vind, och om allt det grummel, som fanns på dess botten, hade jag själv ingen aning.

En timme därefter kom den artiga miss Spencer att hämta mig till téet.

Denna kvinna, vars ljumma vänskap jag snart lärde mig att värdera, så ung och ensam som jag var, har jag aldrig lyckats att fullkomligt få begrepp om. I häftigheten av mina egna känslor föreföll det mig omöjligt, att hon kunde vara sådan, som hon syntes, ständigt lugn, viljelös och passionsfri. Jag tilldelade henne därför i min inbillning den ena mystiska och besynnerliga rollen efter den andra, vilka troligen alla var för henne fullkomligt främmande.

Det finns för en passionerad karaktär ingenting så obegripligt som frånvaron av all karaktär; och först många år därefter fick jag en aning om, hur mycket jag plågade och förvirrade den stackars Spencer, både med min vänskap, mina misstankar och min vrede, ty om någonsin en människa nedstigit i sin grav lika skuldlös som hon trädde in i livet, så var det utan tvivel denna färglösa själ.

Den bävan, jag redan i förväg känt för min ständigt kalla och satiriska mormor, ökades snarare än den minskades genom en medfödd feghet, som betog mig all förmåga av ett öppet och ärligt motstånd, och gjorde smärtan bittrare vid de hånfulla och kärlekslösa anmärkningar, varför jag ständigt var ett offer.

Jag ägde denna lumpna svaghet i karaktären, som gör oss *envisa* i stället för *mo-*

diga, låter *händelserna* bestämma våra handlingar i stället för *grundsatserna*, och genom styrkan i våra lidelser gör oss onda eller goda av en tillfällighet.

Då vi nedkom i matsalen, såg jag genast, att sällskapet blivit förökat med två herrar. Den ene av dem såg ut att vara fyrtio år, med något grånat hår och ett vardagligt ansikte, han presenterades för mig som min kusins guvernör mr Warren, och den andre... den andre var min kusin lord Percy Hawerfield.

Percy, o, Percy, min ungdoms ljuva dröm, mitt hjärtas avgud!" utropade kvinnan plötsligt med lidelsefull häftighet, och höjde de smala benrangellika armarna över huvudet i ett slags yrsel. "Jag ser dig åter... Jag ser din ädla ungdomliga gestalt, så fin och smidig, så vek och ömtålig, dina mörkblå milda ögon, med de långa ögonhåren, din vita panna, ren och klar som en flickas, dina friska läppar och ljusbruna lockar... Dyrkade, heliga bild, du framträder emot mig, du ler – och själva dödens mörker försvinner..."

Hon hade sjunkit på knä, gripen av en extas, som skrämde hennes åhörare och lät honom frukta, att hon uppgav sin sista suck, då hon hastigt tystnade, och hennes huvud nedsjönk emot bröstet.

Några gnistor glimmade upp och försvann i askan i spiseln, tystnaden kändes hemsk och tryckande, och den gamle prosten, förlamad på sin plats, visste knappt om inte alltsammans var en dröm, då kvinnans ord åter ljöd klara och tydliga i hans öra. Hon talade nu fort och utan avbrott, och hans penna hade svårt att följa med.

"Ja, det var min kusin, Percy Hawerfield, blott ett år äldre än jag själv, som nu kom fram till mig och med en röst, som fyllde mitt hjärta med en känsla av outsägligt ljuvt välbehag hälsade mig välkommen.

Jag kastade en hastig blick bort till min mormor och såg henne rynka ögonbrynen, då Percy förde mig till bordet, och innan téet var drucket, visste jag med säkerhet, att min unga vackra kusins vänlighet ökade ännu mera den gamla fruns motvilja för mig.

O, hur står inte den tid, som nu kom, den korta tidrymden av två månader, som en rosenfärgad sommarsky på mitt minnes natthimmel, som en ros, kastad på en liksvepning, ett strålande smycke fäst på en dödskalle! Skimret av denna min kärleks korta lycka har länge varit förbleknat för min syn, men i detta ögonblick omstrålar det åter den flyktande anden, såsom det enda sanna av hela mitt flydda liv och lovar förlåtelse och ro. Det är den lykta jag får medtaga genom alla förvandlingars hemlighetsfulla natt, genom dödens okända rymder, och vid vars sken jag en gång skall finna nådens öppna dörr.

Vi var båda unga, Percy och jag, och alldeles obekanta med världen och dess beräkningar. Vi älskade varandra och fann det så naturligt och oemotståndligt, som solens sken eller himlens vind. Det gamla slottets dysterhet, mormors stränghet och obehaget att hela dagen sitta instängd i hennes sällskap, glömdes helt och hållet för de ögonblick vi kunde få råkas obemärkta i parkens solljus, eller de gamla salarnas skymning.

I ruset av min kärlek märkte jag inte, att vi var observerade av alla, och att den hemlighet, som vi i vår oerfarenhet trodde så väl bevarad, i själva verket var känd av var och en, som såg oss.

Den verkliga kärleken är dessutom omöjlig att dölja, ty liksom luften genomtränger den hela vår varelse, och för att gömma den måste vi gömma oss själva.

En hel månad hade försvunnit sedan den dag, då Merton fört mig in i min kusins hem. Alltsedan jag kommit, hade Percy inte mera funnit nöje i sin muntra väns sällskap. Den burleska jaktkamratens grova skämtsamhet generade honom, han följde honom varken till kappritter eller kalas i grannskapet, och varje stund av hans dag var nu upptagen av studier med mr Warren eller kärleken till mig.

Mormors beständiga närvaro och kalla, vaksamma blickar reste liksom en järnbur omkring mig, och höll mig i en fruktan och ett tvång, vars börda skulle nedtryckt mig, om inte kärlekens förtrollning hindrat mig att klart uppfatta den, och även den bitterhet och det dova hat, som därav uppväxte inom mig. Detta hat var ett obehag, varav jag led liksom omedvetet och utan någon egentlig reflexion, jag var allt för lycklig och allt för upptagen av min lycka, för att inrymma någon annan känsla.

Och i sanning, det behövdes väl någon glädjens eller hoppets stjärna, som förkortade den långa dagens timmar, under det ändlösa arbetet att – under den gamla fruns ögon – antingen stoppa och laga de fina, brustna trådarna i en anförtrodd gammal svart spetsschal, stor som ett lakan och med brister lika många som himlens stjärnor, att reda ut ett parti trassliga garnhärvor, som borde nystas upp utan knutar, eller 'maska' tillsammans bitar av gamla svarta silkesstrumpor, som borde bli brukbara, alltsammans göromål, som för ett ungt och oroligt sinne ofta blir rent av olidligt tråkigt. Jag vet inte, om man uppsökte dessa tröttsamma och enformiga göromål endast för att pröva mitt tålamod eller att plåga mig, men det förekom mig åtminstone så. Tusen gånger, när jag i sommarvärmen satt där inne med den oändliga svarta schalen framför mig, eller de masklupna strumporna i mitt knä, utan att våga resa mig från stolen eller lämna rummet, under det att sol och luft och fågelsång lockade mig där utanför, kände jag en vild åtrå att springa min väg, trotsande allt, eller att öppna fönstret bredvid mig och kasta mig ned utför den höga muren, men fegheten tog överhand. Jag trodde mig nära att uppgiva andan av trötthet och ledsnad, blodet brände i mina ådror, men jag satt likväl kvar, i varje sekund rådfrågande den gamla pendylen, vars utsirade mässingsvisare tycktes mig lika obarmhärtigt orörlig som mormor själv.

Aldrig har tiden synts så lång för någon mänsklig varelse som för mig. Jag har levt över hundra år efter min egen tidräkning, och mitt ansiktes djupa fåror säger även detsamma.

Emellertid ägde jag likväl frihet att helt tidigt om morgnarna gå ut i parken, för att göra en promenad före frukosten. O, vad dessa timmar var mig dyrbara! Det var då Percy och jag råkades och vandrade tillsammans under de gamla almarna.

Hur härliga syntes mig inte dessa korta stunder! Om någonsin ett paradis funnits på jorden, så borde det i min tanke ha varit i denna skuggrika park med dess fuktiga sandgångar, dess melodiska sus – ofta överröstat av havets dån, som hördes över klipporna – dess mörka dammar och blomstergrupper, dess kvittrande fåglar och skygga rådjur.

Och här skulle jag stanna, här skulle Percy och jag framleva vårt liv som makar i en oavbruten lycka, så försäkrade han mig tusen gånger, i sin barnsligt förrädiska föreställning om sig själv och världen, och jag lyssnade till hans ord och insövdes därav som av en trollsång.

Senare, då jag fattade hela oböjligheten av hans farmors vilja, förundrade det mig, att hon inte helt och hållet förbjöd mig att tala med hennes sonson, ett förbud, som ingen av oss, unga och oerfarna som vi var, skulle vågat trotsa, men troligen föraktade hon vår ömsesidiga böjelse såsom endast en barnslighet, vilken hon i vilket ögonblick som helst kunde krossa.

Och på denna förmodan fick jag även en bekräftelse, då jag en morgon inkom i salongen.

Det var ännu helt tidigt, klockan var ännu inte sju, då jag nedkom i förstugan. Jag påsatte min hatt för den vanliga promenaden i Percys sällskap, då jag hastigt erinrade mig, att jag glömt mina handskar kvällen förut i salongen vid fönstret, där jag suttit och arbetat.

Jag gick in för att hämta dem, rädd att mormor skulle finna dem där, och få en anledning till klander och vrede över mitt slarv. Det fanns ännu ingen människa i rummet, huspigan hade nyss städat och fönstren stod ännu öppna.

Emellertid låg inte handskarna kvar, där jag förmodat; jag lutade mig ned för att söka på golvet, dörren i detsamma öppnades, och den tunga damastgardinen, som troligen varit illa uppfäst, lossnade ur hållaren av draget och föll ned framför mig.

Jag ämnade upplyfta den och lämna min plats, övertygad att huspigan tagit handskarna till vara, då ljudet av min mormors röst fastnaglade mig på stället.

'Har han redan gått ned?' frågade hon helt högt, just som dörren slöts efter henne.

'Ja, och jag tillstår, att jag finner det besynnerligt, då mylady ogillar detta tycke, att lämna dem tillfälle att...'

Det var Spencer, som talade, och mormor avbröt henne.

'Varför det? Det skulle vara mycket olämpligt, att genom ett förbud reta Percy och fästa vikt vid saken, den där barnsligheten av honom är utan betydelse, han har aldrig sammanträffat med någon ung flicka förr, och hon är vacker som alla med det namnet, men han skall glömma henne, så snart han satt foten på kontinenten;

hans kön medger ingen besvärlig fasthet i detta falla', tillade hon med ett kort och hånfullt skratt.

'Dessutom', fortfor hon efter några ögonblick, 'skall jag påskynda Percys resa. Du har ju emellertid beständigt följt dem och inte ett ord av deras osmakliga pladder är oss obekant.'

Jag kände mig nära att kvävas av harm och förskräckelse, men teg och höll mig stilla i fönsternischen.

'Percy kan resa redan om några dagar, och vad Agnes angår, så skall det bli min sak, att övertyga henne om fruktlösheten av alla romantiska förhoppningar.'

'Visserligen, men om hon skulle ha ärvt sin mors sinnelag, ehuru hon fått sin fars utseende, då var...'

'Det är rätt, att du påminner mig härom', sade mormor, avbrytande med bitterhet och hetta Spencers långsamma och tvekande ord, 'det är detta minne, som skall ge mig mera kraft och försiktighet än då... Så länge jag lever, skall inte namnet Leihtinton ännu en gång bli förenat med Hawerfields.'

Miss Spencer hostade förlägen och stammade, villrådig hur hon skulle avleda sin matmors iråkade vrede:

'Det är därinne i kabinettfönstret, som mylady kan se de båda älskande promenera i nedersta allén.'

Hon öppnade dörren, vid vilken hon stod, och deras steg försvann i de mattbelagda rummen.

Upprörd av ångest och sorg, smög jag mig ut och tillbaka upp på mitt rum, ty att nu gå ut för att råka Percy var mig omöjligt.

Då kammarpigan kom för att hämta mig till frukosten, bad jag henne ursäkta mig hos mormor, och säga, att en svår huvudvärk förmådde mig att hålla mig stilla.

Vad denna dag föreföll mig lång och kvalfull, hur svårt det syntes mig att höra den falska Spencers tillgjorda medlidande och vänlighet, då hon på förmiddagen kom upp till mig!

Hon berättade mig, att Percy ridit bort med mr Merton och ämnade stanna över natten hos honom.

Aldrig hade jag funnit mig så ensam och övergiven som nu, ty för första gången tänkte jag på Percys ungdom och möjligheten av hans obeständighet och glömska. 'Så länge jag lever', hade mormor sagt, 'skall inte ännu en gång namnet Leihtinton förenas med Hawerfields', och kraften och säkerheten i hennes röst genljöd ännu i mitt öra. Percy skulle aldrig ett ögonblick tänka på att trotsa denna energiska vilja, som behärskat honom allt ifrån hans barndom.

Jag vred mina händer i tröstlös förtvivlan och ansåg det omöjligt att kunna leva här, då Percy rest. Han ensam hade förljuvat dysterheten av detta hem och låtit mig uthärda dess despotiska härskarinnas hatfulla köld, hans kärlek hade kastat en slöja av guld över detta mörka gamla hus, med sina enformiga vanor och sin klosterlika avskildhet från den övriga världen, och genom detta skimmer hade jag hittills uppfattat allt; då denna slöja rycktes bort, stod jag kvar som en fånge, omsluten av det järngaller, som lydnaden för min enda anförvant reste omkring mig.

Äntligen led dagen till slut. Jag hörde steg utanför min dörr; miss Spencer inträdde tassande i sina breda svarta klädesskor, som gjorde, att man alltid tyckte henne gå i bara strumporna, och bärande en bricka med förfriskningar, som hon nedsatte på bordet.

'Se så, min stackars lilla vän, nu skall ni äta en smula', sade hon vänligt och sköt en stol fram till soffan, där jag låg. 'Ni har ju ingenting förtärt på hela dagen, jag har en kyckling och en alldeles förträfflig fruktkaka. Se här!'

Hon hade tagit en tallrik ifrån brickan och höll den nu frestande framför mig.

Den häftiga vreden över hennes förmenta falskhet lät mig glömma min övriga sorg, och i det en ström av tårar översköljde mitt ansikte, utropade jag helt tvärt, resande mig upp:

'Miss Spencer, jag var i salongen i morse, när ni talade med lady Hawerfield om mig, jag hörde varje ord.'

Den blekgula sällskapsdamen rodnade en smula och såg ett ögonblick litet förvirrad ut, men sade sedan helt lugnt med sin vanliga släpiga röst:

'Jaså! ... Kan man se... Herre Gud så häftig ni är... det anade mig just, att er huvudvärk hade någon särskild orsak, stackars min lilla vän... det var för obehagligt för er... Jag råkade själv en gång att få höra en hop ledsamheter, så där malapropos... det var för nedslående... Jag beklagar er verkligen, men sök nu att glömma alltsammans och ät en bit kaka, så gjorde jag.'

'Jag avskyr er vänlighet, gå er väg! Jag vet nu, vad ni tänker om mig.'

'Hm, hm, ni menar, vad er mormor tänker, och det var kanske så gott först som sist, att ni fick veta det.'

'Ja, och även vad ni tänker.'

'Hm, det vet jag då knappt själv; jag bryr mig inte om att tänka stort, skall jag säga er, jag har aldrig kunnat inse, vad det tjänar till; men lugna er nu, jag ber...'

'Jag vet, vad tro jag bör sätta till er vänskap; ni är falsk, miss Spencer, ni blygs inte att bedra den, som ansett er som en vän.'

'Jo, min söta, det skulle jag verkligen göra, men jag begriper inte, vad ni larmar om. Vad har jag väl sagt? Jag kan sannerligen inte nu erinra mig mina egna ord, men om ni lade märke till dem, så är jag fullt säker, att ni inte skall kunna tro mig om falskhet eller någon annan dumhet, som endast ådrar folk ledsamhet och krångel; och jag vill säga er, efter ni nu kommit att vidröra ett dylikt tröttsamt ämne, att jag hatar alla scener och häftiga demonstrationer av hela mitt hjärta, och att det bästa beviset på, att jag inte äger en enda sårbar punkt, eller någonting, som är värt att anfallas eller försvaras, är, att jag levt här i sexton år tillsamman med er mormor. Se så, min lilla vän, torka nu bort era tårar och låt oss stifta fred!'

Jag teg. Hennes sista argument var verkligen slående, och då jag återkallade i minnet hennes ord på morgonen, så måste jag erkänna, att de även kunde tolkas såsom bevis på deltagande.

'Men ni har spionerat på mig', sade jag tvekande.

'Det har jag gjort. Jag var befalld därtill; er mormor är min matmor, jag är i alla händelser pliktig att lyda henne, och jag ansåg det dessutom bättre, att jag följde er än någon annan.'

Jag teg förvirrad; det föreföll mig, som om hon hade rätt.

'Tro mig, mitt stackars barn, ni har här ingen annan roll att spela än att vara undergiven. Den förbindelse med er kusin, varpå ni i er oerfarenhet hoppas, skall aldrig gå i fullbordan; det var rätt olyckligt, att ni så hastigt skulle fatta tycke för varandra. Ni är emellertid ung och livet är långt, ni skall ha god tid att finna er lycka, ehuru den inte kommer att få det utseende ni nu föreställer er.'

Jag fann miss Spencers ord grymma och förhatliga, jag ville inte ens låna någon uppmärksamhet däråt, men emellertid var det mig en tröst att åter kunna tro på hennes uppriktighet och deltagande; jag fann mig så djupt olycklig, det var så hårt, att inte äga en enda vän eller förtrogen, jag kastade mig därför utan vidare betänkande i hennes armar och grät och snyftade som ett barn.

Hon avbröt mig inte, hon blott skakade på huvudet med en generad min, och först då jag uttröttad reste mig upp, sade hon med matt röst:

'Jag förmodar, att detta förefaller er som en stor sorg; men herre Gud, det går ju egentligen intet ont åt er, och ni kan ju alltid hoppas på tiden, den medför så många förändringar.'

'Ni menar, att den gamla ladyn kan dö?'

'Nej, det menade jag inte, hon är endast sextio år och har troligen ännu en lång levnad för sig, men ert eget sinne och tycke kan förändras, min vän.'

'Jag skall älska Percy, så länge jag andas.'

'I det fallet beklagar jag er, men låt oss nu inte längre tala härom. Ni skall nu äntligen äta den här kakan, som jag alltjämt sitter och håller framför er, och sedan gå till sängs, då ni först badat era rödgråtna ögon.'

Det var mig emellertid omöjligt att följa hennes råd. Jag åt varken någon kaka eller gick till sängs, och sedan den beskedliga miss Spencer avlägsnat sig helt villrådig och förundrad över min bedrövelse, och jag hade stått en stund i det öppna fönstret och sett hur aftonrodnaden färgade havet i alla skiftningar ifrån purpur till blekgrått, och skymningen sänkte sig allt djupare över nejden, svepte jag en schal omkring mig, gick sakta utför trappan och kom, utan att möta någon, ned i parken.

Kvällens svala vind fläktade över min heta panna och lugnade mitt upprörda sinne, den häftiga smärtan byttes i en nödtvungen resignation. Jag vandrade långsamt framåt den nästan mörka allén, där Percy gått vid min sida och där vi kanske aldrig mer skulle råkas, då ljudet av hästfötter utanför häcken på landsvägen nådde mitt öra.

Jag kände mitt hjärta slå av en hastig och ljuv aning och tittade nyfiket genom löven för att se vem den ridande var.

Oaktat skymningen igenkände jag genast min kusin.

Jag tryckte handen emot hjärtat i outsäglig villrådighet och glädje. Hur skulle jag väl få träffa honom? Han red fort och hade ingen aning om att jag var honom så nära; jag ville inte gå fram till grindstugan, för att möta honom och skulle dessutom inte hunnit dit så fort som han.

Suckande satte jag mig ned på gräset, redan mindre olycklig i medvetandet, att jag i alla händelser ännu en gång skulle få återse honom, och njutande av detta ungdomens och kärlekens privilegium, att känna sig lycklig redan av den älskades närhet, denna hemlighetsfulla makt, som rycker oss undan alla andra förnimmelser och låter oss i det närvarande ögonblicket innefatta hela vårt liv.

En kvarts timme hade väl förgått; jag väcktes ur mina drömmar genom ljudet av snabba och lätta steg på sandgången, i nästa ögonblick låg Percy vid mina fötter och jag kände mig omsluten av hans armar.

O, sällhet, himmelska sällhet! – Allt vad som är sagt och skrivet i sång och saga om kärlekens gudomliga makt, har ändå aldrig motsvarat verkligheten. Blott det hjärta, som en gång varit uppfyllt därav, kan fatta dess höjd. Varför, varför sjunker vi tillbaka i livets mörka, orediga och kvalfulla dröm, sedan vår själ ett ögonblick vaknat till himlens solljus? Varför följer inte dödens frigörelse på andens himmelsfärd?

Ännu hör jag ljudet av hans röst, hans ömma viskningar, hans löften och förhoppningar, känner hans kyssar på mina läppar, hans varma tårar på min hand. Ack, dessa torra blåbleka läppar, denna benrangelshand, förvissnad, spöklik, snart förvandlad till mull liksom hans egen falska skepnad är det, denna ungdomliga tjusande gestalt, som speglade sig i mina ögon, dess stoft är redan bortblåst av vinden, liksom orden från hans förrädiska läppar, men *kärleken* i mitt bröst är kvar, dess låga brinner ännu klarare än då, dess eldtungor stiger allt högre, det är på dess flammor min ande höjer sig till Gud."

Åter reste sig kvinnan upp, eldad av en hänförelse, som gjorde henne förfärande och sublim, och åter sjönk hon vanmäktig tillsammans som en förbränd veke, vars låga slocknat.

De hårda, skrällande slagen av det gamla vägguret, som slog två, väckte henne efter ett par minuter, hon reste huvudet med ansträngning, åter började denna hemska strid mellan kropp och ande, och hennes utseende liknade så fullkomligt ett liks, att den gamle prästen våndades på sin stol, såsom plågad och behärskad av maran.

”Jag liknade Eva, utstött ur paradiset”, började hon på nytt. ”Percy var rest, och varje dag syntes mig lång och ödslig som det strandlösa havet, utan annan fröjd än minnet och hoppet om hans trohet; men både minnet och hoppet är trofasta vänner i ungdomen, de står då ständigt vid vår sida färdiga att borttorka varje tår på vår kind.

Allt vad Percy sagt denna sista lyckliga afton återkallade jag noggrant i mitt minne.

Han kunde aldrig hoppas, att hans farmor lämnade sitt bifall till vårt giftermål, hon ändrade aldrig sitt en gång uttalade ord, och inga böner kunde beveka henne; vi måste vänta med tålamod, och om efter fem år ingen förändring inträffat, skulle vi gifta oss, trots allt hennes motstånd. Fem år skulle ju snart förgå, då vi litade på varandras kärlek, och vi var ju då ännu unga... arma dårar som vi var... Varje vindfläkt omkring oss, varje tanke i vårt eget bröst, själva tiden, på vilken vi hoppas, är en förrädare; det finns ingen punkt varken på eller utom jorden, där vi stå säkra och orubbade; vad vi tror i dag är i morgon ett töcken, skingrat av vinden.

Percys resa var bestämd att räcka i två år, och under denna tid skulle vi ofta skriva till varandra, och detta skulle allra säkrast kunna ske genom grindvaktaren Davids hustru, som varit Percys amma.

Hon älskade sitt fosterbarn med en mors ömhet; det var hon, som sett mig i parken den sista kvällen, och då Percy av oro för mig, som han inte fått se under hela dagen, återkom, innan någon väntade honom, hade hon på hans fråga sagt honom, var han skulle träffa mig, och sedermera lovat att mottaga och avsända våra brev.

Jag hade ofta sett denna kvinna och anmärkt det intresse och den välvilja, varmed hennes ögon tycktes följa mig, utan att jag vidare reflekterat däröver.

Det var den ruskiga, stormiga hösten, denna årstid, som företrädesvis tagit England till sitt skötebarn, denna dimmiga regndränkta ö, melankolisk och kall som himlen och havet omkring den.

Jag har aldrig älskat mitt fädernesland; dess tunga luft, uppfylld av spleen och lungsot, har lagt feghet och grymhet i mitt sinne, under det att min farmors italienska blod fött passionens glöd i mitt hjärta.

Tiden gick långsamt och tungt, regnet slog på rutorna och ackompanjerade miss Spencers monotona, pipiga och tunna röst, då hon föreläste några långtrådiga franska romaner, sådana de den tiden fanns, eller ännu kärvare historiska böcker, för min mormor, vilken rak och stel ständigt satt på samma plats och lät sina fina, vita fingrar med rastlös iver skramla om med elfenbenspinnarna på sin sammetsklädda knyppeldyna.

Hur livligt jag i denna stund i min inbillning ser det höga, skumma rummet, med sina mörka damastklädda väggar, sin stora marmorspis med bronsuret, vars hårda, skarpa knäppningar liksom hamrade in i mitt minne varje sekund av den enformiga dagen med en dödande noggrannhet! Den tunga ljuskronan i taket med sina slipade glaskläppar, stora som téfat, de gamla, dystra porträtterna, glaskuporna med de odrägliga guldfiskarna, vilka i evig ringdans tycktes tälja sitt enformiga liv, liksom jag själv – ja, ända till den uppstoppade lilla apan i hörnet vid spiseln, med sina orörliga ögon av glas, och det klumpiga eldstället med en skyffel så stor och tung, att man därmed kunnat gräva en grav, allt, allt ser jag framför mig i den dunkla osäkra belysningen av en ständigt brinnande ekstubbe, vars ojämna och bleka låga än flammade upp, än kvävdes och avtynade, liksom oron och otåligheten i min egen själ.

Endast den, som själv i ungdomens och passionens ålder varit fjättrad i det outhärdliga tvånget av ett liv som mitt, kan fatta plågan därav och de vidunderliga tankar och fantasier det kan föda, den vådliga förvirring och oreda det kan skapa i känslor och begrepp.

Många gånger om dagen lät jag mitt onyttiga arbete sjunka ned på knäet, och mina blickar vila på den gamla ladyn och hennes sällskapsdam. Jag kände ett slags spökrädsla vid betraktandet av deras stela orörliga drag; det föreföll mig, som om de varit döda sedan åratal, och ändå satt här kvar som eviga mumier, oåtkomliga för tiden och livet och utan begrepp om årens och dagarnas lopp, om det varma blodets svallning, det unga hjärtats åtrå och kval, och hoppet och kärleken och oron och längtan, som dvaldes bredvid dem, inneslutna i samma grav.

Ett slags förstening tycktes mig ha omslutit hela detta gamla slott, och jag flydde med förtvivlan ut i parken, där stormen ruskade trädens kala grenar och regnet översvämmade gräs och sandgångar. Jag kände ett ovillkorligt behov att på något sätt ge luft åt den instängda kraften, det kvävande övermåttet av känslor och tankar, som den förkrossande tyngden av ett overksamt och värdelöst liv hopade över mig.

Jag skulle velat skrika högt av smärta, eller sjunga av längtan ur djupet av min brinnande själ. Jag skulle velat springa, eller klättra i träden, eller brottas med den stora bandhunden, eller liksom drängarna på stallgården tumla om med de vilda och obändiga hästarna, vilka tycktes lida av samma instängda och overksamma liv som jag, men allt detta passade inte en välboren, väl uppfostrad lady, som stilla och sedesam måste rätta sig efter de stela och långsamma vanorna vid Oukwoodhouse, vars alla invånare, gamla och väl dresserade sedan åratal, i underdånighet liknade sin matmor och skulle, om jag givit luft åt någon av mina fantasier, ha ansett mig värdig att inspärras i ett dårhus; med ett ord, jag tror, att jag i början skulle dukat under för den förfärliga ledsnad jag kände, om inte Percys brev hållit mig vid liv.

Dessa brev var för mig detsamma som vattnet för den resande i öknen, det är tillräckligt att uppehålla hans liv, men inte att släcka hans törst.

Det syntes mig dessutom ganska litet motsvara dem jag själv skrev, och ehuru skillnaden kanhända till en stor del låg i olikheten av vårt levnadssätt, så ansåg jag det snart såsom ett ovedersägligt bevis på Percys avtagande kärlek, ett förhållande, som även miss Spencer oupphörligt indirekt och på tusen sätt sökte övertyga mig om.

Finns det väl någon, som *lidit* eller kanske snarare, som haft mycket *ledsamt*, vilken kan fatta, att tiden verkligen går sin jämna gång, utan att varken fördröjas eller påskyndas? Jag tror det knappt. Vi vet, att så är, men vi förmår alls inte tillägna oss, eller trösta oss med denna kunskap, ty *uppfattningen* av en sak är i alla fall det enda *vissa*. För mig syntes denna första vinter i det gamla slottet lång som tio, och jag kan ännu inte anse denna i själva verket korta period annat än såsom en oändligt lång tidrymd.

Vi var äntligen i mars månad, och under hela vintern hade intet annat avbrott i vårt dagliga liv inträffat, än ett eller annat besök av mr Merton, och ehuru denna person visst inte behagade mig med sina eviga jakt- och kappränningshistorier, och sin framfusiga artighet, så längtade jag likväl nästan efter hans ankomst.

Det är sant, att genljudet av hans tunga steg och ohejdade gapskratt nästan skrämde mig i den vanliga gravlika tystnaden, men han medförde likväl en fläkt av liv och friskhet ifrån den yttre världen, som gav mig en bekräftelse på, att jag ännu verkligen levde, en påminnelse, som stundom föreföll mig väl behövlig.

Dessutom var jag inte blind för den beundran, eller det tycke han kände för mig; och var finnes den kvinna, som under några förhållanden någonsin är fullkomligt likgiltig därför?

Jag kunde inte finna nöje i hans grova skämt, eller den ohöljda cynismen av hans så kallade kärlek, men av ren sysslolöshet och ledsnad fördrog jag bevisen därpå, såsom ett avbrott i mitt tråkiga vardagsliv.

Under de sju månader, som Percy nu varit borta, hade jag inte fått mer än fem eller sex brev, och det sista var nu två månader gammalt.

Jag hade förgäves besökt Davids hustru, mrs Mary, varje dag, men hon skakade ständigt på huvudet med en nedslagen min; intet brev hade anlänt.

Dessa promenader, som jag varje afton hade tillstånd att göra, var den enda förfriskning, som mormor ansåg mig behöva för min hälsa och trevnad; och ehuru miss Spencer var anbefalld att följa mig, hände det rätt ofta, att jag lyckades smyga mig ifrån henne, under det hon långsamt valde bland alla sina schalar och kappor den, som möjligen vore bäst passande, eller återvände gång efter annan, för att rätta ett begånget misstag i detta fall; än blåste det mera, än hon hade beräknat, än mindre, än kom några oväntade regndroppar, än en solstråle, på vilken hon inte berett sig, i ena fallet skulle hon hämta en paraply, i det andra sin lilla gröna snedspända parasoll, och under tiden hade jag hunnit genom parken och ända ned till havsstranden, utan att hon beklagade sig över min flykt, ett ädelmod, som jag sannerligen höll henne räkning för.

En afton, då solen, efter en mulen och blåsig dag, äntligen funnit en klar fläck på himlen och, nu färdig att sjunka, kastade ett brandgult och vilt skimmer över de sönderslitna molnen, som likt blodiga trasor flög fram, jagade av vinden, som packade dem samman i en fantastisk bädd vid horisonten, skyndade jag ut genom slottets tunga port nedför den breda av regnet ännu våta stentrappan och tog vägen nedåt allén, i det ständigt närda och ständigt gäckade hoppet, att mrs David skulle ha brev till mig, ty postbudet hade nyss kommit, och lady Hawerfield satt redan fördjupad i läsningen av tidningarna.

Min oro var emellertid så stor, att jag knappt kände mig ha mod att inträda i dem lilla snygga grindstugan, och först sedan jag gått ett slag omkring den vidsträckta parken, närmade jag mig densamma.

Jag behövde emellertid inte gå in, den hederliga Mary satt på sin trappa och stickade på en lång, blå ullstrumpa, och hennes min och sorgsna skakning på huvudet besvarade min fråga, innan den ännu hunnit över mina läppar.

Det låg likväl i hennes blick så mycket hjärtligt deltagande för den smärta, jag inte kunde dölja, att jag ovillkorligen kände mig dragen till henne och satte mig tyst bredvid henne på trappan.

Blåsten hade saktat sig, och solstrålarna kändes varma; jag blickade tanklöst på isflingorna, som halvsmälta låg kvar vid vägkanten, och följde loppet av vattenrännilarna, som genomskar sanden och medförde stickor och strån till diket bredvid oss.

'Ni har således inte fått något brev, Mary?' sade jag efter en stund med viskande röst.

Hon lutade ansiktet djupare ned över sitt arbete och sade sakta och med eftertryck:

'Min stackars unga miss, ni bör inte längre tänka på lord Percy. Det skulle vara lyckligt, om han glömt er, och ni bör söka att även glömma honom.'

'Mary, varför säger ni så?' avbröt jag, rodnande av harm och med tårar i ögonen.

'Jag säger det, därför att ni ändå aldrig kan få varandra.'

'Varför det? Tror ni, att våra löften är så utan betydelse?'

'Ja, Gud hjälpe mig, det tror jag visst; alla löften i världen får fara för en mors förbannelse.'

'En mors förbannelse! Vad menar ni därmed?'

'Er mormor, lord Percys farmor, skulle förbanna denna förbindelse, och hennes förbannelse skulle ljuda i era öron även efter hennes död, den skulle lägga sorg och olycka över er blivande familj, och jaga all trevnad och lycka från ert hus.'

'Men kan då ingenting beveka den gamla, hårda ladyn?'

'Nej, aldrig och allra minst i detta fall.'

'Men, Mary, säg mig då, varför lady Hawerfield hatar mig', utbrast jag, emot min vilja, skakad och övertygad av hennes ord.

'Det skall jag säga er, miss Agnes, hon hatar ert namn, er fars namn, in i döden, och hon har allt skäl därtill.'

'Ni menar, därför att han gifte sig med hennes dotter emot hennes vilja?'

'Ja, även därför, men hon har ännu en annan orsak att hata namnet Leihtinton, ehuru jag tror, att ingen människa känner det mer än jag; det är en farlig hemlighet, miss Agnes, och jag fruktar nästan, att om mylady visste, att jag äger den, så skulle hon vilja döda mig eller begrava mig levande, om hon kunde. Det är hennes hat till er farfar, som gått i arv till er.'

'Men förklara mig detta, Mary! Vad ont har väl min farfar kunnat göra, som ännu inte är glömt och som kan samla olycka ännu över hans barnbarns huvud?'

'Jag vill berätta er det, miss Agnes, för att visa er hopplösheten av er kärlek till er kusin, och även för att i en framtid rättfärdiga mitt eget handlingssätt inför er.'

'Jag förstår er inte, Mary.'

'Bry er inte därom nu! Sätt er närmare intill mig, så vill jag meddela er en bit av er mormors ungdomshistoria.'

Mary lade bort sin stickning och tittade in genom den halvöppna dörren, för att vara fullt säker, att hennes man var utgången och ingen annan fanns där inne. Stället för meddelandet av ett förtroende var också rätt väl valt, ty ingen lyssnande kunde komma oss nära utan att upptäckas, och Mary började genast, sedan hon åter satt sig bredvid mig:

'Jag har hört denna historia av min mor, som var myladys kammarjungfru och favorit och hade hela hennes förtroende, och som sedan blev er mors sköterska och följde henne på hennes flykt med er far och därigenom, liksom er stackars mor, ådrog sig myladys vrede.

Ser ni, squire Arthur Leihtinton, er farfar, var en så vacker och ståtlig herre, att min mor påstod, att ingen kvinna kunde motstå honom, och glad och tapper, och frikostig och godhjärtad var han även, men lättsinnig och ostadig, som sådana herrar ofta är, och kär i alla vackra fruntimmer, som han såg.

Det där var mycket olyckligt, ty inte alla fruntimmer gråter bort sin kärlek, och tröstar sig över en otrogen älskare, därför att de tar en man.

Nu hände det sig, att er farfar och lord Hawerfield var förtrogna vänner, och fast squire Leihtinton var en ostadig *älskare*, så var han en trofast och redlig *vän*, och båda herrarna råkade att på samma gång förälska sig i er mormor, som, efter vad min mor sagt och som väl ännu syns, var en stor skönhet, men ganska stolt och mycket behagsjuk och nyckfull, ehuru hon alldeles inte var rik.

Det var naturligt, att hennes familj gynnade lord Hawerfields frieri, eftersom han var omätligt rik, och i rang vida överlägsen Leihtinton, som nästan slösat bort den lilla förmögenhet han haft.

Som jag sagt, så måste mylady inte varit så samvetsgrann i sitt uppförande emot de båda herrarna, eller kanske var hon själv osäker på sitt tycke, men det vissa är, att hon uppmuntrade båda sina friare och slutligen syntes mest böjd för den rika lorden, som ansåg sin sak vunnen och berättade sin lycka för sin vän.

Men ni kan förstå hans vrede och förvåning, då squire Leihtinton skrattande försäkrade honom, att han fullkomligt misstog sig, att hennes vänlighet emot Hawerfield endast var förställning, för att dölja hennes kärlek till honom själv, med vilken hon lovat att gifta sig, och som, med hennes bifall och oaktat hennes anhörigas missnöje, ämnade enlevera henne kvällen därpå.

Vad de båda herrarna vidare talade, vet jag inte, men de skildes i alla fall som vänner, och nästa natt stod en vagn vid den utsatta mötesplatsen, och den sköna miss Darney steg upp däri och bortfördes ifrån sina släktingars hem.

Min mor, som då var en ung flicka om tjugo år, hade följt sin matmor – liksom hon senare gjorde med hennes dotter – hon satt på kuskbocken, och ett par timmar därefter, då vagnen stannade och de båda älskande steg ur, för att vigas i en prästgård, tio eller tolv mil därifrån, ser hon, då hon kommit in, till sin outsägliga bestörtning, i stället för den väntade älskaren, lord Hawerfield stiga in och framföra till prästen – vars förvåning inte var mindre – sin utkorade brud.

Den stolta miss Darney var blek som döden, och hennes ögon gnistrade av vrede över det spratt, man spelat henne och som hon, i kvällens mörker och kärlekens hänförelse, förmodligen upptäckt allt för sent.

En kort och tyst förklaring emellan den väntande prästen och brudgummen över denna besynnerliga förväxling ägde rum, men intet ord utbyttes emellan de båda älskande. De blev vigda och reste hem hit till Oukwoodhouse dagen därefter.

Mylady lämnade naturligtvis aldrig min mor någon förklaring över det uppträde, som ägt rum i vagnen, när misstaget upptäcktes av den vredgade och förtvivlade älskarinnan, men det var lätt att tänka sig för den, som haft förtroende av hennes passionerade kärlek till den vackre Leihtinton.

Lady Hawerfield höll emellertid god min i elakt spel och sökte trösta sig med att, emot sin vilja, ha fått en rik lord i stället för en ruinerad vildhjärna. Hur mycket eller litet hon lyckades i detta bemödande, vet Gud allena, men att hennes stolta och hårda sinne inte blev mildare av denna vändning i hennes öde, det är då säkert.

Hela världen förundrade sig över denna sällsamma och alldeles onödiga enlevering, då man, med avseende på hennes tycke, haft samma förmodan, som lord Haverfield själv, men myladys släkt var för mycket belåten med giftermålet, för att göra några opassande frågor; man tillskrev saken en nyck av den sköna bruden, och ingen människa misstänkte någonsin rätta förhållandet, en omständighet, som inte litet bidrog, att trösta den nygifta frun över den förödmjukelse hon lidit.

Ingen hade någon aning därom, det är sant, mer än upphovsmannen till bedrägeriet, men den vrede och det bittra, oförsonliga hat hon kände emot honom, den lättsinnige älskaren, som, till belöning för hennes kärlek och erbjudna uppoffring, tillfogade henne den dödliga skymfen, att skänka bort henne åt sin vän, utan hennes vetskap och samtycke, har aldrig ett ögonblick slocknat i myladys själ och liksom upptagit hela hennes liv och tillvaro.

Squire Leihtinton gifte sig sedan inte långt därefter med en mycket vacker italienska och förde sin hustru till England. De båda unga fruarna såg varandra ofta ute i sällskapslivet, och den förbittring och plåga, mylady kände därvid, var kanske mycken anledning till hennes beslut att, ännu som ung, dra sig ifrån världen och aldrig lämna Oukwoodhouse, där hon beständigt vistades med sina barn.

Flera år därefter, då den unge kaptenen Robert Leihtinton förälskade sig i myladys dotter och friade till henne, fick er mormor äntligen ett tillfälle att utgjuta någon del av sitt så länge närda vanmäktiga hat emot hans far, i det hon på det mest förolämpande sätt avslog hans anbud.

Då den uppretade unge mannen, i stället att underkasta sig sitt öde, övertalade sin älskarinna att fly med honom ifrån sin stränga och inte särdeles kärleksfulla mor, rågade han naturligtvis måttet av den gränslösa förbittring, som jäste i den gamla fruns sinne, och hon ville aldrig återse eller förlåta sin dotter, och inte ens höra Leihtintons namn nämnas.'

'Det förefaller mig likväl, som om hennes man, lord Hawerfield, i sin kärlek inte ägt en tillräcklig ursäkt, för att så där narra sig till hennes hand', sade jag, som med livligt intresse åhörde denna kärlekshistoria ifrån en förgången tid, vilken inverkade så olyckligt på min egen.

'Nej, det kan väl tyckas så. Också tror jag inte, att den stackars hederlige och vekhjärtade lorden hade mycket skäl att prisa den lycka, han så obetänksamt förskaffat sig, han levde endast några år och vistades blott sällan tillsammans med sin fru.'

'Men squire Leihtintons son, min far, Mary?'

'Ja, han var också vacker; till sättet liknade han mycket sin far, men han hade sin mors svarta smäktande ögon, alldeles som ni har, miss Agnes, och kanske är det dessa er farmors italienska ögon, som också misshagar er mormor. Emellertid hade er far långt flera goda egenskaper än er farfar, och jag tror, att er mor aldrig ångrade sitt val.'

'Ack nej! Mina föräldrar älskade varandra, tills döden skilde dem åt. Jag tror, att de till och med älskade varandra för mycket, för att kunna älska eller intressera sig för sitt barn', sade jag suckande.

'Men i alla fall inser ni väl nu, att er mormor har skäl att avsky det namn ni bär, som både far och son gjort för henne förhatligt.'

'Jag inser det nog, men jag tycker, att den gamla frun väl förtjänt sitt straff, för sin dubbelhet att låtsa en kärlek, som hon inte kände.'

'Akta er, miss Agnes, att döma för hårt; ett vackert fruntimmer är utsatt för många frestelser, och det sägs, att nöjet är mycket lockande att lägga för sina fötter även de hjärtan, som man aldrig ämnar upptaga', sade Mary med ett leende och en ton, som tycktes vara vida över hennes stånd.

Hennes man, den halte grindvaktaren, syntes i detsamma på landsvägen; hon gick att öppna för honom, och vi skildes åt."

*   *   *

"Solen var nu försvunnen, den kalla marsvinden kändes skarp och genomträngande, men så länge jag vågade dröja, ville jag inte återvända till den långa tysta aftonen inom slottet, där miss Spencer och mormor satt försänkta i en så att säga 'halvofficiell' middagslur, som ingen fick störa och ingen fick märka, i väntan på ljusens tändande och teets servering.

Jag vandrade därför ännu en stund i parken, med sinnet uppfyllt av den berättelse jag nyss hört om den bittra skymf, som den stolta ladyn däruppe lidit, som hon trodde, att ingen levande varelse kände till, och som jag, med en elak glädje, en hånfull bitterhet skulle velat viska i hennes öra, varje gång hon lät mig känna de pinande och retsamma nålstygnen av sin ovilja.

Ack, om det godas frö ofta slår rot, om kärleken och tålamodet *någon gång* bär ljuva och välsignade frukter, hur *säkert* och *mångfaldigt* däremot förökar sig och växer inte, generation efter generation, följderna av hatets och bitterhetens gift och förbannelser!

Det gladde mig att ha fått ett vapen, varmed jag i min ordning skulle kunna såra, och som min feghet ensam hindrade mig att bruka till annat, än en tyst och hemlig skadefröjd.

Nu slog klockan åtta; jag måste återvända, men kastade ännu en blick till Marys stuga, dit jag ännu många gånger skulle gå alltjämt med samma outtröttliga förhoppningar, men alltid förgäves. Aldrig mer fick jag något brev ifrån Percy Hawerfield.

Sommaren kom och flydde; hösten och vintern förgick som en lång, tung och enformig dröm. Jag vet inte, hur jag levde, vad jag tänkte eller kände; jag tror, att min själ var liksom domnad, att hela min livskraft var koncentrerad i en omedveten, tyst och dov väntan, som liksom förstenade mig och gjorde mig känslolös för allt.

Ingen människa nämnde någonsin min kusins namn, det tycktes, som om han försvunnit ur allas minne, och de frågor jag någon gång gjorde miss Spencer, besvarade hon nästan alltid på samma sätt:

'Jag förmodar, att lord Percy mår väl. Mylady hade brev ifrån mr Warren för en månad sedan.'

Tiden för hans återkomst var längesedan förbi, men jag hoppades därpå alltjämt. Varje ankommande lät mig skifta färg och kom mitt hjärta att slå av oro och rörelse.

Vid varje dylik svaghet, som jag inte förmådde dölja, tyckte jag mig märka en blixt av hånfull förnöjelse i lady Hawerfields ögon, och jag kände med en ofrivillig rysning, hur den gamla damens hat för varje gång fann ett allt mera troget gensvar inom mig själv.

219

En dag strax före frukosten, då jag kom in i salongen, fann jag miss Spencer ensam där.

Den känsla av ovilja och bitterhet jag kände emot min mormor, hade verkligen hunnit den grad, att varje oväntad befrielse ifrån hennes åsyn kändes angenäm.

Jag tyckte mig liksom undkommen en fångvaktare för några ögonblick och satte mig ned vid ett litet bord, där jag brukade arbeta, med huvudet lutat i handen – en frihet i ställning, som mormor aldrig skulle tillåtit – och följde med blicken mekaniskt miss Spencers långa, ojämna steg, där hon fumligt och snett, i sin långa klänning, promenerade fram och åter, ljudlöst som en skugga, på mattan framför spiseln.

Hastigt hördes det grova skallet ifrån bandhunden, åtföljt av bullret ifrån en vagn, som körde upp på gården.

Jag reste mig upp och ämnade gå till fönstret, men häftigheten av den rörelse, som intog mig, var så stark, att jag tyckte rummet svängde omkring för mina blickar; jag kände mig blekna och skulle troligen ha fallit, om inte miss Spencer mottagit mig i sina armar.

Jag var varken svag eller sjuklig, men den enda ständigt närvarande tanken och väntan i min själ hade gjort mig nervös, och jag satte mig, halvt sanslös av oro och hopp, ned på soffan, dit den vänliga miss Spencer förde mig.

’Mitt kära barn’, sade hon sakta, i det hon bjöd mig sin luktflaska. ’Det gör mig verkligen ont att se er så svag; jag vet alltför väl, vad det är som gör er sådan, det är ett falskt hopp, som ni alltjämt när, och som jag anser, att det vore en välgärning att med ens förstöra i ert sinne.’

Jag såg på henne, utan att rätt uppfatta hennes ord, ty alla mina sinnen var samlade i hörseln, jag lyssnade och väntade att få höra något ljud, som bekräftade min nyss väckta förhoppning, om den unga ägarens av Oukwoodhouse återkomst.

’Ni väntar ständigt er kusin, Agnes, och han är i detta ögonblick förmodligen på Medelhavet, eller kanske redan i Afrika. Det sista brevet till mylady underrättade henne om deras avresa från Marseille.’

Aldrig har någon underrättelse synts mig mera grym och oväntad än dessa Spencers ord; det kändes, som om hon plötsligt kastat det kalla vattnet i det hav, varom hon talat, över mitt hjärtas eld; jag hade i en sekund av det ljuvaste hopp trott honom helt nära mig, och i detsamma sade man mig, att han var i en annan världsdel; jag kunde inte genast tro därpå, det fordrades ett par minuter, innan jag hunnit sansa mig och kunde utropa:

’Ack, miss Spencer, berätta mig av nåd, vad detta brev innehöll; det är så länge sedan jag ens hörde hans namn; var det ifrån mr Warren eller Percy själv?’

’Från Warren som vanligt; jag vet inte om det innehöll något annat, än att lord Percy mådde väl och brann av begär att se pyramiderna och jaga lejon i arabernas sällskap.’

Jag andades ut en suck så djup, som om andedräkten för alltid velat fly från mina läppar, och viskade nedslagen:

'Men varför förlänger han så sin resa? Ni vet det utan tvivel, miss Spencer?'

'Jag vet verkligen ingenting annat, än att det har mycket roat er mormor, att iaktta er "narraktiga och spända väntan", som hon säger, och att hon inte brydde sig om att göra slut därpå.'

Jag bet mig i läppen av harm och smärta. Jag tyckte blodet strömmade som eld genom mina ådror, jag skulle velat döda den elaka gamla kvinnan.

'Sansa er, Agnes! Jag borde verkligen inte ha talat med er härom, ni tar allting så häftigt och besynnerligt. Se så, tänk inte mera därpå! Det kommer någon, jag igenkänner mr Mertons röst, det var hans vagn, som vi hörde på gården.'

Jag lyckades lugna min rörelse och böjde mig ned över min söm, som jag hastigt upptagit, då den bullersamme rävjägaren inträdde med sin vanliga frimodighet.

Jag var emellertid ännu mindre än vanligt böjd att åhöra hans påflugna artigheter, och i det jag bad Spencer ursäkta min frånvaro vid frukosten – en djärvhet, som jag aldrig, allt sedan Percy rest, vågat visa – skyndade jag upp på mitt rum.

För första gången föll det mig i sinnet att lämna detta hus, där jag ända hittills hållits fängslad av en dåraktig förtrollning, en barnslig förhoppning att i Percys eget hem vänta på hans återkomst, en outredd tro, att jag här skulle säkrast återse honom.

Jag fann i detta ögonblick mitt liv outhärdligt; jag kunde inte längre leva under dessa kalla bevakande ögon, bredvid denna varelse, som njöt av min saknad och min sorg.

Hundra orimliga förslag trängdes i min hjärna, utan att jag kunde finna något utförbart; jag ägde inga vänner, inga släktingar utom min mormor och min kusin. De knappa handpenningar, som utgjordes av räntan på det obetydliga arvet efter min mor, räckte knappast till underhållande av min tarvliga garderob och var dessutom för tillfället slut. Vart skulle jag fly, vem skulle väl mottaga mig i sitt hus utan rekommendationer? Jag skulle inte kunna komma längre, än jag kunde gå. Överhopad av frågor, misstänkt som en landstrykerska utan skydd, skulle jag duka under av förödmjukelse och blygsel, eller bli som en rymmerska återförd till min fruktade och förhatliga mormor.

Alla dessa tankar gjorde mig förtvivlad, jag flämtade som ett till döden jagat rådjur, och kände ett oemotståndligt begär att komma ut, att känna den friska havsluften på min panna, och utan vidare besinning kastade jag en kappa över mig och skyndade ut ur mitt rum.

Vi var i slutet av april månad, vinden var ännu kall och skarp, men trädens knoppar var ljusgröna och stararna sjöng i alléernas rödbruna grenar, och dammarna i parken var så fulla av vårvattnet, att de stigit över sina bräddar.

Jag vet inte, hur länge jag gått fram och åter vid havsstranden, men då jag återvände och kommit inom parkens inhägnad, vaknade jag liksom upp ur en dvala vid att se mr Merton stå framför mig.

Han avtog sin runda blanklädermössa, som liknade en jokeys, och sade med ett slags hjärtlighet:

'Hur står det till, miss Agnes? Ni ser sjuk ut, ögonen rödgråtna och kinderna bleka.'

'Jag tackar er, mr Merton, jag har litet huvudvärk, det är alltsammans', sade jag avbrytande, för att slippa hans anmärkningar.

'Ja, det förstås, jag ser nog det, unga flickor begagna alltid huvudvärken, som en säck att krypa in uti, och de kunde därför lika gärna säga: "Gör er inte besvär med att fråga vad som fattas mig, ty jag sitter i 'säcken' och vill varken se eller svara er!"'

Han skrattade högljutt åt sin egen kvickhet, och fortfor sedan, under det han alltjämt, trots min trumpna min, vandrade vid min sida.

'Om jag ändå kunde muntra upp er litet, ty, förbanna mig, kunde ni inte behöva det. Jag kan nog förstå, att ni har fan så ledsamt här, instängd, som ni är, med dessa båda gamla damer; och ändå skulle ert liv, miss Agnes, kunna bli en oavbruten rad av nöjen och fester, som det anstod en ung och vacker dam, om ni bara själv ville. Ah, ni kan inte föreställa er, vilket muntert liv man för på Merton Hall till exempel: där felas ingenting, det kan jag försäkra er, mer än en ung och glad värdinna.'

Merton hostade liksom litet förlägen och drog upp sin näsduk, men i detsamma föll någonting ur hans ficka ned på sandgången.

'Ni tappade något. Vad är det?' sade jag likgiltigt och endast för att avbryta hans ord, som ingav mig en obestämd oro.

Han böjde sig ned och upptog en liten flaska eller burk av kristall, vars propp var sorgfälligt överbunden med skinn och förseglad, som om den nyss kommit ifrån ett apotek.

'Kan ni gissa, vad det är?' sade han och lämnade den åt mig. 'Jo, miss Agnes, det där är något, som i en handvändning skulle kunna förpassa en olycklig friare till underjorden. Men emellertid vill jag inte påstå, att det är ämnat för ett så tragiskt bruk.'

'Vad är det då?' sade jag tankspridd och gav honom den lilla flaskan tillbaka, utan att fästa någon synnerlig uppmärksamhet därvid.

Merton stoppade den i sin ficka och återtog i glättig ton:

'Jo, ser ni, det är en liten talisman, med vilken man stundom kan vinna sina vad vid kappränningar.'

'Jag förstår er inte alls.'

'Nej, naturligtvis, det är också en hemlighet. Men till bevis på vilket värde jag sätter på er, miss Agnes, så vill jag uppenbara den för er; för övrigt tänker jag aldrig på allvar begagna mig därav. Jag har köpt den av en kringresande jude, som lät mig betala den förbannat bra. Ser ni, man blåser några korn av det pulver, den där lilla

flaskan innehåller, i näsan på den häst man vill skall vinna priset, och det gör honom
oövervinnelig.'

'Ni skämtar, mr Merton?'

'Ah se där, jag ser av er min, att jag ändå till slut lyckats intressera er en smula. Jo,
jo, det är, som jag säger, ett stimulationsmedel, som inte har sin like, men man får
akta sig att inte ta för mycket därav, då skulle hästen, i stället för att känna sig ytter-
ligt upplivad och använda sina ben som en antilop, helt simpelt vända dem i vädret.
Ack, miss Agnes, ni vet inte, vad en kapplöpning är för ett gudomligt nöje. Tänk er?
Vilket liv, vilken prakt, ekipage, granna damer, jokeyer, zigenare, lindansare, skoja-
re och pack; med ett ord folk av alla slag, och hästarna sedan! Hästarna, miss Agnes!
Kanske ni aldrig sett en verklig fullblodshäst? Aldrig, stackars barn, ni är för mycket
vanlottad, men om ni skulle vilja bli min hustru, så skulle ni ha ett spann av dylika.
Ja, förbanna mig, det skulle ni få.'

'Jag tackar er, mr Merton, men jag bryr mig inte alls om några fullblodshästar.'

'Intet? Nå, men schalar, siden, juveler och dylik grannlåt, det finnes väl inte en
kvinna, som kan vara likgiltig för dylikt?'

'Ah, mr Merton, ni har en besynnerlig tanke om kvinnorna.'

'Varför det?'

'Därför att ni tror er kunna vinna deras kärlek med sådant.'

'Ack, miss Agnes, jag tror tvärtom, att det är ni, som är alltför oerfaren; men det
gör ingenting, jag tycker nästan ännu mer om er för det och jag begär inte bättre, än
att få göra er till härskarinna på Merton Hall.'

'Men, mr Merton, ni vet mycket väl, att jag inte älskar er.'

'Ah, bah! Vad den saken angår, så är jag inte så nogräknad; jag älskar er så mycket
mera, och ni skall dessutom snart älska mig, då vi blivit gifta.'

'Jag tvivlar därpå.'

'Men inte jag. Hm, ni skulle väl vara ett litet odjur, om ni inte älskade den, som
befriade er ifrån fattigdom och ett odrägligt beroende, som gjorde er rik och grann
och lycklig.'

'Ja, man kan möjligtvis tycka så, men tänk, om jag likväl vore ett sådant odjur.'

'Jag riskerar det i alla fall', återtog Merton, mycket upplivad och skramlade med
de otaliga berlockerna i sin tjocka urkedja. 'För fan, jag begär inte, att ni försmäktar
av kärlek till mig, jag begär blott er hand.'

Han hade i själva verket bemäktigat sig båda mina händer och förde dem nu tur-
vis, med en skymt av verklig ömhet, till sina tjocka mörkröda läppar.

'Men jag kan inte skänka bort min hand utan mitt hjärta', sade jag i stolt och
harmsen ton och ryckte mig hastigt lös ifrån honom.

'Är detta ert allvar?' sade Merton förvånad och tog ett steg närmare, under det att
ådrorna på hans låga och breda panna svällde av harm.

'Mitt fulla allvar.'

'Ni avslår således mitt anbund?'

'Ja fullkomligt, jag är er tacksam, men...'

'Tanklösa och dumma flicka, ni kommer att ångra er enfald.'

'Jag tror inte det, mr Merton.'

'Men jag är säker därom. Avstå ifrån mig, Harry Merton, den rikaste egendomsägare i hela trakten!' utropade han med en röst, som vittnade om lika mycken bestörtning som vrede.

Jag ryckte på axlarna med en något spefull min, som ännu ytterligare retade min dumdristiga och egenkära friare, han sväljde de ord av förtrytelse, som utan tvivel svävade på hans läppar, bugade sig med ett utseende, som liknade en bunden doggs, och avlägsnade sig med hastiga steg ur parken.

Jag stannade tankfull kvar, mot min vilja distraherad i min sorg genom detta helt oväntade frieri, som kommit i den minst lyckliga stund för mr Merton,

I mitt sinne övervägde jag likväl nu de möjliga fördelarna av det parti jag avslagit. Jag hade nyss så livligt önskat, att på vad villkor som helst kunna lämna Oukwoodhouse, och det enda sätt, som erbjöd sig, ett medel varpå jag aldrig tänkt, hade jag förkastat. Men kunde jag väl göra annat, så länge kärleken till Percy och det av tynande hoppet om hans trohet ännu levde i min själ? Hade vi inte lovat varandra att vänta i fem år, och ännu var ju knappt mer än två år förflutna?

Jag hörde det försvinnande bullret av mr Mertons vagn, som i häftig fart rullade bortåt landsvägen, och vände mina steg tillbaka till slottet.

Med nedsänkt huvud vandrade jag framåt allén, då någonting glänsande framför min fot fäste min uppmärksamhet.

Jag lutade mig ned och igenkände samma lilla flaska, vilken jag helt nyss sett i mr Mertons händer, och som han nu i sin brådska och tankspriddhet för andra gången tappat.

Utan att egentligen tänka därpå, upptog jag och stoppade den i en av podierna under min klänning och fortsatte min väg till slottet.

Man hade redan tänt ljus i salongen, middagsklockan ringde, och orolig över mitt dröjsmål, skyndade jag uppför trappan, för att klä om mig till middagen."

*　*　*

"Besynnerligt nog sysselsatte mig tanken på den möjlighet till befrielse som jag förkastat, och föreställningen att finna ett annat hem, tills Percy erbjöd mig Oukwoodhouse som mitt eget, och mer än jag själv kunde förstå, gjorde det småaktiga och lumpna tyranni, varunder jag suckade, allt mera plågsamt för varje dag.

Det föreföll mig obegripligt, hur jag kunnat uthärda under två år att exerceras som ett skolbarn, att inte äga frihet att varken tala eller tiga, att ständigt vara mål för sarkasmer och tadel, utan att någonsin lyckas vinna ett gillande ord eller en vänlig blick, på samma gång det syntes mig lika besynnerligt, att den gamla frun aldrig tröttnade att plåga mig och uppreta sig själv.

En vecka hade förgått sedan mr Mertons frieri. Jag visste inte, om mormor haft någon kunskap därom, men att miss Spencer åtminstone anat detsamma, insåg jag snart.

Vi satt en dag efter frukosten ensamma i salongen, hon och jag, då miss Spencer helt tvärt nedlade sin knytning på bordet, fäste sina ljusa, vattengråa ögon på mig och sade sakta:

'Agnes, varför avslog ni mr Mertons anbud?'

Jag rodnade helt överraskad av hennes kunskap om saken, och sade tvekande:

'Hur vet ni, att han friat till mig? Kanhända lady Hawerfield förmått honom där till?'

'Sådan barnslig förutsättning! Ni har emellertid handlat bra oklokt, betänk er ställning, er ungdom förgår och er skönhet är redan nästan förbi. Ni skall förtvivla av ledsnad och obehag här till slut.'

'Jag älskar inte mr Merton.'

'Men han är rik och ansedd; ni kommer att ångra er, Agnes.'

'Det är förmodligen lady Hawerfield, som talar genom er?'

'Ni misstar er; – jag tror verkligen, att hon fått en sådan vana att gräla på er, att hon inte skulle vilja mista er och inte kunde leva er förutan, det är snart sagt hennes enda förströelse; för övrigt är jag säker, att hon inte känner till mr Mertons frieri, ehuru hon anar och väntar det liksom alla andra. Merton är inte den, som döljer varken sina tycken eller sina avsikter.'

'Naturligtvis vill hon se mig gift innan min kusin återkommer, menar ni?'

'Åh, mitt stackars barn, jag fruktar, att den omsorgen är överflödig, hon behöver visst inte avlägsna er, hennes erfarenhet och beräkning tyckas ha fullkomligt bekräftat sig.'

'Vad menar ni, miss Spencer?'

'Att lord Percys hjärta är tillräckligt avlägsnat ifrån er, för att hon utan fruktan kan behålla er som sin "souffre douleur", om hon vill.'

'Hur vet ni det?'

'Mylady fick i går brev; vill ni se det?'

Jag rodnade av sinnesrörelse och förmådde knappt öppna läpparna till svar.

'Hon lämnade det kvar i lådan av sitt sybord därborta, sedan hon låtit mig läsa detsamma, och jag är fullt säker, att hennes mening var, att jag skulle lämna det åt er', tillade miss Spencer, under det hon gick tvärs över golvet till mormors vanliga plats och öppnade ett litet konstigt arbetat och inlagt bord av valnöt, som stod i hörnet vid soffan.

Jag kände ett moln lägga sig över mina ögon och mina knän svikta, då hon lämnade mig det hopvikta brevet.

Sällsamma, tusenfaldigt sällsamma företeelse i människonaturen, att vi lika litet, och kanske ännu mindre, kan analysera och fatta vår egen varelse som en annans; vi känner begär och instinkter, känslor av avsky och förtjusning, ömhet och hat, utan att veta orsaken därtill, vi genomlöper hela den oändliga tonskalan av sensationer med alla dess höjningar och sänkningar, men på ett förvirrat sätt, ofta utan ordning och harmoni och ständigt utan att känna den melodi, som hänrycker eller söndersliter vår själ, varje ton kommer oväntad och väcker ofta vår egen förvåning, och vi lyssna under hela livet till vår själs bisarra musik, utan att uppfatta sammanhanget däri förr, än döden slår det fruktansvärda slutackordet.

Jag har alltid själv förvånats över min egen obegripliga svaghet, och nästan nervösa känslighet i allt, som angått min kärlek, och den mystiska verkan av Percys namn, under det min själ i allt annat och för alla andra, även de mest skakande händelser och omständigheter, varit hård och känslolös.

'Min Gud vad ni är tafatt, ni måste skynda er', sade miss Spencer litet otåligt och lämnande sin vanliga långsamhet i ord och rörelser, då hon såg, att mina händer darrade, och att jag var alltför upprörd för att kunna läsa genast.

'Se så, det är mr Warren, som skriver', tillade hon sakta och brådskande, under det hon vecklade upp kuvertet och lade brevet öppet framför mig.

Det var således inte Percy, som skrivit; jag sansade mig och läste hastigt en kort beskrivning på deras resa och ankomst till Afrika samt slutligen dessa ord, som genomborrade mitt hjärta:

> 'Jag är ganska glad, att vi äntligen har kommit hit, ty jag anser Afrikas lejon och beduiner mindre farliga för min unga Telemaque än Frankrikes vackra kvinnor. Lord Percy är ännu inte riktigt försonad med mig, efter det jag ryckt honom ur den sköna Anais' armar, och föga fattades, att hon inte följt med oss. Emellertid kan jag försäkra er, mylady, att varje ömmare minne av hans kusin har fullkomligen flytt, han har aldrig mera nämnt hennes namn, och jag tror inga hinder komma att möta för myladys planer med avseende på den tillämnade förbindelsen med...'

Jag hann inte läsa längre. Dörren till sängkammaren öppnades, och Spencer ryckte med en alldeles förvånande hastighet brevet ur min hand, hopvek och inlade det i lådan med en noggrannhet och behändighet, som jag aldrig skulle trott den sömniga och långsamma varelsen om.

Hon hann nätt och jämt sätta sig ned på sin plats, då mormor hördes komma genom rummen in till oss.

Jag bet tänderna tillsammans och tryckte handen emot hjärtat, fast besluten att kuva varje tecken till rörelse och smärta. Jag hade nu hunnit långt i konsten att förställa mig, men jag anade i alla fall, att den skarpsynta gamla damen nog gissade mina kval, ty hennes snabba spejande blick på Spencer och mig visade, att hon kände eller kanske anbefallt den förras ovanliga indiskretion."

* * *

"Förtvivlad kastade jag mig på golvet i mitt rum. Inom mig bröt sig de mörka vågorna av vrede, svartsjuka och sorg; min kärlek var förlorad, Percy var mig otrogen, jag var glömd och förrådd.

Det var i denna stund jag lärde mig, att lyckligtvis den högsta smärta och den högsta sällhet möts i en sällsam själsfrånvaro, som låter oss glömma tid och rum.

Jag vet inte hur länge jag legat på detta sätt det syntes mig som en oändlig tidrymd, som om jag genomfarit en avgrund av mörker, då upprepade slag på dörren äntligen väckte mig till sans.

Det var kammarpigan, som bad mig komma ned till hennes matmor.

Känslolös för varje obehag, nekade jag helt tvärt att lämna mitt rum, då flickan, alldeles bestört och förvirrad av detta oväntade svar, övertalande tillade:

'Posten är nyss kommen, och mylady fick ett brev, varom hon säkert vill tala med miss Agnes.'

Tala med mig om ett brev! Vad kunde det vara, möjligtvis ifrån mr Warren, men så snart efter det förra, kanske någon olycka hänt Percy – kanske han var död.

Glömmande allt annat för denna föreställning, skyndade jag ned, föraktande att ens utplåna spåren efter mina tårar.

Lady Hawerfield var ensam; hon satt på sin vanliga plats, och ett öppet brev, tilllika med de nyss ankomna tidningarna, låg framför henne.

Det var någonting i hennes ögon och hårt sammantryckta läppar, som oaktat den känsla, vilken fyllde mitt bröst, ingav mig mer än vanlig bävan och tydligt förkunnade, att något högst obehagligt förestod mig.

Jag såg mig nästan ångestfullt omkring, omedvetet sökande ett slags stöd i miss Spencers passiva närvaro, men hon fanns inte i rummet, och mormor tycktes triumfera över min paniska fruktan.

Det dröjde väl ett par minuter, innan den gravlika tystnaden omkring oss stördes, och då den gamla fruns röst, lika kall och metallisk som bronsurets slag bredvid henne, äntligen nådde mitt öra, hade jag övervunnit min barnsliga rädsla och mötte med stadig blick hennes genomträngande ögon.

'Jag har låtit kalla dig, för att underrätta dig om, att mr Merton begärt din hand, och som jag anser denna förbindelse för en heder och en lycka för den fattiga miss Leihtinton, så har jag bifallit hans begäran, och om en månad blir du således hans hustru.'

227

Hon hade utsagt dessa ord med mycken långsamhet och eftertryck, och då hon tystnade, surrade ännu ljuden därav skarpt och hårt i mina öron, liksom då man länge dövats genom något sönderslitande buller.

'Åh, var det inte annat?' utropade jag, för första gången inför mormor helt naturlig, i glädjen att vara befriad ifrån den ångest jag känt, och med en så omisskännlig belåtenhet, att den gamla frun tydligen blev helt förbryllad.

'Det gläder mig, att du med så mycken förtjusning och tacksamhet mottager hans anbud, ty han är dig fullt värdig, därom kan du vara övertygad, då jag gynnar hans frieri', sade hon äntligen, fixerande mig med ett besynnerligt uttryck.

'Tacksamhet och förtjusning! Nej, visst inte, jag mottager det inte alls, och det förvånar mig endast, att han kan förnya ett anbud, varpå jag redan för åtta dagar sedan givit honom ett bestämt avslag.'"

Det uppstod ett ögonblicks tystnad, den häpna gamla frun tycktes söka efter ord för sin ytterliga harm och förvåning över min alldeles oväntade djerfhet; hennes ögon sprutade eld, hennes läppar ryckte krampaktigt och hennes röst var otydlig och darrande av vrede, då hon åter tilltalade mig.

För första gången hade jag vågat trotsa henne, och allt det hat, hon samlat inom sig, under många års bittra minnen och tankar, utgöt sig nu i strömmar av en förfärlig vältalighet. Den skulle halva kunnat krossa ett större mod och retat ett frommare sinne än mitt.

De skymfligaste ord och anspelningar om mitt namn och min fädernesläkt, det hånfullaste begabberi över min kärlek, strömmade över mig som en störtsjö, varav jag nästan kvävdes, och slutligen då jag förklarade, att jag genast ämnade lämna hennes hus, uttalade hon det mest bestämda och föraktfulla förbud, att vanära hennes familj, genom att som ett tjänstehjon eller en tiggerska stryka omkring landet.

'Nej, må dessa murar då bli din grav och för alltid gömma den skymf, som din far och farfar tillfogat mig, och som i din person fått gestalt och liv och står framför mig. Antingen gifter du dig om en månad med Merton, eller stannar du hos mig, så länge jag lever', tillade hon med en ton, som inte medgav det ringaste hopp.

Hon avlägsnade sig med fasta steg, lämnande mig kvar med detta grymma alternativ, upprörd av en förbittring, som nära gränsade till raseri och som var så mycket häftigare, som den var fullkomligt vanmäktig.

Alla min själs onda instinkter var väckta, jag var utom mig och kände vreden brinna som eld i mina ådror, under det min panna fuktades av svettpärlor.

Mekaniskt famlade jag efter min näsduk och fick i stället tag i Mertons lilla flaska; den hade legat bortglömd i min ficka, jag framdrog den och stirrade ett ögonblick tanklöst därpå.

Hur naturlig, hur nära till hands ligger inte tron på en ond ande, ett fientligt väsende, som ständigt finnes osynligt bredvid oss, vakande över våra känslor och

färdigt att begagna sig av våra passioner, eller våra svagheter för att få oss i sitt våld;
denna föreställning är så gammal som mänskligheten, och aldrig har den varit mera
berättigad än i detta ögonblick av mitt liv, då allt, även den minsta omständighet,
tycktes förena sig för att leda mig till den handling, som för mig öppnade avgrun-
dens port, för att sedan låta mig alltjämt gå vidare.

Åsynen av flaskan verkade som en förtrollning på min själ.

Alla de groteska bilderna från de gamla sagor jag läst fick med ens liv och san-
ning. Jag tyckte, att flaskan i min hand blev en levande varelse, en avgrundsande,
som talade till mig, och varje hans ord föll som en gnista i min förvirrade hjärna:

'Du håller här i din hand hämnaren för allt det hat, alla de långsamma oförrätter
du lidit. Begagna dig därav. Denna elaka gamla kvinna skall inte längre triumfera
över dig, inte råda över din lycka och förbittra ditt liv', så viskade denna anderöst
i mitt lyssnande öra, och med händer, som skälvde av vreden och det förtärande
hämndbegäret, slet jag i en sekund upp förseglingen och korken.

På bordet framför soffan, där lady Hawerfield nyss suttit, stod hennes snusdosa;
hon hade i häftigheten av sin förbittring och sinnesrörelse glömt den kvar, och utan
att besinna mig ett ögonblick, ledd liksom av en osynlig mäktig varelse, tömde jag
hastigt hälften av giftet i den lilla emaljerade gulddosan.

Detta pulver var grått som falaska och hade samma stoftlika finhet. Merton hade
sagt, att en knivsudd därav kunde döda en häst, jag hade tömt flaskan mer än till
hälften, men då jag omskakade det med snuset, skulle knappt den skarpaste gran-
skare kunnat upptäcka det däri, så fullkomligt försvann det, sammanblandat med
snuset i dosan.

Knappt hade jag slagit igen locket, ställt dosan på sin plats, gömt flaskan och
vänt mig om för att lämna rummet, innan jag hörde sängkammardörren öppnas
och kammarpigans trippande steg över golvet i matsalen; hon kom troligen för att
hämta sin matmors oskiljaktiga klenod.

Jag vet inte hur jag kom uppför trappan till mitt rum eller vad jag sedan gjorde,
jag vet endast att jag var i ett slags vansinne, en överretning, som inte lät mig upp-
fatta någon redig känsla, och jag tror, att jag tillbragte natten snarare i ett sanslöst
än sovande tillstånd.

Jag vaknade genom en häftig skakning av köld och fann mig liggande på golvet.
Fönstret stod öppet, och den fuktiga nattkylan i rummet genomisade mig. Det var
ännu inte fullt dager, och allt var tyst i huset.

Jag kände mig matt och stel och hade en mycket oredig föreställning om aftonens
stormiga uppträden, varav, besynnerligt nog, det sista helt och hållet sjunkit i bak-
grunden av mitt minne, liksom en dunkel dröm utan betydelse.

Smärtan och harmen över Percys otrohet och glömska framstod däremot med en
dödande plåga. Jag kastade mig på min säng, snyftande som ett barn, i övermåttet

av de kval jag kände; det var en kris av djup och förtärande sorg, som lät allt annat försvinna.

Minuter och timmar förgick, långa och tunga, som om var och en varit ett stenblock, vilket långsamt rullats över mitt bröst.

Äntligen dagades det. Den uppgående solen kastade sina röda, förbländande strålar in genom mitt fönster, och mina tunga ögonlock slöt sig mekaniskt för dess skärande ljus. Ett slags dov och medvetslös dvala sjönk åter, som ett bårtäcke över mitt döende hjärta.

Brådskande steg i trappan och häftiga slag på min dörr väckte mig likväl snart till livets plåga. Förvirrad rusade jag upp, halvklädd som jag var, och öppnade.

Miss Spencer inträdde yrvaken, med nattmössan ännu kvar över sitt gula, hoptovade hår, och med en min av bestörtning och förvirring, som gjorde hennes utseende nära nog löjligt.

Hon satte sig ned på den första stol hon fick se och sade hastigt, sammanknäppande sina långa krokiga fingrar:

'Miss Agnes, mitt kära barn, en sorglig händelse... en oväntad händelse. Er mormor har blivit mycket illa sjuk... Dock, det är så gott att genast säga er hela sanningen, er mormor, lady Hawerfield, är död!'

'Död!' upprepade jag med stela, likvita läppar. 'Död!'

Detta ord ljöd i mina öron så oväntat, som om jag varit fullkomligt oskyldig, och min bestörtning var så verklig, att miss Spencer fortfor:

'Sansa er, stackars barn. Detta var förskräckligt; jag inser nog era känslor. Ni är nu alldeles utan huld eller skyld i världen, ty av er kusin har ni troligen ingenting att vänta... Vem kunde förmoda en så hastig död; hon var i går frisk och sund. Jag fruktar, att hon inte gjort den minsta disposition till er fördel. Hon älskade er inte, stackars barn, och efter min tanke har hennes häftiga vrede i går kväll orsakat henne slag. Det är fasligt smärtsamt för er, miss Agnes, om så vore. Ni borde inte ha satt er emot detta giftermål med så mycken bestämdhet... Se så, kläd er nu och kom med ned. Jag har skickat efter doktor Lambert, ehuru hon troligen dött redan före midnatten, hon var redan stel och kall, när Betty kom in i sängkammaren vid den vanliga tiden i morse.'

Miss Spencers ord susade i mina öron, men gjorde inte alls den verkan man skulle kunna föreställa sig. Jag klädde mig med vanlig omsorg och följde henne slutligen utan motvilja, och inträdde i den dödas kammare utan rysning, men med en sällsam och orolig nyfikenhet. Jag hade mycket svårt att fatta, att denna passionerade och livfulla varelse, som jag så nyss sett levande framför mig, verkligen var besegrad av dödens mystiska makt.

Hur skall jag förklara denna besynnerliga tröghet i min föreställning, då jag själv var orsaken till den katastrof, som inträffat; jag vet det inte.

Vi gick tysta genom de stora tomma rummen, och miss Spencer öppnade varsamt, liksom om hon fruktat att väcka sin döda matmor, dörren till hennes sängkammare.

Jag hade aldrig under de två år jag vistats i huset varit inne i detta rum. Intrycket därav och dess minsta detaljer, uppfattade under några minuter, de första och sista jag vistades där, inpräglades i mitt minne med samma noggrannhet som om jag burit en spegel inom mig.

Denna spegel är ännu lika klar, och bilderna däri framstår med samma trohet, som i det ögonblick de föll därpå.

Jag ser i detta ögonblick det stora rummet, i den hemska dagern ifrån de med vita lakan redan förhängda fönsterna, den något svartnade djupa taklisten med sina gipsrosetter, den klumpiga lampan i taket med sitt mattslipade glas och mässingsarmar med gula vaxljus, som i en kyrka, de tunga mörka möblerna och den djupa alkoven med sin stora och breda säng, dit miss Spencer nu ledde mig.

Man har talat om mördares förfäran vid åsynen av deras livlösa offer, om den ovillkorliga fasan, om ångern och fruktan, och att döden försonar och låter oss glömma alla den dödes fel. Det är måhända sant, men jag har ingen erfarenhet därav. Är jag ett sådant vidunder av grymhet och förhärdelse? Kanhända, jag förmår inte döma om vad jag inte förstår. Jag vet endast, att jag ännu i detta ögonblick hatar minnet av denna kvinna, oaktat hon varit död i trettio år, och att jag hatade henne ännu mera därför, att hennes elakhet förledde mig att döda henne. Ja, hur orimligt det möjligen kan förefalla, men jag kände ingen rörelse av ånger, blott av vedervilja och avsky, då miss Spencer, med en andäktig suck, upplyfte den vita duk, varmed man överhöljt den dödas blånade och vanställda ansikte.

Och likväl var jag då ung, endast tjugoett år, och det var jag, jag, som mördat henne, åtminstone var jag *då* fullt övertygad därom.

Senare, då jag fått mera omdöme och erfarenhet, har jag tvivlat därpå. Dessa förmenta gifter, som kvacksalvare säljer, och verkligen används på det sätt, som Merton berättat, är ofta endast bedrägeri, och om de förmår att döda under dylika förhållanden, syns mig nu åtminstone mycket osäkert.

Det moraliska brottet var i alla händelser detsamma; min vilja och avsikt hade varit att döda henne, och hon låg död framför mig; men av alla de naturliga känslor jag, enligt de så kallade människokännarna, borde ha erfarit, var det emellertid endast fruktan för upptäckt av brottet, som var medveten hos mig.

Människorna dömer om varandras känslor, bevekelsegrunderna till varandras handlingar, och söker att i passionernas labyrint finna ledtråden för sitt omdöme, sitt medlidande eller sin förkastelsedom, och likväl skulle kanske var och en av dessa domare knappt kunna rätt bedöma sitt eget innersta.

Man vet ju att av schackbrädets sextiofyra rutor kan en snart sagt evig variation av drag åstadkommas, och vilken variation av oändliga anlag, känslor och begär innehåller inte människosjälen, denna sällsamma eolsharpa, vars vibrerande strängar himmelens alla vindar sätta i rörelse och som lika ofta frambringar skärande missljud, som himmelska toner.

Om handlingarna skall bedömas efter sina orsaker, så borde aldrig någon mänsklig dom komma i fråga, och i fall man ville anta den sinnrika meningen, att *brott* endast är *olycka*, så skulle man med lätthet komma därhän, att allt slags straff vore orättvist.

Och så är det utan tvivel; det *onda* är en missbildning, en brist i människonaturen, en stor, omätlig *olycka*. Vi straffar inte de blinda, de stumma eller vansinniga, vi beklagar dem därför att de står på en lägre grad av utveckling än vi, de saknar ett av våra sinnen. Nåväl, det givs även varelser, som saknar den högsta, den ädlaste av alla egenskaper, *skönhetssinnet*, begreppet om dygdens och godhetens sublima skönhet, de är ännu mera beklagansvärda.

Hos mig har ångern aldrig varit av den beskaffenhet, som människorna vanligen föreställa sig och religionen anbefaller, jag har ansett mig själv som ett offer för mitt temperament, mina passioner och tillfälligheterna, och jag har sörjt och vredgats däröver, såsom en förfärlig börda, lagd på min själ av ödets tunga hand."

Kvinnans röst, som blivit allt mattare, upplöste sig slutligen i ett slags snyftning, hon sänkte huvudet och tystnade fullkomligt ett par minuter, och den gamle prostens hederliga gåspenna, som länge motvilligt raspat på papperet, nekade slutligen nästan att nedskriva alla dessa vidunderliga kätterier; farbror Jöns skruvade sig villrådig på sin stol, men en blick ifrån den främmandes ihåliga ögon kuvade på nytt hans vilja, och med en suck, som tydligen innefattade den gamla biskopens bekanta reservation, "härtill är jag nödd och tvungen", återtog han sin påtrugade sekreterarebefattning, då kvinnan åter började:

"Miss Spencer förde mig äntligen ur rummet, men dessförinnan hade jag på det lackerade nattduksbordet vid sängen varseblivit den farliga snusdosan, som tydligen blivit begagnad, ty locket var halvöppet och några utströdda korn syntes på bordet. Medan miss Spencer stod med bortvänt ansikte för att ordna gardinen vid fönstret, bemäktigade jag mig den hastigt och gömde den under min schal.

Ingen den minsta misstanke om rätta orsaken till lady Hawerfields död uppstod. Läkaren förklarade att hon dött av 'slag', ett mycket omfattande och mycket bekvämt uttryck för läkarna den tiden, och miss Spencers förtroliga meddelande om den gamla fruns upprörda sinnesstämning kvällen förut ansågs av den hederliga bydoktorn såsom en ytterligare bekräftelse på hans förmodan.

Emellertid, om mitt sinne inte ägde förmåga att känna ånger, så fanns en annan känsla, som det marterades av, jag menar fruktan.

Det var likväl inte fruktan för upptäckt av brottet. Jag hade redan samma dag kastat snusdosan och flaskan i en av de djupa dammarna i parken, och ingen rimlig anledning fanns att oroas däröver. Men det var en fruktan av helt annan art.

Den ständiga förskräckelse, vari den gamla ladyn hållit mig under sin levnad, upphörde inte med hennes död. I varje ljud, som nådde mitt öra, tyckte jag mig igenkänna fraset av hennes styva klänning, eller hennes kalla sarkastiska röst. I varje vrå av de stora mörka rummen, eller de breda trappornas skumma avsatser, trodde jag mig se hennes ögon lysa, och denna sällsamma förfäran, denna plågsamma, ständigt närvarande inbillning och det oupphörliga minne av hennes förhatliga person, obegripligt kanhända för andra, blev för mig outhärdligt.

Min vårdslösade uppfostran och min livliga inbillning, uppjagad genom mitt ensliga liv, och slutligen den förfärliga katastrof, som vredens yrsel framkallat, var orsaken till denna spökrädsla, som dessutom delades av alla husets invånare.

Alla hade fruktat, men ingen älskat den döda, och tjänstfolkets vidskepelse och dumma fantasier ökade endast mina egna.

Ingen fann det därför besynnerligt, att jag ville ha miss Spencer i mitt rum, och den beskedliga varelsen, ljum och passiv i sina tycken och sin tro, som i allt annat, fann ingen anledning att förundra sig däröver.

Begravningen hade gått för sig; den stolta lady Hawerfield fick sitt påtvingade namn inristat i stenen på sin grav, hennes tunga ekkista var nedsatt i familjens gravkor, vars tjocka murar och rostiga järndörrar gömde hemligheten om hennes skymf, hennes hat och hennes dödssätt.

Hela husets personal behölls i samma skick som förut, och alla andades lättare och kände annalkandet av en lycklig tid, i lättja, frihet och vällevnad.

För mig ensam fanns ingen lycka i världen, ingen frid, ingen förhoppning. Jag kunde inte glömma att jag velat befria mig ifrån tyranniet av en varelse med kött och blod, och i stället blivit slav av en skugga, att jag blivit överlistad av detta hatfulla väsende, och genom att beröva henne livet ökat hennes makt och fasan av hennes närvaro.

Min hälsa led av denna ständiga föreställning, dessa oupphörliga sprittningar av förfäran, som isade mitt blod. Jag uthärdade inte längre att stanna på detta ställe, där varje vrå, varje sten, varje träd var mig förhatligt.

Varför skulle jag också dröja här? Jag var nu fri. Det var mig omöjligt att längre leva på min kusins bekostnad, då intet ord, ingen förklaring ifrån honom lämnade mig det minsta hopp, att hans farmors död återfört – minnet av hans kärlek och hans löften. Dessutom ställde sig nu emellan oss den döda, ännu mera hotande än den levande. Allt var slut, jag hade inga planer för framtiden, jag ville endast fly långt bort ifrån detta olyckliga gamla hus och dess invånare.

Livet låg framför mig som ett tomt och formlöst mörker, och med förtvivlans tanklöshet vandrade jag en morgon helt ensam i hemlighet från Oukwoodhouse, sedan jag flera gånger förut med miss Spencer talat om mitt beslut, att söka mig ett annat hem.

Den gamla sällskapsdamen, som efter sin matmors död blivit betydligt uppkryad och föryngrad, hade sökt att återliva det hopp hon förut bemödat sig att släcka i min själ, och ehuru hon funnit detta fruktlöst, anade hon likväl inte, att jag ämnade fly på detta sätt.

Jag kände mig emellertid allt mera sjuk och nervös för varje dag, och det var i ett tillstånd av dov likgiltighet för allt, som jag begav mig bort.”

*　*　*

”Av instinkt mer än av eftertanke hade jag hopsamlat de få penningar och dyrbarheter som jag ägde, och sedan jag skrivit några rader till miss Spencer och sagt henne farväl, gick jag genom parkens bakport ut på vägen åt havsstranden, som förbi byn ledde ut till landsvägen, som förde till Falmouth.

Då jag vände mig om och för sista gången såg de mörka kronorna av parkens gamla almar, återkom i mitt minne bilden av de båda stridande korparna, som fallit ned för mina fötter, då jag första gången trädde inom denna park; en rysning smög sig över min kind, då jag nu matt och döende flydde liksom den olycksfulla fågeln, sedan jag vunnit en dyrköpt och tvetydig seger över min fiende.

Först då jag gått flera timmar och längesedan förlorat tornspiran på Oukwoodhouse ur sikte, började jag känna ett friskare liv i mina ådror, jag påskyndade mina steg och gick nästan hela dagen oupphörligt framåt, utan att känna varken hunger eller trötthet.

Att komma bort, långt bort från det ödsliga Cornwall, var hela min åtrå, och jag flydde alltjämt, liksom minnet av min kärlek och mitt brott kunde undkommas.

Jag hade intet mål för min vandring och följde endast landsvägen norrut, undvikande alla bivägar, av fruktan att komma till någon by eller herrgård, innan jag var tillräckligt avlägsnad ifrån Oukwoodhouses grannskap.

Under hela dagen hade jag inte mött annat än arbetare, som inte fäst någon uppmärksamhet vid min person. I min tarvliga dräkt och med mitt knyte under armen, liknade jag fullkomligt en vanlig tjänstflicka. Det bröd jag tagit med mig var nog till min kvällsvard, och en tom lada var ett tämligen drägligt natthärbärge.

Emot aftonen den andra dagen kände jag emellertid den överretning vika, som uppehållit mina krafter, tröttheten överväldigade mig, jag förmådde inte gå längre, och då en forbonde, med sin tomma vagn upphann mig, mottog jag med tacksamhet hans anbud att åka med honom.

Jag besvarade hans godlynta frågor med den korta och fullt sanningsenliga uppgiften, att jag var fattig, utan anhöriga och på väg till Launceston, för att söka tjänst.

234

Det var redan mörkt, då vi framkom till den by, där han bodde, och ehuru ett slags värdshus fanns, ansåg jag det bättre att stanna i hans hus över natten, då han erbjöd mig det.

Inte sedan jag lämnade mina föräldrars hem och min kära gamla amma, den enda varelse i världen, som troget och uppriktigt älskat mig, hade jag sovit så lugnt och gott, som på den hårda madrass, vilken den vänliga lanthustrun bredde ut åt mig i en liten skrubb i förstugan, där jag hade mitt värdfolks höns på ena sidan om mig och en kolbod på den andra.

Om kvällen, då jag kom, hade barnen redan gått till sängs, och hustrun hade i skymningen inte givit särdeles akt på mig, men om morgonen, då hon bjöd mig deltaga i familjens frukost, märkte jag tydligt, att man fann mig besynnerlig och inte överensstämmande med en vanlig tjänstflicka.

Jag såg, att hustrun med misstänksamma blickar betraktade mina fina och vita händer, och allesammans såg skygga och generade ut.

Emellertid gjorde man mig inga frågor, och då jag tackade dem för deras gästfrihet och steg upp för att gå, sade mannen tvekande:

'Det blir allt långt för er, miss, att gå hela vägen till Launceston, men i fall ni skulle vilja åka med en av grannarna ett stycke av vägen, så vet jag en, som far åt det hållet i dag.'

'Jag tackar er, men min kassa är mycket liten, jag är tvungen att hushålla, ser ni, i händelse det skulle dröja någon tid, innan jag lyckas få någon tjänst.'

'Ja, det förstås, men det behöver inte kosta er något: han far med tomma vagnen för att hemta saker åt mr Geffers, kryddkrämaren i byn. Se där kommer han redan. Ned! Holla! Vänta ett ögonblick!'

Den välvillige formannen trummade på rutan åt en halvvуxt rödhårig pojke, som helt långsamt kom åkande på vägen förbi fönstret i en skramlande vagn.

Gossen stannade, jag tog avsked av hustrun och barnen och följdes ut till vagnen, där jag efter några rekommenderande ord av min hederlige värd, blev placerad på en hösäck bredvid den gladlynte Ned, som lovade att låta mig åka till 'Petters krog', där en genväg skulle finnas, som förkortade vägen till Launceston.

Vagnens häftiga skakning och morgonens friskhet gjorde mig gott. Jag var glad att fortare än jag kunnat hoppas hinna gränsen av Cornwall, och glömmande mina sorger för några ögonblick, deltog jag godmodigt i min reskamrats muntra prat och anmärkningar.

O, att man ägde förmåga att i livet, som i romanen, stryka ett streck och skriva ordet 'slut', och sedan börja en ny rad av en ny historia; men om också händelsernas tråd kan avklippas och allt sammanhang försvinna mellan det förflutna och framtiden, så kan vi inte utplåna *minnets* eldskrift i vår själ, förrän dess ständigt brinnande lågor förtärt vår varelse.

Hur ljuvt skulle jag inte funnit det, att verkligen vara vad jag utgav mig för, att börja ett liv av fattigdom och arbete, men lyckligt av verklig kärlek och frid.

Kärlek och frid, jag känner er inte, jag har aldrig ägt er, men mitt hjärta har likväl ständigt trånat efter dessa himmelska gåvor för de utvalda i världen.

Vi hade åkt hela förmiddagen och vid middagstiden, då Ned rastade för att fodra sina hästar, delade jag hans matsäck och beundrade sedan hans djupa sömn i solskenet, under det jag, sittande bredvid i gräset, tanklöst beskådade de allt emellanåt på vägen förbifarande, som kom ifrån Launceston, där det varit marknad.

Äntligen klockan sex på kvällen kom vi till 'Petters krog', en ruskig tegelstensbyggnad, fläckvis översmetad med kalk och för tillfället uppfylld av högljudda, halvrusiga bönder och marknadsresande.

Ned höll stilla på den lilla planen framför huset, där tomma vagnar och betande hästar stod, till största delen lämnade av sina ägare, som förfriskade sig inne på krogen.

Den dumdristighet och barnsliga oförskräckthet, varmed jag börjat min vandring, hade ökats, då jag ända hittills endast påträffat hederligt och välvilligt folk, men vid åsynen av krogen med dess gäster vaknade min naturliga rädsla, och för att inte behöva skiljas ifrån min välmenande reskamrat och beskyddare, var jag nästan frestad att anta hans för tredje gången upprepade förslag, att följa honom tillbaka till byn och försöka att få tjänst hos hans husbonde, som var farmer, och just nu behövde ett biträde åt sköterskan av hans mejeri.

Jag tyckte mig emellertid ännu vara allt för nära Percys egendom och lady Hawerfields grav, för att kunna stanna, jag drevs av en rastlös oro att komma vidare, och sedan Ned helt rörd i flera omgångar skakat min hand till avsked, och noga beskrivit den väg jag borde ta, smällde han på sina hästar och försvann i ett moln av damm på en motsatt väg.

Ivrig att snart komma ifrån den otrevliga krogen, skyndade jag med snabba steg framåt den vackra gräsbevuxna gångstigen genom skogen, som Ned utvisat, och inandades med välbehag den ljumma, av barrträden parfymerade luften.

Det syntes emellertid, att den väg jag vandrade även brukade befaras av vagnar, ty spår av hästskor och hjul urskildes tydligt i det korta avnötta gräset, och vägens bredd och jämnhet gjorde den även fullt tjänlig därtill.

Solen stod ännu högt på himlen när jag skildes ifrån Ned, i skogen härskade likväl en så djup skymning, att man kunde tro den nedgången. Denna halvdager ökade likväl endast ännu mera behaget av den fina gräsmattan, med sina grupper av ormbunkar mellan de höga träden, som stod raka och prydliga som i en park.

Jag hade gått oavbrutet ungefär en kvarts timme, då jag hastigt hörde steg bakom mig och såg tre personer komma gående på vägen, nedanför den backe jag just nu kommit uppför.

En obehaglig känsla intog mig vid deras åsyn, ty ehuru hastigt jag betraktade dem, igenkände jag dem likväl genast.

Det var tydligen en zigenarfamilj, som troligen kom ifrån marknaden i Launceston och vilken jag nyss sett lägrad i gräset strax utanför 'Petters krog' bredvid ett gammalt positiv, överhöljt med en röd ylletrasa, på vilken en liten apa satt.

Mannen och hustrun tycktes båda vara vid samma ålder, mellan trettio och fyrtio år, båda var svartögda, krushåriga och bruna, av den fantastiska och dystra skönhet, som är egen för detta folk, men med ett uttryck av list och vildhet i sina fysionomier, som i synnerhet hos mannen var fruktansvärt och väl kunde göra ett möte med honom oroande.

Den tredje, en gosse om fjorton eller femton år, troligen deras son, var mindre vacker än föräldrarna, hans skarpa drag och sjukliga, smågamla utseende gjorde även honom obehaglig.

Alla tre stannade ett ögonblick, då de såg mig uppe på backen, och växlade några ord med varandra.

Gossen skildes ifrån dem och begav sig långsamt inåt skogen, men de andra fortsatte sin väg med hastiga steg, för att, såsom jag fruktade, upphinna mig.

Denna fruktan kom egentligen därav, att just i detsamma jag gick förbi dem vid krogen, hade jag i tankspriddhet uppdragit mitt guldur, som jag haft gömt innanför kläderna. Detta ur var en av de få dyrbarheter, som jag ärvt efter min mor, det var besatt med briljanter och av ganska stort värde. Jag ångrade genast min obetänksamhet, då jag fann mig observerad och märkte den hastiga blick de växlade med varandra.

Emellertid påskyndade jag mina steg allt mera, i hopp att någon boning snart skulle bli synlig, men det oaktat såg jag att de kom mig allt närmare och var slutligen bredvid mig.

'God afton, vackra miss, vart ämnar ni er så ensam?' sade mannen, lyftande på sin sammetsmössa.

'Jag går hem, jag bor här strax bredvid', sade jag så lugnt jag förmådde.

'Jaså, men då har ni långt att gå i alla fall; det finns ingen gård förrän ett bra stycke på andra sidan skogen, så vitt jag vet; det är ödsligt här och kan vara bra att ha sällskap, eller hur?'

'Åhja, jag tackar er, men min bror lovade att komma och möta mig, och jag hoppas att snart få se honom', återtog jag, helt förvånad över min egen uppfinningsförmåga.

De båda vandrarna växlade en blick, och kvinnan sade helt ödmjukt:

'Vill ni vara så god och säga mig vad klockan är, jag fruktar det blir mörkt, innan vi hinner fram till Launceston.'

'Jag vet det inte, min fru, jag har ingen klocka.'

'Inte det, men ni har åtminstone där en vacker kedja", återtog hon grinande, och pekade på guldkedjan, som syntes ovanför halskragen.

"Hör nu, min lilla miss, vi är ostörda här, det finns intet hus på mera än en mils avstånd, ni är främling på trakten, det märks nog... med ett ord, det är så gott först som sist att säga er vårt ärende. Vi är fattiga vandrare och kunde ha god nytta både av ert ur, er kedja och ert lilla knyte, som kan innehålla allehanda', sade mannen hastigt, i det han ställde framför mig och hotande höjde sin tunga knölpåk.

'Jag är säker, att ni inte skall neka att skänka oss det', tillade kvinnan och fattade mig i armen.

Jag ryckte mig emellertid hastigt ifrån henne, undvek i det jag kastade mig åt sidan det slag, som mannen måttade åt mitt huvud och började springa framåt vägen, uppgivande höga rop. Mannen utstötte en ed, lika mycket av förvåning som vrede över mitt oväntade försök att undkomma, och både han och kvinnan skyndade att förfölja ett rov, som de tydligen ansett alldeles för lätt att fånga.

Förskräckelsen gav mig emellertid en snabbhet, varom jag själv aldrig haft någon kunskap, jag tyckte mig knappast vidröra marken och likväl hörde jag alltjämt mina förföljares tunga steg och flåsande andetag bakom mig. Troligen skulle de, mera ihärdiga än jag, slutligen ha upphunnit mig, om inte ljudet av pisksmällar och vagnshjul i detsamma hejdat dem.

Jag uppgav åter ett rop, sprang ännu några famnar och föll sedan avsvimmad ned på vägen.

Då jag återkom till sans, fann jag mig liggande på gräset och mr Merton stod lutad över mig.

Mitt minne var alldeles bedövat, jag betraktade honom i flera sekunder, innan jag igenkände honom, eller kunde reda mina tankar och påminna mig vad som passerat.

'Ni lever, Agnes! Förbanne mig är jag inte glad däröver. Men hur i alla himlars namn har ni kommit hit helt ensam? Varför ropar ni på hjälp och ligger avsvimmad mitt på vägen, så att Jack var nära att köra över er. Jag kan vid mitt liv och själ inte utfundera detta', ropade Merton, mera ivrig än grannlaga i sina frågor, under det han reste upp mitt huvud och bjöd mig vatten och vin, som hans betjänt framtagit ur vagnen, vilken höll stilla på vägen bredvid.

Jag svarade ingenting, jag var allt för förvirrad av denna händelse, som helt och hållet förändrade mina idéer och för vars följder jag inte kunde göra mig reda.

'Ni är ännu allt för svag, jag ser det nog, det är orätt att överhopa er med frågor. Men ni kan föreställa er mina känslor, att finna er här, mer än trettio mil ifrån ert hem, och i detta tillstånd', återtog Merton, med en så uppriktig hjärtlighet, som hans ytliga natur tillät.

'Se så, Agnes, stöd er nu vid min arm. Åh! ni är ju redan kry och rask, och era bleka kinder börja återfå en smula färg; hm, det är bra märkvärdigt att kvinnor verkligen på allvar kan bli så där medtagna, ligga alldeles som döda; jag har aldrig sett det förr, det är både hemskt och fult, men de rår inte därför, kan jag tro. Se så, låt mig nu lyfta upp er i vagnen.'

'Nej, mr Merton', sade jag tvekande och villrådig, 'jag tackar er för er vänlighet, men... men, vart tänker ni föra mig?'

'Ja, vart vill ni jag skall föra er? Jag ämnade just fråga er därom. Jag vet ju alls ingenting, ni har ännu inte sagt ett ord, för att förklara detta besynnerliga sammanträffande. Jag ser ingen vagn, ingen mänsklig varelse i er närhet, ni håller ett knyte under armen, som om ni gått till fots. Ju mera jag tänker på saken, ju mindre begriper jag den.

Det må nu härmed förhålla sig hur som helst', fortfor han, då jag i min pinsamma obeslutsamhet alltjämt bibehöll tystnad. 'Ni känner mina önskningar och avsikter, Agnes, jag skrev till er mormor därom, men då jag fick veta hennes hastiga död, just samma kväll som hon fått mitt brev, har jag inte velat infinna mig för att höra ert slutliga svar, förrän ni sansat er litet efter dödsfallet, som, oss emellan sagt, inte måtte rört er mycket djupt... Nåväl, det är väl just inte nu en så lämplig stund för en dylik fråga, men får jag inte anse er såsom min fästmö och föra er hem till mig.'

'Nej! Mr Merton, ni är mycket god, men, men...'

'Nå, i det fallet skall jag återföra er till Oukwoodhouse, förmodar jag?' sade Merton stött.

'Nej! Nej! Ännu mindre detta, jag vill aldrig mera dit tillbaka.'

'Men vart vill ni då ta vägen? Vart ämnar ni er? Ni vill väl inte, att jag lämnar er här i mörkret på landsvägen?'

'Nej, ack nej! Men jag vet inte vart jag ämnar mig, jag ville, jag ämnade...'

'Jag hoppas att ni är vid full sans, Agnes?' avbröt Merton orolig och såg mig tveksamt i ögonen. 'Låt mig åtminstone lyfta upp er i vagnen så länge, jag svär, att jag skall föra er vart ni själv vill.'

'Har ni ingen bekant? Ingen av era kvinnliga vänner, till vilken jag kan komma, som guvernant, kammarpiga, vad som helst; det var min avsikt, att söka en dylik plats.'

'Ah bah! Romangriller, flickidéer, jag har alls inga kvinnliga bekanta, och om jag också hade det, hur vill ni att jag skulle kunna komma till dem med er och säga: "Se här, har ni en ung person, som jag hittat på landsvägen och som önskar bli guvernant eller vad som helst..." Var då en smula förnuftig, Agnes, om ni inte vill stanna i er kusins hem, sedan er mormor är död, så bli min hustru ännu i kväll, och Merton Hall är ert hem och er egendom.'

Merton sade detta med en ton av så allvarlig och klok beslutsamhet i detsamma han upplyfte mig i vagnen, att jag teg och lät honom utan vidare motstånd nedsätta mig på dynorna däri.

Vad skulle jag göra? Vad Merton sagt var fullkomligt sant; jag var uppskrämd och förvirrad och ägde i detta ögonblick intet annat val. Ödet kastade mig i hans armar, jag kände mig behöva hans skydd, ensam och värnlös som jag var. Glömd och förskjuten av den enda jag älskat, med själen betungad av hat, brott och fruktan, var denne man den enda människa i världen, som hade något intresse, någon skymt av medlidande och ömhet för mig. Hur kunde jag avsäga mig detta? Kanhända skulle jag vänja mig vid honom och av tacksamhet för det hem han gav mig, slutligen lära mig att älska honom och kunna börja ett nytt och bättre liv.

Allt detta framställde sig helt naturligt för mig. Och sedan jag väl blivit övertygad, att jag endast som Mertons hustru kunde finna en lugn och tryggad ställning i världen, berättade jag honom min motvilja att längre vistas i Percys hem, min vantrevnad i det gamla huset, min obetänksamma flykt därifrån, min förhoppning att finna ett annat hem, där jag kunde på något sätt förtjäna mitt bröd, och slutligen det äventyr, som gjorde ett hastigt slut på min vandring och varur hans ankomst räddat mig.

'Kära min lilla Agnes, ni är alldeles för mycket oerfaren och romanesk', sade Merton skrattande, då jag slutat, i det han förde min hand till sina läppar. 'Hur kan ni väl tänka er, att en ung flicka, utan faror och äventyr av alla slag, kan vandra ensam till fots på landsvägarna. Det är just ett sätt att rekommendera sin person. Emellertid är jag glad över vad som skett, ty ni skulle annars inte så snart ha beslutit er att bli min hustru. Vi låter nu vagnen hålla vid prästgården, innan vi far upp till Merton Hall. Den hederlige, gamle prästen vet av mitt frieri till er, han skall sammanviga oss i en handvändning, och så är ni mrs Merton, när vi komma till vårt hem.'

Merton slöt mig i sina armar, och jag måste uppbjuda hela min kraft för att inte stöta honom bort, kasta mig ur vagnen och fly i kvällens mörker.

Att öppet och modigt trotsa en fara, eller en vidrig händelse i mitt liv låg emellertid inte i min natur; jag hade starka och bestämda tycken, men mycket svaga eller inga grundsatser, och därför leddes jag ständigt på tillfälligheternas nyckfulla och slingrande väg, vilken ofta förde mig till ett mål, för vilket jag skulle känt bävan och fasa, om jag kunnat i förväg urskilja detsamma.

Veckor och månader hade förgått. Jag var gift och vi var hemkomna efter en resa till Skottland.

Denna resa hade verkligen förstrött mitt sinne och hjälpt mig att bära mitt öde. Min man hade överhopat mig med grannlåt och dyrbarheter, de enda ömhetsbevis han egentligen förstod att visa. Jag var omgiven av en skara tjenare och av en lyx, varom jag aldrig haft något begrepp, men mitt hjärta var kallt och dött och mitt sinne tungt och dystert.

Den likgiltighet jag känt för Merton och som jag hoppades kunna vända i till-givenhet, om inte till kärlek, hade i stället övergått till verklig motvilja.

Jag fann honom för varje dag allt mera dum och rå; hans vanor i hemmet var avskyvärda, och varje försök att mildra eller ändra dem strandade emot hans häftiga och despotiska lynne, samt min egen ofördragsamhet och ovänlighet.

Jag tror, att det fanns goda sidor i hans karaktär, och om jag älskat honom, skul-le jag kanhända kunnat uppsöka dem och begagnat mig därav till hans förädling, ty kärleken låter alla våra goda instinkter vakna och framstå, då likgiltigheten och oviljan däremot kväva dem, och egga våra dåliga anlag till verksamhet och liv. Mitt sinne var hårt och kärlekslöst, jag kände mig olycklig och hämnades därför genom köld, förakt och sarkasmer på den, som i själva verket i början gjort allt vad han förmått, för att vinna mitt tycke och bereda min sällhet.

Jag hade bedragit mig själv, då jag trodde, att min kärlek var död, att harmen över Percys otrohet låtit mig upphöra att älska honom; djupt i mitt hjärta levde hans min-ne lika klart, och detta minne, som ständigt stod bredvid Mertons klumpiga gestalt, framkallade olyckliga jämförelser, och gjorde denne slutligen avskyvärd i mina ögon.

Vi hade inte varit gifta ett halvt år, innan vi båda klart insåg, att detta äktenskap var en olycka, som vi, i stället att underkasta oss med tålamod och söka mildra, å ömse sidor förökade för varandra för varje dag.

Det är i synnerhet en scen ifrån mitt korta och olyckliga äktenskap, som livligt står för mitt minne – bland de många av samma slag – vilken rågade måttet av min avsky och otålighet.

Jag hade varit gift ett år, då Merton en dag hade bjudit några herrar till middagen; allesammans, lika honom själv, hederliga grovkorniga lantjunkare, vilkas bildning och förstånd stod på samma ståndpunkt som deras värds, och vilkas konversation och hela intresse i livet rörde sig omkring deras förpaktare och ladugårdar, jakter, kappränningar och hästmarknader.

Jag hade gjort les honneurs[1] som värdinna vid bordet, men som vanligt dragit mig undan i mina rum, då middagen var slut, lämnande herrarna vid desserten och vinkarafferna.

Sittande i ett litet kabinett, med handen under kinden, drömde jag dessa eviga, oroliga, längtansfulla drömmar, som förtärde mig, och överlämnade mig åt det bitt-ra, otåliga knotet över min förstörda sällhet, min gagnlösa ungdom och skönhet, för-bittrande därigenom ännu mera mitt liv och förhärdande mitt sinne, då dörren häf-tigt kastades upp och Merton inträdde på sitt vanliga brutala och bullersamma sätt.

Aldrig kunde han komma olägligare och aldrig hade han visat sig mindre till sin fördel.

Hans tjocka hår, oordnat och upprättstående, gjorde hans huvud ännu oformli-

---

1 Franska; vara värd, passa upp.

gare, han var eldröd och upphettad, med plirande ögon och halsduken upplöst och på sned.

'Vad det är skönt, att ha en liten vacker hustru, som sitter och väntar en, som en prinsessa i ett tempel, bara hon inte visar sig sur och tvär, då man är som mest förtjust!' utbrast han, kastande sig i soffan bredvid mig, med fötterna upp på dynorna, lade armen om mitt liv och ville kyssa mig.

Det var inte första gången jag såg honom i detta tillstånd, men i detta ögonblick ingav mig hans halvrusiga fysionomi, och den brännheta vinången ifrån hans tjocka halvöppna läppar en avsky och harm, som jag varken ville eller förmådde besegra.

'Merton, ni glömmer er verkligen allt för mycket, ser ni inte hur ni med era dammiga skor fördärvar sidenet på min soffa', sade jag rodnande, i hopp att kunna vända hans uppmärksamhet ifrån mig själv.

'Ah, jaså, ni är så nogräknad nu, ni lilla äventyrerska, ni var inte så fin då jag upptog er på landsvägen; men vänta, jag skall torka mina skor först om ni så vill', tillade han skrattande, i det han satte sina fötter på min långa klänning och började skrapa därpå som på en matta.

'Se så, är vi vänner nu, eller hur?' Han lindade åter armen omkring mig och ville sätta mig i sitt knä, men harmen över hans grovhet, och det förödmjukande i hans anspelning på min fattigdom, gav mig krafter, jag kastade på honom en föraktlig blick och ryckte mig lös.

'Ah, är det sådana begrepp ni har om en hustrus plikter, är det så ni bemöter er man!' utropade han ursinnig och fattade mig så våldsamt i armen, innan jag hunnit dörren, att det tunna tyget i min klänning slets sönder och skinnet på armen rispades, så att blodet utkom.

Utom mig av vrede och blygsel, störtade jag in i min sängkammare och reglade dörren.

Det var emellertid överflödigt, han ämnade inte förfölja mig; och en stund därefter såg jag honom i sällskap med sina gäster resa sin väg."

* * *

"Flera dagar förgick och Merton var ännu borta. Blånaderna på min arm, de skymfliga märkena efter den behandling jag lidit, brände på mitt sinne och föreföll mig outplånliga. Jag kände, att jag varken kunde glömma eller förlåta, och vilket liv skulle då framtiden medföra.

Tålamodet och ödmjukheten, dessa båda sublima egenskaper, som ensamt förmår besegra lidandet, elakheten och olyckan, har alltid varit okända och obegripliga för mig. Det är ljud utan betydelse, himmelska toner utan motsvarighet i verkligheten; jag fattar skönheten däri, liksom jag fattar rosens doft, men jag kan inte tillämpa dem i mitt eget liv, inte ge dem någon realitet.

242

De båda ytterligheterna av mänskliga känslor, hat och kärlek, har ensamt uppfyllt min själ; den har inte haft rum för alla de oändliga graderna däremellan, som nyanserar andra människors liv.

Av min kammarjungfru hörde jag, att min man rest till en kappränning i trakten och troligen inte skulle återkomma på en hel vecka, emedan squire Humphrey, en av hans vänner, ämnade tillställa en jakt, där han skulle vara med.

Ingenting kunde vara mig angenämare än denna underrättelse, och jag skulle njutit av min ensamhet, om jag någonsin kunnat förjaga eller söva denna sinnets oro, denna rastlösa feber, som hos mig troligen ersatte ånger och samvetskval.

Jag sökte att förströ mig genom läsning och musik, som jag i hög grad älskade, men dagarna blev mig likväl långa, och endast de vidsträckta promenader jag gjorde, ibland gående, ibland åkande, gav mig nöje och ro.

En dag, då jag tidigare än vanligt åkt ut och, halvliggande i vagnen, njöt av detta drömmande tillstånd, som uppkommer av friska luften, de förbiilande föremålen, som jagar varandra och inte tillåter någon tanke eller intryck att dröja, sysslolösheten och rörelsen på samma gång, väcktes jag hastigt därur genom ett häftigt hundskall.

En stor hund, som sprang på vägen, skällde ohejdat upp emot vagnen, där han såg en liten silkeslen kamrat vilande i mitt knä.

Detta lilla djur, som Merton givit mig under första tiden av vårt äktenskap, hade blivit mig mycket kärt och var mitt enda och beständiga sällskap.

Uppretad av den främmande hundens skall, reser han sig upp innan jag kunde hindra det, hoppar ur vagnen och föll tjutande ned på vägen.

Förskräckt befallde jag kusken att genast hålla och betjänten, som skyndade ned, upplyfte hunden, vilken nästan var döende: hjulet hade gått över honom.

Jag tog det arma kräket i min famn och utropade i min innerliga bedrövelse, helt omedvetet:

'Vad skall jag göra? Finns ingen hjälp?'

'Om mrs skulle vilja åka fram till Oukwoodhouse, grindvaktarhustrun där är mycket skicklig i att bota sjuka kreatur... Kanhända hon vet något råd. Det är inte länge sedan hon läkte ihop benet på en präktig bagge åt Dick Wilson på mr Mertons ägor', sade kusken, tvekande och medlidsamt, vid åsynen av min smärta.

Till Oukwoodhouse! Var vi då verkligen så nära det gamla slottet? Jag hade under den tid jag vistades där aldrig varit längre än till byn, som låg strax utom parken, och kände därför inte det minsta till dess omgivningar. En häftig darrning överföll mig. Om jag skulle fara dit! Jag hade inte tagit avsked av den vänliga Mary, när jag skildes därifrån. Jag kände med ens en sällsam lust att ännu en gång återse henne. Och kanske kunde hon verkligen göra något vid den stackars lilla hunden, som jämrade sig i mitt knä, tänkte jag, såsom en förevändning inför mig själv, ett täckelse för alla de övriga svävande orediga föreställningar, som vaknade inom mig, och för vilka jag i detta ögonblick inte ville göra mig själv reda.

En halvtimma därefter stannade vagnen vid de välbekanta järngrindarna.

Gamle David kom utlinkande, helt förvånad att se en vagn stanna och ännu mera förvånad, då han igenkände mig.

Hans hustru var inte inne, han bad mig emellertid att stiga in, medan han uppsökte henne.

Här satt jag nu åter, efter mer än ett års frånvaro, i den snygga lilla stugan, där jag så många gånger varit inne, med hjärtat klappande av oro och hopp, för att i Marys ögon läsa svaret på min upprepade tysta fråga efter brev.

Alla dessa tarvliga möbler, den gamla väggklockan med sin gök, de sinkade porslinsvaserna med pappersblommor, den konstigt i trä utskurna pelikanen, som hängde i taket på ett snöre och ständigt svingade runt omkring för draget från det halvöppna fönstret, den gamla feta katten och Marys spinnrock, allt var på sin plats och allt återväckte i min själ minnet av min kärlek och min skuldfrihet.

Jag glömde helt och hållet, varför jag nu kommit, och då Mary äntligen inträdde, öppnade jag ovillkorligt läpparna för att som fordom fråga:

'Mary, har ni intet brev till mig?'

Hennes första ord återförde mig likväl genast till det närvarande:

'Miss Agnes! Ack, förlåt, mrs Merton skulle jag säga. Vilken glädje att återse er så vacker och grann!'

'Min goda Mary, jag skildes så hastigt och tanklöst härifrån, jag fick aldrig ta avsked av dig. Och nu kommer jag till dig med en stackars liten patient, som du måste bota åt mig.'

'Ack ja, David sade mig att en olycka hänt er hund på vägen. Får jag se! Åh, det är försent, han är redan död, stackars kräk', sade Mary, som upplyfte hunden, vilken ännu låg i mitt knä, och som jag glömt under några minuter.

'Är han död? Är du säker därpå?'

'Ja, fullkomligt, det är förbi. Men lugna er, mrs, ni kan ju snart få en annan, som är lika vacker. Bevara mig, jag var långt bort i parken vid dammen för att skölja kläder, då jag hörde er vagn, och som här inte stannat någon herrskapsvagn sedan myladys begravning, så trodde jag nästan, att det var lord Percy, vår unga husbonde, som kom.'

Jag ryckte till och sade viskande: 'Lord Percy? Ni väntar honom då?'

'Ja, han har skrivit till förvaltaren, att han kommer i höst. Herre Gud, miss Agnes, förlåt, mrs Merton, jag är bra glad att ha fått träffa er, jag har alltid haft liksom litet samvetsagg beträffande er, ni trodde på mig, och jag var inte uppriktig emot er. Men Herre Gud, vad skulle jag göra? Det var Myladys befallning, jag vågade inte annat än lyda.'

'Vad menar du Mary?' stammade jag, som helt och hållet glömt min sorg över den döda hunden, och nu av Marys besynnerliga ord kände en iskyla omkring hjärtat.

'Ja, jag är riktigt nöjd att ha fått se er, innan lord Percy kom hem, jag tänkte genast, då Mylady var död, att säga er alltsammans, men jag fick inte träffa er, och ni försvann så hastigt härifrån, stackars liten.'

'Tala, Mary! Plåga mig inte längre! Vad ville du säga mig?'

'''Ack Herre Gud! Ni syns så upprörd. Ni kan väl inte ännu ha någon kärlek kvar till er kusin? Men det är inte möjligt. Man sade mig, att ni redan länge tyckt om mr Merton, och nu är ni ju gift, och allt är bra?'

'Bry dig nu inte om allt det där! Tala, om du inte vill se mig sanslös nedfalla framför dig!' sade jag häftigt och besinningslöst, med kalla skälvande läppar, och fattade den ängsliga och villrådiga kvinnans arm.

'Lugna er då, jag skall säga er sanningen', började Mary viskande, i det hon varsamt lade den döda hunden ned på mattan och satte sig tätt bredvid mig, 'ser ni, saken var, att ni aldrig fick mer än tre eller fyra brev ifrån lord Percy, ni minns väl det?'

'Tror du, jag skulle ha glömt detta?'

'Ni fick aldrig fler, nej stackars liten, det gjorde mig så ont om er, när jag såg er väntan och oro, och när ni frågade mig först med ord och sedan alltjämt med era stora sorgsna ögon, och jag ständigt måste ljuga för er.'

'Ljuga för mig?'

'Ja, visst, för ser ni, när det femte brevet kom till mig och jag hade förvarat det åt er, så kom miss Spencer hit ned till mig och sade, att hon visste att lord Percy skrev till er under min adress, och att mylady, som helt och hållet ogillade hans tycke för er, befallde mig, att hädanefter lämna miss Spencer alla de brev jag fick.

Jag nekade i början och ville inte förråda er båda, i synnerhet Percy, som jag älskar, som om han vore mitt eget barn, men miss Spencer övertygade mig, att det var till hans eget bästa, att endast sorg och olycka skulle kunna komma av denna kärlek, och att aldrig i världen mylady skulle tillåta detta giftermål; dessutom hade ni redan fattat tycke för mr Merton och skulle nog omsider trösta er med att bli hans hustru, och sedan hade mylady sagt, att både jag och min man skulle bli bortkörda, om jag vågade trotsa hennes befallning. Vad skulle jag göra? Jag lämnade sedan miss Spencer ännu tre brev, som lord Percy skrev till er, och även dem, som ni gav mig för att avsända. Sedan kom inte något på mycket länge.

Mylady var nu lugn, och när jag således fick det sista, så behöll jag det, eftersom ingen frågade därefter.'

'Och detta brev, Mary, var tog det vägen?' sade jag, andlös av vrede och förtvivlan.

'Ack! mrs Merton', svarade Mary, med en uttrycksfull tonvikt på mitt namn, 'det har jag ännu kvar, och jag hoppas, att jag inte gör något orätt, om jag lämnar er det nu, då det i alla händelser gör detsamma vad det innehåller.'

'Ja, alldeles så... det gör detsamma vad det innehåller', upprepade jag bedövad, under det Mary drog ut en låda i sin byrå och letade bland garnhärvor, trådnystan, lappar och vaxbitar, innan hon fann vad hon sökte, och äntligen lämnade mig ett nedsmutsat och tillskrynklat, men obrutet brev, med adress till mig skriven av Percys hand.

O! hur blotta vidrörandet av detta brev, blotta tanken, att han, han som jag älskade så gränslöst, skrivit det till mig, med ens förändrade hela min varelse. Allt hat, all bitterhet smälte bort för den känsla, av ljuv vekhet, som lät tårarna strömma över mina kinder och mitt hjärta upplösas av sorg och kärlek.

'Ni förlåter mig ju för mitt tvungna förräderi? Jag trodde mig handla till bådas ert bästa, då jag lydde myladys befallning', sade Mary, då hon slutligen nedslagen följde mig till vagnen.

'Dig har jag endast din lättrogenhet att förlåta, men gör emellertid lord Percy samma bekännelse som du nu har gjort mig, då han återkommer!'

'Nej, ifall han skulle upptaga den på samma sätt som ni, så tror jag, det är bäst att tiga', sade Mary allvarsamt."

*　*　*

"Vagnen rullade bort. Jag gömde ansiktet i mina händer och tryckte, halvt sanslös av smärta och glädje, det återfunna brevet till mitt bröst.

Glädje? Ja glädje! Mitt under alla de orediga och kvalfulla känslorna av raseri och förtvivlan inom mig, högt över alla missljuden i min själ, brusade en storm av vild glädje.

Percy hade då inte glömt mig så snart, som jag förmodat, han hade blivit bedragen liksom jag, känt sorg och harm kanhända, trott sig glömd och besviken och likväl efter långa månaders fåfäng väntan skrivit detta brev, som jag nu höll i min hand.

Vad innehöll det väl? Dock vad det än innehöll, så var det för mig en skatt, som av intet på jorden kunde uppvägas; jag skulle med mitt liv velat köpa denna suddiga papperslapp, som kanske förkunnade mig hans harm och förakt.

Det var nästan mörkt, då jag återkom till Merton Hall, och vagnen stannade på gården.

Det lyste i salongen, och en häftig förskräckelse, vid tanken på att min man kunde vara hemkommen, intog mig.

Hur var det mig väl möjligt att nu återse honom? Jag kände en vedervilja och en förfäran, som kom mig att tveka, om jag skulle våga stiga ur.

I detsamma syntes kammarpigan på trappan, och innan jag hunnit fråga, sade hon genast:

'John har kommit tillbaka med hästarna, men mr Merton själv kommer inte hem, förrän i morgon eller om torsdag.'

246

Jag andades, som om jag varit halvkvävd och nu fått luft och liv tillbaka. Det var åtminstone ett uppskov; jag skulle hinna reda mina tankar och vänja mig vid den nya belysning, som Marys bekännelse kastat över förvirringen i min själ.

Några minuter, vilka min brinnande otålighet fann långa som timmar, förgick, innan ljusen i min sängkammare blivit tända, mina kläder ombytta och dörren stängd efter den bortgående flickan.

Jag kunde äntligen läsa Percys brev, detta brev, som i aderton månader legat i Marys skräpiga låda, under det jag var okunnig därom, i varje ögonblick marterad av alla den dödande ovisshetens kval, dessa pinsamma lidanden, som är värre än den grymmaste verklighet.

För sent, för sent överfor nu mina giriga blickar dessa rader, som skulle ha räddat mig ifrån brott och förtvivlan. Hur rätt hade man inte, då man sade Mary, att denna kärlek skulle medföra sorg och olycka! Men det skedde just genom de medel, varmed man ville förekomma det. O, lady Hawerfield, denna gamla elaka kvinna, jag skulle kunnat döda henne ännu en gång, så bittert hatade jag hennes minne.

Mina darrande, iskalla fingrar hade uppslitit kuvertet, och jag läste:

'Agnes, jag vet, att allt är förbi emellan oss; alla mina brev har blivit obesvarade, och jag känner nu orsaken därtill. Min farmor och även andra vänner har låtit mig ana din otrohet. Jag återger dig alltså dina löften, du är fri och så anser även jag mig. Kanhända var vår kärlek endast en barnslig dröm, varur vi förr eller senare skulle ha uppvaknat, men uppvaknandet är alltid bittert, och alla de vilda förströelser, vari jag störtat mig, har ännu inte förmått att helt och hållet trösta mig. Du är lyckligare, och jag borde inte harmas däröver. Farväl!

Percy.'

Man hade således nyttjat samma bedrägeri emot oss båda. Vilken trivial och lumpen nedrighet, tillräcklig likväl för att narra två godtrogna och enfaldiga barn som vi.

Oaktat min harm kunde jag likväl inte undgå att finna detta brev mycket ljumt. Det var visserligen utom allt tvivel, att Percy blivit narrad av min förmenta otrohet, men det syntes inte lika säkert, att den *ensam* släckt hans kärlek, och att denna kärlek i det närmaste var släckt, därom vittnade mer än väl detta lugn och dessa tvungna fraser, där knappt en gnista glimmade under den kallnade askan.

Detta brev var emellertid skrivet ett halvt år, sedan han förlorat allt hopp om min kärlek, och behöves det väl ens en så antaglig ursäkt för den, som själv ännu älskar?

Och jag älskade honom med en häftighet, som förfärade mig!

Minnet hade vaknat med fördubblad friskhet, alla mina tankar svävade åter omkring honom, jag gjorde intet bemödande att kväva dem, och varför skulle jag väl göra det – min harm emot honom var ju nu försvunnen?

Natten och dagen förgick. Samma, ständigt samma föreställning: Percy skulle återkomma, jag skulle återse honom, och han skulle åter kunna älska mig. Hans stolta farmor stod inte längre emellan oss, men hennes grymma förräderi hade där ställt en annan och säkrare skiljemur.

Jag hade för tre år sedan möjligen haft några goda anlag, några omedvetna instinkter om sanning och dygd; dessa outredda känslor var nu förkvävda och glömda. Om Percy älskade mig, så fanns i min själ ingen tvekan vid att besvara denna kärlek, ingen den minsta pliktkänsla, som bjöd mig att strida däremot.

Den man, som ett ont öde och lagen hade bundit vid min sida, hade mitt hjärta aldrig erkänt; han var och förblev mig främmande och likgiltig och slutligen förhatlig. Jag tänkte inte på möjligheten att skiljas ifrån honom, men jag ansåg mig fri från varje förbindelse till honom.

Mitt sinne hade hårdnat och mina böjelser blivit mera bestämda, det töckniga och svävande i min karaktär hade skingrats. Jag var en samvetslös kvinna, och jag visste det nu själv.

Alla mina känslor var denna dag utomordentligt uppdrivna; jag hade i det återväckta hoppet att ånyo erövra min älskare, funnit en vilopunkt för min fantasi, varomkring de mest brinnande önskningar och begär kretsade; olikheten emellan den oerfarna unga flickans blyga kärlek och den gifta kvinnans var slående.

Det var emot aftonen; mina rum tycktes mig trånga och kvava, jag påtog hatt och schal och gick ut.

Liksom vid Oukwoodhouse låg byggningen vid Merton Hall i en park, men denna park, vars ena sida begränsades av en stor dam, förenade sig på den andra med en tämligen vidsträckt skog, vars små slingrande gångstigar för mig var de mest angenäma promenader, i synnerhet därför att den var tillräckligt stor, för att ännu äga för mig nya och okända ställen.

Nästan mitt igenom skogen var en tämligen bred väg, som förde ut till landsvägen, men som den var backig och ojämn, begagnades den mycket sällan. Några hundra famnar på sidan därom, helt nära stängslet av parken, låg en gammal förfallen byggnad, som fordom varit godsets kyrka, efter vad man sagt mig, och vars tjocka murar väl kunde ge stöd åt denna förmodan.

Den var likväl inte stor, och ehuru den utanpå såg ut som en ruin, hade Mertons far låtit där inreda ett slags jaktpaviljong, där man ännu förvarade en mängd gamla böcker och vapen av alla slag.

Jag hade aldrig varit därinne och inte ens sett den på närmare håll, och då jag första gången observerade den vid en promenadritt, som Merton och jag gjorde tillsammans, och frågade, hur där såg ut, svarade han skrattande:

'Åh, det är ett komplett gammalt spöknäste. Jag går aldrig dit utom när jag möjligen vill söka efter någon förrostad bössa, eller någon gammal jaktbok.'

På återvägen från min promenad kom jag nu ifrån ett helt annat håll, än jag förr brukat, och den gamla halvt nedrasade byggnaden, överklädd med murgröna och kaprifolium, vars blommor blivit bleka och färglösa i den djupa skuggan, speglade sig i en liten dam, som jag förut inte märkt.

Den låg vid husets baksida och hade troligen tillkommit genom regnvatten, som samlat sig i en del av de öppna källarvalven.

Alltsammans föreföll mig nu i den rosenröda skymningen strax efter solens nedgång så pittoreskt, att jag stannade, full av beundran över den vackra tavlan.

Det höga gräset, nässlorna och bolmörten, som växte orubbat mellan gruset och stenarna, visade, att aldrig någon människas fot här lämnat ett spår, eller att någon brukade besöka detta ställe, och jag hade svårt att bana mig en väg därigenom, då jag gick omkring dammen, för att finna den egentliga vägen, som syntes lika litet begagnad.

Halkande på den våta mossan mellan de stora ojämna stenarna, kom jag äntligen till den nedsjunkna och övervuxna trappan, men hejdades där av förvåning, då jag såg den tunga gamla dörren, som verkligen liknade en kyrkport, halvöppen.

Nyfiken att se, hur den så kallade jaktpaviljongen såg ut inuti, steg jag upp för trappstegen, sköt upp dörren och gick in.

Det var en tämligen stor rund sal, vars panelade väggar var fulla av vapen, hjorthorn, gamla trasiga nät och jaktredskap, och vars ojämna tegelstensgolv var slipprigt av fukt och mögel. I vart och ett av de avrundade hörnen i muren var ett skåp, och den massiva och höga dörren till ett av dessa stod öppen.

Det var redan skymning under de höga träden utanför, men de smala fönstrens små solbrända rutor insläppte likväl tillräckligt dager, för att jag i en enda blick skulle kunna uppfatta allt detta.

Samma nyfikenhet, som låtit mig inträda, gav mig även lust att kasta en blick in i det öppna skåpet, och till min obeskrivliga bestörtning och förskräckelse såg jag Merton stå därinne, uppkliven på en liten trappa och förmodligen sökande bland de gamla böckerna på hyllan.

Mina steg hade varit så tysta och lätta, att intet det minsta buller åstadkommits vid mitt inträde; han stod med ryggen emot dörren och hade ingenting märkt.

Jag hade under hela dagen nästan inte alls tänkt på honom, jag visste inte, att han var hemma, och den blixtsnabba känsla, som nu i det ögonblick, jag så oväntat fick se honom, intog mig, var av en alldeles ny beskaffenhet.

Den var av samma demoniska ursprung som den, vilken ingav mig att lägga giftet i den gamla ladyns snusdosa, lika plötslig, lika oemotståndlig, en befallning ifrån avgrunden, lockande genom alla de fördelar den visade mig, på vilka – jag bedyrar det – jag aldrig förut tänkt, och uppkommen genom den paniska fruktan, som Mertons första åsyn ingav mig.

Nu, liksom då, fördes jag helt och hållet genom de sällsamt sammanställda händelserna, genom de alldeles oväntade tillfälligheter, som en ond ande tycktes ha framkallat och anordnat.

Utan den minsta besinning, lydande ögonblickets mäktiga inflytande, närmade jag mig tyst ända intill skåpet och igenslog ögonblickligt och med hela min kraft den tunga ekdörren.

Slaget hade varit så hårt, att det tröga och rostiga låset gick igen och nyckeln föll på golvet.

Jag upptog den utan en sekunds dröjsmål, sprang ut genom porten, stängde även den och kastade de båda gamla rostiga nycklarna i det mörka och tysta vattnet vid muren.

Ifrån det ögonblick jag inkommit i paviljongen och tills jag flydde därifrån, hade inte två minuter försvunnit.

Vad hade passerat under dessa två minuter, hade ett förfärligt vansinne, en avgrundslik yrsel träffat mig? Jag vet det inte, men vad jag vet är, att inte den mest avlägsna aning om vad som skulle inträffa fans i mitt sinne det ögonblick, då jag drömmande och tankspridd steg uppför de mossiga trappstegen till den olycksfulla paviljongen.

I samma sekund, som jag igenslog skåpdörren om den olycklige, hade han vänt sig om, och våra ögon hade mötts, det var hastigt, som en blixt, men han hade likväl igenkänt mig, och i händelse dörren kunde öppnas inifrån, eller hans förtvivlade ansträngningar kunde spränga den, var jag förlorad; han skulle döda mig, därom var jag övertygad, i fall han kom ut; det föll mig inte ett ögonblick in, att för honom kunna våga försöket, att vända hela saken i ett skämt; jag var elak, grym, men inte listig, förmodligen därför att jag saknade skarpsinnighet.

Det var oron och ångesten för Mertons möjliga hämnd och ingenting annat, som i detta ögonblick lät mig skynda framåt, utan att märka hur mina tunna skor och kläder sönderslets av de vassa stenarna, trädrötterna och hagtornsbuskarna på vägen.

Emellertid hade jag inte hunnit långt, innan jag stannade och lyssnade. Allt var tyst, intet ljud hördes ifrån paviljongen, dess tjocka murar gömde varje buller därinom och var troligen en säker och tystlåten grav för den de inneslöt.

Ett annat ljud nådde likväl mitt öra, det var de skrapande hovarna av en häst, som vid vägen till parken, där jag nu befann mig, stod bunden vid ett träd, otåligt tuggande sitt betsel och skrapande marken under sig.

Förmodligen hade Merton återvänt på någon av squire Humphreys hästar och, då han ridit förbi paviljongen, stigit av och gått in där, för att sedan fortsätta vägen genom parken hem.

Om hästen återfanns här, skulle man söka Merton i grannskapet och troligen finna honom levande eller död, och jag ville därför lossa tyglarna och släppa hästen lös; men det skygga och ystra djuret stegrade sig vid min ankomst, jag sökte fåfängt att närma mig honom tillräckligt för att nå tyglarna, som var lindade omkring en gren, och just i detsamma hans våldsamma ryckningar avslet remmarna och han flydde inåt skogen, sjönk jag sanslös till marken, träffad av hans järnskodda hov.”

* * *

”Det dämpade och milda solljuset sken in genom de gröna sidengardinerna i min sängkammare, jag öppnade ögonen och fann mig ligga avklädd i min säng. Det var tyst omkring mig, jag var ensam, ingen människa fanns i rummet.

Det dröjde en lång stund, innan minnet av vad som senast passerat återkom, och då det hastigt genomträngde vanmaktens dimma, som insvept mig, var jag nära att skrika till av förfäran.

Jag satte mig häftigt upp, men det svindlade för mina ögon, jag förde händerna till pannan och fann, att mitt huvud var ombundet, jag kunde inte hålla mig upprätt och föll tillbaka på kudden igen, jag mindes nu även, hur jag känt en häftig smärta och fallit ned, träffad av den skrämda hästens hovar.

I detsamma öppnades dörren tyst och varsamt, och jag såg Ellen, min kammarjungfru, inträda, jag vinkade åt henne, och hon skyndade fram till sängen.

Det dröjde emellertid flera minuter, innan jag förmådde göra henne de frågor, som svävade på mina läppar. Vad skulle jag väl få höra?

’Gud vare lov, ni är redig och vid full sans, mrs, och febern tyckes vara minskad’, sade flickan, som med uppmärksamhet granskade mitt utseende.

’Hur länge har jag varit sjuk?’ viskade jag knappt hörbart.

’Ack, mrs, det är nu på sjunde dygnet, som ni ömsom legat som död ömsom yrat i häftig feber. Doktorn fruktade en hjärninflammation, och att ni aldrig skulle bli lugn och redig mera.’

’Sex dygn!’ mumlade jag med fasa.

’Ja, så är det. Det var i onsdags afton helt sent, som vi fann er avsvimmad vid vägen i skogen strax utanför parken. Ni dröjde så länge på er promenad, och då jag förgäves väntat er till klockan tio på kvällen, så bad jag John följa mig, och vi gick ut. Jag hade riktigt en aning om någon olycka den kvällen, ty Kedd tjöt så hemskt vid sin koja, och två stora kråkor satte sig på grinden just i skymningen. Och de kommer alltid med dåliga budskap, när de sätter sig så där, sade alltid min gamla mormor. John tog en lykta med sig, ty det var mörkt i skogen, men som ni låg strax vid vägen bredvid stenröset, så fann vi er genast. Ni hade troligen i mörkret halkat över de vassa stenarna, ty hålen i er panna var skarpa och er klänning var söndersliten och hela ert ansikte överhöljt av blod. Vi trodde först, att ni var död, och doktorn, som vi genast skickade efter, hade svårt att få er till sans eller rättare till liv, ty ni igenkände ingen och har inte haft sans förrän nu.’

251

'Det är sex dagar sedan, och mr Merton har han inte kommit hem?' framviskade jag nästan ljudlöst.

'Ack nej, mrs! Och jag vågar visst inte nu säga er...'

'Vad? Ellen, säg, vad är det?'

'Ni är så svag ännu. Det kunde uppröra er för mycket.'

'Det gör ingenting. Säg, vad är det med din husbonde?'

'Ack, mrs, det är just det, att vi inte vet något om honom.'

Jag utstötte en suck av lättnad och fasa på samma gång, och Ellen fortfor:

'Dagen efter sedan ni blivit hemburen i detta bedrövliga tillstånd, kom ett bud ifrån squire Humphrey för att fråga, om mr Merton kommit lyckligt hem, och då vi sade, att han ännu inte var hemma, berättade budet, att mr Merton vid middagstiden dagen förut ridit därifrån på en av squirens hästar, och att samma häst kommit hem sent på kvällen, med sadel och betsel ännu på, men tyglarna avslitna. Som hästen var mycket vild och svårhanterlig, hade man velat, att mr Merton skulle välja en annan, men han ville just ha denne, och nu fruktade squire Humphrey en olycka, då hästen återkom ensam och på detta sätt. Och säkert har också något fasligt inträffat, eftersom man inte, oaktat alla eftersökningar, kunnat finna mr Merton. Ack, mrs! Jag hör, hur tungt ni andas, jag fruktar, ni förlorar medvetandet igen. Det var mycket orätt av mig att inte dölja detta.'

'Lugna dig, Ellen! Ge mig endast litet vatten! Så ja. Men om även en olycka hänt honom, så borde man väl i alla händelser återfinna honom?'

'Ja, det tycks väl så, men man tror, att hans lik möjligtvis blivit funnet av några elaka människor, som gömt det. Det skall finnas en hop lösdrivare och zigenare i trakten, och mr Merton skulle haft mycket penningar på sig.'

'Men varför skulle de gömma honom?'

'För att dölja, att de plundrat honom, eller... om han inte varit död kanhända... Ack, mrs, det är förskräckligt att tänka, men man vet inte annars, hur man skall förklara hans försvinnande.'

Jag teg bedövad. Vad skulle jag säga? Ödet eller den förfärliga djävulska makt, som gjort mig till ett redskap i sin hand, tycktes även foga allt till min fördel och i alla avseenden undanskjuta varje misstanke om mitt brott, på samma gång den gjort all ånger och besinning omöjlig, och nu var det för sent.

Om denna långa fruktansvärda yrsel inte hållit mig fången, skulle jag väl då kunnat framhärda i denna hastigt påkomna mordidé? Jag vet det inte. Åtminstone skulle jag genomgått en förfärlig strid, emellan föreställningen om den olyckliges, kanske långa och fruktansvärda, dödskval, och fruktan för upptäckten av mitt tillärnade brott och de outhärdliga följderna därav och av Mertons återfinnande.

Jag hade nu undgått denna strid. Merton var död, levande begraven, kvävd eller ihjälsvulten. En människa lever inte innesluten i ett skåp en hel vecka!

'Nej, han kunde inte leva ännu! Det är för sent!' utropade jag tusen gånger i mina tankar, och likväl fanns det inom mig en röst, som sade: 'Kanhända, försök ännu att rädda honom, lägg inte bördan av ännu ett mord på din själ!'

Men detta mord gjorde mig fri från en hatad förbindelse; det skulle omsider göra mig lycklig. Jag kunde inte nu gå tillbaka. Jag kunde inte rädda Merton eller låta honom återfinnas, utan att störta mig själv. Och jag kvävde alla tankar på stundens fasa, för att överlämna mig åt de ljuvaste föreställningar om framtiden.

Ack jag visste inte då ännu, att framtiden aldrig motsvarat våra föreställningar, att om de onda böjelserna hos vissa människor är medfödda och övervägande, om dessa böjelser gynnas av omständigheterna, eller kanske rättare, om dessa människors olycksfulla överlägsenhet består i att fatta och begagna alla tillfälligheter till sin fördel, utan avseende på moralens bud, så vinner de möjligen vad de åstundar, de lyckas, de gör underverk av djärvhet och beräkning, men – målet, det slutliga målet, sällheten och lyckan, finner de inte och ser sig slutligen bedragna av den förrädiska makt, som gynnat dem.

Såren i min panna läktes omsider, tack vare naturens förmåga, ty den enfaldiga och okunniga läkaren, som skötte mig, bidrog troligen inte mycket därtill – de läktes, men ärren var outplånliga, och ehuru mitt hår, som då var tjockt och rikt, väl kunde dölja dem för andra, så lyste de ständigt vid varje blick i spegeln fram emot mig själv, och de sex röda fläckarna efter spikarna i hästskon bildade i min inbillning de sex bokstäverna i den mördades namn.

Dygd, sanning! Sublima och fruktansvärda makter! De gamle hade rätt, att endast *okunnigheten* om er kan förklara brottet. Vilken oemotståndlig kraft, vilken segrande bevisning för er suveränitet ligger inte även i det mest förhärdade sinnes oemotståndliga, och ofta barnsliga, föreställningar om er slutliga seger!

Intet spår efter den försvunne Merton fanns någonsin, och hos ingen människa uppstod den tanken att söka honom i den gamla paviljongen, vars nycklar dessutom Merton själv brukade förvara, och som inte skulle funnits, även om man sökt dem.

Ingen hade sett honom i närheten av hemmet, det fanns ingen anledning att tro honom hemkommen, och den enda människa man kunde få reda på, som mött honom under vägen, var en förpaktare, vilken igenkänt honom tio mil ifrån Merton Hall, strax vid ett skifferbrott, där en brant backe förde ned till en bro, som han skulle passera, och där man förmodade, att hästen blivit skrämd, och ryttaren störtat i det steniga djupet nedanför.

Det hade varit så naturligt och troligt, att någon av dessa tusen vardagliga händelser inträffat, som kunnat upptäcka sanningen, men det händer inte sällan att samma ovanliga skickelse, som blir medlet för en upptäckt, även lånar sig att emot all förmodan dölja ett brott, och då man länge förgäves sökt och efterspanat den försvunne ägaren av Merton Hall, antog man hans död för given och glömde honom.

Så snart jag blev frisk, ämnade jag resa till havsbaden i Dieppe. Jag ville lämna England, men likväl inte vara mera avlägsnad, än att jag kunde få noggranna underrättelse om Percys återkomst.

Merton Hall skulle tillfalla en kusin till Merton, och jag lämnade med glädje ett ställe, där jag inte varit mindre olycklig eller mindre brottslig än vid Oukwoodhouse.

Även nu kände jag ingen ånger, ingen önskan att göra det skedda ogjort, men en sällsam oro, en dyster nedslagenhet i sinnet, som jag inte förmådde bekämpa, och som snarast liknade en dov och smärtsam harm, emot det vidriga öde, som inte ville skänka mig lyckan och kärleken på mindre hårda villkor, än dem jag tvungits att anta, förföljde mig beständigt.

Nu hade jag betalt detta höga pris, den handel jag avslutat kunde inte gå tillbaka, och jag ville nu njuta frukterna därav. Jag var ung, vacker och rik och äntligen undkommen det tyranni, varav jag hittills lidit, jag ville nu älska och bli älskad, jag ville återfinna min första korta och ljuva sällhet och bli god och lycklig.

Ack det förflutnas fröjd är en ton, som förklingat, en blomma, som vissnat, en våg, som rullat bort! Man kan möjligen finna en ny glädje, en annan sällhet, men det är likväl inte detsamma, ty över det försvunna, det för alltid förlorade lägger saknaden ett skimmer som det närvarande aldrig äger, och som blir allt mera hänförande, ju längre i fjärran vi ser det. Den forna lyckan är försvunnen, vi kan inte återfå den, även om de dödas skuggor inte vaktar dess grav."

* * *

"Ellen hade packat ned mina saker, vi skulle resa morgonen därpå.

Jag hade nyss haft en lång rådplägning med Mertons advokat, en gammal hederlig men föga skarpsinnig jurist, som länge skött familjens affärer. Han ville, att jag skulle protestera emot allt arvskifte och ännu inte anse mig som änka.

Detta var alldeles emot min plan och önskan. Vad brydde jag mig om min mans förmögenhet, vilken nu syntes mig nästan förhatlig? Jag hade mer än nog av den livränta Merton anslagit åt mig, och som endast nödvändigheten tvang mig att mottaga.

'Kvinnor förstår sig då aldrig på affärer', sade gubben muttrande och skakande på huvudet, då vi skildes åt, och jag var glad att sluta detta samtal, som plågade mig, och kände en oemotståndlig lust att komma ut i fria luften.

Då jag väl sett juristens gigg försvinna i allén, skyndade jag att tillsäga om min vagn; jag ville göra ännu ett besök vid Oukwoodhouse, innan jag reste, dragen dit av någon dunkel aning, vars betydelse jag själv inte uppfattade.

Vagnen körde fram, jag satte mig upp, och en timme därefter stannade vi vid en liten skogsdunge utanför parken åt havssidan till.

Jag hade valt den längre, sällan besökta vägen vid havsstranden, ty jag ville ensam och osedd ännu en gång återse denna vackra allé längst ned i parken, där Percy och jag vandrat tillsammans.

Ingen, utom kusken som körde, följde med mig, och jag tillsade honom att vänta på mig under träden vid backen.

Med snabba steg skyndade jag genom det busksnår, varigenom gångstigen till den lilla bakporten gick. Denna grind brukade vanligen vara öppen om dagarna, och så var den också nu.

Just som jag ämnade gå in, ådrog sig ett prassel i häcken utanför staketet min uppmärksamhet. Jag stannade ett ögonblick, och såg en stor raggig hund, vars breda fötter och utspärrade tår bevisade, lika väl som remmarna över hans bringa, att han begagnades som dragare för den vagn, vilken stod bredvid, och som tycktes fullastad med smutsiga och otrevliga kläder och trasor.

Bredvid hunden i gräset, under en hasselbuske, låg en sovande gosse, vars markerade drag och obehagliga utseende jag genast igenkände; han hade varken vuxit eller förändrat sig, sedan jag såg honom sist, det var densamme som åtföljde zigenarna, från vilka Merton räddat mig.

Jag kände ett ögonblicks rädsla att möta hans föräldrar, som troligen var i grannskapet, men slottets närhet och lättheten att ropa åt min kusk, ifall de ännu en gång skulle ta min givmildhet i anspråk på samma sätt, lugnade mig genast, och jag gick in i parken, utan att gossen vaknade, då jag passerade förbi både honom och hans morrande hund.

Jag mötte emellertid ingen människa; parken var som vanligt tyst och öde, ingen störde någonsin de skygga rådjuren, som här hade sin fristad, men gångarna tycktes vara nyss krattade, och blomsterrabatterna var bättre vårdade än fordom.

Man väntade ju också snart den unga husbondens hemkomst, Mary hade ju sagt mig det.

Kanhända, ack kanhända att han redan var kommen!

Denna tanke betog mig nästan andedräkten, jag stannade ovillkorligt – jag måste förvissa mig därom. Jag ville smyga mig fram till slottet; det var inte svårt, där fanns en smal och igenvuxen gång mellan två höga och täta hasselhäckar, som gick ända fram till köksflygeln och slutade i en stor ovårdad grupp av syrener och fläderbuskar. Det skulle vara mig lätt att komma ända intill huset, utan att bli sedd, då denna väg, som endast ledde till ett skjul för trädgårdsredskap sällan begagnades.

Jag hade emellertid inte hunnit slutet av gången, innan jag nästan ansåg min aning bekräftad, ty genom grenarna såg jag, att på gården framför trappan stod en tom vagn. Kuskens sömniga utseende och hästarnas otåliga skrapningar i sanden tillkännagav, att den länge väntat.

Vad betydde väl detta? Kunde det väl vara någon promenerande granne, som liksom jag av nyfikenhet besökte stället, eller var denna vagn Percys? Jag hann likväl inte länge fundera häröver, ty högljutt prat och skratt väckte i detsamma min uppmärksamhet.

Med klappande hjärta smög jag mig längre fram och såg snart genom lövet, vid gaveln av flygelbyggnaden, den höga stentrappan utanför köksdörren.

Där satt en vacker svartögd kvinna, klädd i de italienska bondflickornas nätta dräkt, och pratade med en betjänt, som stod med ryggen åt mig.

Hon skrattade oupphörligt, och hennes vita tänder lyste i solskenet. Jag förstod inte vad hon sade, hon talade italienska, men den gamla hushållerskan, som jag väl igenkände sedan fordom, stod bredvid på trappan och inföll i detsamma:

'Se så, Enrichetta, sitt nu inte här längre och prata er besynnerliga rotvälska! Vagnen har väntat så länge, herrskapet skall väl fara. Mylady ropar er säkert strax, ty jag hörde, att barnet hade vaknat.'

Mylady! ... Barnet! ... Vad mente den gamla Sara med dessa ord, vars betydelse jag inte uppfattade? Men då den vackra italienskan i detsamma steg upp och gick förbi buskarna, där jag stod, smög jag mig ut på andra sidan, och följande häcken såg jag henne ta vägen till en berså av lindar, strax nedanför gårdsplanen, dit jag ganska väl kunde följa henne alltjämt utan att bli sedd.

Bersån utgjorde en stor halvrundel, till vars ena sida häcken slöt sig. Det var här jag nu befann mig, och då jag varsamt böjde undan grenarna, såg jag därinne en tavla, som troligen alla andra skulle funnit förtjusande, men som verkade på mig, som om lågorna från en ugn skulle slagit mig i ansiktet.

Varje den minsta detalj tryckte sig som ett glödande järn in i mitt hjärta och lämnade djupa ärr: skuggor och dagrar, rörelser och ord, allt uppfattade jag med en pinsam noggrannhet, som varken år eller avstånd sedan kunnat minska.

Iakttagande allt i en enda blick, såg jag en ung kvinna med ljust hår, fin hy och barnsligt veka drag, som satt på en trädgårdssoffa och höll ett litet barn om sex eller åtta månader framför sig, vilket hon betraktade med en mors förtjusta blickar.

O vilket skimmer av solljus och lycka, av ungdomlig friskhet och oskuld låg inte utbredd över hela hennes idealiska gestalt, ifrån de milda blå ögonen, de pärlemorlika fina händerna ända till de mjuka glänsande vecken i hennes klänning!

Och denna lilla ängel, som hon lekande lyfte i höjden, hans skratt liknade vattendropparnas melodiska, klingande ljud i en springkälla, liksom han själv liknade en seraf i en dröm, och nedanför den unga moderns fötter, på en tjock utbredd matta, låg en man, med armbågen stödd emot en sammetskudde och huvudet vilande i handen.

Det var Percy. De fyra år, som i det närmaste förgått, hade gjort honom långt skönare och manligare än förr. Hans hår och hy var mörkare, hans ögon eldigare och hans gestalt mera kraftfull och utbildad.

Jag sjönk ned i gräset, det tycktes mig, som om hela min varelse föll tillsammans som stoft, som om den upplöstes och blandades med jorden under mig. Jag tillslöt ögonen, men hans bild strålade genom de slutna ögonlocken, jag såg och hörde, liksom i en feberyrsel, med dessa skärpta sinnen, som göra varje intryck till en plåga.

'Jag är nästan svartsjuk på Astley', sade Percy leende och tog sin hustrus hand, den han överhöljde med kyssar. 'I hans närvaro är det inte värt att hoppas på en blick eller ett leende: du älskar den där lilla herrn mer än mig.'

'Inte mera, men lika mycket. Jag skulle dö av smärta, om jag förlorade en av er. Den ena kunde inte trösta mig över den andra, jag måste äga er bägge', svarade hans hustru och lade sin varma rodnande kind intill Percys, så att lockarna av deras hår blandades om varandra.

Otrogna! Och likväl var jag för ett år sedan din enda kärlek!

En paus uppstod, en av dessa omätliga sekunder av lycka, som jag själv en gång vid Percys bröst erfarit, jag andades knappt och smärtan gjorde mig nästan vansinnig.

'Se så, min herre, kyss nu er son till avsked', sade den unga modern och förde barnets lilla huvud till Percys läppar, 'kom ihåg, att vi skall resa, vagnen står ju redan för dörren och jag är ännu inte klädd. Se så! Ack min älskling! Hur skall jag kunna undvara din åsyn i två veckor', tillade hon och höljde gossen med kyssar och smekningar.

Just i detsamma inträdde den italienska amman i bersån. Modern lämnade henne barnet, sedan hon ännu en gång tryckt det intill sig och anbefallt det åt hennes vård.

'Det är sent, Percy, vi måste skynda oss', fortfor hon, under det amman satte gossen i korgvagnen, som stod bredvid, där hans lilla rosenröda ansikte syntes bland kuddar och spetsar, som en rosenknopp kastad i en snödriva, och sakta dragande vagnen med sig, försvann hon snart i alléernas skugga.

Jag såg inte mer. Ett töcken lade sig över mina torra och brinnande ögon, jag tror att smärtan berövade mig medvetandet – det är åtminstone en lucka i mitt minne – och då jag åter såg upp, var platsen tom, Percy och hans hustru var försvunna.

Jag blickade förvirrad omkring mig. Var allt detta sant? Hade jag verkligen återsett föremålet för min lidelsefulla kärlek som en annans make? Hade allt vad jag lidit, allt vad jag gjort för att vinna denne man varit förgäves; hade dessa brott varit gagnlösa och alla mina planer och förhoppningar strandat emot den vardagliga och likväl oväntade händelsen, att han var gift?

Besynnerligt, att jag aldrig tänkt därpå! Jag tyckte mig höra hånskratt av den avgrundsande, som bedragit mig på ett så simpelt sätt, som tagit min själ, utan att ge mig lönen därför.

Jag steg upp långsamt och med möda, min kropp kändes styv och tung som bly, och över mina ögon vilade en skymning liksom en bindel betäckt dem.

Ännu en gång överfor mina blickar platsen, där jag nyss sett den oväntade scenen framför mig; där låg ju ännu kvar den brokiga mattan, på vilken Percy vilat, den bok, i vilken han nyss läst, och den vackra kvinnans schal på bänken bredvid; det var ingen dröm, alltsammans var sanning och verklighet.

Jag vet inte hur länge jag stod stilla och stirrade därpå som en vansinnig. Äntligen vände jag mig bort och smög tillbaka samma väg som jag kommit.

Jag mötte ingen, och skulle just passera över en liten öppen gräsplan förbi en av dammarna, då ljudet av den italienska ammans röst åter nådde mina öron. Jag stannade och såg henne sittande i gräset, ivrigt samtalande med samma karl, vilken jag nyss sett hos henne på trappan; han höll hennes händer i sina och båda två syntes mycket intresserade av varandra.

Jag vände mig därifrån utan att ägna dem någon tanke, skyndade tyst och hastigt över den öppna planen och var inom ett par sekunder under pilträden vid dammen.

Alldeles vid brädden av densamma, mellan gångstigen och vattnet, stod den flätade korgvagnen, i vilken den lilla gossen sov.

Jag kastade en blick på det slumrande barnet, och en hastig tanke flög som en ljungeld genom min själ; hans mor, den sköna varelsen, som ägde Percys kärlek, hon skulle inte kunna leva utan sitt barn, hon skulle dö av smärta, om hon förlorade honom, hade hon sagt.

En snabb och forskande blick omkring stället försäkrade mig, att de långa nedhängande pilgrenarna dolde både mig och barnet för dess sköterska, vilken dessutom var helt och hållet upptagen av sin älskare.

Lätt och försiktigt upplyfte jag den sovande gossen i min famn, avtog hans lilla vita mössa, kastade den i vattnet och stjälpte omkull vagnen, i vilken han legat.

Döljande barnet under min vida svarta kappa, skyndade jag med bevingade steg genom parken. Utkommen i lövdungen, såg jag genast min vagn, på samma ställe, där jag lämnat den, och kusken insomnad på sitt säte.

Jag aktade mig att störa honom, innan jag försiktigt uppstigit i vagnen, och först då väckte jag honom med befallning att köra så fort han kunde.

Den stackars karlen, helt förskräckt över sin ringa påasslighet, lät inte säga sig detta två gånger och ursäktade sig med att betjäntens frånvaro var orsaken till hans försumlighet.

Det var nästan mörkt, då jag återkom till Mertonhall. Gynnad av en lycklig slump eller kanske av den sena timmen och vagnens vaggning, hade gossen inte vaknat, och först då jag nedlade honom på sängen i mitt rum, upphävde han ett gällt skrik till min kammarjungfrus outsägliga bestörtning.

Lyckligtvis hade de övriga av betjäningen sina rum i en helt annan byggnad, och Ellen, som verkligen var mig tillgiven, lockades lätt att bli min medbrottsling.

Som allting var i ordning för avresan, dröjde jag inte till morgonen, utan reste ännu samma natt, återskickade min egen vagn och betjäning vid närmaste poststation och fortsatte vägen ensam med Ellen och barnet.

Gossen passerade för att vara hennes, hon kallades mrs Smidt, och ankomna till Frankrike, skildes vi åt. Jag stannade, som jag hade uppgivit för juristen, i Dieppe en månad, och Ellen reste till Paris med barnet, där jag sedan sammanträffade med henne.

I fyra år vistades jag här och uppfostrade den lille Astley, vilken ansåg Ellen som sin mor och älskade henne som en sådan ända till hennes död.

Han var då nära fem år. Min oro drev mig att söka ett annat hem, jag var ledsen vid den stora bullrande staden och reste till Sverige, där jag bosatte mig och där jag nu får min grav.

Ännu i denna stund förundrar det mig, att man aldrig vid Oukwoodhouse misstänkte, att barnet var bortstulet, och aldrig, som jag hört, gjorde några efterspaningar, då man inte fann den döda kroppen i dammen.

Jag hade inga vänner i England och fick aldrig några detaljerade underrättelser därifrån.

Hur djupt min hemliga hämnd skakat Percys och hans makas sällhet, vet jag inte; allt vad jag erfarit är, att lady Hawerfield var sjuklig och dog efter ett par år.

Som jag inte ägde några barn, tillföll min mans förmögenhet hans avlägsna släktingar, och den livränta, som var anslagen åt mig, sändes mig årligen av den gamle juristen, den ende i England, som troligen ens mindes mitt namn.

För några dagar sedan såg jag, att lord Percy Hawerfield till Oukwoodhouse är död. Det är denna underrättelse, som fullkomligt krossat de sista uttömda krafterna av mitt dystra och brottsliga liv.

Jag sjuknade, jag kände mig döende, men styrkan av min vilja har besegrat döden för några timmar. Jag ville meddela er mitt livs brott och olyckor, och därigenom, om möjligt, återgiva åt Percys son hans namn och förmögenhet.

Jag har själv varit offret för ett vansinnigt hat liksom han. I detta ögonblick inser jag, att det onda inte ens har konsekvensens auktoritet, det är helt enkelt en själens galenskap, vars alla bisarra variationer den lösta och flyende anden ömkar och föraktligt avskuddar sig i döden.

Jag har slutat... Nåväl, det är hög tid! Min stelnade tunga skulle inte kunna frambringa ännu ett ord. Ge mig pennan, jag vill själv underskriva mitt namn, och ni skall med er ed intyga sanningen av min bikt.”

Kvinnan hade rest sig upp och gick fram till prosten, som var utmattad och vars hand var helt och hållet domnad.

Var dessa brustna ögon, detta vanställda ansikte, dessa kalla och stela fingrar, som vidrörde hans, var de verkligen en levandes? Var det inte snarare en vålnad, ett spöke, som lutade sig över det sista pappersbladet, som han skrivit och som låg framför honom.

Pennan raspade emot papperet; nu var det gjort; hon hade skrivit sitt namn, årtal och dato under den bekännelse hon dikterat.

”Om denna förfärliga syndabekännelse är sann, om samvetskvalen bragt er att förtro den åt mig såsom herrens tjänare, så är det väl er önskan och förhoppning, att av mig få förlåtelse och avlösning?” sade prosten högtidligt, då hon reste sig upp.

Kvinnan log, ett sällsamt hemskt leende, men svarade ingenting. Hon vände sig om, böjde på huvudet, liksom till avsked, och gick emot dörren.

Den gamle prosten satt som förstenad; han såg hennes svarta klänning som en liksvepning släpa på golvet, såg dörren öppnas och kände det kalla luftdraget fläkta i sitt hår och släcka det flämtande ljuset. Han ville resa sig, han ville skaka av sig den sällsamma förlamning, som behärskade honom, men i det stället förlorade han helt och hållet medvetandet, och alltsammans försvann i vanmaktens natt.

Nyårsfesten

Det var nyårsaftonen 1742. Kanslipresidenten von C. i Stockholm hade denna dag, såsom vanligt varje år, samlat sina vänner och bekanta för att på en gång fira det gamla årets slut och det nyas inträde.

Den rikliga och bastanta supén var just slut och värdinnan tågade i spetsen för sina gäster i ceremoniös ordning från matsalen in till förmaket, där man ännu skulle dröja tillsammans för att kunna utbyta de omständliga nyårsönskningar, som bruket och välmeningen fordrade.

Betjäningen skyndade om varannan, klingande med glas och tallrikar, för att så hastigt som möjligt avduka bordet, så att ungdomen måtte hinna att dansa en långtrådig och enformig "branickula", innan tolvslaget från det gamla vägguret framkallade en högtidligare sinnesstämning och gav signal till lyckönskningar och uppbrott.

Vaxljusen i kronor och lampetter kastade sitt sken över den ståtliga samlingen av herrar med peruker, sammetsrockar, knäbyxor och ofantliga skospännen och av damer i korsetter, roberonder och halvvantar; man skrattade och skämtade på detta svulstiga, halvfranska språk, som då var god ton, och de unga damerna rodnade bakom sina stora, paljetterade solfjädrar och log åt de krystade och stela artigheter, med vilka herrarna, livade av vinet och supén med mer än vanlig vältalighet uppvaktade dem.

Allt var glädje, liv och munterhet, och då mitt i detta orediga sorl av högljudda röster de första tonerna av en fiol hördes, uppsökte var och en sin "lilla kusin" för att i en lång rad utåt golvet ordna sig till den bullersamma dansen.

Just i detta ögonblick slogs dörren från förstugan till matsalen upp och en främmande inträdde långsamt och högtidligt.

Det var en äldre, helt och hållet svartklädd man med ett milt och välvilligt, men tankspritt och drömmande uttryck. Han såg sig omkring och gick med stel och allvarsam hållning genom salen, trädde in i förmaket utan att hälsa på någon och passerade på detta sätt genom alla rummen, stum som en sömngångare och utan att ha gjort en min av igenkännande eller hälsning varken åt värd eller värdinna.

Fiolen hade tystnat, de redan uppställda paren av dansande vek undan där han gick fram, skrattet och pratet upphörde, och alla människor, gripna av en sällsam undran, såg frågande på varandra.

Våra känslor och intryck är ofta mycket smittsamma och den förvåning och häpnad, som den okände vid sitt inträde framkallat, spred sig hastigt till alla.

Var och en läste bestörtning och oro i sin grannes ögon och kände liksom en kall vindfläkt susa förbi sin panna och ila över sin rygg, och då den sällsamme gästen slutligen försvann genom den sista dörren just som klockan i salen slog tolv, förkunnande midnattens timme och det gamla årets slut, steg det egendomliga intrycket av denna scen till sin höjd. Ljusen tycktes flämta med blåbleka, mattare lågor för allas blickar, och allas kinder var bleka.

Det fanns likväl ingenting förskräckande hos den obekante; hans ansikte var tankfullt, men inte dystert; hans stora peruk var lika väl friserad som någons av de andra herrarna, det var endast hans svarta dräkt, hans silkesstrumpor och stora svarta skorosetter, som stack av mot de andras brokiga sammetsrockar, broderade sidenvästar och stora glittrande skospännen.

Då han var borta sansade man sig och såg förlägen den ene på den andre. Allesammans hade ett uttryck, som om de nyss vaknat upp ur en dröm, men värdinnan låg avsvimmad i soffan, och en av herrarna stödde sig blek och förvirrad mot en fönsterpost och sade sig må illa, under det hans granne viskande frågade honom om orsaken till det.

Man bestänkte den stackars frun med ”luktvatten” och hon återkom till sans. De förstummade damerna omkring henne började först viskande utbyta sina anmärkningar, men snart var den besynnerliga paniken över, och det uppstod ett verkligt sorl av prat och gissningar om den främmande, som kommit och försvunnit på detta sällsamma sätt, utan hälsning och avsked, utan att växla ett ord med någon.

Vid värdinnans knän stod hennes lilla dotterdotter, ett barn om fem eller sex år, och då hon äntligen gav akt på den lilla, som ryckte i hennes styvkjortel, sade barnet:

– Mormor! Blev söta mormor rädd för den långa likprocessionen, som kom in?

– Likprocessionen! – upprepade de närmaste fruarna med förvåning. – Det var endast en enda svartklädd herre, min lilla vän.

– Nej, det var en hel rad med svarta herrar, som alla såg på mormor när de gick förbi, och stackars Castor blev så rädd för dem, att han tjöt och kröp under bordet, och där ligger han ännu – tillade barnet och lyfte på bordsduken för att betrakta sin lekkamrat och favorit, en stor rapphönshund.

– Hon har rätt... Såg ni dem inte? – viskade presidentskan med ännu bleka läppar och böjde sig ned mot den lilla flickan, vilken fåfängt lockade på hunden, som verkligen skälvde i alla leder och såg förskrämd ut.

Ingen av de närvarande mer än barnet och kanske hunden hade emellertid sett, att den gamle herrn i de svarta silkesstrumporna hade haft några följeslagare, och då man strax därefter tillfrågade domestikerna berättade den, som öppnat dörren för honom, att den främmande, då han gick sin väg, hade frågat "om man redan bortfört liket".

– Liket? Här finns inte något lik i huset – hade betjänten svarat helt förskräckt.

Mannen hade då ur sin västficka tagit upp en liten anteckningsbok och sedan han kastat en blick i den, ursäktat sig med att han tagit miste om tiden, ty det var först en månad därefter han skulle bevista en begravning där i huset.

Det är lätt att förstå, att denna berättelse inte förbättrade saken eller skingrade den dystra och betryckta sinnesstämningen i sällskapet, och det var just inga glada och hoppfulla lyckönskningar för det kommande året man utbytte med varandra, då man slutligen skildes åt och lämnade den så besynnerligt avbrutna festen.

Den av de närvarande herrarna, som känt sig illamående och varit nära att liksom värdinnan falla i vanmakt, var en gammal assessor, som aldrig visat sig lättrörd eller fantastisk på något sätt, en hederlig och aktad man, men något butter och tvär i sitt sätt, med ett skeptiskt och satiriskt lynne, och då han hastigt avlägsnade sig utan att ta avsked, med ett upprört och besynnerligt uttryck i sitt koppärriga ansikte, följde honom med oro och förundran den av hans vänner, som stått bredvid honom och märkt hans tydliga sinnesrörelse då den svartklädde främlingen passerade genom rummen.

Denne vän var lagman X., som kommit till Stockholm på ett tillfälligt besök och som sedan antecknade händelsen i sin dagbok.

Assessorn svarade inte med ett ord på hans frågor, utan gick stum, med osäkra steg, stödd av sin väns arm, till sitt hem, där lagmannen slutligen lämnade honom i hans gamla hushållerskas vård.

I två dagar var han instängd och erkände, att han för första gången i sitt liv kände sig sjuk och matt, men på den tredje dagen fick lagmannen komma in, och då han återfann den gamle tvärviggen i hans normala tillstånd, tillät han sig att skämta med honom över hans skrämsel för den ensamma objudna gästen på presidentens supé.

– Vet, min herr bror – svarade assessorn buttert och med den tidens talesätt – att om mannen varit ensam, så hade jag inte attenderat på hans kuriösa entré men nu...

– Vad skulle min bror vilja säga? – svarade lagmannen, då assessorn tystnade, utan att avsluta meningen.

– Ingenting – återtog denne tvärt.

– Varför supponerar min bror, att han inte kom ensam?

– Därför att jag observerade tio, tjugo, kanhända femtio likadana skepnader bakom honom, det ena ansiktet bredvid det andra, men otydligare och mera dunkelt, allt som de var längre bort från det första.

Lagmannen stirrade på sin vän i djup bestörtning och trodde kanhända, att vinångorna vid supén om aftonen åstadkommit denna sällsamma multiplicering inför assessorns ögon.

– Jag skulle ändock inte ha ägnat så stor consideration vid det – återtog gubben – och supponerat, att det möjligen kunde vara min egen irriterade sentiment, men jag hörde ju den lilla flickan kvestionera sin mormor och fann av de omgivande fruntimrens konversation om saken, att både barnet och dess mormor presidentskan, vilken därvid fallit i svimning, sett detsamma som jag... Mon frère måste alltså medge, att här förefanns en kasus, om vilken förnuftet inte kan ge någon deklaration.

– Hoc est, min ärade bror förkunnar således som en verklighet: contradictio in adjecto?

– Jag postulerar ingenting, jag förklarar endast min surpris och väl motiverade alteration.

Lagmannen teg. Även han hade hört barnets fråga, och det föreföll honom besynnerligt, att tre så olika personer skulle samtidigt ha haft samma fantasi, under det att han själv, liksom alla de övriga, inte kunnat motstå det hemlighetsfulla intryck, som den svartklädde gästen gjort.

– Har man inte kunnat få reda på vem mannen var? Fanns ingen i sällskapet som kände honom? – frågade assessorn med tankspridd min.

– Nej, ingen av de närvarande kände honom, men en person, som händelsevis mötte honom, då han avlägsnade sig, påstår att det varit assessorn i bergskollegium Emanuel Swedenborg.[1]

– Ah, var det han! ... Då är ju gåtan löst.

De båda vännerna skildes åt och lagmannen reste hem igen, men då han en månad därefter från assessorn mottog ett brev, som endast innehöll dessa ord:

"Igår den 31 januari var jag på presidentskan von C:s begravning"

– satte han sig ned och antecknade händelsen i sin dagbok.

---

1 Emanuel Swedenborg (1688-1772), svensk vetenskapsman och mystiker, internationellt berömd som religiös fritänkare och "andeskådare". Ansågs ha förmågan att sia om framtiden.

Birger Schöldström.

Aurora Ljungstedt – ett porträtt
(1891)

En fagerlemmad, fin kvinnogestalt med den mystiska "järnringen" om pannan; lätt
... så lätt som en aning... dold av en med enkel behagfullhet uppburen koisk slöj-
dräkt; svävande över Pegasus, sångarhästen – vem minns ej den av artisten Hallbeck
tecknade vinjetten på alla de nio digra delarna av Claude Gérards *Samlade berättelser*!

En sannare symbolisering kunde ej gärna givits av Claude Gérards författarskap:
skönhet i formen, hemlighetsfullhet i uppränningen, behag i kompositionen – allt
uppburet av poesins starka vingar.

* * *

En äldre man berättade härom året: "Jag minns, hur i början av 1840-talet på Norr-
köpings 'assembléer' sågs ett par unga flickor från trakten, enkla till klädsel och sätt,
men med en naturlig livlighet i sin konversation, som avbröt mot den något stela
stadstonen. Den ena, hon med de bruna lockarna, var *Nanna Hjort*, en glad, älsklig
flicka, vilken sedan under signaturen *N.* skrev åtskilliga små omtyckta berättelser
i huvudstadens tidningsföljetonger, men dog kort efter sitt giftermål. Den andra
systern, *Aurora*, var en liten spänstig figur med blonda lockar, vackra, blå ögon och
en livlighet i sätt och uttryck, som var särdeles intagande.

En enda gång hade jag nöjet vara i deras föräldrahem, den gamla herrgården Kru-
senhof ute vid Bråviken, och den dagen står ännu livligt för mitt minne. Fadern,
den glade, rörlige majoren, ville nödvändigt spela ett parti schack med mig, ty han
var passionerad därför. Modern, en behaglig, men något högdragen kvinna, vars
goda pastelltavlor prydde väggarna, talade med förkärlek om dagens litteratur. De
båda unga damerna, klädda i sina hemvävda bomullsklänningar, hjälpte ej minst
till, att timmarna flög som minuter. Nanna sjöng Lindblads sånger vid pianot, Au-
rora ökade sitt album med en hastigt ritad scen ur vardagslivet av träffande humor.
Sedan visade de mig sina små blomsteranläggningar i den gamla trädgården, där
båda tävlade att omhulda sina doftande skyddslingar. Under tiden spetade ett par
yngre bröder i bigarråträden. Duvorna kuttrade på altanen, svalorna kvittrade un-
der taklisten. Det hela företedde en angenäm bild av lantlig trevnad och okonstlad
glättighet, som gjorde på mig ett oförgätligt intryck.

Tiden rullade sina år.

Jag läste med ökat intresse följetonger, signerade *Claude Gérard*, och kunde, jag som andra, omöjligt misstänka, att denna eleganta och kraftiga penna fördes av den lilla blonda flickan, som jag en gång träffat vid Bråvikens strand. Slutligen, då anonymiteten var bortryckt, fattade mig en oemotståndlig lust att återse den nu berömda författarinnan, som sedan länge varit gift och bosatt i Stockholm. Och jag gjorde därför ett besök i hennes komfortabla hem och blev vänligt mottagen. Många år hade förflutit, sedan jag sist sett henne. Jag hade blivit gubbe och fann, att jag ej bibehållit mig så väl som hon. Hon hade det blonda håret utan ett grått strå, utan en tillsats. Sedan hon påmint sig min person och vi kommit på tal om gamla östgötaminnen, så återfann jag även den forna, ungdomligt livliga tonen, ehuru nu omdanad genom vanan att klä varje uttryck i vackraste dräkt.

Vad jag av denna, för mig alltför korta visit kunde finna, var en bekräftelse på vad jag i Publicistklubben och annorstädes hört, nämligen att Claude Gérard är lika självständig i sitt författarskap som i sitt umgänge. Andra författare söker gärna stöd och bekantskap hos kamrater och publicister. Claude Gérard känner ingen, och ingen känner henne. Hon lever blott för sin familj, sina litterära studier, sina resor och sitt författarskap. Hennes umgängeskrets är ytterst inskränkt. Somrarna tillbringar hon sedan ett trettiotal år på ett litet lantställe invid Lofö kyrka, strax utom Drottningsholmsparken, och har där så gott som med egen hand uppdragit alla de planteringar, som ej förut fanns, eller ock företager hon dessa resor, som gör henne i stånd att med förvånande säkerhet ofta förlägga sina berättelser på utländsk botten.

Vad jag från hennes skrifter återfann i hennes samtal under dessa intressanta stunder var denna *charité*, som omfattar alla, de dygdiga såväl som de fallna, det vanvårdade barnet, det obemärkta lastdjuret, den lockade lättsinnige, den av olycka förledde likaledes som den av lycka vilseledde. Alla är hennes skyddslingar, som behöver vård, kärleksfull varning, tröst, framförallt överseende. Hon ville, om hon kunde det, ta hela världen i sin famn."

*   *   *

Till det här ovan sagda, vilket benäget lämnats mig, har den, vilken skriver dessa rader – alldeles personligen obekant som han, liksom nästan hela vår litterära värld för övrigt, är med Claude Gérard – ej att tillägga mer än meddelandet av några biografiska data över den berömda författarinnan, vilken i dessa dagar ingått i sitt 70:de levnadsår.

Aurora Lovisa Hjort föddes i Karlskrona den 2 september 1821. Hennes föräldrar var majoren vid flottans konstruktionskår Georg Leonard Hjort och dennes maka, född Fredrika Älf, båda tillhörande familjer, som fäst sina namn i våra kyrkliga samt lärdomshävder. Majorskan Hjort var brorsdotter till den lärde latinske skalden,

domprosten Samuel Älf i Linköping, och hennes båda kusiner var den unge lovande, men i tidiga år bortgångne skalden Erik Älf, docent vid Lunds universitet, samt fänrik Adolf Älf, en av hjältarna från Svensksund, den lärde Gjörwells fosterson; även mer än en av den gamla skånska prästsläkten Hjort har gjort sig känd som vitterlekare[1] – en poetisk ådra har Claude Gérard således ärvt från både fäderne- och mödernesidan. Efter det familjen efter major H:s svärfar, överjägmästaren Älf, 1835 ärvt egendomen Krusenhof, belägen i en av Östergötlands mest romantiska trakter, omgiven å ena sidan av Kolmårdens höga stalper och dystra skogar, å andra sidan av Bråvikens vatten, flyttade den dit, och här uppväxte Aurora Hjort, äldst av fyra syskon. Hon erhöll av sina högt bildade, litteratur och konst varmt hängivna föräldrar den förträffligaste uppfostran, desslikes handledd av församlingens kyrkoherde, den lärde och vittre prosten Mobeek i Kvillinge. Hennes tidigt röjda anlag för författarskap sökte dock modern, som ej ansåg, att en kvinnas namn borde indragas i den

---

1 En av dessa är n.m. jägmästaren i Kisa, *Erik G:son Hjort*, medlem av Publicistklubben i Stockholm, även han känd inom litteraturen, ehuruväl ej så ofta nu som för ett 20-tal år sedan. *Cervus'* originella och satiriska penna är synlig i Norrköpings tidningar. *Anm. av B.S.*

offentliga litteraturen, att kväva; detta lyckades väl ej, men härav kom sig emellertid till ej ringa del Auroras skygghet att sätta ut sitt namn under de litterära alster, medels vilka hon berett sig ett namn inom vår litteratur, jämbördigt med Sophie von Knorrings och Anne Charlotte Cajanellos[1] – sans comparaison för övrigt i flera fall mellan den svenska litteraturens tre snillrikaste författarinnor.

Det lär varit bekantskapen med den spirituelle publicisten och kvasi-diplomaten Gustaf Lallerstedt, som först införde Aurora Ljungstedt i tidningsvärldens följetongsavdelning. Här syntes Claude Gérard – denna signatur är vald på grund av författarinnans ungdomliga beundran för en av Eugen Suès ädlaste och bäst tecknade karaktärer i hans roman *Martin, hittebarnet* – först i Aftonbladet, sedan i Bore, så under loppet av ett tiotal år i Nya Dagligt Allehanda. År 1872 började hennes berättelser utkomma samlade i bokformat. De förnämsta av dessa är: *En jägares historier, Psykologiska gåtor, Järnringen, Inom natt och år, Onkel Benjamins album, Den försvunne hökaren* (hennes mest humoristiska berättelse), *Den svarta kappan, Den tomma rymden.*

År 1846 ingick hon äktenskap med dåvarande kamreren, sedermera departementschefen i fångvårdsstyrelsen Victor Ljungstedt.

---

1 Mer känd som Anne Charlotte Leffler.

ANMÄRKNINGAR TILL TEXTERNA

LEKKAMRATERNA – Textkorrigering sid. 13: "Deras själar tycktes ursprungligen likna varandra och samma känslor kunde en dag bli rådande i bådas sinnen." (Orig. "Deras själar tyckas ursprungligen likna hvarandra och samma känslor en dag bli rådande i bådas sinnen.") HASTFORDSKA VAPNET – Kapitelnumrering har införts här; originalet har bara blankrader. EN GUBBES MINNEN – Detta är en fristående novell i romanen *En gubbes minnen*, som i sig är en del av den episodiska romanen *En jägares historier*. För att inte förvirra läsaren har ett kort stycke strukits i början av trotjänarens berättelse, eftersom det anspelar på ramberättelsen och inte fyller något syfte här. HAROLDS SKUGGA – Två textkorrigeringar. Sid. 157: "Det händer oss ofta, då vi ser något som tycks avvika ifrån de allmänna lagar, vilka vår instinkt uppfattat innan vårt förstånd reflekterat däröver, att den första känsla vi röner är ett slags ofrivillig bävan; vi känner oss liksom rubbade i vårt vanliga föreställningssätt..." (Orig: "Det händer oss ofta, att, då vi se något som tyckes afvika ifrån de allmänna lagar, hvilka vår instinkt uppfattat innan vårt förstånd reflekterat deröfver, så är den första känsla vi röna ett slags ofrivillig bäfvan, vi känna oss liksom rubbade i vårt vanliga föreställningssätt...") Sid. 173: "Och man skulle inte heller *kunna* leva, om inte ungdomens illusioner, denna varma gnistrande stjärna – som från vårt eget hjärta har strålat ut och målat världen så grann, och sedan höjt sig allt mer tills hon försvunnit en tid från våra sorgsna blickar, och lämnat oss ensamma och förtvivlade på den mulna, torra jorden – slutligen når över molnen och klarare och varmare än någonsin strålar emot oss från himlen, där vi igenkänner och återfinner henne." (Orig: "Och man skulle icke heller *kunna* lefva, om icke ungdomens illusioner, den varma gnistrande stjernan, som från vårt eget hjerta strålar ut och målar verlden så grann, sedan hon höjt sig allt mer, försvunnit en tid från våra sorgsna blickar och lemnat oss ensamma och förtvifvlade på den mulna, torra jorden, slutligen hunnit öfver molnen och klarare och varmare än någonsin strålade emot oss från himlen, der vi igenkänna och återfinna henne.") JÄTTEGRYTAN – Originalnovellen *Jättegrytan*, som är en del av den episodiska romanen *Onkel Benjamins album*, består av två separata berättelser, där bara denna om själva "jättegrytan" kan räknas som skräck eller mysterieberättelse. Den andra berättelsen om inbillningens makt är en humoristisk historia om en uttråkad hemmafru som tror att hon har en manlig beundrare. DEN DÖDAS BIKT – Också detta är en fristående berättelse i en större roman, *Den dödas bikt*, som i sig är en del av den episodiska romanen *Psykologiska gåtor*. Det inledande stycket är en varsam bearbetning av originalets två inledande stycken, för att ta bort förvirrande anspelningar på ramberättelsen. AURORA LJUNGSTEDT: ETT PORTRÄTT – I författarens ursprungliga fotnot (sid. 267) anges Erik G:son Hjort felaktigt som Richard G:son Hjort.

TIMAIOS PRESS

... är del av Aleph Bokförlag. Utger tankeväckande och märkliga böcker för dig
som är intresserad av kuriosa, spekulationer, idé- och vetenskaps-
historia. Förlaget publicerar fakta och skönlitteratur för såväl
fackmannen som den intresserade lekmannen.
Utgivningen är på svenska och engelska.

www.timaiospress.com

Böcker av och om:
Epikuros — Lucretius — Atomism — Francis
Bacon — H.P. Lovecraft — Camille Flammarion — Diogenes
Laërtius — Emanuel Swedenborg — Erasmus Darwin —
E.T.A. Hoffmann — Platon — Andrew Crosse —
Och annat.